HEYNE BÜCHER

HEATHER GRAHAM

IRRWEGE DER LIEBE

Roman

Deutsche Erstausgabe

WILHELM HEYNE VERLAG
MÜNCHEN

HEYNE ROMANE FÜR ›SIE‹
Nr. 04/116

Printed in France 1993
Umschlagillustration: John Ennis/Agentur Schlück
Umschlaggestaltung: Atelier Ingrid Schütz, München
Satz: (1660) IBV Satz- und Datentechnik GmbH, Berlin
Druck und Bindung: Brodard & Taupin

ISBN 3-453-07303-7

I

John Browns Leiche

Prolog
Kiernan

Anscheinend hatte sich Kiernans Welt in zwei Teile gespalten. Einer war blau, der andere grau.

Alles Schöne im Leben begann zu verblassen. Die Leute klammerten sich daran, aber es verschwand. Die Welt zerbrach, und Familien wurden auseinandergerissen – Familien wie die Camerons.

Ein Cameron kleidete sich blau, der andere grau.

Der eine war Kiernans Freund gewesen, während ihrer Kindheit in Tidewater Virginia. Gemeinsam hatten sie die Felder und Wälder erforscht, an langen warmen Tagen unter einem hellblauen Himmel am Ufer plätschernder Bäche gelegen und einander ihre Träume erzählt.

Und der andere Cameron-Bruder war ihr Held gewesen. Als kleines Mädchen hatte sie ihn bewundert, als Frau geliebt – und später, in dieser schrecklichen, völlig veränderten Welt, ebenso leidenschaftlich gehaßt. Sie hielt fest an ihrem Glauben, an ihrer Loyalität.

Wenn sie ihn bloß nicht so lange geliebt hätte...

Sie liebte ihn sogar vor dem Traualtar, an der Seite eines anderen Mannes, dem sie Liebe und Treue schwor, bis der Tod sie scheiden würde. Und sie liebte ihn fast genauso verzweifelt, wie sie ihn haßte.

Daß sie ihn haßte, sagte sie ihm an dem Tag, wo sie sich von ihm trennte. Aber er sollte in ihr Leben zurückkehren – Jesse Cameron, der Blau trug.

Es begann an einem Spätnachmittag im Herbst 1861. Eine sanfte kühle Brise wehte von den Bergen herüber.

Sie zeichneten sich vor den schönen Herbstfarben der Dämmerung ab, wie eine große Woge, die unter der sterbenden Sonne emporstieg und wieder hinabsank. Ein Stück Metall – eine Gürtelschnalle oder ein Schwert – fing einen Strahl des erlöschenden Lichts ein und funkelte. Unaufhaltsam näherten sie sich, eben noch deutlich sichtbar wie eine sich windende Schlange, um einen Augenblick später im Schatten unterzutauchen. Gleich darauf sah man sie wieder.

Wann immer sie verschwanden, schien der stille Frieden der hereinbrechenden Nacht in den Blue Ridge Mountains ihre Existenz zu leugnen. Hier, im milden schönen Herbst von Montemarte, wo der letzte Sonnenschein und die wachsenden Schatten auf die Eichen fielen, auf die grünen und bernsteingelben Felder, konnten sie einfach nicht existieren.

Aber sie kamen. Zu Fuß und hoch zu Roß. Soldaten.

Kiernan Miller stand bei den alten Eichen im Garten von Montemarte und sah sie auf dem fernen Berg. Im schwachen Licht ließ sich schwer feststellen, welche Farbe sie trugen. Aber während sie die Truppe beobachtete, stieg Panik in ihr auf. Sie griff sich an die Kehle, als könnte sie ihre Verzweiflung hinunterschlucken.

Die Konföderierten hatten sich aus der Stadt Harpers Ferry zurückgezogen – das wußte Kiernan. Davor hatten sie das Munitionsdepot in die Luft gejagt. Sie befanden sich immer noch in der Nähe, aber in geringer Anzahl. Also mußten es Yankees sein, die da langsam, aber sicher herankamen.

Und dann sah sie die blauen Uniformen der Unionsarmee. Es konnte nur einen einzigen Grund geben, warum sie Montemarte aufsuchten – um das Haus niederzubrennen.

Reglos stand sie da. Nur ihre klaren grünen Augen verrieten, was sie empfand. Der Abendwind strich durch ihr honigblondes Haar und bauschte den weiten Rock ihres eleganten Kleids weiße Spitze über einem silberblauen Rock, ein tief ausgeschnittenes Oberteil mit französischen

Puffärmeln. Sie wußte nicht, warum sie sich immer noch solche Mühe mit ihrer Abendtoilette gab – vielleicht, weil sie in eine neue Welt gestoßen worden war und für die vertrauten Traditionen zu kämpfen versuchte.

Und jetzt kamen die Yankees. Am liebsten wäre sie schreiend davongerannt.

Aber es gab keinen Zufluchtsort und niemanden, an den sie sich wenden konnte. Sicher hatten die Kinder den blauuniformierten Trupp mittlerweile gesehen. Gleich würden sie zu ihr laufen, und dann mußte sie ihnen irgend etwas sagen. Vermutlich würde sie das Haus nicht retten können. Die Miller-Waffen waren zu erfolgreich gegen die Union eingesetzt worden. Aber sie mußte ihre Schützlinge retten und die Sklaven, für die sie Verantwortung trug.

Die Kavallerie ritt voraus, gefolgt von den Infanteristen. Es mußten etwa hundert Soldaten sein. Plötzlich teilte sich die Schar. Die eine Hälfte kam auf Montemarte zu, die andere zog zur Freemont-Plantage weiter unten am Hang.

»Kiernan! Yankees! Um Gottes willen – Yankees!«

Sie drehte sich zu Patricia um, ihrer zwölfjährigen Schwägerin, die auf der Vorderveranda stand und die Finger in ihren Rock krallte. Wie hübsch sie aussah... Auch sie hatte sich für das Dinner umgezogen. Der blonde Zopf hing auf ihren Rücken hinab, ein zartes fliederfarbenes Blumenmuster schmückte das Kleid. Hinter ihr schimmerte die Fassade des schönen, eleganten Hauses einladend im rötlichen Abendlicht.

Montemarte lag auf einem Hügel außerhalb von Harpers Ferry. So wie andere Bewohner dieser Gegend hatten auch die Millers ihr Vermögen mit der Herstellung von Waffen erworben, und das Haus mit der klassischen weißen Säulenvorhalle demonstrierte diesen Reichtum, umgeben von einem ausgedehnten Park und Gemüsegärten. Zu den Nebengebäuden zählten große Stallungen für die Pferde, einst der ganze Stolz der Familie.

»Kiernan...«

»Ich weiß, ich weiß.« Seufzend straffte sie die Schultern und widerstand der Versuchung, in Tränen auszubrechen. Sie raffte die Röcke und eilte zur Veranda. »Patricia, sicher wollen sie das Haus niederbrennen.«

»Nein! Das dürfen sie nicht. Was sollen wir nur tun?« Ein Schluchzen drohte Patricias Stimme zu ersticken.

Montemarte ist nichts weiter als ein Haus, redete Kiernan sich ein. Unser Heim, ja – aber im Grunde nur ein Gebilde aus Ziegeln und Holz und Mörtel und Verputz. An Geld mangelte es keineswegs. Sie konnte die Miller-Kinder zu sich nach Hause bringen, zu ihrem Vaterhaus im Herzen von Tidewater Virginia auf die Halbinsel, wo sich die Yankees wohl kaum hinwagten. Denn dort würden sie Stonewall Jackson oder General Lee begegnen. »Mach dir keine Sorgen«, versuchte sie Patricia zu beruhigen. »Was immer geschehen mag, wir werden's überstehen...«

»Ich fürchte, da irrst du dich!« Eine aufgeregte Stimme fiel ihr ins Wort, und sie wandte sich zu Patricias Zwillingsbruder, Jacob Miller – braunäugig und strohblond wie seine Schwester, aber etwas größer. Er hielt das alte Gewehr seines Vaters in der Hand. Als er seine Schwägerin anschaute, lag ein schmerzliches Wissen in seinem Blick, für das er noch zu jung war. »In vielen Häusern sind schreckliche Dinge passiert. Ihr beide solltet euch irgendwo verstecken. Patricia ist zwar noch ein Kind, aber wenn die Yankees dich sehen...«

Sie senkte den Kopf, um ein Lächeln zu verbergen. Offenbar wollte er ihre Ehre verteidigen – wenn nötig, bis zum Tod. Auch sie hatte Schauergeschichten über die Invasionstruppen der Union gehört, konnte sich aber nicht vorstellen, daß fünfzig Männer, die so diszipliniert ritten und marschierten, über eine wehrlose Frau herfallen würden. »Sicher wird uns nichts zustoßen, Jacob. Die Yankees kommen nur wegen der Miller-Waffenfabrik hierher. Auf die haben sie's abgesehen, sonst auf gar nichts.«

»Kiernan ...«

Sie legte ihre Hand auf das Gewehr und drückte es nach unten. »Du kannst es nicht mit einer ganzen Unionstruppe aufnehmen, Jacob Miller. Im Gedenken an deine Eltern und Anthony muß ich dafür sorgen, daß du zu einem großen, starken jungen Mann heranwächst und ein möglichst hohes Alter erreichst.«

»Aber die Yankees werden das Hans niederbrennen.«

»Wahrscheinlich.«

»Und das willst du widerstandslos zulassen?«

»Nein.« Verschwörerisch lächelte sie die Zwillinge an. »Wir werden ihnen den Abend gründlich verderben. Geht jetzt hinein. Einer soll sich in die Bibliothek setzen und ein Buch lesen, der andere sieht nach, ob Janey schon das Abendessen kocht. Ich erwarte die Yankees auf der Veranda. Wenn sie uns wegjagen, gehen wir – aber erst dann, wann *wir* wollen, und so würdevoll wie möglich.«

Jacob sah immer noch so aus, als würde er das Gewehr vorziehen. Sicher hatte er ihr stets gehorcht, so wie die Schwester. Inständig hoffte Kiernan, er würde nicht gerade diesen Augenblick wählen, um ihr zu trotzen. »Bitte, mein Junge, hilf mir jetzt. Ich will kein Blut fließen sehen. Wenn du die Yankees nicht herausforderst, werden sie dich ungeschoren lassen.«

»Sie wollen uns Südstaatlern immer nur weh tun!« rief er, und seine gepreßte Stimme verriet, welch ein Kind er im Grunde noch war. Ein Kind, das nicht verletzt werden wollte. Andererseits wollte er kein Feigling sein. Er war jetzt der Herr im Haus und mußte seinen Besitz verteidigen.

»Das ist nicht wahr«, widersprach Kiernan, obwohl sie sich keineswegs sicher war. Der Krieg hatte alles verändert, das Land verwüstet, Familien auseinandergerissen. Früher hatte der Süden geglaubt, der Norden würde ihm erlauben, sich abzuspalten, getrennte Wege zu gehen. Diese Zeit war längst entschwunden, ebenso wie der Irrglaube, die Südstaatenarmee würde nur wenige Wochen brauchen, um die Union zu besiegen.

So brillant die Südstaatengeneräle auch waren, so tapfer ihre Männer die Schwerter schwangen – gegen den Norden konnten sie nichts ausrichten. So richtig begonnen hatte es an jenem längst vergangenen Tag, wo John Brown versucht hatte, das Waffenlager bei Harpers Ferry in seine Gewalt zu bringen. Der alte Fanatiker war gefangengenommen, wegen Hochverrats und Mordes zum Tod durch den Strang verurteilt worden. Und er hatte prophezeit, am Tag seiner Hinrichtung würde sich das Land blutrot färben.

»Niemand wird dir was tun«, versicherte Kiernan ihrem kleinen Schwager. »Bring das Gewehr weg.«

»Gut, aber ich will's in meiner Nähe haben«, erwiderte Jacob. Erleichtert atmete sie auf. Nein, er würde nicht so dumm sein und sein Leben aufs Spiel setzen, nur um den tapferen Helden zu mimen. Unweigerlich rückten die Yankees näher, und sie schlang die Finger ineinander, damit die Kinder nicht sahen, wie ihre Hände zitterten. »Geht jetzt ins Haus, schnell!«

In diesem Augenblick lief die alte, dicke Janey auf die Veranda heraus, die tintenschwarzen Augen voller Angst. »Miz Kiernan! Die Yankees kommen!«

»Ja, ich weiß.« Kiernan staunte selbst, weil ihre Stimme so ruhig klang. »Geh wieder hinein und mach das Abendessen, Janey.«

»Das ist gleich fertig, Miz Kiernan. Aber haben Sie nicht gehört? Die...«

»Ja, ja, die Yankees kommen. Geht hinein – alle. In Montemarte wurde immer großer Wert auf würdevolle Haltung gelegt. Dieser Abend soll so verlaufen, wie wir es gewohnt sind. Ich werde hier warten und die – eh – Besucher begrüßen.«

Alle drei starrten Kiernan an, als zweifelten sie an ihrem Verstand. Aber dann hob Patricia – Gott segne sie – die kleine Nase und schritt majestätisch ins Haus. Jacob folgte ihr nach kurzem Zögern.

»Das ist doch sinnlos!« klagte Janey. »Ich soll das Abendessen auf den Tisch stellen, nur damit die Yankees alles niederbrennen? Sie sollten davonlaufen, Missy! Wenn Sie diesen Kerlen in die Hände fallen, werden sie nicht nur Feuer legen.«

»Mir wird nichts passieren, Janey. Offensichtlich sind das keine Guerillas, sondern disziplinierte Soldaten.«

»Nun, vielleicht wird man Sie nicht vergewaltigen, aber Sie sind die letzte erwachsene Person von der Familie Miller. Und nach allem, was die Miller-Schußwaffen angerichtet haben, werden die Yankees Sie wahrscheinlich in ein Gefängnis im Norden stecken. Da soll's nicht besonders gemütlich sein.«

»Mach dich nicht lächerlich, Janey!« mahnte Kiernan. »So was Schreckliches tut man den Frauen im Norden nicht an.« Wirklich nicht? Voller Unbehagen stellte sie sich diese Frage. Aber wie auch immer, sie würde sich nicht unterkriegen lassen.

»Damit würde ich nicht rechnen, Miz Kiernan.«

Obwohl Janey offiziell immer noch dem Sklavenstand angehörte, war sie eine gute Freundin. Anthony Miller hatte ihr in seinem Testament die Freiheit geschenkt, aber ehe das als Tatsache galt, mußten noch einige Papiere ausgestellt werden. Im Grunde spielte es keine Rolle. Sie würde Kiernan niemals verlassen, schon gar nicht jetzt, wo sie einander so dringend brauchten.

Trotz der Freundschaft schlug Kiernan nun jenen gebieterischen Ton an, den sie vor vielen Jahren gelernt hatte. »Janey, ich habe gesagt, du sollst hineingehen.«

Schnüffelnd wandte sich Janey zum Haus. »Lieber Gott, gib mir Kraft! Diese alten Beine können mich nicht durch eine verschneite Stadt im Norden schleppen, wenn ich meine törichte Herrin tagtäglich in einem Gefängnis besuchen muß...« Auf der Schwelle blieb sie kurz stehen.

»Warum soll ich etwas kochen, was kein Mensch essen wird? Soll doch alles verkohlen!« Krachend warf sie die Tür hinter sich zu.

Kiernan wartete auf der Veranda und spürte wieder, wie die Brise durch ihr Haar wehte. Unaufhaltsam kam der Feind näher. Ihr Herz klopfte viel zu heftig, und sie atmete zu schnell, wenn sie auch beschlossen hatte, ruhig zu erscheinen. Die Yankees wollten das Haus niederbrennen, und sie konnte es nicht verhindern. Für jede Schußwaffe, von den Millers erzeugt – der Familie, in die sie eingeheiratet hatte –, mußte Vergeltung geübt werden.

Warum blieb sie eigentlich hier? Warum rannte sie nicht davon? Sie konnte ohnehin nichts tun. Aber sie wußte, warum sie hier stand. Ihrer Überzeugung zuliebe. Für ihren Glauben an Virginia, die Konföderation, an sich selbst und ihre Seele. Niemals würde sie fliehen oder sich dem Feind beugen.

Die ersten Reiter trennten sich von der Kavallerie und galoppierten den Hang zum Haus herauf. Kiernan rührte sich nicht. Ein hübscher Brauner wurde vor der Veranda gezügelt, von einem Soldaten mit dunklem Schnurrbart, der ein höhnisches Grinsen nicht ganz verbarg. »Sie müssen Mrs. Miller sein, Ma'am.«

»Ja, das bin ich«, bestätigte sie.

»Captain Hugh Norris«, stellte er sich vor. »Sie sollten möglichst schnell von hier verschwinden, Ma'am. Ich habe die Order, das Haus anzuzünden.«

»Und von wem haben Sie diese Order erhalten?«

»Von General...«

»Ihr General hat hier nichts zu sagen, Captain.«

»Dieses Gebiet untersteht jetzt der Union. Ihre Konföderierten haben Sie im Stich gelassen, Ma'am. Ich werde dieses Haus bis auf die Grundmauern niederbrennen, also sollten Sie Ihre Kinder und das Personal von hier wegbringen. Sicher haben Sie noch nie was gerochen, das so übel stinkt wie verbranntes Menschenfleisch.«

Mühsam beherrschte sich Kiernan, um Ruhe zu bewahren.

»Dann müssen Sie mir noch etwas Zeit geben, Sir.«

»In zehn Minuten werfen wir die erste Fackel, Mrs. Miller«, erklärte er schadenfroh und sichtlich beglückt über die Aufgabe, die er zu erfüllen hatte.

»Ich fürchte, es würde einen sehr schlechten Eindruck erwecken, wenn Unionsoffiziere unsere Häuser in Brand stecken, während sich noch Frauen und Kinder darin aufhalten. Also werden Sie noch etwas warten müssen, Sir.«

Norris starrte sie wütend an. Sein Pferd tänzelte ungeduldig vor den Stufen. Plötzlich lenkte er es auf die Veranda, bis dicht vor Kiernan. Herausfordernd hob sie das Kinn und wich keinen Schritt zurück, trotz der erhobenen Hufe. »Lassen Sie sich mal was sagen, Lady. Die Tage der grandiosen hochnäsigen Südstaatenschönheiten sind vorbei. Bald werden Sie es nicht mehr wagen, so mit einem Mann zu reden. Ich werde Sie nicht mitsamt dem Haus anzünden, sondern einfach rauszerren. Dann wird's so aussehen, als hätte der verdammte Yank Ihre Haut gerettet, obwohl Sie so wild entschlossen waren, sich umzubringen.«

»Ich glaube, das werden Sie bleiben lassen, Sir.« War sie denn verrückt? Was konnte sie schon tun? Warum kam denn nicht die ganze Südstaatenkavallerie unter Jeb Stuart angeritten? Sie brauchte einen Helden in Grau.

»Sergeant, lassen Sie Zunder sammeln!« befahl Norris.

Einer seiner Männer sprang vom Pferd und rief einige Soldaten zu sich. Rasch trugen sie trockene Zweige zusammen und umwanden sie mit Stroh, das sie mitgebracht hatten. Diese Bündel steckten sie in die Ritzen unterhalb des Verandabodens. Kiernan beobachtete sie hilflos. Von ohnmächtigem Zorn erfaßt, hätte sie sich am liebsten auf die Männer gestürzt, um ihnen die Augen auszukratzen und das Haar büschelweise auszureißen. Aber sie blieb reglos stehen, mit verächtlicher Miene.

»Zum Teufel mit Ihnen, Lady!« schrie der Captain und sprengte die Treppe hinab. »Soldaten, zündet die Fackeln an.« Ohne sich zu rühren, schaute Kiernan zu, wie sie gehorchten. »Steckt das Haus in Brand!«

Sie können kein Feuer legen, solange ich hier bin, dachte sie. Die blauuniformierten Männer musterten sie nervös, sahen ihren Kommandanten an, dann wieder Kiernan. Zögernd traten sie vor.

»Halt!« Ein durchdringender, gebieterischer Ruf klang auf, und Kiernan sah einen Reiter hinter den anderen herangaloppieren aus dem Tal, wo die Stadt lag und woher auch die Unionssoldaten gekommen waren. Er saß im Sattel, als wäre er hineingeboren worden, aufrecht und lässig, und er ritt so selbstsicher, als würde er diese Berge wie seine Westentasche kennen. Sein Rotschimmel raste heran, wirbelte Staub und Grashalme auf.

»Halt, Norris!« Unverkennbare Autorität schwang in der Stimme mit. Irgendwie kam sie Kiernan bekannt vor, und wachsendes Unbehagen erfüllte sie. Ein Mann, der Blau trug – dunkles Blau, das Blau der Unionsarmee. Goldtressen schmückten seine Uniform. Der blaue Hut mit der hohen Feder war tief in die Stirn gezogen. Hundert Schritte vom Haus entfernt, zügelte er sein Pferd und hielt Hugh Norris ein Papier unter die Nase.

Ein leises, intensives Streitgespräch begann. Die Männer mit den brennenden Fackeln warteten beklommen. Immer wieder schauten sie zu Kiernan hinüber, und sie spürte, daß es den meisten keineswegs Freude bereitete, ein Haus anzuzünden. Obwohl ihre Augen den Tod widerspiegelten, den sie gesehen hatten, wirkte kaum einer völlig abgestumpft.

Angespannt wartete sie. Jemand war gekommen, um die Zerstörung ihres Hauses und ihrer Welt zu verhindern. Ein Yank. Ein Mann in Blau. Nicht irgendein Yank, wie sie zu fürchten begann.

Die beiden Männer wandten sich voneinander ab, und

der Neuankömmling befahl: »Löscht die Fackeln!« Sofort wurden sie zu Boden geworfen und ausgetreten. Auf seinem Rotschimmel ritt er zur Veranda und schob den Federhut nach hinten, und Kiernan starrte in stahlblaue Augen. Schmerzhaft hämmerte ihr Herz gegen die Rippen.

Ein Yank war gekommen. Aber nicht irgendein Yank. Jesse Cameron. Der Yank, den sie ihr Leben lang kannte, der Mann, den sie einmal geliebt hatte, der nun einen wilden Aufruhr in ihr entfachte. Lange war es her seit jener letzten Begegnung, seit sie ihm ihr Herz zu Füßen gelegt und er ihre flehende Bitte ignoriert hatte. Seit er nach Norden geritten war, um eine blaue Uniform zu tragen.

Er hatte sich nicht verändert. Oder vielleicht doch. Seine Augen unter den dunklen Brauen leuchteten so kalt wie eh und je, schienen aber abgeklärte Weisheit auszustrahlen, Müdigkeit und eine gewisse Unbarmherzigkeit, umgeben von winzigen neuen Fältchen. Sein Kinn war noch kantiger, noch eigenwilliger geworden, das ausdrucksvolle Gesicht immer noch attraktiv. Die vollen, sinnlichen Lippen milderten die harten Züge ein wenig, verkniffen sich aber grimmig, als er ihr in die Augen schaute.

»Hallo, Kiernan.«

Sie wollte nicht zugeben, ihn zu kennen, sich nicht einmal daran erinnern, schon gar nicht an den Tag, wo sie ihn zum letztenmal gesehen hatte. Aber noch schlimmer als der Gedanke an jene Begegnung war die Tatsache, daß sie ihm jetzt gegenüberstand, seine Feindin, an Leib und Leben bedroht.

Nachdem sie ihn keiner Antwort würdigte, zuckte er scheinbar gleichmütig die Achseln, aber sie bemerkte ein Glitzern in seinen Augen, das auf eine gewisse Unsicherheit hinzuweisen schien. »Mrs. Miller, ich beschlagnahme dieses Haus, um es als Hauptquartier und Lazarett zu benutzen. Das ist unumgänglich. Sie werden so freundlich sein und Ihren Haushalt informieren.«

Kiernan biß die Zähne zusammen. Er hatte ihr Haus vor dem Feuer gerettet. Aber sie hatte auf einen Helden in Grau gehofft. Niemals würde sie die Gunst eines Mannes in Blau akzeptieren. Entschlossen hob sie das Kinn. »Captain Norris plant Montemarte niederzubrennen, Captain Cameron. Leider müssen Sie sich woanders ein Hauptquartier suchen.«

Er sprang vom Pferd und stieg die Verandastufen hinauf. Dicht vor ihr blieb er stehen – fast eins neunzig, mit breiten Schultern, die der blaue Waffenrock der Union noch betonte. Er war gefährlich. Jesse Cameron war schon immer gefährlich gewesen.

Gefährlich wie die Strömungen, die jetzt in der Luft zwischen ihnen vibrierten, und Kiernan spürte, wie sich ihr Blut erhitzte. Schon oft hatte er es geschafft, diese Spannung in ihr zu erzeugen. Er sprach so leise, daß die anderen Soldaten, die vor dem Haus standen, nichts hörten. »Ich versuche dein Heim zu retten, Kiernan, und dein Leben.«

»Mein Leben wurde nicht bedroht«, fauchte sie.

»Aber es könnte bald dazu kommen, wenn du weiterhin Unsinn redest. Also halt den Mund, dann wird Montemarte stehenbleiben.«

»Willst du es wirklich beschlagnahmen?«

»Ja.«

»Dann sehe ich's lieber in Flammen aufgehen.«

»Daran zweifle ich nicht. Vernunft war noch nie deine Stärke, Kiernan. Aber was soll aus dem jungen Jacob Miller und seiner Schwester werden?«

»Auch Jacob will keinen abtrünnigen Südstaatler in seinem Haus haben.«

»Du ziehst es also vor, wenn es bis auf die Grundmauern niederbrennt?«

»Allerdings.«

Da lächelte er, dann begann er zu lachen, so laut, daß sie ihn trotz des Publikums am liebsten gegen das Schienbein getreten hätte. Doch als er die Verandatreppe hinabstieg, wurde sie von quälender Angst erfaßt. Montemarte gehörte nicht ihr, sondern Jacob und Patricia. Sie hatte kein Recht, so sorglos über das Schicksal des Hauses zu bestimmen. Andererseits konnte sie ihren Stolz nicht hinunterschlucken. »Captain Cameron!« rief sie ihm nach, und er blieb stehen, den Rücken kerzengerade. »Werden Sie das Haus – jetzt gleich niederbrennen?«

Er wandte sich zu ihr, den linken Fuß auf der untersten Stufe, einen Ellbogen aufs Knie gestützt. »Eigentlich sollte ich das tun, Mrs. Miller. Aber leider geht es nicht. Ich mußte schmeicheln und drohen und praktisch kopfstehen, bis ich den General dazu bringen konnte, mir Montemarte zu überlassen. Wissen Sie, die Millers sind bei der Unionssoldaten nicht gerade beliebt. Viele trauern um Verwandte und Freunde, die den Feuerwaffen der Millers zum Opfer gefallen sind. Deshalb würden sie dieses Haus und Ihre Familie gern am Boden zerstört sehen.«

»Das dürfte nicht so schwierig sein, nachdem die beiden wichtigsten Millers tot sind – dank der Unionsarmee.«

»Ich versichere Ihnen, daß auch ein paar hundert Unionsleute gestorben sind – dank der Konföderiertenarmee.«

»Weil sie den Grund und Boden von Virginia betreten haben!«

Jesse Cameron zuckte die Achseln und gab das Theaterspiel auf. »Ich habe den Krieg nicht angefangen, Kiernan.«

»Aber jetzt sind wir Feinde.«

»Dann bekämpf mich doch!« forderte er sie mit leiser Stimme heraus. »Jedenfalls werde ich mit meinen Leuten hier einziehen. Am besten kehrst du nach Tidewater Virginia zurück und nimmst deine kleinen Schützlinge mit. Dort wärst du für eine Weile in Sicherheit. Vermutlich werde ich nicht alles retten können, was sich in diesem

Haus befindet, aber ich werde wenigstens dafür sorgen, daß es nicht in Schutt und Asche zerfällt.«

»Von dir will ich keine Wohltaten!« zischte sie. »Und ich will verdammt sein, wenn ich vor einer Bande ungehobelter Yankees davonlaufe.«

Erstaunt hob er die Brauen. »Du möchtest weiterhin hier wohnen?«

»Stonewall Jackson wird mit seinen Truppen herkommen und euch allen den Garaus machen. Ich werde hier auf ihn warten und deine Leute dran hindern, Montemarte zu plündern.«

Mit kalten Augen starrte er sie an. »Sie wurden nicht eingeladen, hierzubleiben, Mrs. Miller.«

»Wollen Sie Ihren Leuten etwa befehlen, die Kinder und mich gewaltsam aus diesem Haus zu schleifen, Captain Cameron?«

»Um Himmels willen, nein, Mrs. Miller! Wir haben Krieg, und wenn ich nicht als Arzt tätig wäre, würde ich meine Leute in die Schlacht schicken. Aber ich bin ein barmherziger Kommandant. Nicht einmal im Traum würde es mir einfallen, Ihnen meine Soldaten an den Hals zu hetzen.«

»Dann bleibe ich.«

»Sie sollten sich eines Besseren besinnen, Mrs. Miller. Ich habe keineswegs versprochen, daß *ich* Ihnen nicht zu Leibe rücken werde.«

»Wie heldenhaft, Captain Cameron!« erwiderte sie sarkastisch.

»Geh nach Hause, Kiernan«, bat er leise. Wie sie diesen sanften Tonfall haßte, der sie zu liebkosen schien! Und genauso verabscheute sie die warmen Ströme, die seine Stimme durch ihren Körper jagte, um verdrängte Erinnerungen zu wecken.

»Das hier ist mein Zuhause. Und Jackson wird kommen. Oder Lee. Irgendein Südstaatengeneral wird dieses Land zurückerobern und euch verjagen.«

»Das ist durchaus möglich, Kiernan. Bleib hier, wenn's unbedingt sein muß. Aber ich übernehme das Haus. Laß dich warnen.«

»Auch ich warne dich. Ich werde dir über die Schulter schauen, um sicherzugehen, daß du die gefangenen Rebellen ebenso gut behandelst wie deine eigenen Verwundeten.«

Seine Augen funkelten vor Zorn. Sie wußte, wie sie Jesse treffen konnte, weil sie seine Leidenschaft für die ärztliche Kunst kannte. Die Andeutung, er könnte seine verletzten Feinde vernachlässigen, war wie ein Schlag ins Gesicht. Aber abgesehen von seinem durchdringenden Blick zeigte er keine Gefühlsregung, und seine Selbstbeherrschung brachte sie in Wut.

Er trat einen Schritt näher, und seine leise Stimme nahm einen gefährlichen Klang an. Nun stand er so dicht vor ihr, daß sie seinen warmen Atem spürte. Aber er rührte sie nicht an. »Ich dachte, du wolltest vor mir davonlaufen, Kiernan... Nun, deine Anwesenheit stört mich nicht, ich werde sie sogar genießen. Du bist es doch, die gelobt hat, niemals das Leben eines Yanks zu teilen, erinnerst du dich?«

»Ich werde dein Leben nicht teilen. Statt dessen will ich alles tun, um dich zu bekämpfen. Und letzten Endes wird der Süden siegen.«

»Vielleicht einzelne Schlachten, aber niemals den Krieg«, entgegnete er, und sekundenlang fragte sie sich, ob er den Konflikt der Staaten meinte oder den Tumult, der zwischen ihnen beiden tobte.

Der Wind zerzauste ihr Haar, und sie fror plötzlich. Sie mußte sich sehr zusammennehmen, um nicht zu erschauern, während Jesse sie mit seinen stahlharten blauen Augen anstarrte. »Die Konföderierten werden zurückkommen«, prophezeite sie.

»Mag sein«, stimmte er zu, und sie war unfähig, seinem Blick auszuweichen. Zu viele Emotionen knisterten zwischen ihnen, zuviel Haß, zuviel Leidenschaft. »Aber bis es soweit ist, werden wir alles teilen, Kiernan – so gerecht wie nur möglich.«

Abrupt kehrte sie ihm den Rücken und eilte ins Haus. In der Halle wurde sie von Patricia erwartet, die angstvoll fragte: »Werden sie Montemarte niederbrennen?«

»Nein.«

»Was dann?« Aufgeregt kam Jacob aus der Küche gelaufen.

»Sie wollen das Haus als Hauptquartier benutzen.«

»Als Hauptquartier?« wiederholte er empört. »Also möchten sie hier planen, wie sie noch mehr von unseren Leuten umbringen können?«

Kiernan schüttelte den Kopf. »Captain Cameron ist – Arzt.«

»Cameron!« stieß ihr Schwager hervor, und sie nickte.

»Es ist Jesse, der die Yankees davon abgehalten hat, das Haus anzuzünden. Und nun wird er es beschlagnahmen.«

Er starrte sie an, dann wandte er sich wortlos ab, und sie hörte, wie er sein Heim durch den Hinterausgang verließ. Patricia warf ihr einen unglücklichen Blick zu, dann rannte sie ihrem Bruder nach.

Verzweifelt stürmte Kiernan die Treppe hinauf. Vorerst mußten die Zwillinge für sich selbst sorgen. Sie brauchte Zeit, um sich zu fassen.

Jesse war gekommen.

Sie riß die Tür ihres Zimmers aufs warf sich aufs Bett, vergrub das Gesicht im Kissen. Und obwohl es sie drängte, eine Strategie zu entwerfen, vernünftig zu überlegen, kannte sie nur einen einzigen Gedanken – Jesse war hier. Wie abgrundtief sie ihn haßte! Und doch hatte sie niemals aufgehört, ihn zu lieben. Nicht einmal vor dem Traualtar, bei ihrem Schwur, einen anderen Mann zu lieben und zu ehren...

Aber die Liebe war keineswegs größer als der Haß. Sie

haßte ihn, weil er Blau trug, während alle anderen Männer in seiner Familie Grau gewählt hatten. Und während sie, Kiernan, für das Leben kämpfte, das ihr vertraut war, für die Liebe zu Virginia, für die Ehre, für die Kreise, aus denen sie stammte.

Sie drehte sich auf den Rücken und starrte zur Zimmerdecke. Wäre doch nur *Daniel* Cameron an Jesses Stelle hierhergekommen! Sein Bruder, der Grau trug.

Vor nicht allzulanger Zeit hatten sie alle Blau getragen. Beide Camerons waren zum Zeitpunkt von John Browns Überfall nach Harpers Ferry geritten. Damals hatte Jesse sie gerettet – damals, in einer scheinbar heilen Welt. Wieviel war seither geschehen…

1

16. Oktober 1859
Harpers Ferry, Virginia
Kurz nach Mitternacht

»Da hat jemand geschossen!«

Kiernan schreckte aus dem Schlaf hoch. Am Fuß des Betts stand Lacey Donahue, das graue Haar von einem Nachthäubchen bedeckt, eine Kerze in der Hand und sichtlich verängstigt.

Gähnend rieb sich Kiernan die Augen. »Wer hat geschossen?«

»Das weiß ich nicht. Jedenfalls hab' ich's gehört.«

»Ich nicht«, erwiderte Kiernan besänftigend und ahnte, daß ihre Gastgeberin Gesellschaft suchte.

Diese Vermutung bestätigte sich, als Laceys rundliche Gestalt schwerfällig auf das Fußende des Betts sank. »Irgendwas ist in den Straßen los. Ich bin aufgewacht und habe Leute da draußen beobachtet.«

»Immerhin sind das öffentliche Straßen...«, begann Kiernan, wurde aber von der beunruhigten Lacey unterbrochen.

»Nein, nein, meine Liebe. Da schleichen Fremde mit Gewehren herum, und die haben gewiß nicht das Recht, sich da draußen aufzuhalten.«

Kiernan sprang aus dem Bett, rannte zum Fenster und zog die Rüschenvorhänge auseinander. Zur Linken sah sie den Potomac und die Eisenbahnlinie, die nach Maryland führte. Der Mond warf silbernes Licht auf die Straße. »Da ist niemand.«

»Geh vom Fenster weg! Wenn dich jemand entdeckt...«

Gehorsam trat Kiernan ein wenig zurück und verbarg

ein Lächeln. Sie liebte die Nacht da draußen, die Schönheit der Berge und Täler, wo sich die Flüsse Shenandoah und Potomac vereinten. Es gab eine wunderbare Geschichte von der Indianerin Shenandoah, die den Krieger Potomac zu sehr geliebt und sich von ihm hatte trennen müssen. Da waren aus ihren und seinen Tränen die beiden Flüsse entstanden.

Kiernans Heim lag im Tidewater-Gebiet von Virginia, im Tiefland weit unten auf der Halbinsel am James River, nahe der ursprünglichen Jamestown-Siedlung. Virginia war ein großer Staat. Die Fahrt nach Harpers Ferry hatte mehrere Tage gedauert, durch die Ebene am James nach Williamsburg, Richmond und Fredericksburg, dann hierher, zur Spitze des Staates, die nach Maryland hineinreichte und wo man sich direkt nach Süden wenden mußte, um in die Richtung Washingtons zu schauen.

Sie liebte die Halbinsel, wo sie lebte. Aber wenn der Mond über der Stadt und den umliegenden Blue Ridge Mountains leuchtete, konnte sie sich kein schöneres Fleckchen Erde vorstellen. Und kein friedlicheres. Das empfand sie auch in dieser Nacht.

Lacey ist nur nervös, dachte sie. Ihr Vater war mit dem Mann ihrer Gastgeberin, Thomas Donahue, Andrew Miller und dessen Sohn Anthony unterwegs, um im Süden einen Bauplatz für eine zweite Fabrik zu suchen. Da sich das Waffenlager der Union in Harpers Ferry befand, wollte Andrew Miller hier weiterhin produzieren, andererseits aber auch expandieren und neue Möglichkeiten erforschen und dabei dem allzu wachsamen Auge der Unionsregierung entrinnen.

Im Augenblick war die politische Situation nicht einfach. Die Südstaatler drohten mit einem Krieg, falls Abraham Lincoln zum Präsidenten gewählt wurde. Unzufriedenheit breitete sich überall aus. Sollte tatsächlich ein Krieg ausbrechen, würde die Unionsregierung wegen des Waffenlagers sofort großes Interesse an Harpers Ferry zeigen.

Politik faszinierte Kiernan, obwohl ihre Tante Fiona immer wieder betonte, das sei eine äußerst undamenhafte Neigung, die sicher nicht ungestraft bleiben würde. Auch der Vater hatte diesbezüglich seinen Unmut geäußert.

Aber Kiernan, ein Einzelkind, war in all den Jahren die beste Freundin und ständige Begleiterin ihres Vaters gewesen, abgesehen von der Zeit, die sie in Lady Ellens Mädchenpensionat verbracht hatte. Stets wußte sie, was Papa dachte, und sie pflichtete ihm bei, als er seinen Freund Andrew Miller warnte und erklärte, niemand wisse wirklich, wie sich die Lage in Virginia entwickeln würde.

»South Carolina ist der einzige Staat, der Zeter und Mordio schreit, Andrew«, hatte er einmal beim Abendessen bemerkt. »Nun, die meisten Grundungsväter waren Virginier – Washington, Jefferson, Madison, Monroe. Virginia ist das Herz und die Seele dieses Landes. Ein einzelner Staat kann sich nicht so einfach abspalten.«

»Genau das wird South Carolina tun, wenn Lincoln gewählt wird«, hatte Andrew entgegnet. »Und wenn es die Union verläßt, werden ihm die Schwesternstaaten folgen, die ebenfalls von Baumwolle, Tabak und Sklaven leben.«

Kiernan fragte sich, ob das tatsächlich geschehen würde oder ob solche heftigen Konflikte heutzutage einfach zum politischen Klima gehörten. Die wahren Probleme lagen draußen in der Wildnis des Westens. Die Anhänger der Bewegung, die sich für die Abschaffung der Sklaverei einsetzte, stürmten westwärts nach Missouri, Nebraska und Kansas – wegen der zahlreichen Toten ›blutendes Kansas‹ genannt. Im Westen tobte bereits ein Krieg zwischen den Befürwortern der Sklaverei und deren Gegnern, wobei man eher plünderte und mordete, statt einander richtige Schlachten zu liefern. Jeder versuchte die neuen Staaten auf seine Seite zu ziehen.

Schreckliche Dinge geschahen, die manche Geschichten von Indianerkämpfen harmlos erscheinen ließen. Städte wurden angegriffen, unbewaffnete Männer, Frauen und Kinder starben. Unter den Sklavengegnern ragte ein Name heraus – John Brown. Bis nach Virginia war die Nachricht gedrungen, er habe seine Anhänger nach Missouri geführt, wehrlose Männer aus ihren Häusern gezerrt und vor den Augen ihrer Familien niedergemetzelt. Das bezeichnete er als ›Vergeltung‹.

Aber es ist Mord, dachte Kiernan, furchtbarer, abscheulicher Mord. Sie war dankbar, weil so etwas in Virginia nicht passierte, nicht einmal in den westlichen Bergen des Staates. Doch wie sie wußte, gab es nicht nur im Westen Schwierigkeiten. Eine Frau namens Harriet Beecher Stowe hatte ein Buch geschrieben, ›Onkel Toms Hütte‹, und darin den grausamsten Sklavenhalter porträtiert, den man sich nur vorstellen konnte.

So ist es nicht überall, wollte Kiernan den Zeitungsreportern zurufen. Die meisten Sklaveneigner, die sie kannte, waren gute Menschen, die sich um verbesserte Lebensbedingungen für ihre Schwarzen bemühten und für deren religiöse Ausbildung sorgten. Sicher, wie sie zugeben mußte, gab es auch brutale Sklavenhalter – zum Beispiel Simon Legree.

Die meisten Südstaatler besaßen nicht einmal Sklaven. Das Problem hing mit der Wirtschaft zusammen. In einer Baumwolldomäne wie dem amerikanischen Süden brauchte man die Sklaven, die auf den Plantagen arbeiteten. Das bedeutete keineswegs, daß jeder glücklich über diesen Zustand war. Jefferson hatte in seiner Unabhängigkeitserklärung geschrieben, er strebe die Freiheit für alle Menschen an, auch für die Sklaven, obwohl er selbst Sklavenhalter gewesen war. Andere Staatsmänner hatten ihm klargemacht, der Kontinentalkongreß würde die Unabhängigkeitserklärung niemals akzeptieren, wenn sie eine solche Klausel enthalte – aus dem einzigen Grund, der den Fortbestand der Sklaverei in den Südstaaten immer noch sicherte, wegen der Wirtschaft.

Aber letzten Endes kam es nicht auf die Menschlichkeit eines Sklavenbesitzers an, sondern auf die Freiheit. Kiernan vermochte sich nicht vorzustellen, irgend jemandem zu gehören. Sicher, es gab keinen freundlicheren, gütigeren Herrn als ihren Vater. Aber er war ein Virginier vom alten Schlag, ein Sohn, Enkel und Urenkel von Pflanzern, und seine Tochter beurteilte die Sklaverei nicht so wie er, wie seine Nachbarn oder Geschäftsfreunde.

Wie die Donahues über dieses Thema dachten, wußte sie nicht. Jedenfalls besaßen sie keine Sklaven. Im Haus wohnten keine Dienstboten. Laceys Zofe, eine junge Irin, erschien jeden Morgen. Und Thomas, ein Anwalt, beschäftigte einen Assistenten und einen Schreiber, die täglich ins Büro im Erdgeschoß des zweistöckigen Gebäudes an der Hauptstraße kamen.

In dieser Nacht waren die Frauen allein im Haus. Deshalb fand Lacey etwaige Vorgänge auf der Straße besonders schlimm. In ihrer kinderlosen Ehe klammerte sie sich geradezu an Thomas. Sie war noch nie von ihm getrennt gewesen, aber nun plante er ebenso wie Andrew Miller und Kiernans Vater in eine neue Waffenfabrik zu investieren.

Wie Kiernan wußte, interessierten sich ihr Vater und Miller noch für ein weiteres Bündnis – sie sollte Anthony heiraten, Andrews Sohn. Sie mochte den hochgewachsenen, fast hageren jungen Mann mit dem goldblonden Haar, den Mahagoniaugen und den charmanten, eleganten Manieren. Seinem Vater und Virginia war er treu ergeben. Er tanzte gut, konnte ausgezeichnet reiten, und er verstand es, Picknicks mit ihr zu arrangieren. Vielleicht liebte sie ihn sogar. Es gab viele gemeinsame Interessen, und sie genoß seine Gesellschaft. Aber aus irgendeinem Grund, den sie selber nicht verstand, zögerte sie die Hochzeit hinaus. Sie flirtete und tanzte gern mit ihm, aber...

Sie hatte geträumt, die Liebe wäre etwas anderes – etwas, das ein Zittern durch ihren ganzen Körper jagen würde, sobald ihr der Richtige begegnete. Und wann immer er in ihrer Nähe wäre, würde ihr Herz höher schlagen. Vergeblich suchte sie solche Wünsche zu verdrängen. Sie sehnte sich nach einer Liebe, so stark wie die Gefühle, die sie einmal Jesse Cameron entgegengebracht hatte. Aber das ist so lange her, dachte sie. Damals hatte sie geglaubt, mit ihm würde die Sonne auf- und untergehen. Keiner saß so aufrecht im Sattel, keiner konnte so gut schießen oder ein kleines Mädchen so galant necken.

Jesse war zehn Jahre älter als Kiernan. Sie hatte eben erst aufgehört, mit ihren Puppen zu spielen, als er in seiner Uniform aus der Heeresakademie Westpoint zurückgekehrt war.

Kein Mann sah so fantastisch aus wie Jesse in dieser Uniform. Und keiner hatte Kiernan jemals so tief beeindruckt. Wann immer er sie sah, strahlten seine Augen, und er begrüßte sie freundlich mit seinem rauchigen, gedehnten Virginia-Akzent. »Guten Morgen, Kiernan Mackay. Ich schwöre, du siehst mit jedem Tag hübscher aus.« Natürlich hänselte er sie nur. Ständig wurde er von Mädchen umringt, von Schönheiten aus dem Süden – und dem Norden.

Oder zumindest hat er mich bis vor kurzem gehänselt, dachte sie. Nicht, daß sie ihn allzuoft sah. Seit der Rückkehr aus Westpoint widmete er sich dem Medizinstudium und verbrachte schrecklich viel Zeit in Washington. Währenddessen hatte sie sich mit ihrem Vater und Anthony Miller amüsiert.

Nun sagte sie sich, ihre Gefühle für Jesse seien nur kindliche Schwärmerei gewesen. Die beiden Familien kannten sich seit Jahrzehnten, und Daniel Cameron zählte zu Kiernans besten Freunden. Er erzählte ihr, sein Bruder Jesse würde oft über ihre phantasievollen Streiche lachen und sie als ›widerspenstigen kleinen Teufel‹ bezeichnen, vor dem sich jeder Mann in acht nehmen müsse.

Natürlich war sie nie ein ›widerspenstiger kleiner Teufel‹ gewesen. Da hatte Jesse ganz gewaltig übertrieben. Sie paßte nur auf, damit sie nicht ins Hintertreffen geriet, wenn die anderen dumme Streiche ausheckten. Eines Tages versuchte Tristan Tombey ihre Aufmerksamkeit zu erregen, indem er ihre Haare ins Tintenfaß tauchte. Natürlich rächte sie sich. Zugegeben, sie flirtete und umgarnte ihn, eroberte lächelnd sein Herz, doch das war die einzige Möglichkeit, nahe genug an ihn heranzukommen und das Tintenfäßchen an seine Hosenträger zu hängen, so daß seine gesamte Kleidung beschmiert wurde.

Jesse ritt gerade am Schulhof vorbei, während Tristan sich lauthals beklagte, und hob Kiernan lachend auf sein Pferd und brachte sie nach Hause. »Miß Mackay, du bist ein unverschämtes kleines Biest, und ich bedauere den armen jungen Burschen, der sich als nächster in dich verlieben wird.«

Obwohl sie empört protestierte, erzählte er die ganze Geschichte ihrem Vater. Selbstverständlich bekam sie Ärger, doch das schien Jesse noch mehr zu belustigen. Beim Abschied umfaßte er ihr Kinn und schaute sie mit seinen überwältigenden Augen an, die wie blaue Flammen glühten. »Gib bloß acht, Kiernan! Du bist zu jung, um die Kunst mutwilliger Koketterie so vollendet zu beherrschen. Eines Tages wird ein geplagter Junge den Spieß umdrehen.«

»Ein galanter Südstaatengentleman von deinem Kaliber sollte einer Dame – nein, einem Kind Kummer bereiten?« konterte sie honigsüß.

»Die Männer sind nicht immer galante Südstaatengentlemen«, warnte er sie, zerzauste ihr Haar und ging.

Sie war wütend. Und trotzdem träumte sie von seinen blauen Augen, von seiner tiefen, rauchigen Stimme.

Jesse hänselte sie nicht immer. Einmal beschloß sie, in einem der Bäche zu schwimmen. Unterwegs traf sie die kleine Cissy Wade, eins von Evan Turners Sklavenkindern. Impulsiv überredete sie das dünne, verängstigte Mädchen dazu, mitzukommen. Als sie zurückgingen, begegneten sie dem erbosten Turner. Kiernan beteuerte, es sei einzig und allein ihre Schuld.

Aber er schlug Cissy mit einem Rohrstock und drohte Kiernan – mochte sie auch eine ›reiche kleine Lady‹ sein – die gleiche Züchtigung an, falls sie nicht sofort verschwinde. Arme Farmer seien auf die Arbeitskraft ihrer Sklaven angewiesen, und er könne es nicht dulden, daß Cissy ihre Pflichten vernachlässige.

Kiernan lief nicht sofort davon. Statt dessen schaute sie zu, wie er das Mädchen verprügelte. Nun verstand sie, warum ihr Papa den alten Turner als ›weißen Abschaum‹ bezeichnete, doch das nützte ihr in jenem Augenblick nichts. Sie hörte Cissy schreien, und es drängte sie, Hilfe zu holen. Aber sie hätte ihren Vater nicht rechtzeitig auf den Plan rufen können, um der kleinen Sklavin beizustehen.

Auf dem Heimweg rannte sie beinahe Jesses schönem Rappen vor die Hufe. Er stieg ab und hielt sie am Arm. »Kiernan! Was ist denn los? Wen hast du diesmal auf dem Gewissen?«

Es war ihr egal, ob er sie neckte oder nicht. Tränen brannten in ihren Augen. »Ich ging mit Cissy schwimmen, nur für eine Stunde. Und nun schlägt der alte Turner sie mit einem Rohrstock. O Jesse, er wird sie umbringen.«

Er seufzte müde. »Sie gehört ihm, also darf er sie laut Gesetz schlagen.«

»Aber er wird sie umbringen!«

»Nun, du hättest über Cissys Status nachdenken sollen, ehe du sie aufgefordert hast, dich zu begleiten.«

»Ich wollte ihr doch nur eine Freude machen. Sie muß so hart arbeiten und sieht immer völlig erschöpft aus. Nie hätte ich gedacht, daß ich ihr dermaßen schaden würde. Am liebsten würde ich diesem alten Schuft alle Haare ausreißen!«

»In ein paar Jahren wirst du's wahrscheinlich versuchen«, meinte Jesse leichthin. »Geh jetzt heim, ich werde sehen, was ich tun kann.«

Doch sie ging nicht nach Hause. Statt dessen folgte sie ihm zu Turners Farm und versteckte sich im Gebüsch. Er sprang vom Pferd und riß den Rohrstock aus den Händen des grausamen Mannes.

Jesse war zwar noch nicht zwanzig, aber überdurchschnittlich groß und kräftig, und so verzichtete Turner auf Handgreiflichkeiten. Aber er stieß wütend hervor: »Sie haben kein Recht, sich da einzumischen, Junge – obwohl Sie von den reichen Camerons abstammen.«

»Wollen Sie dieses Kind totschlagen, Turner?«

»Die Kleine gehört mir, und sie wollte weglaufen.«

»Das ist nicht wahr«, entgegnete Jesse empört. »Und das wissen Sie sehr gut.«

Turner senkte die Stimme, und der Streit wurde etwas leiser fortgesetzt, so daß Kiernan nichts mehr hörte. Sie sah nur, wie Jesse ein dickes Bündel Geldscheine hervorholte, und plötzlich saß die leicht benommene, schnüffelnde Cissy bei ihm auf dem Pferderücken. Er hatte sie dem Farmer abgekauft.

Eine Woche später kauften die Camerons den Rest ihrer Familie, die Mutter, den Vater – einen gebrechlichen alten Feldarbeiter – und den kleinen Bruder.

Vielleicht hatte damals Kiernans Schwärmerei für Jesse so richtig begonnen. Aber er ärgerte sie ständig, weil er sie wie ein Kind behandelte.

Als ihr Vater einen Ball anläßlich ihres gesellschaftlichen Debüts für sie gab, glaubte sie, Jesse wäre beim Militär in Washington oder er würde im Westen gegen die Indianer kämpfen. Ein wundervoller Abend ... Sie trug zum erstenmal ein Korsett, mehrere Unterröcke und ein modisches Kleid mit gewagtem Ausschnitt. Ihr Haar war zu eleganten Löckchen auf dem Oberkopf festgesteckt. Sie fühlte sich bildschön und sehr erwachsen. Selbstbewußt setzte sie ihre weiblichen Reize ein, lachte und tanzte und flirtete. Scharenweise drängten sich die jungen Burschen um sie. Wie sie sehr wohl wußte, durfte sie keinen ermutigen. Aber es war gewiß nicht unschicklich, ein bißchen Charme zu versprühen, und sie genoß in vollen Zügen ihre Macht über die Männerwelt.

Bis sie Jesse sah. Er lehnte an einem Türrahmen und beobachtete sie, offenbar schon seit einiger Zeit. Das Amüsement, das seine funkelnden Augen und sein schiefes Grinsen verrieten, irritierte Kiernan.

Und dann kam er zu ihr, um sie auf die Tanzfläche zu führen. Er nahm sie einfach in die Arme, obwohl sie diesen Tanz einem anderen versprochen hatte. »Du wächst zu einer vielversprechenden Schönheit heran, Kiernan Mackay«, beteuerte er, immer noch sichtlich belustigt, und küßte ihre Hand. Das Blut stieg ihr in die Wangen, und sie hätte ihn am liebsten gegen das Schienbein getreten. Entschlossen ignorierte sie ihr heftiges Herzklopfen. »Wen willst du denn heute abend betören?« fragte er.

»Die ganze Welt, Jesse Cameron«, erwiderte sie kokett. Und ehe er sie lachend losließ, bohrte sie scheinbar zufällig den spitzen Absatz eines ihrer neuen Lederschuhe in seine Zehen. Zum Teufel mit Jesse! Diese Art von Schwärmerei habe ich überwunden, sagte sie sich energisch in jener Oktobernacht 1859, die sie in Harpers Ferry verbrachte. Sie bewunderte ihn nicht mehr, hatte sich eine eigene, sehr definitive Meinung gebildet, und wahrscheinlich sah er mehr denn je einen ›widerspenstigen kleinen Teufel‹ in ihr.

Er konnte höflich und charmant sein – aber nur, wenn er wollte. Nie nahm er ein Blatt vor den Mund, und um populäre Anschauungen scherte er sich nicht. Er war einfach unfähig, nachzugehen oder Kompromisse zu schließen. Wenn sie ihn heiratete, würde er niemals ihre Ratschläge akzeptieren, im Gegensatz zu Anthony. Ebensowenig ihre Unentschlossenheit, was die Hochzeit betraf.

Anthony war viel manierlicher. Aber er vermochte keine so überwältigenden, erregenden Gefühle zu erregen wie Jesse, kein Zittern, keine Atemnot.

Dafür kann Anthony natürlich nichts, überlegte sie, und dann wurden ihre Gedanken von Laceys Ruf unterbrochen. »Schau doch, Kiernan! Da unten bewegt sich wieder irgendwas!«

Als Kiernan aus dem Fenster spähte, war die Person – falls sich überhaupt jemand auf der Straße befunden hatte –, verschwunden. »Tut mir leid, ich sehe nichts.«

»Weil du nicht aufpaßt!«

»Schon gut, von jetzt an werde ich die Augen offenhalten«, versprach Kiernan.

Wenig später hörten sie den Nachtzug pfeifen. Es war etwa ein Uhr dreißig.

»Alles in Ordnung«, meinte Kiernan. »Gerade ist der Zug vorbeigefahren.«

Lacey erschauerte. »Ich sage dir, da stimmt was nicht.«

Auch Kiernan begann zu frösteln. Bisher war ihr nichts aufgefallen, aber plötzlich hatte sie das Gefühl, Laceys Angst könnte berechtigt sein. Sie schaute wieder aus dem Fenster, kniff die Augen zusammen, und da nahm sie eine Bewegung im Schatten der Häuser wahr. Unbehaglich biß sie auf ihre Unterlippe. Aber was immer da vorgeht, sagte sie sich dann, es hat nichts mit uns zu tun. In Thomas Donahues Haus sind wir sicher. Sie wandte sich zu ihrer Gastgeberin. »Hast du ein Gewehr?«

Langsam schüttelte Lacey den Kopf und beinahe mußte Kiernan lachen. Sie waren ganz allein unter diesem

Dach, weil die Männer einen Bauplatz für eine neue Waffenfabrik suchten, und es gab kein einziges Schießeisen im Haus.

»O Kiernan, glaubst du, wir kriegen Ärger?«

»Natürlich nicht. Vielleicht findet da unten eine nächtliche Versammlung statt – eine Inspektion oder sonstwas.«

»Aber warum schleichen die Leute dann so verstohlen herum? Und wieso habe ich den Schuß gehört?«

Kiernan zuckte die Achseln. Sie hätte Lacey gern beruhigt, spürte mittlerweile selbst, daß ihnen Gefahr drohte. Trotzdem versicherte sie: »Uns wird gewiß nichts passieren.« Immerhin waren sie mitten in einer großen Stadt, von zahlreichen Menschen umgeben. Und wer sollte ein Interesse daran haben, zwei harmlosen Frauen was anzutun? Die Donahues führten zwar ein komfortables, aber kein luxuriöses Leben, und ein Einbrecher würde in ihrem Haus keine Schätze finden.

Aber wer immer nach Harpers Ferry gekommen war, suchte weder Geld noch sonstige Reichtümer. Das wußte Kiernan instinktiv. »Warum gehen wir nicht hinunter und trinken ein Glas Sherry?« schlug sie vor.

»Da unten können wir die Stadt nicht überblicken«, wandte Lacey ein, und Kiernan lächelte.

»Dann holen wir den Sherry hier herauf.«

Damit war Lacey einverstanden. Kiernan zündete die Kerze auf dem Nachttisch an, dann eilten sie zum Salon neben Thomas Büro hinab, wo der Sherry verwahrt wurde.

Wir müssen wie zwei Gespenster aussehen, dachte Kiernan. Sie trug ein spitzenbesetztes Nachthemd aus weißer Baumwolle, in dem sie zu schweben schien, Lacey einen Morgenmantel in Hellblau, einer Farbe, die bei Nacht unheimlich wirkte. Harpers Ferry verfügte bereits über Spukgeschichten. Angeblich zeigte sich des öfteren ein Geist in den Fenstern des alten Harper-Hauses. Man behauptete, es sei Mrs. Harpers Geist, der das Gold bewachen wolle, das ihr Mann irgendwo im Garten vergraben habe. Und es wurde auch gemunkelt, George Washington, der die Stadt zum Standort des Arsenals bestimmt hatte, würde immer noch durch die Straßen wandern und nach dem Rechten sehen.

Und da waren natürlich die Indianer. Potomac und Shenandoah vergossen immer noch ihre Tränen.

Ins Gästezimmer zurückgekehrt, füllte Kiernan zwei Gläser mit Sherry. In den Schaukelstühlen zu beiden Seiten des Fensters hielten sie Wache und nippten an ihren Getränken. Lacey wirkte nun etwas ruhiger. Entweder war sie zu der Überzeugung gelangt, daß ihnen in diesem Haus nichts zustoßen konnte, oder sie genoß die improvisierte Party.

Aber Kiernans Sorge wuchs mit jeder Minute. Da draußen bei der Feuerwache bewegte sich etwas, auch beim Waffendepot. Rasch verstrich die Nacht. Über den Bergen schimmerten die ersten rosa Lichtstreifen.

Lacey erzählte von einer Party, die sie neulich in Washington besucht hatte, und schwärmte von der Bahn, mit der sie unglaublich schnell in die Hauptstadt gefahren war. Als Kiernan einen Schluck Sherry nahm und sich gerade zu entspannen begann, hörte sie ein lautes Klopfen an der Haustür. Beide Frauen sprangen gleichzeitig auf und starrten sich an.

»Was sollen wir tun?« jammerte Lacey.

»Wir achten einfach nicht darauf.«

»Aber wenn das jemand ist, der uns helfen möchte?«

»Und wenn es jemand ist, der uns was zuleide tun will?«

Klirrend zerbrach das Glas der Bürotür, und Lacey schrie auf, während Kiernan ihren eigenen Angstschrei hinunterschluckte. Es erschien ihr keineswegs ratsam, den oder die Einbrecher wissen zu lassen, wo sie sich aufhielten.

»Lacey, irgendwie müssen wir uns verteidigen. Warum gibt es denn keine einzige Waffe in diesem Haus?«

»Das weiß ich nicht, bis jetzt haben wir keine gebraucht.« Verzweifelt rang Lacey die Hände.

Schritte erklangen auf der Treppe. In einer Zimmerecke lehnte ein Sonnenschirm, und Kiernan stürzte sich darauf, wenn sie auch nicht wußte, was er ihr nützen sollte. Jedenfalls konnte sie nicht untätig dastehen und abwarten, was das Schicksal ihr zugedacht hatte. Weder der armen lieben Lacey noch ihr selbst dürfte etwas zustoßen. Sie würde kämpfen. Wenn es sein mußte, mit einem Schirm.

Laceys Schlafzimmertür auf der anderen Seite des Flurs wurde geöffnet. »Versteck dich«, wisperte Kiernan.

»Wo?«

In diesem hübschen, von der Hausherrin sehr gemütlich eingerichteten Zimmer gab es keine Schlupfwinkel. Es war spärlich möbliert, mit einem Bett und einem Nachttischchen, einem Schrank, zwei gepolsterten Schaukelstühlen und einem Waschtisch.

»Kriech unters Bett«, riet Kiernan, dann erkannte sie, daß die umfangreiche Gestalt ihrer Freundin dort keinen Platz finden würde.

»Versteck *du* dich, Kiernan Mackay«, befahl Lacey heroisch, aber mit bebender Stimme.

»Ich lasse dich nicht allein...«, begann Kiernan. Doch das Problem löste sich von selbst, weil in diesem Moment die Tür aufflog.

Zwei Männer standen auf der Schwelle. Einer zielte mit einem Colt auf Laceys Brust, der andere – ein bärtiger Schwarzer richtete ein Gewehr auf Kiernan. Obwohl kalte Angst ihren Herzschlag beschleunigte, warf sie herausfordernd den Kopf in den Nacken. »Wer um Himmels willen sind Sie? Wie können sie es wagen, in ein Privathaus einzudringen und zwei wehrlose Frauen zu bedrohen?« Der zornige, gebieterische Klang ihrer Stimme überraschte sie selbst. Noch nie im Leben hatte sie sich dermaßen gefürchtet.

»Wir sind Soldaten, die für die Freiheit kämpfen, Miß«, erklärte der kleinere weiße Mann. »Und Sie sind Kiernan Mackay, die Tochter des Sklavenhalters John Mackay.«

»Ja, ich bin Kiernan Mackay«, bestätigt sie kühl. »Und Sie...«

»Wir repräsentieren die Revolution, die heute nacht in dieser Stadt anfängt. Das ganze Land wird sich erheben.«

Krampfhaft schluchzte sie. Offenbar sprach er von einem Sklavenaufstand. Wie sie wußte, war es in der Karibik und in Südamerika bereits zu solchen Revolten gekommen. Sklaven hatten gegen ihre Herren rebelliert, viele Leute waren in ihren Betten niedergemetzelt worden, sogar kleine Kinder. Doch sie konnte nicht glauben, daß so etwas auch hier geschehen würde. Nicht im Heim der Donahues. Thomas hatte stets betont, er wolle niemals einen Mitmenschen besitzen.

»Sie haben kein Recht, hierherzukommen«, warf Kiernan den beiden Eindringlingen vor. »Revolution! Sie werden nur sinnlos Blut vergießen!«

»Mrs. Donahue werden wir kein Haar krümmen«, erklärte der Mann und jagte Kiernan noch größere Angst ein. Also kannte er sie beide, und er war keineswegs zufällig in dieses Haus eingedrungen. Was immer hier vorging, es mußte gut organisiert sein. »Aber Sie werden uns begleiten, Miß Mackay«, fügte er hinzu.

»Nein.«

Lacey schob sich zwischen Kiernan und die beiden Männer. »Ihr werdet dieses Mädchen nicht anrühren, ihr Rüpel! Ich weiß nicht, was ihr vorhabt, aber...«

»Nichts Böses, Ma'am«, versicherte der Schwarze. »Wir stehen unter John Browns Kommando, und John Brown befolgt die Befehle des Allmächtigen. Der Krieg hat begonnen, Ma'am, und wir nehmen Miß Mackay mit, als John Browns Geisel.«

John Brown. Skrupellos hatte dieser Mann hilflose Männer niedergemetzelt – ein Fanatiker, der im Namen Gottes zu handeln glaubte. Kiernans Blut schien zu gefrieren. Führte er auch Krieg gegen Frauen und Kinder?

»Wir wollen Ihnen nicht weh tun, Miß Mackay«, beteuerte der kleine Weiße. »Wenn Sie widerstandslos mitkommen...«

»Das ist unmöglich«, erwiderte Kiernan. »Ich bin nicht angezogen.«

»Sie hat recht«, pflichtete Lacey ihr bei. »In dieser Aufmachung kann eine junge Frau nicht auf die Straße gehen.« So wie ihr Hausgast versuchte sie nur Zeit zu gewinnen. Aber was würde ihnen das nützen? Kiernan würde sich nicht kampflos ergeben. Sie umklammerte immer noch den Sonnenschirm. Aber was konnte der gegen Schußwaffen ausrichten?

»Kommen Sie jetzt mit, Miß Mackey«, verlangte der Weiße. »Wenn Sie sich weigern, muß ich Sie fesseln, und Cain wird Sie über seine Schulter werfen.« Er deutete auf den Mann an seiner Seite.

Auf keinen Fall durfte sie sich fesseln lassen, sonst würde sie alle Chancen auf eine baldige Flucht verspielen. »Also gut, ich gehe mit...«

»Warten Sie!« rief Lacey. »Wenn Kiernan Sie begleiten soll, müssen Sie auch mich mitnehmen.«

Entschieden schüttelte Cain den Kopf. »Nein, Mrs. Donahue, Sie wollen wir nicht.«

»Bleib hier, Lacey.« Eindringlich schaute Kiernan ihre Freundin an und hoffte, ihr begreiflich zu machen, daß sie die Situation allein besser meistern könnte.

»Aber – Kiernan...«

»Bitte!«

Da gab sich Lacey geschlagen und preßte ärgerlich die Lippen zusammen. Sie hält sich gut, dachte Kiernan.

»Miß Mackay...« Höflich trat Cain beiseite, und sie ging an ihm vorbei.

»Für einen nächtlichen Spaziergang bin ich wirklich passend gekleidet«, sagte sie sarkastisch, »in einem weißen Nachthemd mit Spitzenbesatz, einen blauen Schirm in der Hand. Nicht einmal Schuhe habe ich an…«

Sie stieg die Treppe hinab. Wenn es ihr gelang, das Haus vor den Männern zu verlassen, konnte sie vielleicht davonlaufen. Die beiden schienen zwar eine Menge zu wissen, aber sicher kannten sie die Stadt nicht so gut wie sie, all die Hintergassen, die zu den Bergwegen führten.

Sie beschleunigte ihre Schritte, doch die Geiselnehmer blieben ihr dicht auf den Fersen. Als sie den Salon durchquerte, fiel ihr Blick auf den Schürhaken, der neben dem Kamin lehnte. Eine bessere Waffe als der Schirm, dachte sie, aber gegen eine Kugel ebenso machtlos. Sie eilte weiter, ins Büro, wo Glassplitter vor der Tür lagen. Abrupt blieb Kiernan stehen. »Gentlemen, da Sie mir nicht gestatten, Schuhe anziehen, wüßte ich es sehr zu schätzen, wenn Sie diese Scherben wegräumen würden, ehe ich meinen Weg fortsetze.«

»Hören Sie mal…«, fauchte der Weiße kampflustig.

»Wenn Sie die Welt beeindrucken wollen, sollten Sie Ihren Geiseln keine blutenden Füße zumuten.«

»Es ist wirklich unnötig, daß sie sich weh tut«, meinte Cain. Der andere zuckte die Achseln. »Ach, verdammt…«

Sie gingen an Kiernan vorbei, um die Glasscherben einzusammeln. Sie wartete, bis sie sich gebückt hatten, dann machte sie blitzschnell kehrt und floh durch den Salon zum Hinterausgang. Hinter sich hörte sie die Männer fluchen, hastig schob sie den Riegel zurück und stürmte hinaus.

Auf den Stufen der Hinterveranda hielt sie sekundenlang inne und überlegte, wohin sie sich wenden sollte. Direkt vor ihr, über einem Felshang, ragte die römisch-katholische Kirche empor. Ein steiler Weg, den sie gut kannte, führte die Klippen hinauf, zum Jefferson's Rock und zum Friedhof. Oder sie konnte um das Haus herum zur Straße laufen. Doch dort würden die Verfolger sie bald einholen.

Polternde Schritte näherten sich. Sie ließ den Schirm fallen und flüchtete durch den Hof. Schmerzhaft bohrten sich Steine in ihre nackten Sohlen. Wenig später erreichte sie den überwucherten Klippenpfad, begann hinaufzusteigen und hoffte, das dichte Gebüsch würde sie Verbergen. Sie hielt sich an Zweigen fest und kämpfte sich durch das Dickicht, so schnell sie konnte.

»Sie ist da hinaufgelaufen!« schrie einer der beiden Männer.

»Halt, Miß Mackay, oder ich schieße!« warnte der andere.

War das eine leere Drohung? Kiernan nahm an, daß sie den Befehl haften, sie lebend bei John Brown abzuliefern, und so kletterte sie weiter bergauf. Ein wütender Fluch hallte durch das kühle Morgengrauen. Und dann hörte sie, wie ihr jemand folgte.

»Kiernan!« Der Ruf drang von der Straße herüber, begleitet von Hufschlägen.

Hinter ihr erklang wieder ein wilder Fluch. »Ich bring' dieses Biest um!«

Verzweifelt stieg sie nach oben.

»Weiter, Kiernan, weiter!« Die Aufforderung dieser tiefen, rauchigen Stimme war überflüssig. Inständig hoffte sie, der Reiter wäre vom Pferd gestiegen, um ihrem Verfolger nachzueilen.

Ihre Lungen drohten zu bersten, schmerzhaft hämmerte ihr Herz gegen die Rippen. Doch sie glaubte, daß sich ihr Vorsprung vergrößerte. Wenn sie auf dem Grat ankam, konnte sie vielleicht in der Kirche Zuflucht suchen und Vater Costello wecken. Oder er war ohnehin schon wach und verrichtete sein Morgengebet.

Als sie den Klippenrand erreichte, blieb ihr Nachthemd an einem Zweig hängen. Sie riß es los, und im selben Augenblick wurde sie an den Schultern gepackt und zu Boden geworfen. Gellend schrie sie auf und sah das zornige Gesicht des kleinen weißen Mannes über sich. Wieder schrie sie laut auf. Da preßte er eine Hand auf ihren Mund, und sie versuchte hineinzubeißen.

Seine Faust schwang hoch, aber ehe sie auf Kiernans Kinn herabsausen konnte, weiteten sich seine Augen. Starke Finger, die in einem Lederhandschuh steckten, umklammerten das Handgelenk des Angreifers und zerrten ihn hoch. Sie hörte, wie er von einem wuchtigen Schlag getroffen wurde, dann schrie sie wieder, denn der steinige Boden, vom Kampf gelockert, gab unter ihr nach. Sie konnte sich nirgends festhalten, rutschte bergab, drohte die Steilwand hinabzustürzen.

»Kiernan!« In den Schatten der Morgendämmerung sah sie den hochgewachsenen, uniformierten Reiter, der ihren Feind festhielt. Rasch stieß er den Mann beiseite, dann stürzte er sich auf sie. Sein schwerer Körper warf sie seitwärts, zurück auf den Klippenpfad. Gemeinsam rollten sie bergab, in den Hof der Donahues.

Als sie dort landeten, lag Kiernan auf dem Reiter und starrte benommen in strahlend blaue Augen. »Jesse!« keuchte sie. »Jesse Cameron!«

Herausfordernd grinste er sie an. »Hallo, Kiernan Mackay! Wir haben uns lange nicht gesehen, was? Aber bei dir kann ein Mann ja nie wissen, wann er dir über den Weg läuft, nicht wahr?«

2

Es war einfach unglaublich. Rittlings saß sie auf ihm, in ihrem zerrissenen Nachthemd, die Hände auf seiner Brust. Ihr langes Haar hing über dem marineblauen Kavalleriehemd seiner Uniform. Dunkle, zerzauste Strähnen bedeckten seine Stirn. »Oh, mein Gott, es ist wirklich Jesse«, flüsterte sie.

»In Fleisch und Blut«, stimmte er zu. Er schob sie beiseite, um aufzustehen, dann ergriff er ihr Handgelenk und zog sie auf die Beine.

»Wieso bist du hier?« fragte sie.

»Der Nachtzug brachte eine dringende Nachricht nach Washington. Ein befreundeter General, mit dem ich gerade einen Whiskey trank, beorderte mich hierher und erteilte mir den Auftrag, die Verwundeten zu verarzten. Bald werden die Truppen eintreffen.«

»Was ist denn los?«

»Das erkläre ich dir später. Erst muß ich diesen Mann suchen.«

»O Jesse, er wußte, wer ich bin und wo er mich finden würde.«

»Das ist mir klar.«

»Aber...«

»Geh ins Haus«, unterbrach er sie und bückte sich nach seinem Hut, der im Staub lag.

»Und wenn er wiederkommt? Sie waren zu zweit.«

Er zog einen sechsschüssigen Colt aus seinem Hüfthalfter. »Kannst du damit umgehen?« Sie nickte, und er berührte grinsend ihre Wange, dann drückte er ihr die Waffe in die Hand. »Wahrscheinlich ist der Kerl längst verschwunden. Warte im Haus auf mich.«

Verwirrt schaute sie ihm nach, von eigenartiger Wärme erfüllt. Jesse Cameron war in ihr Leben zurückgekehrt. Er hätte ihren Angreifer gefangennehmen können. Statt dessen hatte er sie vor einem tödlichen Sturz bewahrt.

Obwohl die Sonne aufzugehen begann, verschmolz er in seiner dunklen Uniform mit dem Laubwerk, als er die Klippen hinaufkletterte. Kiernan bezweifelte ebenso wenig wie er, daß der Mann inzwischen das Weite gesucht hatte. Die Felsenwand zog sich bis zum Jefferson's Rock empor, von wo Thomas Jefferson einst das Land überblickt hatte. Zahllose andere Wege führten über den Steilhang. Sogar ein Fremder mußte sie mittlerweile entdeckt haben.

Sie preßte eine Hand an ihre heiße Wange. Jesse... Er war nicht so höflich und zuvorkommend wie Anthony. Aber um einer Frau das Leben zu retten, brauchte man keine guten Manieren.

Rasch drehte sie sich um und eilte ins Haus, wo Lacey bei der Hintertür wartete. »Kiernan! Gott sei Dank! Was ist geschehen? Wer ist der Mann, der eben noch im Hof war? Ich wollte schon mit dem Nudelholz hinauslaufen, aber da sah ich dich auf ihm sitzen, und du schienst ihn zu kennen. Ob das nun zutrifft oder nicht – du hast dich höchst unschicklich verhalten, Kiernan. Na, jedenfalls bist du jetzt in Sicherheit. Du kennst ihn doch?«

»Ja. Und du auch. Es ist Jesse Cameron, einer unserer Nachbarn in Tidewater Virginia.«

»Was macht er hier?«

»Eine Nachricht wurde nach Washington übermittelt, mit dem Nachtzug. Jesse konnte mir nicht alles erklären. Irgendein General hat ihn hergeschickt. Bald werden Truppen eintreffen.«

»Warum? Ach ja, er ist Arzt und immer noch beim Militär... Oh, du meine Güte!« Lacey starrte auf den Colt in Kiernans Hand. »Können wir das Ding nicht verschwinden lassen?«

»Ich hab's lieber bei mir.«

»Diese Männer werden nicht zurückkommen«, behauptete Lacey zuversichtlich.

»Wieso bist du da so sicher?«

Lacey führte Kiernan zum Vordereingang, wo immer noch die Glasscherben lagen, und zeigte durch den leeren Fensterrahmen in der Türfüllung. Vor dem Arsenal hatte sich eine Menschenmenge versammelt. Bewaffnete Männer patrouillierten auf der Straße. Immer wieder erklangen laute Stimmen.

Schritte polterten auf dem hölzernen Gehsteig zur Rechten, und Kiernan erkannte Mr. Tomlin, einen Nachbarn. Eine Schrotflinte in der Hand kam er angerannt und befahl seinem sechzehnjährigen Sohn Eban, der ihm folgte: »Gib mir noch ein paar von diesen Nägeln, mein Junge.« Als er die Gesichter der beiden Frauen sah, blieb er stehen. »Ist das nicht der Gipfel, Ladys? Da produzieren wir haufenweise Waffen, aber wenn man Munition braucht, kann man keine kaufen. Nun, man muß eben erfinderisch sein.«

Er zwinkerte Kiernan zu, und sie beobachtete verwundert, wie er seine Flinte mit Nägeln lud. »Was machen Sie denn, Mr. Tomlin?«

»In dieser Stadt ist eine Revolution ausgebrochen, Miß Mackay. Haben Sie's noch nicht gemerkt?« Erst jetzt sah er ihr zerrissenes Nachthemd und die Grashalme in ihrem Haar. »Großer Gott, ist alles in Ordnung?«

Lacey übernahm es, die Frage zu beantworten. »Jetzt schon, aber vor einer halben Stunde konnte man das keineswegs behaupten.«

»Hat man versucht, auch Sie zu entführen?« Eban starrte Kiernan ehrfürchtig an.

»Wollten diese Schurken denn noch jemanden wegbringen?« erkundigte sich Kiernan bestürzt.

»Das wollten sie nicht nur«, erwiderte Eban aufgeregt. »Die haben alle möglichen Leute geschnappt, sogar den Bürgermeister und den Waffenmeister. Und dann ritten sie fünf Meilen weit, um Colonel Lewis Washington zu holen, den Nachfahren von George Washington. Von dem hat er einige Sachen geerbt, und die möchte John Brown haben. Der nennt sich jetzt ›Isaac Smith‹, aber man muß nicht lange überlegen, um zu erraten, wer er wirklich ist.«

»Oh, mein Gott!« hauchte Lacey.

»Ich glaube, die haben mindestens zwanzig Geiseln«, fügte Eban hinzu.

»Lacey hat einen Schuß gehört«, sagte Kiernan.

»Klar, verdammt noch mal...« Der tadelnde Blick seines Vaters trieb das Blut in Ebans Wangen. Natürlich wußte der Junge, daß man vor Damen nicht fluchen durfte. »Verzeihung...«

»Da gab's eine Schießerei«, erzählte Mr. Tomlin. »Der alte John Brown versucht, die Welt zu befreien. Und deshalb kam er nach Harpers Ferry und schoß den armen Hayward Shepherd nieder, den freigelassenen Schwarzen, der im Bahnhof Dienst hatte. Wahrscheinlich wollten die Schufte verhindern, daß Alarm geschlagen wird. Aber dann kam der Nachtzug. Den ließen John Browns Männer einfach weiterfahren, und deshalb müssen die Leute drin geahnt haben, daß hier was nicht stimmt. Gehen Sie lieber von der Tür weg, Ladys. Auf den Straßen ist einiges los. Manche Leute sind vor Angst ganz durcheinander und feuern auf alles, was sich bewegt.«

Kiernan warf einen Blick auf die mit Nägeln geladene Schrotflinte. »Ja, ich weiß.«

»Komm, mein Junge«, befahl Mr. Tomlin und schob seinen Hut in den Nacken.

Kiernan folgte ihrer Gastgeberin in den Salon, und Lacey meinte: »Am besten warten wir hier auf weitere Nachrichten.«

»O nein, ich ziehe mich so schnell wie möglich an und gehe hinaus«, widersprach Kiernan und rannte in die Küche, um Waschwasser zu holen. Auf den Stufen begegnete sie der jammernden Hausherrin und lächelte sie beruhigend an. »Mir wird nichts passieren. Ich habe einen Colt mit richtigen Kugeln und kann damit umgehen.«

»Bitte, bleib hier!« rief Lacey ihr nach. »Nur der Himmel weiß, was in dieser Stadt wirklich los ist...«

Im Gästezimmer goß Kiernan das Wasser in die Waschschüssel und zog das zerrissene Nachthemd aus. Dann schlüpfte sie in ein Hemd, eine Unterhose und einen Unterrock. Zögernd hielt sie inne, dann entschied sie, daß sie während einer Revolution auf ihr Korsett verzichten konnte. In der Unterwäsche trat sie an den Waschtisch und begann sich abzuschrubben.

Laceys Stimme drang herauf. »So hör doch... Oh!«

Kiernan spulte gerade ihren Mund aus. Verwundert überlegte sie, was Lacey zu diesem Ausruf bewogen haben mochte, drehte sich zur Seite und erstarrte. Am Türrahmen lehnte Jesse, die Arme vor der Brust verschränkt. Ein träges Lächeln umspielte seine Lippen. Heftig errötete sie, von den Zehenspitzen bis zu den Haarwurzeln. Was bildete er sich eigentlich ein? Kein Gentleman auf der ganzen Welt würde eine Dame anstarren, die nur ihre Unterwäsche trug.

Aber Jesse schon. Trotz ihrer Wut verspürte sie eine seltsame, prickelnde Erregung. Zum Teufel mit ihm! Mit seinem kohlschwarzen Haar, den boshaften blauen Augen und dem sinnlichen Lächeln war er immer noch der attraktivste Mann, den sie kannte.

»Jesse...«

»Wirklich, Darling...« Sein Blick wanderte über ihren Körper und blieb dann an ihrem Gesicht hängen – voller Belustigung, aber es lag auch noch etwas anderes darin. »Während meiner Abwesenheit bist du in der Tat erwachsen geworden.«

Wahrscheinlich hätte sie das Recht gehabt, laut zu kreischen. Aber jenes gefährliche Prickeln veranlaßte sie, ihn herausfordernd anzustarren. Wenn er von ihr die Reaktion eines Unschuldslamms erwartete, sollte er sich täuschen. Mißbilligend stützte sie die Hände in die Hüften. »Ich wäre dir sehr dankbar, wenn du unten warten würdest, bis ich in der Lage bin, Besuch zu empfangen.«

»Typisch Frau!« entgegnete er lachend. »In dieser Stadt wird Geschichte geschrieben, und du machst dir Sorgen wegen deiner Unterwäsche.«

»Jesse...«

»Also gut, komm runter, sobald du dich für präsentabel

hältst. Ich habe nicht viel Zeit. Vielleicht kann ich nicht einmal lange genug bleiben, um...«

»Rühr dich nicht von der Stelle!« befahl sie, rannte zum Schrank und nahm ein weißes, schwarzgemustertes Baumwollkleid mit Volants heraus. Als sie es über den Kopf zog, erschien Lacey in der Tür und stellte Jesse vorwurfsvoll zur Rede.

»Captain Cameron, was machen Sie denn im Schlafzimmer einer Dame?«

»Ah, Mrs. Donahue, ich kannte Kiernan schon, als sie noch in Windeln herumlief.«

»Nun, jetzt bin ich für ihr Wohlergehen verantwortlich, und sie trägt keine Windeln mehr.«

»Nein, jetzt nicht mehr, Ma'am«, bestätigte er und begegnete Kiernans Blick, während sie ihr Kleid glattzog. Knisternde Spannung vibrierte zwischen ihnen, wie ein unsichtbarer Blitz.

Ohne Jesse aus den Augen zu lassen, ging sie zu Lacey und wandte ihr den Rücken zu. »Würdest du bitte mein Kleid zuknöpfen?«

Hastig begann Lacey die Reihe winziger Knöpfe zu schließen.

»Ich nehme an, du hast den Mann nicht gefunden, Jesse«, bemerkte Kiernan.

Er schüttelte den Kopf. »Bedauerlicherweise ist er zu seinen Gefährten gestoßen.«

»Gefährten?«

»Die Leute auf der Straße sagen, John Brown würde eine Streitkraft von etwa zwanzig Mann kommandieren.«

»Und der Schwarze?«

»Den habe ich nicht gesehen. Ich wünschte, ich hätte diesen weißen Schurken festgehalten, aber...« Er verstummte, und sie spürte, daß er sich Sorgen machte. Leichthin fügte er hinzu: »Ich hatte die Wahl zwischen ihm und dir, und ich entschied mich für dich.«

»Oh!« stöhnte Lacey.

Natürlich sagt er die Wahrheit, dachte Kiernan. Hätte er sich nicht auf mich geworfen, wäre ich die Felswand hinabgefallen, statt auf dem Weg runterzurollen. »Er mußte mich vor einem bösen Sturz bewahren, Lacey«, erklärte sie so würdevoll wie möglich.

»Oh!« wiederholte Lacey, diesmal sichtlich erleichtert.

Jesse musterte Kiernan, und seine Augen glichen blauen Flammen. »Du bist tatsächlich erwachsen geworden – und so elegant...« Dann verdarb er das Kompliment, indem er einen winzigen Zweig aus ihrem Haar zupfte. »Und beinahe gezähmt.«

Sie riß ihm den Zweig aus der Hand, dann lächelte sie. »Mich kann man nicht zähmen, Jesse. Ich bin kein Haustier.«

»Eine Dame wie du ist also unbezähmbar?«

»Ich bin auch kein wildes Pferd.«

»Nun, wilde Pferde kann man an den Sattel gewöhnen. Auch Frauen müssen manchmal gezähmt werden.«

»Hast du schon viele gezähmt?«

»Ein paar«, gab er zu und lehnte sich wieder lässig an den Türrahmen.

»*Ich* lasse mich jedenfalls nicht zähmen.«

»Kiernan, Captain...«, begann Lacey verlegen.

Sie knöpfte immer noch Kiernans Kleid zu, aber er schien ihre Anwesenheit gar nicht wahrzunehmen, oder er ignorierte sie. Leise lachte er, dann erwiderte er gedehnt: »Ich entsinne mich nicht, dir ein solches Angebot gemacht zu haben.«

Lacey holte tief Luft. »Ihr Verhalten schickt sich nicht, Captain.«

»Du machst niemals konkrete Angebote«, entgegnete Kiernan, die ihre Gastgeberin ebenso wenig beachtete wie er, und lächelte herausfordernd. »Nur Andeutungen...«

»Captain, Kiernan, bitte!« flehte Lacey. »Ich muß ganz energisch protestieren. Das gehört sich nicht.«

»Nichts, was Jesse tut, gehört sich«, bemerkte Kiernan in honigsüßem Ton.

»Jetzt muß *ich* aber protestieren«, wehrte sich Jesse. »Ich kann mich sehr anständig benehmen, Mrs. Donahue, wenn es erforderlich ist. Aber Kiernan und ich sind alte Freunde.« Mit seinem charmantesten Lächeln trat er zu Lacey und flüsterte verschwörerisch: »Als sie klein war, habe ich sie sogar splitternackt gesehen.«

»O Gott!« jammerte Lacey, und bemühte sich, das Kleid noch schneller zuzuknöpfen.

»Niemals!« fauchte Kiernan.

»Doch«, versicherte er der Hausherrin. »Als kleines Mädchen zog sie sich gern aus und sprang in den See.«

»Es ist einfach widerlich von dir, dich an so was zu erinnern und es hier zu erwähnen«, schimpfte Kiernan.

»Aber das ist eine meiner angenehmsten Erinnerungen«, verteidigte er sich und setzte eine gekränkte Miene auf.

Der letzte winzige Knopf war geschlossen. Hochmütig hob sie die Brauen. »Tatsächlich? Lacey, ich bin überzeugt, er hat in diesem letzten Jahr kein einziges Mal an mich gedacht – bis er mir vorhin nachgelaufen ist.«

»Bis ich dich gerettet habe«, korrigierte Jesse.

»Bescheidenheit ist sein größter Vorzug«, murmelte sie sarkastisch.«

»Also wirklich, Captain«, mischte sich Lacey wieder ein, »dieses Gespräch schickt sich nicht – wo Kiernan doch so gut wie verlobt ist.«

»Verlobt?« wiederholte er überrascht, und sein offensichtliches Interesse ließ Kiernans Herz schneller schlagen. »Wer ist denn der Glückliche? Ah, ich kann's mir denken – Anthony Miller, der Erbe des Waffenfabrikanten. Ein netter, manierlicher Junge, Kiernan, genau richtig für dich.«

»Ja, an seiner Höflichkeit könnten sich manche Leute ein Beispiel nehmen«, versicherte Kiernan erbost.

»Vermutlich wickelst du ihn mühelos um den kleinen Finger.«

Er macht sich lustig über mich, dachte sie, und wieder einmal hätte sie ihn am liebsten gegen das Schienbein getreten. Aber hatte seine Stimme nicht einen schärferen Klang angenommen? War er womöglich eifersüchtig? »Er ist unglaublich charmant«, flötete sie lächelnd.

»Dann darf ich dir also zur Verlobung gratulieren?«

»Noch ist es nicht soweit.«

»Er liebt sie ganz wahnsinnig«, warf Lacey ein, und Jesse lachte.

»Das ist doch verständlich. Ein so schönes, anmutiges Mädchen – mit dem Temperament einer Schlange...«

Mühsam behielt Kiernan ihr Lächeln bei. »Wenn du mich jetzt entschuldigen würdest... Ich möchte mich in der Stadt umsehen und mit eigenen Augen die Lage sondieren.«

Sie eilte zur Tür, aber er hielt sie am Arm fest. »Nein, du bleibst im Haus. Wir gehen jetzt alle nach unten, und ich werde erzählen, was ich weiß.« Ohne eine Antwort abzuwarten, ließ er sie los und stieg die Treppe hinab.

Seufzend zuckte sie die Achseln und sah Lacey an, die sichtlich zerknirscht dreinschaute, weil sie als Anstandsdame versagt hatte. Kiernan hätte ihr gern versichert, bei Jesse würde jeder Chaperon auf verlorenem Posten stehen. Sie war wütend auf sich selbst, weil sie sich zu jenem Geplänkel hinreißen lassen und letzten Endes den kürzeren gezogen hatte. Entschlossen biß sie die Zähne zusammen. Das sollte ihr nicht noch einmal passieren.

Kiernan und Lacey folgten ihm in den Salon. Die Belustigung in seinen Augen war erloschen, und er wartete höflich, bis die beiden Frauen Platz genommen haften. Dann zog er einen Stuhl heran und setzte sich rittlings darauf, die Arme auf die Lehne gestützt. »Offenbar hat John Brown diesen Überfall monatelang geplant, drüben in Sandy Hook, Maryland. Er muß gehofft haben, viele

Leute würden gemeinsam mit ihm gegen die Sklavenhalter kämpfen. Die Revolution sollte hier beginnen, und ich nehme an, er wollte die Sklaven veranlassen, ihre Besitzer niederzumetzeln. Er scheint zu glauben, nur ein Blutbad könnte das Land von allem Bösen befreien.«

»Mein Gott!« wisperte Lacey.

»Bist du sicher, daß es nicht dazu kommen wird, Jesse?« fragte Kiernan bedrückt.

»Ganz sicher. Brown hat sich bereits verkrochen.«

»Aber es ist schon Blut geflossen.«

Er hob die Brauen. »Davon hast du gehört?«

»Ein Nachbar kam vorbei und erzählte von einer Schießerei. Dabei lud er seine Schrotflinte mit Nägeln. Welch ein Recht hat dieser Brown, nach Virginia zu kommen? Wie kann er es wagen und sich anmaßen, über unser Leben zu bestimmen?«

»Nun, er wagt es.« Jesse schien an ihr vorbei in die Zukunft zu blicken, und was er dort sah, bereitete ihm offenbar Sorgen. »Die Stadtbewohner setzten sich zur Wehr, ein Mann wurde getötet.«

Lacey nickte betrübt. »Hayward Shepherd – im Bahnhof. So eine liebe Seele...«

»Ist noch jemand gestorben?« erkundigte sich Kiernan.

»Ja«, antwortete Jesse, »eine Geisel wurde erschossen – der Farmer Turner.«

»O Gott!« jammerte Lacey, und Kiernan erschauerte. Auch sie hätte beinahe zu den Geiseln gezählt.

»Normalerweise töten sie doch keine Frauen, Jesse?«

»Natürlich nicht.«

»Haben sie immer noch Leute in ihrer Gewalt?«

Er nickte. »Zum Beispiel Bürgermeister Beckham, Colonel Lewis und Mr. Allstadt, den Waffenmeister.«

»Was wird denn jetzt geschehen?« fragte Lacey angstvoll.

»Die Kavallerie wird in die Stadt reiten, Mrs. Donahue.« Jesse stand auf. »Jefferson Davis, der Kriegsminister, hat

Lieutenant Colonel Robert E. Lee bereits angewiesen, die Truppen hierherzubringen. Ich muß jetzt gehen, Ma'am, und noch einiges erledigen, ehe ich zu diesen Truppen stoße.«

»Warten Sie, Captain Cameron!« flehte Lacey und sprang auf.

»Mrs. Donahue, Ihnen wird gewiß nichts passieren«, beteuerte er. »John Brown hat sich mit seinen Männern in der Feuerwache verschanzt. Vor ihm sind Sie sicher. Was Ihre schießwütigen Nachbarn betrifft, kann ich allerdings keine Garantie übernehmen. Wagen Sie sich besser nicht auf die Straße.«

»Und wenn diese Leute später wiederkommen, um Kiernan zu holen?«

»Die haben sich schon mal mit ihr angelegt, und ich bezweifle, daß sie das ein zweites Mal tun werden.« Über Laceys Kopf hinweg zwinkerte er Kiernan zu, und sie mußte lächeln.

»Bleiben Sie doch noch zum Frühstück, Captain«, bat die Hausherrin. »Ich brate ihnen Speck und Wurst mit Eiern, und dazu gibt es Maisgebäck und einen erstklassigen Kaffee. Soviel Zeit muß doch wohl sein.«

Zu Kiernans Überraschung nahm er die Einladung an. »Also gut, Ma'am...« Er zog seine Taschenuhr hervor. »Eine Stunde kann ich erübrigen, mehr nicht.«

Kiernan wollte ihrer Gastgeberin in die Küche folgen. »Ich helfe dir.«

»Nein!« protestierte Lacey hastig. Eben hatte sie noch um die Tugend ihres Schützlings gefürchtet. Aber jetzt war sie entschlossen, den unverschämten Captain Cameron möglichst lange im Haus zu behalten, und sogar bereit, Kiernan mit ihm allein zu lassen – selbst auf die Gefahr hin, die beiden könnten miteinander flirten.

Aber in einer solchen Stimmung war er längst nicht mehr. Das bemerkte Kiernan sofort, nachdem Lacey den Salon verlassen hatte. Er schlenderte zu einem Fenster, zog den Vorhang beiseite und starrte düster auf die Straße. Voller Sorge beobachtete sie ihn. »Was ist los, Jesse? Hast du gelogen, um Lacey zu beruhigen?«

Den Rücken zu ihr gewandt, schüttelte er langsam den Kopf. »John Brown kann keine Hilfe mehr erwarten. Wäre es anders, hätte er bereits dieses Haus gestürmt. Nein, leider ist der Mann erledigt.«

»Sympathisierst du etwa mit diesem Mörder?« rief sie irritiert.

Wieder schüttelte Jesse den Kopf. »Was er getan hat, kann ich nicht gutheißen. Wäre ich – Richter, würde ich ihn zum Tode verurteilen. Und falls ihn keine Kugel tötet, wenn die Kavallerie in die Stadt reitet, wird er sicher hängen.«

»Aber irgendwas bedrückt dich doch...«

Jetzt drehte er sich zu ihr um. »Du warst schon immer ein einfühlsames kleines Ding«, sagte er leise, und ihm wurde warm ums Herz. Wie oft hatte sie seine Gedanken gelesen...

Er erinnerte sich, wie er aus Westpoint heimgekehrt war, fest entschlossen, Medizin zu studieren. Er hatte ihren Vater besucht. Kiernan saß gerade am Klavier und schaute lächelnd zu ihm auf. »Wirst du deinem Papa sagen, daß du lieber Arzt als Pflanzer werden willst?«

Sein Interesse an der Medizin war kein Geheimnis. Doch daraus ergaben sich für den ältesten Sohn eines Tabak- und Baumwollpflanzers gewisse Probleme. Er wollte sich der ärztlichen Kunst verschreiben, ohne das Militär zu verlassen, und glaubte beides miteinander kombinieren zu können. Noch hatte er weder mit seinem Vater noch mit seiner Schwester darüber gesprochen, nicht einmal mit seinem Bruder Daniel. Und an jenem Tag war ihm Kiernans Verständnis eine große Hilfe gewesen.

»Ja, du bist sehr einfühlsam«, wiederholte er nun. »Und du hast mich schon immer gut gekannt.«

In diesem Moment wollte sie ihn noch viel besser kennen – besser als irgendein anderer Mensch auf der Welt. Sie wollte sogar zum Fenster laufen und sich in seine Arme werfen, fürchtete sich aber vor den Gefühlen, die sie in seinen Augen las, wenn sie auch nicht wußte, warum. »Was bedrückt dich denn, Jesse?«

»Da bin ich mir nicht sicher. Vielleicht habe ich Angst, daß es noch nicht vorbei ist, daß sich die Ereignisse weiterentwickeln. Das Blutvergießen zwischen den Gegnern der Sklaverei und ihren Befürwortern wird sich nicht auf Kansas beschränken. Immer lauter wird der Ruf nach Staatsrechten erklingen, die Spaltung des Volks eine immer tiefere Kluft in das Land graben. Es mißfällt mir, wie sich die Welt zu verändern beginnt. Ich liebe mein Leben so, wie es ist, ich liebe Cameron Hall, meinen Bruder und meine Schwester, die Landschaft, den James River und...« Er verstummte und zuckte die Achseln. Offenbar hatte er mehr verraten als beabsichtigt.

»Nichts wird sich ändern«, erwiderte sie. »Cameron Hall besteht schon seit Jahrhunderten. Und Daniel wird sich immer darum kümmern. Wir alle sind Tidewater-Leute, und das bleiben wir auch.«

»Nicht, wenn du diesen Bergbewohner heiratest – diesen Anthony.« Jetzt hänselte er sie wieder, weil er das Thema, das er zuvor angeschnitten hatte, nicht weiterverfolgen wollte.

Kiernan errötete ein wenig. »Ich habe noch nicht entschieden, ob ich ihn heiraten werde.«

»Warum nicht?«

Sie stand auf und trat an ein anderes Fenster. Mit einem charmanten Lächeln wollte sie entgegnen, das gehe ihn nichts an. Aber in diesem Augenblick erkannte sie die Wahrheit, die sie ihm unmöglich gestehen konnte, daß sie immer nur auf ihn gewartet hatte. Und so entschloß sie sich zu einer Halbwahrheit. »Ich weiß nicht genau, ob ich ihn liebe.«

»Ah! Gibt es jemanden, den du liebst?« Plötzlich schien

er sich zu ärgern, über Kiernan und sich selbst. »Darauf mußt du nicht antworten.«

»Das hatte ich auch gar nicht vor. Meine Gefühle sind einzig und allein *meine* Sache.«

»Kiernan, ich ...« Er machte einen Schritt in ihre Richtung, dann hielt er inne. Schließlich eilte er zu ihr und riß sie in die Arme. Seine Finger gruben sich in ihr Nackenhaar, fast schmerzhaft, und sie hätte protestiert, wäre ihr sein leidenschaftlicher Ernst nicht bewußt geworden. Eindringlich schaute er ihr in die Augen. »Du verstehst das nicht, Kiernan. Die Welt wird sich verändern, und ich fürchte, ich muß dich enttäuschen. Ich wünschte, ich könnte dir das begreiflich machen. Kiernan!« Forschend sah er sie an und schüttelte sie sanft. Sie legte den Kopf in den Nacken und erwiderte seinen Blick, nicht erschrokken, sondern erstaunt und neugierig – und herausfordernd. »Oh, verdammt«, flüsterte er und umfaßte ihr Kinn. Sie spürte die rauhe Haut seines Daumens, der behutsam ihre weiche Wange streichelte. Und dann senkte er den Kopf, um sie zu küssen.

Noch nie war sie so geküßt worden. Anthonys Lippen hatten ihre immer nur ganz vorsichtig berührt, eine ganz angenehme, aber eher amüsante Erfahrung. Langweilig, wie sie jetzt erkannte.

Dieser Kuß war ein süßes, wildes Feuer. Jesse hatte nicht um Erlaubnis gefragt, ihr gar keine Gelegenheit zum Zögern gegeben. Sein Mund verschmolz mit ihrem, schenkte ihr heiße Leidenschaft und verlangte von ihr die gleiche Glut. Er küßte sie so, wie ein Gentleman eine Lady niemals küssen dürfte.

Und sie wollte auch gar keine Lady sein. Der Reifen ihres Unterrocks stieg hinten empor, als Jesse sie fest an sich drückte. Seine Zunge schob sich zwischen ihre Lippen und Zähne, begann aufreizend ihren Mund zu erforschen, schien in die geheimsten Winkel ihrer Seele einzudringen. Die Erregung, die Kiernan in seiner Nähe immer empfunden hatte, steigerte sich nun zu brennender Sehnsucht, die sie zwang, ihre Arme um seinen Hals zu schlingen, den Kuß voll auszukosten.

Seine Zunge spielte mit ihrer, und Kiernan nahm so viele betörende sinnliche Eindrücke wahr – seinen kraftvollen Körper, den rauhen Stoff seiner Uniform, die Hitze, die sich darunter verbarg. Ein heftiges Verlangen begann ihre Gedanken und ihr Herz zu beherrschen, wand sich in ihr Innerstes wie die Schlange, die Adam und Eva um die Freuden des Paradieses und an den Rand der Verdammnis gebracht hatte.

Jesse...

Oh, wenn das die Verdammnis war, dann sollten ihre Flammen getrost lodern. Für ihn wollte Kiernan alles aufgeben, wollte nackt mit ihm über eine Blumenwiese wandern, ins Gras sinken, in seinen Armen liegen...

Und dann beendete er den Kuß, und ehe sie den Sinn seiner Worte verstand, weckte sein warmer Atem neue Gefühle. Dicht an ihren Lippen flüsterte er: »Wenn er dich nicht so küssen kann, solltest du ihn nicht heiraten.«

»Was?« Wütend versuchte sie sich aus seinen Armen zu befreien, ihn zu ohrfeigen.

Aber er umklammerte ihr Handgelenk und wiederholte lachend: »Wenn er dich nicht so küssen kann, solltest du ihn nicht heiraten.«

»Bastard!«

Mit aller Kraft versuchte sie, sich loszureißen, doch er hielt sie eisern fest. »Gib dich immer nur mit dem Besten zufrieden, Kiernan. Mit Feuer und Eis. Niemals mit lauwarmen Gefühlen. Denn du selber bist Feuer und Eis.«

»Kiernan! Captain!« rief Lacey und eilte zur Salontür. »Das Frühstück ist fertig!«

Endlich ließ er Kiernan los, und in derselben Sekunde hob sie ihre Hand, um ihn ins Gesicht zu schlagen.

»Oh, mein Gott!« jammerte Lacey.

»Das war unfair.« Grinsend berührte er seine gerötete Wange.

»Ausgerechnet du redest von Fairneß? Jesse Cameron, du ...«

»Vorsicht, Kiernan!« warnte er belustigt. »Nimm doch Rücksicht auf die zarten Ohren deiner Gastgeberin!« Seine Hände umfaßten ihre Schultern, um sie beiseite zu schieben. »Wenn sie will, kann sie nämlich wie ein Maultiertreiber fluchen, Mrs. Donahue.«

»Ich kann auch wie ein Maultier treten«, fauchte Kiernan.

»Hört doch aufs ihr beide ...«, begann Lacey verzweifelt.

»So, kannst du das?« fiel Jesse ihr ins Wort und packte Kiernan wieder bei den Schultern. »Bei mir solltest du's aber nicht versuchen.«

»Und wenn ich mich doch dazu entschließe? Was würdest du dann tun?«

»Es ist besser, wenn du's nicht weißt.«

»Ein feiner Gentleman bist du, Jesse!«

»Richtige Ladys treten nicht wie Maultiere«, meinte er lächelnd.

»Und Gentlemen sollten nicht ...« Abrupt verstummte Kiernan. Sie hatte erwidern wollen, ehrenwerte Gentlemen würden einer Lady niemals leidenschaftliche Küsse stehlen.

»Was sollten Gentlemen nicht tun, Kiernan?«

»Diese Frage möchte ich sicherheitshalber nicht beantworten.«

Er lachte wieder. »Nimm dich vor mir in acht. Deine Macht kannst du an deinem charmanten Fast-Verlobten ausprobieren, aber nicht an mir. Was immer du anfängst, *ich* werde es zu Ende führen.«

»Also wirklich!« flehte Lacey. »Wenn wir uns jetzt einfach hinsetzen und frühstücken könnten ...«

»Fordere mich nicht heraus, Jesse!«

»Ich habe Pfannkuchen gebacken!« klagte die Hausherrin.

Jesse ließ Kiernan los, wandte sich zu Lacey und küßte ihre Wange. »Ich glaube, im Augenblick bin ich persona non grata, Mrs. Donahue. Vielen Dank für die Einladung. Seien Sie schön brav und bleiben Sie im Haus. Leider muß ich jetzt gehen.«

»Aber – Captain Cameron...«

»Benimm dich, Kiernan«, mahnte er in strengem Ton. »Sei bitte vorsichtig. Heute abend bin ich nicht in der Stadt, weil ich zu den Truppen stoßen muß. Und ich kann dir versichern, daß es auf den Straßen ziemlich wild zugehen wird.«

»Diese Leute sind meine Nachbarn«, seufzte Lacey.

»Ja«, stimmte Jesse zu, »und ich nehme an, Ihnen beiden wird nichts passieren. Aber bleiben Sie im Haus, meinem Seelenfrieden zuliebe.«

Als er aus dem Zimmer ging, warf Kiernan einen kurzen Blick auf Lacey, dann eilte sie ihm nach. »Jesse!« Er drehte sich um, hob die Brauen, und sie fragte: »Kommst du zurück?«

Er nickte. »Mit den Truppen.«

»Paß auf dich auf.« Grinsend trat er einen Schritt näher, und sie wich sofort zurück. »O nein! Bleib auf Distanz! Du spielst nicht fair.«

Entschieden schüttelte er den Kopf »*Du* bist es, die ein unfaires Spiel treibt.«

»Was meinst du?«

»Immer willst du die Regeln aufstellen... Und das ist nicht fair.«

»Heißt es denn nicht, im Krieg und in der Liebe sei alles erlaubt?« flüsterte Kiernan. Sie wollte keine Regeln aufstellen, sondern nur ihr Herz retten.

»Genau das befürchte ich.« Jesse ergriff ihre Hände. »Liebe und Krieg.«

»Ich verstehe nicht...«

»Und ich kann es nicht erklären. Gib auf dich acht. Bald komme ich zurück.« Er hauchte einen Kuß auf ihre Lippen, seine kobaltblauen Augen schauten ein letztes Mal in ihre grünen, dann verließ er mit schnellen Schriften das Haus.

3

Langsam verstrich der Morgen. Lacey schien zu glauben, Kiernan hätte Jesse irgendwie davongetrieben, nachdem er doch versprochen hatte, zum Frühstück zu bleiben.

»Als der Captain hier war, fühlte ich mich viel sicherer«, klagte sie nervös, während sie am Frühstückstisch saßen. Auf den Straßen herrschte immer noch Unruhe. Aber die Ereignisse spielten sich unten beim Waffendepot und bei der Feuerwache ab, und die beiden Frauen sahen nichts davon. Sie hörten nur Schüsse und Geschrei. Das Drama, das sich in Harpers Ferry entfaltete, erfüllte die Luft mit fast greifbarer Spannung, die Kiernan sogar im Haus spürte.

»Er hätte uns nicht allein gelassen, wenn er um uns besorgt gewesen wäre«, versicherte sie.

Lacey preßte die Hände zusammen. »Wie romantisch! Du meinst, er hätte seine Pflichten vernachlässigt, um zwei Damen zu beschützen?«

»Nein, Jesse nicht«, entgegnete Kiernan trocken. »Er hätte die beiden Damen gepackt und mit sich geschleppt.« Inständig wünschte sie, er hätte sie mitgenommen. Sie ertrug es nicht, stillzusitzen, während da draußen soviel passierte. Was sie tun sollte, wußte sie zwar nicht, fühlte aber, daß sie irgend etwas unternehmen müßte.

»O Gott...«, seufzte Lacey. »Wie gut kennst du diesen jungen Mann eigentlich?«

»Ich kenne ihn schon mein Leben lang. Wir sind praktisch zusammen aufgewachsen.« Kiernan verspeiste ihren dritten Pfannkuchen. Sie war kein bißchen hungrig, aber um Lacey zu beruhigen, hatte sie immer weitergegessen und das köstliche Frühstück in den höchsten Tönen gelobt. Immerhin gab ihr die Hausherrin die Schuld, weil der Captain jetzt nicht bei ihnen saß, um einen Großteil der Mahlzeit zu verschlingen.

»Was wird geschehen, wenn Anthony zurückkommt?« fragte Lacey besorgt.

»Wie meinst du das?«

»Nun, er liebt dich sehr. Und wenn er Jesse Cameron sieht...«

»Er kennt ihn, und du kennst Jesse auch. Du hast ihn auf meinem Ball getroffen, dann beim Barbecue der Staceys in Richmond. Ich glaube, vor zwei Jahren wart ihr beide oben in Montemarte, auf der Geburtstagsparty von Anthonys Schwester.«

»Ja, ich habe ihn ein paarmal gesehen. Aber du kennst ihn so gut.«

»Auch Anthony kennt ihn sehr gut.« Kiernan lächelte belustigt. »Sie sind alle gute Freunde – Jesse, sein Bruder Daniel, Anthony und viele andere junge Männer, die gleichzeitig auf der Militärakademie in Westpoint waren. Sie sind sich immer wieder begegnet, in Cameron Hall und Montemarte.«

»Seltsam, daß der Captain hier über dich gestolpert ist...«

»Er muß gewußt haben, wo ich bin. Neulich schrieb ich an Daniel. Sicher erzählte er Jesse, ich würde bei dir in Harpers Ferry wohnen, während Papa, dein Mann, Anthony und sein Vater ihre Geschäftsreise machen. In Washington hörte er von dem Überfall, nachdem John Browns Männer den Nachtzug hatten passieren lassen, und er wurde hierher beordert, um die Verwundeten zu verarzten. Trotz seines manchmal etwas rüpelhaften Verhaltens besitzt er ein gewisses Ehrgefühl, und er dachte sicher, er wäre es Papa schuldig, nach mir zu sehen.«

»Hm...«

»Und was soll das heißen?«

»Ich bin nicht dumm, Kiernan Mackay. Dieser Mann ist keineswegs nur deshalb hier aufgetaucht, weil er sich deinem Vater verpflichtet fühlt.«

Das Blut stieg in Kiernans Wangen. Hastig trank sie einen Schluck Kaffee. »Wir bekämpfen uns wie Hund und Katze. Das hast du sicher bemerkt.«

»Ich habe eine ganze Menge bemerkt«, erwiderte Lacey vielsagend.

Kiernan zucke die Achseln. Sie wußte nicht, wie sie erklären sollte, daß sie Jesse vielleicht – nur *vielleicht* liebte. Oder daß es, selbst wenn es so wäre, nichts zu bedeuten hätte. Keineswegs, weil Jesse sich nichts aus ihr machte. Sie gefiel ihm, das hatte sein Kuß verraten. Ein arroganter, gebieterischer Kuß, der von einer reichhaltigen Erfahrung mit dem weiblichen Geschlecht zeugte. Er verstand es, Gefühle in einer Frau zu wecken, auch wenn er selbst nicht mehr empfand als Begierde, und arglose Herzen zu verführen. Sie glaubte, immer noch die Wärme seines Mundes zu spüren und jenen Hunger nach mehr, den Wunsch, verbotene Dinge zu erforschen. Doch er hatte ihr nichts dergleichen offeriert und nur gesagt, sie solle Anthony nicht heiraten, wenn er nicht so küssen könne. Was wollte Jesse für sich selbst?

Und warum hatte er so bedrückt gewirkt, von Liebe und Krieg gesprochen? Was befürchtete er? Nie zuvor hatte er den Eindruck erweckt, irgend etwas könnte ihm angst machen. Immerhin hatte er mit der Kavallerie in den neuen Gebieten im Westen die Indianer bekämpft. Genauso würde er sich für Virginia einsetzen, wenn es sich von der Union abspaltete, denn er liebte seine Heimat, die Tidewater-Region, so leidenschaftlich und bedingungslos wie Kiernan.

Und was empfand er für sie? Vielleicht wollte er vorerst nur wissen, ob sie Anthony liebte, und war noch nicht bereit, sich zu binden. Oder sie bedeutete ihm im Grunde gar nichts, war nur eine von vielen Frauen für ihn, die er hänseln und an der er seine Verführungskünste erproben konnte. Hatte sie vergeblich geträumt, er würde warten, bis sie erwachsen war?

Gerüchteweise wußte sie von seinen Affären. Und sein Erfolg bei den Frauen wunderte sie nicht. Da lag irgendwas in seinen Augen ... Gewisse Dinge spürte sie trotz ihrer Unerfahrenheit.

»Was wird der arme Anthony sagen?« klagte Lacey, und Kiernan seufzte müde.

»Wozu denn?«

»Zu allem, was geschehen ist. Er wird sich furchtbar aufregen, weil du von diesen schrecklichen Männern bedroht wurdest und weil er nicht da war, um dich zu retten. Und wenn er hört ...!«

»Der arme Anthony wird gar nichts hören, Lacey. Morgen reitet Jesse mit den Truppen davon. Und wenn Anthony mit anderen zurückkommt, wird das alles Geschichte sein. Wir werden ihm nichts von der Gefahr erzählen, in der ich geschwebt habe.«

»Aber Kiernan, es ist sein gutes Recht, davon zu erfahren. Außerdem weiß die ganze Stadt, was hier vorgefallen ist. Und Vater ...«

»Lacey, bitte! Wir wollen Papa nicht unnötig beunruhigen. Und ich bin nicht mit Anthony verlobt. Mein Entschluß steht noch keineswegs fest.«

»Aber dein Vater *muß* es wissen. Beinahe wurdest du als Geisel genommen.«

»Weil Papa ein reicher Mann ist.«

»Ein Sklavenhalter«, korrigierte Lacey.

»Wie die meisten Virginier«, protestierte Kiernan.

»Wie die meisten reichen Virginier. Du weißt so gut wie ich, daß nur wenige ärmere Farmer Sklaven besitzen. Und nicht alle reichen Virginier halten Sklaven, zumindest nicht in den westlichen Countys.« Wie Kiernan wußte, trat Lacey für die Abschaffung der Sklaverei ein, nicht fanatisch wie John Brown, sondern auf ihre stille, besonnene Art.

»Lacey, bitte, es wäre falsch, Papa zu informieren. Letzten Endes ist mir ja gar nichts passiert.«

»Nur weil Jesse Cameron rechtzeitig hier eintraf.«

»Ja, genau deshalb«, gab Kiernan lächelnd zu und begann den Tisch abzuräumen.

Lacey beschloß, es dabei bewenden zu lassen – vorerst. Aber als sie ein paar Stunden später im Salon saßen, fing sie wieder an. »Ich mache mir solche Sorgen.«

»Dazu hast zu keinen Grund.« Plötzlich faßte Kiernan einen Entschluß. »Ich werde spazierengehen«, verkündete sie, denn sie ertrug es einfach nicht mehr, im Haus auszuharren und die Ereignisse abzuwarten. Sie wollte herausfinden, was da draußen geschah.

»Das darfst du nicht! Du hast Captain Cameron versprochen, hier drin zu bleiben.«

»Ich habe gar nichts versprochen. Außerdem schulde ich Captain Cameron keinen Gehorsam.«

»Aber Kiernan ...!«

»Keine Bange, ich habe seinen Colt und weiß ihn zu benutzen. Ich halte diese Ungewißheit nicht mehr aus.« Kiernan sprang auf, zwickte Lacey in die Wangen und küßte ihre Stirn. »Sorg dich dich nicht, mir wird nichts zustoßen. Ich werde achtgeben, und ich habe eine Waffe mit richtiger Munition – was nicht jeder in dieser Stadt behaupten kann.«

Sie lief zum Kaminsims, wo der Colt lag, und ergriff ihn. Ehe Lacey erneut protestieren konnte, verließ Kiernan das Zimmer etwas schuldbewußt, weil sie sich ihrer Gastgeberin widersetzte. Aber in Harpers Ferry wurde Geschichte geschrieben, und sie mußte ganz einfach wissen, wie sich die Ding entwickelten. »Ich komme bald zurück!« rief sie und eilte auf die Straße hinaus. Die Sonne begann bereits zu sinken. Bald würde die Dunkelheit hereinbrechen.

Vor dem Haus traf sie niemanden, aber weiter unten an der Straße, vor der Feuerwache, hatte sich eine Menschenmenge versammelt. Die Miliz umringte das Gebäude, wo John Brown mit seinen Männern Zuflucht gesucht hatte, und die Bürger von Harpers Ferry umringten die Miliz. Die Situation schien sich beruhigt zu haben, aber eine spürbare Spannung lag über der Stadt. Kiernan rannte die Straße hinab. Als eine Hand ihre Schulter packte, zuckte sie erschrocken zusammen und drehte sich um. Dr. Bruce Whelan, ein weißhaariger Mann mit herabhängendem Schnurrbart und klaren grauen Augen, musterte sie streng.

»Oh – Doc Whelan...«

»Man hat mich gebeten, auf Sie aufzupassen, junge Lady.«

»Was?«

»Captain Cameron kam vorbei, um mir bei der Versorgung der Verwundeten zu helfen. Kein Wunder, daß so viele verletzt wurden, nachdem sie allen möglichen Mist in ihre Schrotflinten gestopft hatten. Es gab einen ganzen Haufen Tote.«

»Jesse hatte kein Recht...«

»Oh, doch«, fiel der alte Arzt ihr ins Wort. »Er erzählte mir, Sie seien in argen Schwierigkeiten gewesen, als er Sie letzte Nacht wiedersah.«

Das Herz wurde ihr schwer. Wenn Doc Whelan informiert war, würden ihr Vater und Anthony alles erfahren und sie nie mehr allein lassen. Dann würde sie ihre geliebte Unabhängigkeit aufgeben müssen. »Es ist doch nichts Schlimmes passiert...«

Der Doktor unterbrach sie erneut. »Auch jetzt könnten Sie in großer Gefahr sein. Jesse sagte zwar, Sie seien eine tapfere Kämpferin, aber gegen eine Kugel ist sogar ein Mann machtlos. John Brown hat sich mit seinen Leuten und seinen Geiseln, zu denen auch Colonel Lewis Washington zählt, in der Feuerwache verschanzt. Angeblich will Brown den Säbel haben, den George Washington von Friedrich dem Großen bekam, und die Pistole von Lafayette. Deshalb wurde dieser wackere Gentleman gefangengenommen. Ebenso sein Nachbar, Mr. Allstadt, und dessen junger Sohn. Auch Sie könnten jetzt da drin festsitzen, Mädchen.«

Sie biß die Zähne zusammen. Jesse mußte ihre Flucht vor den Verfolgern ziemlich dramatisch geschildert haben. »Aber mir ist nichts zugestoßen.«

»Trotzdem sollten Sie sich nicht auf die Straße wagen.«

»Doc Whelan, die ganze Stadt ist auf der Straße!«

»Das stimmt, aber es sind furchtbare Dinge, die diese Stadt erleben muß, Kiernan. Mr. Beckham wurde getötet.«

Ihr Atem stockte. Der Bürgermeister war so ein netter, freundlicher Mann gewesen.

»Danach drang ein Lynchmob ins Wagner Hotel ein, packte einen der Angreifer, die festgenommen worden waren, schleifte ihn auf die Brücke und schoß ihn zu beiden Seiten in den Kopf. Und jetzt jagen ein paar Verrückte immer noch Kugeln in seine Leiche.«

»Großer Gott«, flüsterte sie.

»Gehen Sie nach Hause, Kiernan.«

»Das werde ich tun – bald. Ich verspreche es.«

»Noch habe ich Ihnen nicht alles erzählt, junge Lady. Überall gab es Schießereien zwischen der Miliz und Browns Anhängern. Im ganzen machten sich etwa zwanzig Angreifer über die Stadt her. Einige wurden verwundet oder getötet, ein paar erschossen, als sie durch den Fluß fliehen wollten. An einem solchen Tag sollten junge Mädchen daheim bleiben, und das meine ich ernst.«

»Ich weiß, Doc, wirklich.«

Er versuchte, seine strenge Miene beizubehalten, aber dann zuckte er seufzend die Achseln. »Nicht mal, wenn ich das Blaue vom Himmel runterrede, könnte ich Sie zur Umkehr bewegen, Kiernan. Aber seien Sie wenigstens vorsichtig und laufen Sie nach Hause, sobald es dunkel wird. Womöglich kommen weitere Spießgesellen von Brown in die Stadt, noch ehe die Unionstruppen eintreffen. Zu schade, daß Captain Cameron nicht mehr da ist. Der würde Sie einfach über seine Schulter werfen und zu Mrs. Donahue tragen.« Lachend schüttelte er den Kopf und setzte seinen Weg fort.

Kiernan eilte weiter zur Feuerwache. Nein, Jesse war nicht hier. Und selbst wenn er in Harpers Ferry gewesen wäre – sie ließ sich von niemandem Befehle erteilen.

Jesse Cameron war viel näher, als Kiernan dachte.

Colonel Baylor, der eine der Miliztruppen kommandierte, hielt die Situation unter Kontrolle, so gut er es vermochte. Die Verhandlungen zwischen den Stadtbewohnern und den Angreifern in der Feuerwache waren ergebnislos verlaufen. Auf zwei von Browns Männern, die sich mit einer weißen Fahne als Zeichen der Kapitulation herausgewagt hatten, war geschossen worden. Einer konnte ins Gebäude zurückkriechen, der andere wurde getötet und verstümmelt.

Ein Anhänger Browns bat um einen Arzt, und Jesse ging mit einem von Baylors Milizsoldaten, einem gewissen Sinn, in die Feuerwache. Der Ziegelbau maß etwa fünfzehn mal zehn Meter. Die massive Holztüren war versperrt.

Mit einer weißen Fahne, die friedliche Absichten bekundete, näherten sich Jesse und Sinn der Feuerwache. Die Tür öffnete sich sekundenlang, und sie wurden eingelassen.

Bei der Kavallerie in Kansas hatte Jesse einige Geschichten über den alten ›Ossawatomie‹ Brown gehört, ihm aber nie persönlich gegenübergestanden. Nun verblüffte ihn das Feuer, das in den Augen des alten Mannes brannte.

Das ausdrucksvolle Gesicht war hager und faltig, mit langem Bart und buschigen Brauen.

Jesse erwiderte den Blick eines kaltblütigen Mörders, und er sah zum ersten Mal einen Mann, der in der festen Überzeugung tötete, er würde im Namen Gottes handeln.

»Die Kavallerie ist also hier«, bemerkte Brown.

Jesse schüttelte den Kopf. »Ich bin Arzt und möchte mich um den Verwundeten kümmern.«

»Dann schauen Sie sich den Jungen an.«

Der Verletzte lag auf der anderen Seite des Eingangs, bei den alten Feuerwehrspritzen. Jesse nickte und ging hinüber.

Der hübsche Bursche, kaum älter als zwanzig, würde bald an seiner bösen Schußwunde sterben. Das wußte Jesse, sobald er neben ihm niederkniete. Man konnte ihn nicht mehr retten.

Sinn wollte Brown neue Verhandlungsgrundlagen von Colonel Baylor unterbreiten, aber der alte Mann mit den Flammenangen beobachtete Jesse. »Er ist mein Sohn Oliver.«

Jesse nickte wieder, und der Junge schaute seinen Vater schmerzlich an. »Es tut so weh, Pa. Kannst du mich nicht erschießen?«

»Du wirst es auch so schaffen.«

Jesse hätte schwören können, daß der alte Mann seinen Sohn trotz dieser hartherzigen Antwort sehr liebte. Er öffnete seine Arzttasche und nahm Mull heraus, um die tödliche Wunde zu verbinden. Auch eine Spritze und ein Fläschchen mit Morphium brachte er zum Vorschein. Wenigstens konnte er die Schmerzen des Jungen lindern.

»Danke, Mister«, flüsterte Oliver, nachdem er die Injektion erhalten hatte. Tränen glänzten in seinen Augen, dann schloß er stöhnend die Lider.

Plötzlich brüllte sein Vater: »Wenn du schon sterben mußt, dann stirb wie ein Mann!«

Jesse wandte sich zu ihm, und in seiner Miene las

Brown kalte Verachtung. Da schien er seine harten Worte zu bereuen, aber das Feuer in seinem Blick erlosch nicht. Er war bereit, alles für seine Überzeugung zu opfern – sein eigenes Leben, ebenso sein Fleisch und Blut.

Sinn erklärte ihm, der unbewaffnete Bürgermeister sei ermordet worden, worauf Brown erwiderte: »Das ist bedauerlich, Sir.«

Nachdem Jesse die Wunde bandagiert hatte, sah er nach den Geiseln im Hintergrund der Halle. Sofort erkannte er den hochgewachsenen Colonel Lewis Washington, der ihm zunickte, und die beiden Männer salutierten.

»Bald werden wir Sie befreien, Sir«, versicherte Jesse.

Washington grinste schief. »Oder wir sehen uns in der Hölle wieder, Captain.«

Unterdessen beendete Sinn seine Verhandlungen mit Brown und rief: »Captain Cameron, sind Sie bereit?«

»Einen Augenblick noch!« Jesse sah nach den anderen Verwundeten, für die er unter diesen Umständen wenig tun konnte. Aber er legte Verbände an, schiente gebrochene Gliedmaßen, zog einen Nagel aus einem Armmuskel und riet den Verletzen, sich möglichst wenig zu bewegen, bis man sie richtig verarzten würde.

»Um zu hängen, muß man nicht bei bester Gesundheit sein«, meinte einer der Angreifer trocken.

»Hängen?« wiederholte der magere junge Farmer, den Jesse gerade versorgte.

»Klar, wegen Verrats«, wurde ihm erklärt.

Erstaunt riß der Bursche die Augen auf und wandte sich zu John Brown. »Haben wir denn einen Verrat begangen, Sir?«

»Natürlich.«

»Verdammt, ich möchte aber nicht die Schuld an einem Verrat tragen. Ich wollte nur die Sklaven befreien.« Er packte Jesses Arm. »Was anderes hatten wir nie vor.«

Jesse nickte und dachte, der Mann würde vermutlich ohnehin nicht lange genug leben, um am Galgen zu baumeln. »Sicher, ich verstehe, was Sie meinen.« Er hätte hinzufügen können, unschuldige Menschen seien getötet worden. Doch das sprach er nicht aus. Er war Arzt, nicht Richter.

»Captain?« rief Sinn, und Jesse schloß seine Tasche. Dann verließ er mit seinem Begleiter die Feuerwache. Die schwere Tür schloß sich hinter ihnen.

Gemeinsam mit Sinn erstattete er dem Colonel Bericht, danach fand er wieder Zeit, um durch eine Stadt zu reiten, wo der Wahnsinn regierte.

Kiernan entdeckte Eban am Rand der Menschenmenge und eilte zu ihm. »Was ist hier los?«

»Ein paar Geiseln sind entkommen.«

»Wundervoll!« Etwas leiser fügte sie hinzu: »Und ist jemand...?«

»Geiseln wurden nicht mehr getötet«, antwortete Eban. »Aber Sie hätten sehen sollen, was sie mit Daingerfield Newby machten. Das war ein freigelassener Schwarzer. Angeblich schloß er sich John Brown an. Denn so sehr er sich bemühte, genug Geld zu verdienen und seine Familie freizukaufen – ihr Besitzer erhöhte immer wieder den Preis. Der arme Mann wurde erschossen, mit allem, was man als Munition verwenden konnte, und da oben in einer Hintergasse liegengelassen.« Er zeigte zum Hang hinauf. »Angeblich wurde er von Schweinen gefressen.«

»O Gott...« Kiernan wurde übel, aber irgend etwas trieb sie zu der bezeichneten Stelle. Vielleicht konnte sie nicht glauben, daß die Leute, die sie so gut kannte, zu einer solchen Grausamkeit fähig waren. Sie ging zu der Gasse hinauf und wich entsetzt zurück. Blut bedeckte den Boden und die Hauswände, die Schweine trotteten immer noch umher. Daingerfield Newby würde seine Frau und seine Kinder niemals freikaufen.

»Miß Mackay?« Eban stand hinter ihr. »Alles in Ordnung?«

Sie nickte. Verkohlte Nägel lagen zu ihren Füßen, und sie hob einen auf. Solche Geschosse hatten die Bürger dieser Stadt auf den armen Mann gefeuert. Sie starrte Eban an, der sofort in die Defensive ging.

»Um Himmels willen, Miß Mackay, John Browns Männer haben Mr. Turner getötet, nur weil der Sklaven besaß. Die wollten alle Sklaven in der ganzen Umgebung gegen uns aufhetzen und uns in unseren Betten ermorden lassen. Aber wir wehrten uns und scheuchten sie in die Feuerwache. Diese Schurken werden uns nicht entkommen. Für Turner war's allerdings zu spät. Sie hielten ihm eine Schußwaffe an den Kopf und drückten ab. Und Hayward brachten sie auch um! Angeblich sind sie so gut und freundlich zu den Negern. Und da kommen sie hierher und töten einen freien schwarzen Mann. Das ist grauenhaft, Mrs. Mackay. Wir haben uns nur zur Wehr gesetzt und sonst nichts verbrochen.«

Wieder nickte Kiernan. Wer konnte in diesem ganzen Irrsinn verdammt werden? John Brown? Doch der schien zu glauben, die Stimme des Herrn habe in sein Ohr geflüstert und ihn zu seinen Taten aufgefordert.

»Ist Brown immer noch in der Feuerwache?« fragte sie.

»Ja, Miß Mackay, und er hat nach wie vor Geiseln. Niemand weiß, was er plant. Die Miliz hat mit ihm geredet. Wenn sie die Feuerwache stürmt, wird er seine Gefangenen womöglich töten. Im Augenblick ist alles zum Stillstand gekommen. Wir warten auf eine Order aus Washington und die Unionssoldaten.«

Von plötzlicher Angst erfaßt, erschauerte sie. Anscheinend waren sehr viele Milizeinheiten in die Stadt gerufen worden. Die Leute gruppierten sich in den Straßen. Immer noch erklangen Schüsse und wilde Schreie. Und in dieser gräßlichen Gasse trocknete das Blut. Nun empfand sie jene Furcht, von der Jesse gesprochen hatte.

Wir haben die Tragödie nicht begonnen, dachte sie und versuchte, sich nicht vorzustellen, wie die Leiche des freigelassenen Schwarzen ausgesehen haben mochte. John Brown war nach Harpers Ferry geritten, um in einer friedlichen Stadt das Grauen zu wecken. Doch die Debatte über die Sklaverei hatte er nicht angeregt. Das konnte sie ihm nicht vorwerfen. Nur das Blutvergießen, das er in Virginia ausgelöst hatte.

»Entschuldigen Sie mich jetzt, Miß Mackay«, bat Eban. »Ich möchte zurückgehen und herausfinden, was inzwischen geschehen ist.«

Sie folgte ihm und blieb am Rand der Menschenmenge stehen, während das Tageslicht zu erlöschen begann. Wie sie erfuhr, hatte Colonel Robert E. Lee ein Marine-Sonderkommando außerhalb der Stadt stationiert. Bald würde es die Miliz ablösen.

Gehörte Jesse zu Lees Truppe?

Bei der Feuerwache krachten wieder Schüsse. Die Menge drängte darauf zu, und Kiernan wurde mitgerissen. Beinahe stolperte sie über die Leiche eines Mannes, von Kugeln durchlöchert, das Gesicht bis zur Unkenntlichkeit verwüstet. Voller Panik starrte sie in leere Augenhöhlen und begann zu schreien. Noch ein Geschoß wurde in den Toten gejagt. Der junge Farmer, der es aus seinem Gewehr abfeuerte, schien die Leute ringsum nicht zu beachten. »Nein!« rief sie und wollte vor diesem gräßlichen blicklosen Gesicht fliehen.

Plötzlich wurde sie von starken Armen hochgehoben und schaute in strenge blaue Augen. Jesse war hier – bei ihr. Wieder einmal kam er ihr zu Hilfe.

Trotz des Zorns, den sie in seiner Miene las, schmiegte sie sich an ihn. »Jesse«, wisperte sie.

»Macht Platz!« befahl er, und die Menge teilte sich. Mit langen Schritten trug er Kiernan zu seinem Rotschimmel, setzte sie in den Sattel und stieg hinter ihr auf Sie ritten die Straße hinab. Der frische Wind wehte ihr den Geruch der Verzweiflung und des Blutes von den Wangen. Und Jesses warme Arme vertrieben die Kälte aus ihrem Körper.

4

Er brachte sie nicht zu Laceys Haus. Der Rotschimmel galoppierte den Hang zu den Bolivar Heights hinauf, so schnell, daß es Kiernan hätte erschrecken müssen. Aber in Jesses Nähe empfand sie keine Angst. An ihrem Rücken spürte sie seine warme, muskulöse Brust, und die Erinnerung an die Ereignisse der letzten beiden Tage verblaßte. Jetzt konnte ihr nichts mehr zustoßen.

In der Stadt Bolivar hielt er nicht an, sondern ritt in den Wald auf dem Gipfel eines Hügels. Immer wieder gab er dem Pferd die Sporen. Tief unten, in der Ferne trafen sich der Shenandoah und der Potomac, wo der alte Harper seinen Fährdienst gegründet hatte. Die Häuser der Stadt sahen so winzig aus wie Spielzeug.

Jesse sprang von seinem Hengst, hob Kiernan herunter und drückte ihren bebenden Körper an sich.

»O Jesse, in Harpers Ferry geschehen so entsetzliche Dinge.«

Beruhigend strich er über ihr Haar. »Bald ist es vorbei. Nur ein Sturm im Wasserglas ...« Er drehte sie herum, so daß sie die beiden Flüsse sah, deren weiß rauschende Wellen sich vereinten. »Dieser schlimme Tag wird zu Ende gehen, und dann werden der Potomac und der Shenandoah immer noch ihre Tränen vergießen, die Berge werden sich in ihrer ganzen Schönheit erheben wie eh und je.« Seine Arme umschlangen von hinten Kiernans Taille. Er mußte spüren, daß sie nicht mehr zitterte.

Plötzlich drehte er sie wieder zu sich herum und fuhr in verändertem Tonfall fort: »Ich habe dir gesagt, du sollst im Haus bleiben.«

»Verdammt, Jesse, du bist nicht mein Vater!« Sie schob ihn von sich und trat zurück, denn auf einmal erschien er ihr bedrohlich.

»Hättest du das Haus nicht verlassen, wäre dir das alles erspart worden.«

»So viele Leute sind da unten – so viele, die ich kenne, jagen Schüsse in Leichen...«

»Wenn wir Glück haben, wird das nicht mehr passieren.« Er kam auf sie zu, und sie konnte am Klippenrand nicht weiter zurückweichen. »Du kleine Närrin! Du hättest verletzt werden können.« Er war ihr ernsthaft böse. Aber als er ihre Oberarme umfaßte und sie an sich zog, fiel ihr kein Argument zu ihrer Verteidigung ein. Kobaltblaues Feuer schien in seinen Augen zu schwelen, und Kiernans Knie wurden schwach. Ihr Herz schlug immer schneller. Nur weil ich so wütend bin wie er, redete sie sich ein.

»Jesse...«, begann sie, doch sein Kuß verschloß ihr den Mund und nahm ihr den Atem. Sie legte die Hände auf seine Brust, öffnete fasziniert die Lippen unter seiner drängenden Zunge. Fieberheiße Gefühle durchströmten ihre Adern wie langsam fließender Nektar – oder Lava.

Alle ihre Sinne erwachten zu intensivem Leben, ihre Haut schien unter Jesses Händen zu brennen. Je fester sie sich an seinen kraftvollen Körper preßte, desto deutlicher nahm sie das Fieber wahr, das sie beide zu verzehren drohte. Während sie seine Zunge schmeckte, spürte sie den Druck seiner Hüften an ihren. Und die Hitze dieser verbotenen Berührung erregte eine Sehnsucht nach immer neuen Entdeckungen.

Sein Mund löste sich von ihrem, verschmolz wieder damit aufreizend, immer heißer, immer süßer. Kiernans Verstand begann sich zu umnebeln. Sie dürfte nicht in Jesses Armen liegen, dürfte seinen Kuß nicht erwidern, müßte entsetzt und schockiert sein.

Es gab einen anderen Mann in ihrem Leben – einen, der niemals solche Emotionen in ihr entfacht hatte... Trotzdem mußte sie sich wehren. »Jesse«, flüsterte sie.

Plötzlich stieß er einen leisen Fluch hervor, und zu ihrer Verblüffung ließ er sie abrupt los. Er ging zu einem kleinen Felsblock, stellte einen Fuß darauf und starrte ins Tal, einen Ellbogen auf sein Knie gestützt. Verwirft beobachtete sie ihn, den Mund noch feucht von seinen Küssen.

»Oh, zum Teufel, Kiernan!« Erbost wandte er sich zu ihr. »Wenn du doch endlich tun würdest, was man dir sagt!«

»Du hast kein Recht...«

»Dein Vater ist nicht hier, dein kostbarer, geliebter Anthony auch nicht. Wo steckt er denn?«

Helle Wut stieg in ihr auf. Nie mehr würde sie Jesse gestatten, sie anzufassen. Er war so launisch wie ein Waldbrand – eben noch voller Leidenschaft, und jetzt von wildem Zorn erfüllt. »Du weißt, wo er ist«, entgegnete sie eisig.

»Ja, ja, schon gut...« Er kam zu ihr zurück. »Von nun an wirst du im Haus bleiben und dich von den Kämpfen fernhalten, verstanden? Ich bringe dich jetzt zu Mrs. Donahue zurück.«

»Danke, ich gehe lieber zu Fuß.«

»Das ist ein sehr weiter Weg.«

»Ich ziehe einen sehr weiten Weg vor...«

Ehe sie wußte, wie ihr geschah, wurde sie auf den Rotschimmel gehoben, der Pegasus hieß, und dann saß Jesse hinter ihr, die Arme wieder um ihre Taille geschlungen. Sobald sie seine verführerische Nähe spürte, verflog ihr Ärger.

Und als er ihr vor Lacyes Haus aus dem Sattel half, empfand sie nur noch Schmerz über die bevorstehende Trennung. Sie hätte empört sein müssen, weil er sie so leidenschaftlich geküßt hatte. Aber irgendwie erschien ihr alles, was zwischen ihnen geschehen war, gut und richtig, und sie brachte es nicht fertig, sich deshalb zu schämen.

»Bleib im Haus«, befahl er kurz angebunden.

Lächelnd senkte sie die Wimpern. »Ich weiß selbst, was ich zu tun habe.«

»Kiernan...«

»Und ich habe beschlossen, nicht mehr auszugehen«, ergänzte sie hastig.

Er schwang sich auf Pegasus' Rücken. »Die Situation könnte sich verschlimmern, und es wird bald dunkel. Also – bitte...«

Würdevoll knickste sie und floh ins Haus.

Die Glasscherben hinter der Bürotür waren weggeräumt worden, und Kiernan beschloß, den leeren Fensterrahmen mit Segeltuch abzudecken und Lacey zu besänftigen. Nun verspürte sie heftige Gewissensbisse, weil sie ihre Freundin so lange allein gelassen hatte.

Ein angstvoller Ruf erklang. »Wer ist da?«

»Ich bin's, Lacey.«

»Ah, gerade noch zur rechten Zeit.« Lacey durchquerte das Büro, wo bereits abendliches Dunkel herrschte, und hielt eine flackernde Kerze hoch. »Ich habe mir solche Sorgen gemacht.«

»Gehen wir in den Salon, dann erzähle ich dir alles.« Nachdem sie sich gesetzt hatten, schilderte Kiernan ihre Erlebnisse, schwächte aber die grausamen Gewalttaten etwas ab.

Trotzdem war Lacey zutiefst entsetzt und bestand darauf, ihr eine Tasse Tee zu servieren. Danach bereitete sie das Abendessen vor, während Kiernan ein Stück Segeltuch, Nägel und einen Hammer aus der Abstellkammer holte und die Haustür notdürftig reparierte.

»Hat der Captain gesagt, daß er zurückkommen wird?« fragte Lacey nervös, als sie ihre Mahlzeit einnahmen.

»Nein.«

»Er müßte sich um dich kümmern.«

Kiernan lächelte wehmütig. »Hast du's vergessen? Dazu wäre der ›arme‹ Anthony verpflichtet.«

Immerhin besaß Lacey genug Anstandsgefühl, um zu erröten. »Ach, lassen wir das... Wenn diese Nacht doch schon vorbei wäre!«

»Ich fürchte, heute können wir uns die Zeit nicht mit einer Handarbeit vertreiben.«

»Sollen wir Karten spielen?«

»Hearts?«

»Um Himmels willen, nein – Poker.«

Kiernan brach in Gelächter aus. »Oh, wie verworfen! Wäre dein Mann nicht schockiert?«

»Und wie ist es mit deinem Vater? Du kannst genauso gut pokern wie ich.«

»Nun, ich bin ja auch in Papas Gesellschaft aufgewachsen. Los, hol die Karten! Wir spielen um Cents, einverstanden?«

»Abgemacht!«

Beim Pokern verstrich die Zeit doch etwas schneller, und sie genossen den verbotenen Reiz eines Spiels, das sich für Damen nicht schickte. Schließlich begann Lacey zu gähnen und gestand, nun sei sie doch sehr müde. »Aber werde ich schlafen können?«

»Sicher wird nichts passieren.« Aber Kiernan bemerkte die Angst ihrer Freundin und schlug vor, sie könnten die Nacht in einem Bett verbringen. »Ich lege Jesses Colt auf den Nachttisch.«

Diese Idee gefiel Lacey. »Das Bett in deinem Zimmer ist schön breit, da werden wir's sehr gemütlich haben.« Aber als sie in ihre Nachthemden geschlüpft waren und nebeneinander lagen, stöhnte sie wieder. »Ich werde kein Auge zutun!«

Zu Kiernans Belustigung schlummerte ihre Gastgeberin schon nach wenigen Minuten friedlich ein. Es war noch früh, und sie glaubte, dies wäre der Grund, warum sie selber keinen Schlaf fand. Oder hatte sie Angst? Beinahe wäre sie eine von John Browns Geiseln geworden. Mittlerweile dürfte er verzweifelt sein, überlegte sie, mit nur wenigen Anhängern in der Feuerwache verschanzt. Erkennt er jetzt, daß seine grandiose Revolution gescheitert ist? Es ist ihm mißlungen, das Land aufzuwiegeln. Morgen muß er sich der Unionsarmee stellen. Wird er vorher in seinem Groll die Geiseln töten? Inständig hoffte sie, man würde das Blutvergießen in Grenzen halten können.

Wie mochte John Brown aussehen? Wie schaffte er es bloß, eine brutale Mordserie in einen Kreuzzug zu verwandeln? Doch dann erinnerte sie sich an ›Onkel Toms Hütte‹, an ihren Zorn bei der Lektüre des Romans. Manche Leute waren tatsächlich grausam, sorgten besser für ihre Pferde und Hunde als für ihre Sklaven. Unruhig warf sie sich im Bett umher, hörte Lacey leise schnarchen. Nein, dachte sie, es ist sinnlos, wenn ich noch länger versuche, einzuschlafen.

Sie stand auf und trat ans Fenster. Zu ihrer Überraschung sah sie zwei Männer auf der Straße, groß und dunkel im nächtlichen Schatten. Kiernans Atem stockte, als sich der eine bückte, einen Kieselstein aufhob und gegen die Scheibe warf. Erleichtert lächelte sie, denn sie erkannte das emporgewandte Gesicht. Jesse war zurückgekehrt.

Nun schaute auch der andere Mann herauf – Daniel Cameron. Beide Brüder trugen die Uniformen der Unionskavallerie mit den hübschen Federhüten, und sie grinsten breit.

Sie sahen einander sehr ähnlich. Wie Jesse hatte auch Daniel ebenholzschwarzes Haar und die kobaltblauen Augen der Familie Cameron, ein markantes Gesicht und sinnliche, volle Lippen. Er war ein paar Jahre jünger als sein Bruder, nicht ganz so breitschultrig – und viel galanter. Kiernan mochte ihn sehr, während sie Jesse... Ah, Jesse!

»Pst!« Sie legte einen Finger an die Lippen und schüttelte den Kopf, als sie beobachtete, daß auch Daniel ein Steinchen heraufschleudern wollte. Dann öffnete sie das Fenster und rief leise: »Hört auf mit dem Unsinn!«

»Dann laß uns rein!« erwiderte Daniel. »Es ist ziemlich kalt hier draußen.«

Rasch warf sie einen Blick auf Lacey, die immer noch tief und fest schlief, und bedeutete den Cameron-Brüdern, sie würde gleich nach unten kommen, zum Hintereingang. Grinsend hielt Daniel einen Daumen hoch, und Jesse lächelte.

Sie lief die Treppe hinab, öffnete die rückwärtige Haustür und landete direkt in Daniels Armen. Er hob sie hoch, und im schmalen Flur schwenkte er sie ein paarmal herum, ehe er sie auf die Füße stellte. »Mein Gott, Kiernan – jedesmal, wenn ich dich sehe, bist du noch hübscher geworden, noch eleganter und ...«

»Noch verführerischer?« schlug Jesse vor. Belustigt lehnte er am Türrahmen, und sein Blick trieb das Blut in Kiernans Wangen. Schon immer hatte er sie gern gehänselt. Aber nicht an diesem Nachmittag. Da war er von seiner eigenen Leidenschaft überwältigt worden, und das hatte ihn in Wut gebracht. Jetzt dachte er ebenso wie sie daran, das verriet seine Miene, als sie sich anschauten.

»Ja, du bist tatsächlich verführerisch, Kiernan.« Lachend nahm Daniel seinen Hut ab und preßte ihn ans Herz. »Verzeih uns armen Soldaten diese losen Reden. Wenn wir tagelang im Sattel sitzen und dann endlich wieder ein schönes Mädchen sehen ...«

»Tagelang im Sattel!« unterbrach sie ihn ironisch. »Jesse kam geradewegs aus einer Bar in Washington, und wo warst du?«

»Auf einer Party im Haus eines Freundes. Und da schickte Jeb Stuart einen Boten hin.« Stuart, ein schneidiger junger Kavalleriekommandant, war mit beiden Camerons gut befreundet. »Er wußte, daß Jesse bereits hierherbeordert worden war und sich Sorgen um dich machte.«

Sie sah von einem zum anderen. »Werdet ihr morgen beide dabeisein, wenn der entscheidende Kampf gegen John Brown beginnt? Eure Schwester Christa wird schreckliche Angst um euch haben.« Das Mädchen, ein Jahr jünger als Kiernan, war eine liebe Freundin.

»Du hast nicht zufällig Apfelkuchen?« fragte Daniel. »Und heißen Kaffee für zwei halb erfrorene Kavalleristen?«

»Zufällig gibt's Apfelkuchen. Und ich koche gleich Kaffee. Aber versuch mir nicht auszuweichen, Daniel!« Kiernan eilte in die Küche, gefolgt von den beiden Brüdern, die sich an den Tisch setzten und die langen Beine ausstreckten. Sie stellte einen Wasserkessel auf den Herd, dann servierte sie den Kuchen, zusammen mit Laceys bestickten Servietten. »Was wird morgen geschehen?« fragte sie hartnäckig.

»Man wird Brown zur Kapitulation auffordern«, antwortete Jesse.

»Und wenn er sich weigert?«

Er zuckte die Achseln und schnitt den Kuchen in Stücke. »Dann werden wir vermutlich die Feuerwache stürmen.«

»Das ist aber sehr gefährlich, und ihr habt nicht das Recht, alle beide euer Leben zu riskieren. Ich sage euch...«

»Und ich habe dir gesagt, du sollst im Haus bleiben«, unterbrach er sie und hielt ihr das Kuchenmesser unter die Nase.

»Die ganze Stadt war auf der Straße, Jesse.«

»Sogar Doc Whelan«, fügte Daniel lachend hinzu. »Ich traf ihn, und da erzählte er, er habe gehört, du seist von Jesse gewaltsam aus der Menschenmenge geholt worden.«

Rasch senkte Kiernan den Blick. »Ja, das stimmt.«

»Der Doc schlug vor, man solle dich gefesselt in einen Schuppen sperren«, berichtete Jesse trocken. »So grob war ich nun wirklich nicht.«

»Aber fast...«

Jesse hob die Brauen, und sie wurde wieder rot.

»Bemerke ich da eine gewisse Spannung zwischen euch?« fragte Daniel neugierig.

»Nein!« stießen Kiernan und Jesse wie aus einem Mund hervor.

»Oh, Verzeihung«, bat Daniel grinsend.

»Ich war kein bißchen grob«, behauptete Jesse und hielt Kiernan, die angelegentlich nach dem Kaffee sehen wollte, am Arm fest. »Diesmal...«

»Diesmal?« Herausfordernd starrte sie ihn an.

»He, der Kaffee kocht über!« rief Daniel, und Jesse ließ ihren Arm widerstrebend los.

Atemlos eilte sie davon, um den Kaffee zu retten.

Während Daniel genüßlich seinen Apfelkuchen verspeiste, schwatzte er unentwegt. Kiernan und Jesse tranken Kaffee, hörten zu und beobachteten einander wachsam. Glücklicherweise brauchte der jüngere Cameron keine Anregung, um Konversation zu machen.

Plötzlich sprang Jesse auf. »Wir müssen zurück.«

Daniel nickte bedauernd und erhob sich ebenfalls. Dann zog er Kiernan auf die Beine und küßte ihre Wange. »Bitte, bleib morgen im Haus, bis alles vorbei ist.«

»Natürlich bleibt sie hier«, erklärte Jesse in scharfem Ton. »Dafür übernehme ich jede Garantie.«

»Oh?« flötete sie.

»Ja, in der Tat. Morgen bin ich nämlich hier, und ich werde dafür sorgen, daß du dich von der Straße fernhältst – selbst wenn ich dich wie einen Kartoffelsack herumschleppen muß.«

»Deine Galanterie ist überwältigend«, meinte sie gedehnt.

»Ich nenne die Dinge nur beim Namen.«

»Würdest du dich auch so unverschämt benehmen, wenn mein Vater hier wäre?«

»Ich bin so, wie ich bin«, entgegnete er grinsend, »ganz egal, wer hier ist – und das gilt auch für den tugendhaften Anthony.« Er wandte sich ab, ging zur Hintertür, und Daniel folgte ihm lachend.

Kiernan eilte hinter den beiden her. Auf der Hinterveranda flehte sie Daniel an. »Bitte, gib acht!«

»Klar, das verspreche ich dir.«

Die Pferde waren in der Nähe des Klippenpfades an einem Baum festgebunden, von Felsbrocken abgeschirmt. Jesse schwang sich in den Sattel und ritt durch den Hof zu den Stufen. »Soll ich auch achtgeben, Kiernan?«

»Selbstverständlich, Jesse«, erwiderte sie kühl. »Um Christas willen wäre ich tief betrübt, wenn dir etwas zustieße.«

»Nur um Christas willen?«

»Nein – auch weil du so ein guter Nachbar bist.«

Lächelnd beugte er sich vom Pferderücken herab, ergriff ihre Hand und hauchte einen Kuß darauf. »Wie reizend und ehrenwert, Miß Mackay! Und sieh zu, daß dein reizender, ehrenwerter Hintern morgen in diesen vier Wänden bleibt.«

»Liebster Jesse, du hast wirklich die Manieren eines Orang Utans. Man sollte dich windelweich prügeln.«

»Ich mein's ernst, Kiernan.«

»Oh, ich auch.«

»Wenn du einen Fuß auf die Straße setzt, werde ich dich finden.«

»Ist das ein Versprechen oder eine Warnung?«

»Faß es lieber als Drohung auf«, empfahl er ihr und salutierte grinsend, dann schwenkte er den großen Rotschimmel herum und verschwand in der Nacht.

»O Jesse, paß gut auf dich auf«, flüsterte sie – viel zu spät. Daniel stand neben ihr im Mondlicht und beobachtete sie amüsiert. »So ist er nun mal«, bemerkte er, ohne zu erklären, was er damit meinte.

»Ja, ich weiß. Bitte, nehmt euch in acht, alle beide.«

»Klar.« Er umarmte sie, dann holte er sein Pferd und stieg auf. Fröhlich schwenkte er seinen Hut. Er saß genauso sicher im Sattel wie Jesse. »Koch uns morgen abend was Gutes!«

»Das verspreche ich. Kommt so bald wie möglich zu mir!«

»Das werden wir tun.« Er winkte ihr und galoppierte hinter seinem Bruder her.

Fröstelnd eilte sie ins Haus und empfand wieder Angst. Die gleiche Angst wie Jesse. Vor der Liebe – und dem Krieg.

5

Daniel holte seinen Bruder ein und schaute ihn forschend an. Weil ich mich auf so seltsame Art von Kiernan verabschiedet habe, dachte Jesse. Gut, daß der Junge tagsüber nicht da war. Er hätte mir Löcher in den Bauch gefragt. Aber jetzt kann ich seiner brüderlichen Sorge vermutlich nicht entrinnen.

»Du bist so still, Jess«, begann Daniel.

»Mag sein«, murmelte Jesse und wußte sehr gut, daß der Bursche sich mit einer solchen Antwort nicht zufriedengeben würde.

»John Browns oder Kiernans wegen?«

Bei einem raschen Seitenblick sah Jesse die Augen seines Bruders funkeln und überlegte: Wahrscheinlich ist ihm im Lauf der Jahre viel mehr aufgefallen, als ich gedacht habe. Mehr als mir selber …

Warum machte er sich was vor? Schon als Kind hatte Kiernan eine ganz besondere Ausstrahlung besessen, mit ihren ungewöhnlichen, herausfordernden, leuchtenden grünen Augen. Ihre Schönheit konnte einem Mann das Herz und die Seele stehlen und seinen Körper zu wilder Leidenschaft reizen – und ihr stolzer, unbeugsamer Eigensinn die Nerven schmerzhaft strapazieren.

Sie flirtete und kokettierte gern, aber stets innerhalb der Schicklichkeitsgrenzen. Natürlich genoß sie die Aufmerksamkeit, die sie bei den Männern erregte. Schon frühzeitig hatte sie ihre weibliche Macht erkannt und gewußt, daß sie in eine Gesellschaft hineingeboren war, wo die Frauen verehrt wurden.

Doch mit ihrer Frauenrolle begnügte sie sich nicht. Sie verstand eine ganze Menge von den Geschäften ihres Vaters, bildete sich in allen Belangen eine eigene Meinung und scheute sich nicht, sie auszusprechen.

Auf dem Ball, den ihr Vater anläßlich ihres gesellschaftlichen Debüts gegeben hatte, war sie Jesse atemberaubend schön erschienen. Vielleicht wurde ihm an jenem Abend bewußt, daß er stets auf sie gewartet hatte.

Anthony Miller paßte allem Anschein nach großartig zu ihr. Er stammte aus einer perfekten Südstaatenfamilie, reich und aristokratisch, ein vollkommener Gentleman, attraktiv und charmant. Sicher machte er Kiernan regelmäßig Komplimente, war stets zur Stelle, um auf alle ihre Launen einzugehen.

Wie Jesse gestehen mußte, mochte er Anthony, der viele hervorragende Eigenschaften besaß. Er war ein loyaler Sohn seines Vaters, überaus ehrenwert, und er zeichnete sich durch jene Ritterlichkeit aus, auf die man in den Südstaaten so großen Wert legte. Trotzdem war er nicht der Richtige für Kiernan. In wenigen Monaten würde sie ihn fertigmachen.

Bei diesem Gedanken grinste Jesse. Für sie gab es nur einen einzigen – ihn selbst. Wenn er sie mit anderen hatte flirten sehen, war ihm klar geworden, daß sie beide zusammengehörten. Er liebte und verstand sie, wußte genau, wann er dieser eigensinnigen jungen Frau ihren Willen lassen konnte und wann sie eine feste Hand brauchte.

Er holte tief Atem. Bis zu diesem Tag hatte er das ganze Ausmaß dieses Zusammengehörigkeitsgefühls nicht erkannt. Erst seit jenem glutvollen Kuß auf den Klippen erfüllte es ihn unabdingbar. Davor hatte er nur vage geahnt, wie heiß er sich nach ihr sehnte. Ja, er war der Mann, der sie zähmen, das in ihr schlummernde Feuer wecken und in ganzer Schönheit brennen sehen müßte.

Der Richtige für sie – und doch der Falsche. Viel zu leidenschaftlich und loyal glaubte sie an ihre Anschauungen von Gut und Böse. Oder irrte er sich selbst, was seine Hoffnungen für die Zukunft betraf? Seit Jahren debattierte der Kongreß über die Themen, die allen auf der Seele brannten. Schon einmal hatte sich South Carolina von der Union trennen wollen. Und der alte Andy Jackson hatte in den Süden reisen müssen, um klarzustellen, ein Staatenbund sei nun mal ein Staatenbund.

Aber vielleicht irre ich mich doch nicht, dachte Jesse. Womöglich ist der Alptraum, der jetzt seinen Lauf nimmt, unser Schicksal, und niemand kann den Sturm aufhalten... Natürlich würde er die Handlungsweise eines Fanatikers wie John Brown niemals billigen, aber es fiel ihm schwer, *nicht* auf gewisse Dinge zu hören, die der Mann zu sagen hatte.

John Brown würde sterben, auf diese oder jene Weise. Aber was so machtvoll begonnen hatte, würde in Harpers Ferry nicht zu Ende gehen.

Über gewisse Dinge konnte Jesse nicht mit Kiernan reden. Er konnte ihr erklären, Anthony sei nicht der Richtige für sie – nicht stark genug, verdammt noch mal, nicht leidenschaftlich genug. Aber er selbst hatte ihr nichts zu bieten – nichts von dem, was sie sich wünschte.

All das repräsentierte Anthony, den sie nicht liebte. Das stand für Jesse fest. Man sollte ihr den süßen Hintern mit einem Hickoryzweig versohlen für das, was sie dem armen Burschen antat. Aber er stellte nun einmal dar, wovon sie träumen *müßte*, den perfekten Südstaatengentleman.

Daheim hatte Jesse manchmal den Eindruck gewonnen, sie würde ihn genauso aufmerksam beobachten wie er sie, und in gewissen Augenblicken sogar die Überzeugung, sie wären füreinander geschaffen. Vielleicht war es etwas, das noch tiefer ging. Etwas unglaublich Süßes, Berauschendes, so alt wie die Menschheit...

Doch dann rief er sich zur Ordnung und straffte unbewußt die Schultern. Es war falsch, solchen Gedanken nachzuhängen. Seine ganze Welt veränderte sich, umkreiste eine ungewisse Achse. Und er fürchtete, die Welt, die er kannte und liebte, würde ein Ende finden. Noch wußte er nicht, wo er stand, aber er würde sich bald entscheiden und dabei nur sein Gewissen befragen müssen, sonst nichts und niemanden. Viele Leute, die er schätzte, würden ihn hassen. Und er würde lernen müssen, mit diesem Haß zu leben. Das wird leichter sein, als einen Verrat an mir selbst zu verkraften, sagte er sich.

Kiernan würde ihn vielleicht am leidenschaftlichsten von allen hassen, wenn er seinen Entschluß endgültig gefaßt hatte. Aber vielleicht würden sich die Dinge ganz anders entwickeln – wenn South Carolina die Union nicht verließ oder wenn es doch dazu kam und die anderen Staaten diesem Beispiel nicht folgten. Zum Teufel, vier der fünf ersten Präsidenten der Vereinigten Staaten waren aus Virginia gekommen. Würde es sich jemals von der Union abspalten? Viele westliche Countys strebten nichts dergleichen an.

»Nun?« fragte Daniel.

»Was – nun?«

»Was bedrückt dich – die politische Situation oder deine Beziehung zu dem Mädchen?«

»Beides«, antwortete Jesse kurz angebunden.

Daniel schwieg eine Weile, dann meinte er leichthin: »Zwischen euch scheint sich schon seit Jahren was zusammenzubrauen...«

»Das geht dich nichts an, Bruderherz.«

»Ich kenne euch zwei mein Leben lang«, erwiderte Daniel lachend. »Du bist mein Fleisch und Blut – Kiernan ist ein Teil meines Geistes, also habe ich wohl das Recht, meine Ansicht darüber zu äußern.«

»Wenn du glaubst...«

»Tu was! Heirate sie, bevor ihre Wahl auf Anthony Miller fällt.«

Jesse seufzte. »Ich kann sie nicht heiraten.«

»Warum nicht, verdammt noch mal?«

»Weil sie mit mir nicht glücklich wäre.«

»Oh! Und mit Anthony wird sie glücklich?«

»Nein. Sie liebt ihn nicht.«

»Zahlreiche Leute heiraten, obwohl sie sich nicht lieben«, wandte Daniel ein. »Und manche kommen großartig miteinander aus. Auch Kiernan und Anthony könnten eine gute Ehe führen. Sie haben einiges gemeinsam. Doch dich verbindet mindestens ebensoviel mit ihr.«

»Ja«, stimmte Jesse zu, aber ohne innere Überzeugung. Er wußte nicht, wie er Daniel erklären sollte, was ihn bewegte, denn sie entstammten derselben Welt und hätten ihre Anschauungen teilen müssen. In plötzlicher Entschlossenheit wandte er sich zu seinem Bruder. »Bald wird ein Krieg ausbrechen.«

»Unsinn, Jesse. Schlimmstenfalls werden wir ein kleines Scharmützel erleben. Der alte Brown kann nicht mehr in allzu guter Verfassung sein. Und die meisten seiner Leute sind tot oder verwundet. Wenn er nicht kapituliert, werden wir die ganze Sache innerhalb weniger Minuten erledigen.«

»Heute habe ich ihn gesehen. Nie zuvor ist mir ein Mann mit einer solchen Ausstrahlung begegnet. Es war erschreckend.«

»Hat er dich etwa beeindruckt? Verdammt, Jesse, glaubst du womöglich, wir sollten den alten Fanatiker laufenlassen?«

Heftig schüttelte Jesse den Kopf. »O nein. Er hat in Kansas gemordet und jetzt hier – und außerdem Hochverrat begangen.« Er dachte an Browns junge Anhänger, die anscheinend erst jetzt erkannten, daß man sie als Verräter brandmarken würde. »Aber Daniel, ich weiß nicht, wie ich es beschreiben soll. Dieses Licht in seinen Augen... Er wird sterben, das weiß er. Und er sieht seinen Sohn Oliver sterben. Trotzdem scheint ihn der Glaube an seine heilige Mission nicht zu verlassen.«

»Brown ist ein Verrückter, den man möglichst bald hängen sollte.«

»Der Meinung bin ich auch. Aber du solltest ihn kennenlernen, Daniel. Er ist irgendwie beängstigend...«

»Dich habe ich noch nie vor Furcht zittern sehen.«

Jesse lachte. »Dann hast du nicht genau hingeschaut. Jeder Mensch fürchtet sich irgendwann in seinem Leben. Ich habe keine Angst vor Schlachten, nicht einmal vor dem Tod, aber vor Dingen, die ich nicht berühren kann, die außerhalb meiner Reichweite liegen, die ich nicht einmal verstehe – und die ich nicht verhindern kann, wenn sie geschehen.«

Nachdenklich starrte Daniel ihn an, und statt einen der üblichen Scherze zu machen, schien er genau zu begreifen, wovon der ältere Bruder sprach. »Nur die Zeit wird Klarheit bringen, Jess, nur die Zeit.«

»Ja, vermutlich.« Sie waren einander ähnlich. Gemeinsam auf Cameron Hall aufgewachsen, hatten sie die gleichen Moralbegriffe gelernt, das gleiche Gefühl vor Loyalität und Ehre entwikkelt. Trotzdem würden ihre Wege vielleicht in verschiedene Richtungen führen.

»Wir sind vom selben Fleisch und Blut, Jess, was auch immer kommen mag.« Daniel zügelte sein Pferd und streckte die Hand aus, die sein Bruder ergriff.

»Dabei wird es immer bleiben.«

»Abgemacht.« Dann grinste Daniel. »Heute abend warst du in einer schrecklichen Stimmung.«

»Es war ja auch ein schrecklicher Tag – zum Großteil.«

»Weißt du, was du jetzt brauchst? Einen Drink.«

Da mußte Jesse lachen. »Verdammt noch mal, du hast recht.«

»Und da wir beide offiziell immer noch Urlaub haben,

weiß ich genau, was wir mit dem angebrochenen Abend machen werden.« Daniel gab seinem Pferd die Sporen.

Eine seltsame Verkettung von Umständen hatte sie beide nach Harpers Ferry geführt, ebenso ihren Kommandanten von der Heeresakademie Westpoint, Lieutenant Colonel Robert E. Lee, und ihren Kameraden Jeb Stuart. Sie alle befanden sich nun in einer Stellung, die hauptsächlich von US-Marinesoldaten bemannt wurde. Als die Nachricht von Browns Angriff nach Washington gedrungen war, hatte Präsident Buchanan nur diese Marineeinheit unter Israel Green zur Verfügung gestanden, die sofort aufgebrochen war.

Jeb hatte gerade Verwandte im Norden Virginias besucht, als er ins Kriegsministerium beordert worden war. Er hatte eine neue Methode erfunden, einen Säbel am Gurt festzuschnallen. Dieses Patent wollte er verkaufen, und die Regierung interessierte sich dafür. Er wartete gerade in einem Vorraum, als plötzlich allgemeine Aufregung herrschte. Dann schickte man ihn nach Arlington House, mit dem Auftrag, Lee zu holen.

Bereits am Vorabend war Jesse nach Harpers Ferry geschickt worden. Der alte General Winfield Scott hatte etwas läuten hören. Und obwohl zu jenem Zeitpunkt nur Gerüchte kursierten Brown hatte sich unter dem Decknamen ›Smith‹ vorgestellt war dem altgedienten Kriegsroß sofort klar gewesen, daß es Ärger geben würde. Daniel und Jeb hatten sich im Kriegsministerium getroffen und beide freiwillig zum Einsatz unter Lee gemeldet.

Nun ritten die Cameron-Brüder zum Wagner. Da sie den US-Truppen offiziell nicht zugeteilt waren, hatten sie ihre Unterkunft selbst wählen dürfen und sich für das Hotel entschieden. Am nächsten Morgen um sechs sollten sie zu Lee und Jeb stoßen.

In der Hotelbar wurde die Situation lebhaft erörtert. »Nehmen wir unsere Drinks lieber auf dem Zimmer«, schlug Jesse vor.

»Einverstanden.«

Sie ließen ihre Pferde in den Stall bringen, und Jesse ging sofort nach oben. Inzwischen kaufte Daniel eine Flasche Kentucky Bourbon, und wenig später berichtete er, während sie ihren Whiskey tranken, was sich mittlerweile auf Cameron Hall ereignet hatte.

Die Tidewater-Plantage gehörte eigentlich dem älteren Sohn. Aber wegen der Größe des Grundbesitzes, auf dem mehrere schöne Häuser standen, teilten sich Jesse und Daniel die Verantwortung. Zwischen den Brüdern und auch Christa bestand das stillschweigende Überkommen, jeder von den dreien würde sich, wenn er einmal heiratete, auf Cameron Hall niederlassen.

Jesse fand, daß Daniel das Land viel besser kannte als er selbst. So sehr er sein Heim und die Familiengeschichte auch liebte, dem jüngeren Bruder schien dies alles noch näherzustehen. Andererseits fragte sich Jesse, ob er seine Wurzeln jemals aufgeben konnte. Niemand hatte ihn darum gebeten – noch nicht.

Nach einer Weile versanken sie in einträchtigem Schweigen, dann begann Daniel zu gähnen. »Ich versteh's noch immer nicht, Jess.«

»Was?«

»Deine Probleme mit Kiernan. Heb sie doch einfach auf deinen Hengst und reit mit ihr davon.«

Genau das habe ich an diesem Nachmittag getan, dachte Jesse. Bis in alle Ewigkeit hätte er weiterreiten und Kiernan küssen können, und sicher wäre aus den Küssen noch viel mehr entstanden. Er war nicht Anthony Miller, nicht der Gentleman, der er sein sollte. Und plötzlich erkannte er, daß in seiner Beziehung zu Kiernan keine der konventionellen Verhaltensregeln eine Rolle spielte. »*Sie* soll eine Entscheidung treffen«, entgegnete er.

»Zwischen dir und Anthony Miller?« Daniel schnaufte verächtlich.

»An Anthony gibt es nichts auszusetzen«, hörte Jesse

sich sagen und lächelte im bleichen Licht des frühen Morgens, das sich im Zimmer ausbreitete.

»Ich mag ihn ja auch. Aber wenn sie zwischen dir und ihm wählen soll – wie kann es da irgendwelche Zweifel geben?«

Jesse grinste breit, nahm einen großen Schluck Bourbon und reichte Daniel die Flasche zurück. »Danke, Bruderherz.« Er holte tief Atem. »Oh, verdammt, in nächster Zeit müssen sehr viele Entscheidungen fallen. Schlafen wir noch ein bißchen. Der Morgen wird früh genug anbrechen.«

Um halb acht gingen die Sturmtruppen vor der Feuerwache in Stellung. Diplomatisch bot Lee den Milizeinheiten an, sie könnten die Attacke auf John Browns Position eröffnen. Doch das lehnten die Millikommandanten ab. In ihren Reihen befanden sich zu viele Familienväter. Und die Unionssoldaten wurden dafür bezahlt, ihr Leben zu riskieren.

Israel Green, der Marinekommandant, versicherte Lee in aller Form, es würde seine Leute mit Stolz erfüllen, an diesem Kampf teilzunehmen. Man gab Brown eine letzte Chance, sich zu ergeben, und Jeb Stuart informierte ihn über Lees Bedingungen.

Jesse begleitete Jeb in die Feuerwache. Dort las Stuart die Order vor, die Lee zunächst als Kommandanten im Dienst des Präsidenten der Vereinigten Staaten, James Buchanan, auswies. Dann wurde die Freilassung der Geiseln verlangt und Brown klargemacht, seine Flucht sei unmöglich. Wenn er kapituliere und das Inventar des Waffenlagers zurückerstatte, würde Lieutenant Colonel Lee ihm seine persönliche Sicherheit garantieren, bis man weitere Anweisungen vom Präsidenten erhalte. Falls sich Brown nicht ergebe, könne Lee ihm keinerlei Garantien geben.

Der alte Mann öffnete die Tür der Feuerwache einen

Spaltbreit und erklärte Jeb, er wolle mit seinen Anhägern ungehindert über den Fluß nach Maryland zurückkehren. Ein empörter Aufschrei erklang in den Reihen der Geiseln. »Lee soll seine Bedingungen revidieren!« forderte einer der Gefangenen.

Und ein anderer rief: »Eröffnet das Feuer, ohne Rücksicht auf uns!«

Jesse grinste. Diese Stimme kannte er. Sie gehörte Colonel Lewis Washington. Der Geist der Freiheitskämpfer lebte ungebrochen weiter.

Nach einer kurzen Unterredung mit Stuart donnerte Brown: »Wie ich sehe, können wir zu keiner Einigung gelangen, Lieutenant! Ihre Leute sind in der Überzahl, aber meine Soldaten fürchten den Tod nicht. Und mir ist es einerlei, ob ich an einer Kugel sterbe oder am Galgen.«

»Ist das Ihre endgültige Antwort, Captain?« fragte Jeb.

Für eine kleine Weile herrschte Schweigen, die Sonne stieg am Morgenhimmel empor, und Jesse hörte die Vögel zwitschern. Er schaute durch den Türspalt hinaus und sah seinen alten Westpoint-Lehrer, den unerschütterlichen Gentleman Lee, etwas abseits an der Säule eines Hauseingangs lehnen – unbewaffnet. Offenbar maß er der Situation nur geringe Bedeutung bei, fest überzeugt, die Unionssoldaten würden sie rasch und mühelos bereinigen.

Natürlich hat Lee recht, dachte Jesse. Warum versuche ich, ständig mehr hineinzugeheimnissen, als in Wirklichkeit drinsteckt?

»Ja«, bestätigte Brown tonlos. »Mein letztes Wort.«

Gefolgt von Jesse, verließ Stuart die Feuerwache und schwenkte seinen Hut. Dies war das Zeichen für Israel Green, seine Soldaten auf den Plan zu rufen. Nur mit Bajonetten bewaffnet, um das Risiko für die Geiseln möglichst gering zu halten, trommelten sie mit Vorschlaghämmern gegen die schwere Tür. Das Holz ächzte und splitterte an manchen Stellen, gab aber nicht nach. Daraufhin wurde ein Sturmbock gebildet und ein Loch in die Tür gebrochen. Die Männer drangen in das Gebäude ein, und Jesse blieb ihnen auf den Fersen.

In wenigen Minuten war alles vorbei. Die Silberbajonette der Marinesoldaten blitzten auf. Colonel Washington hieß den Trupp willkommen und identifizierte Brown, der von Green niedergestreckt wurde.

Browns Anhänger begannen zu schießen. Nahe der Tür preßte ein Marinesoldat seine Hände auf den Bauch und stürzte. Rauch breitete sich im Raum aus. Weitere Unionssoldaten stürmten herein, einer der Gegner wurde getötet, ein anderer verwundet und nach draußen gezerrt.

Colonel Washington zog seine Handschuhe an, ehe er die Feuerwache verließ und wurde von einem Freund begrüßt. »Lewis, alter Junge, wie fühlst du dich?«

»Hungrig wie ein Bär und ausgetrocknet wie ein Pulverhorn«, hörte Jesse, der gerade einer verletzten Geisel durch die Tür half, den derangierten Washington antworten und grinste wieder, voller Bewunderung für den unbeugsamen Geist des Colonels. Das ist es, was die Größe Virginias ausmacht, dachte er, daß es solche Männer hervorbringt... Auch das gehörte zu den Dingen, die er zu verlieren fürchtete.

Dann fand er keine Zeit mehr für solche Gedanken, denn er mußte seine Pflicht tun und die Verwundeten verarzten.

Wie Jesse später von Jeb Stuart erfuhr, hatte man John Brown in ein Zimmer des Wagner Hotels gebracht. Dort wurde er von Lee, Stuart, Senator Mason, Henry Wise, dem Gouverneur Virginias, einem Kongreßabgeordneten aus Ohio, Colonel Washington und einem Kongreßabgeordneten aus Virginia namens Faulkner verhört.

Danach berichtete Jeb, man habe den alten Mann stundenlang befragt. John Brown wollte andere nicht belasten, ließ aber keinen Zweifel an seiner eigenen Haltung. Er versicherte, er habe nur die Sklaven befreien und niemand anderem ein Leid zufügen wollen. Als man ihn an die unschuldigen Toten erinnerte, behauptete er, seines Wissens seien keine unbeteiligten Frauen oder Männer gestorben. Jeb gab zu, Brown sei tatsächlich ein außergewöhnlicher Mann.

Während des Verhörs kümmerte sich Jesse um die Verwundeten. Ein weiterer Sohn John Browns – ein Junge, der Watson hieß – lag im Sterben. Ärztliche Kunst konnte ihm nicht mehr helfen, aber auch er wurde endlos lange nach der Rolle befragt, die er bei den Aktivitäten seines Vaters gespielt hatte.

Ein Bursche namens Anderson lag im Gras und wartete auf den Tod. Ein Mann wanderte vorbei und warf ihm hartherzig vor, er würde sich aber viel Zeit zum Sterben nehmen. Und dann brachte der Junge mit seinem letzten Atemzug alle Peiniger zum Schweigen.

Man begrub alle Toten bis auf Anderson. Seine Leiche wurde von Ärzten aus Winchester angefordert. Jesse knirschte mit den Zähnen, als er hörte, für den Transport habe man den Jungen mit dem Kopf zuunterst in ein Faß gestopft.

Daß die Leiche Andersons, der sich seines Verrats nicht bewußt gewesen war, der medizinischen Wissenschaft dienen sollte, erschien Jesse nicht so schlimm. Um so schrecklicher fand er, wie grausam der junge Mann im Tod aller menschlichen Würde beraubt wurde.

Dies gab für Jesse den Ausschlag. Er hatte alles getan, was in seiner Macht stand, mit den Marinesoldaten die Feuerwache gestürmt und die Verwundeten versorgt. Jetzt wollte er nichts mehr von Harpers Ferry sehen.

Die Stadt einst so schön und friedlich, würde nie mehr so sein wie vor dem Kampf. Nachdem die Männer das Faß mit der Leiche davongerollt hatten und er zu spät gekommen war, um einzugreifen, stieg heißer Zorn in ihm auf.

Er schwang sich auf sein Pferd, fühlte sich zutiefst verletzt und wußte nicht, warum. In seiner momentanen Verfassung hielt er es für das beste, Kiernan aus dem Weg zu gehen. Trotzdem ertappte er sich dabei, wie er – gleichsam von einer fremden Macht getrieben – zum Haus der Donahues ritt.

An diesem Tag erwartete Kiernan nicht, Jesse schon so früh zu sehen. Am Nachmittag hatte sie vom Sturm auf die Feuerwache und der Festnahme des alten Fanatikers gehört, sich aus dem Haus gewagt und schon nach wenigen Schritten kehrtgemacht. So schrecklich sie auch den Tod unschuldiger Stadtbewohner fand – grausame Vergeltung, die nun an Browns toten und verwundeten Anhängern geübt wurde, erschien ihr ebenso gräßlich. Das alles mochte sie nicht mitansehen.

Und so saß sie im Salon, in eine Zeitung aus Maryland vertieft, als gegen die Hintertür gehämmert wurde. Bestürzt zuckte sie zusammen. Von der allzu lebhaften Erinnerung an den nächtlichen Entführungsbesuch begleitet, war sie nicht immun gegen ein gewisses Unbehagen, wann immer irgend etwas ein bißchen bedrohlich wirkte.

Aber Geiselnehmer klopften nicht so ausdauernd an, sie pflegten gleich einzubrechen. Nachdem keine Gefahr mehr bestand, war Lacey zum Hotel gegangen, um sich über die neuesten Entwicklungen zu informieren. Kiernan stand auf, rannte zur Haustür und öffnete sie hastig, voller Sorge, das wütende Hämmern könnte die Angeln beschädigen.

»Jesse!« rief sie verwundert. Er trug seine Uniform, ein Cape um die Schultern, den Federhut tief in die Stirn gezogen, so daß sie im Schatten der Krempe seine Augen nicht sehen konnte. Sie spürte seine starke innere Anspannung, und er schien eine noch intensivere Energie auszustrahlen als sonst. »So früh habe ich weder dich noch Daniel erwartet. Das Essen ist leider nicht fertig. Aber komm doch herein! Wenn du etwas trinken willst…«

Er stürmte an ihr vorbei, riß sich den Hut vom Kopf und endlich sah sie seine Augen. Dunkel und glutvoll spiegelten sie die widersprüchlichsten Gefühle wider. »Ich brauche nichts zu trinken.«

»Aber…«

»Reite mit mir.«

Verwirrt starrte sie ihn an. Offenbar befand er sich in einer gefährlichen Stimmung, und sie schüttelte unsicher den Kopf: »Lacey ist nicht da…«

»Hinterleg ihr eine Nachricht«, befahl er.

Kiernan hätte entgegnen müssen, er dürfe sie nicht herumkommandieren. Keine Dame würde so etwas dulden. Aber sie hatte niemals vorgegeben, eine perfekte Dame zu sein, wenn Jesse in der Nähe war. »Ich sollte dich zum Teufel schicken«, flüsterte sie.

Da trat er zu ihr, ganz dicht. »Aber du tust es nicht?« Trotz seiner Arroganz klang seine Frage irgendwie verzweifelt.

Zum erstenmal erkannte sie, wie dringend er sie brauchte – nicht als kindliche Freundin, sondern als Frau. Sie hob das Kinn. »Gut, ich begleite dich, Jesse – ausnahmsweise.«

Er lächelte nicht, schien die sanfte Ironie nicht einmal zu bemerken. Offensichtlich hielt er es für selbstverständlich, daß sie mit ihm kommen würde. Und sie selbst wollte nichts anderes.

»Gleich bin ich soweit…« In der Küche schrieb sie ein paar Zeilen für Lacey, teilte ihr nur mit, sie sei mit Jesse zusammen. Dann holte sie ihr Cape aus dem Gästezimmer und eilte die Treppe hinab.

Wie ein gefangener Löwe lief Jesse im kleinen Flur am Hinterausgang umher, und ein seltsamer Schauer rann über Kiernans Rücken. Ohne ihre Anwesenheit zu bemerken, blieb er stehen und starrte durch die offene Tür in den Hof, in die goldenen Herbstfarben und den Widerschein der sinkenden Sonne auf den Klippen. Doch er nahm nichts davon wahr.

»Jesse«, sagte sie leise.

Er wandte sich zu ihr und führte sie wortlos zu seinem Pferd hinaus. Nachdem er sie in den Sattel gehoben hatte, stieg er geschmeidig hinter ihr auf. Kiernan glaubte, in seiner erregten Verfassung würde er mit ihr davongaloppieren. Aber er lenkte Pegasus in langsamem Trab aus dem Hof, dann zügelte er ihn.

»Was ist los?« fragte sie.

»Ich weiß nicht, wohin«, gestand er frustriert.

Natürlich hätte sie jetzt schweigen sollen. Das wußte sie. Aber irgend etwas von seiner wilden, hemmungslosen, sogar qualvollen Stimmung drang in ihr eigenes Herz, in ihre Seele, in ihren Körper. »Nach Westen, am Fluß entlang«, flüsterte sie.

Schweigend verließen sie die Stadt und ritten zum Ufer hinab, vorbei an der alten Mühle. Sie hörten das schäumende Wasser über die Stromschnellen rauschen, sahen es aber nicht durch das dichte Laub der Bäume, die zwischen der Straße und dem Fluß wuchsen. »Bieg hier ab«, sagte Kiernan nach einigen Meilen. Jesse hätte den schmalen, überwucherten Pfad, der zum Wasser führte, sicher übersehen. Er wußte, daß sie sich in der Nähe von Montemarte befanden, dem Landsitz der Millers.

Eine kleine hölzerne Fischerhütte stand direkt am Felsenufer, mit einer Landebrücke, kaum sichtbar in den Schatten der Abenddämmerung.

Kiernan spürte Jesses Zögern. »Diese Hütte gehört wohl Anthony?« fragte er trocken.

»Seinem Vater«, erwiderte sie kurz angebunden. Wozu die Ressentiments? Er war zu ihr gekommen, um sie mitzunehmen ohne zu wissen, wohin. Und in ihrer Großzügigkeit bot sie ihm diese stille Zuflucht an.

Immer noch zaudernd, ritt er näher an die Hütte heran

stieg ab und hob Kiernan aus dem Sattel, ließ sie aber sofort los und ging zum seichten Wasser. Einen gestiefelten Fuß auf einen Felsblock gestützt, starrte er in die Wellen.

Kiernan ignorierte ihn und eilte in die Hütte, die jeden Sommer nach dem Hochwasser renoviert wurde. Sie war nur spärlich eingerichtet, mit einer Feuerstelle, einem Kaffeetopf und einer Bratpfanne für die Fische, einem primitiven Tisch und vier Stühlen und einem schmalen Feldbett in der Ecke. In einem Regal standen Tabakdosen, Whiskeyflaschen und ein paar Gläser.

Das letztenmal war Kiernan mit Anthony und einigen Freunden hier gewesen, gegen Ende des Sommers, vor nicht allzu langer Zeit. Er hatte nicht an den politischen Diskussionen der anderen teilgenommen, sondern ihr statt dessen das Angeln beigebracht. Ein netter Abend, nicht aufregend, aber angenehm...

Sie rückte einen Stuhl zum Regal und stieg darauf, um eine Flasche herunterzunehmen. Vielleicht wollte Jesse ein Glas Whiskey trinken, wenn er hereinkam.

Als die Tür aufflog, stand Kiernan immer noch auf dem Stuhl. Jesses Silhouette zeichnete sich vor dem Abendsonnenschein ab. Wieder einmal spürte sie die intensive Energie, die von ihm ausging, eine unbezähmbare Leidenschaft. Ihr Mund wurde trocken, und ihr Blut schien genauso schnell durch die Adern zu rasen wie das Wasser da draußen über die Stromschnellen.

Jesse wollte keinen Drink. Er wollte *sie*.

6

Er warf die Tür hinter sich zu, kam mit langen Schritten zu dem Stuhl, auf dem sie stand, und sie schaute in die kobaltblauen Tiefen seiner Augen.

Kiernan hatte geglaubt, er würde soviel zu sagen haben, sie würde zuhören und den Schmerz in seiner Seele zu lindern versuchen. Doch es gab keine Worte. Er schlang die Arme um ihre Taille und legte den Kopf an ihre Brust. Nein, er wollte nicht beruhigt werden. Die Erregung, die ihn erfüllte, suchte keine Milderung.

Er hob sie vom Stuhl herab. Langsam und provozierend glitt sie an seinem Körper nach unten, und wieder erwachten jene Gefühle in ihr, die sie bei seinen Küssen empfunden hatte. Sie spürte die harten Muskeln seiner Brust, seiner Schenkel, das Drängen seiner Hüften.

Hungrig preßte er seine Lippen auf ihre. Er strebte keine behutsame, subtile Verführung an. Fordernd schob er seine Zunge zwischen ihre Zähne, um ihren süßen Mund zu erforschen. Seine Arme umfingen Kiernan mit Feuer und Glut, mit einer unwiderstehlichen Magie, die in ihr Innerstes drang und eine Antwort verlangte.

Nach einer Weile ließ er sie los und betrachtete sie in den Schatten der sterbenden Sonne. Sie rührte sich nicht, gebannt von den heftigen Emotionen, die zwischen ihnen vibrierten, von einer heißen Sehnsucht nach verbotenen Dingen. Einen Vorgeschmack davon kannte sie bereits.

Als Jesses Lippen von neuem ihren Mund fanden, schloß sie die Augen und schlang die Arme um seinen Hals. Begierig erwiderte sie den Kuß, und sie war eine gelehrige Schülerin. Ihre angeborene Sinnlichkeit blühte auf in der einsamen kleinen Hütte, am Abend eines Tages, der von Blut geprägt worden war, so dunkelrot wie die sinkende Sonne.

Heiße Küsse verschmolzen ihre Lippen, ihre Körper, entfachten ein wachsendes, enthemmtes Verlangen. Und Kiernan wußte die ganze Zeit, was sie tat. Sie wußte es, noch bevor Jesses Mund über ihre Wangen zu einem Ohrläppchen glitt und dann aufreizend den Hals hinabwanderte, zu dem wilden Pulsschlag am Schlüsselbein.

Seine Finger lösten das Cape von ihren Schultern, ließen es zu Boden fallen, seine Zunge strich über ihren

Hals, und sie glaubte, in dunkle Tiefen zu stürzen. Ein Zittern erfaßte ihren ganzen Körper, eine wundervolle Wärme durchströmte sie, süß wie Honig. Auf dieses himmlische Gefühl konzentriert, merkte sie kaum, wie er die winzigen Ösen und Knöpfe am Rückenteil ihres Gingankleides öffnete und es dann bis zu ihrer Taille hinabstreifte. Dann zog er die Hemdträger über die Schultern und küßte die Stellen, wo sie eben gewesen waren. Sein Mund berührte die dünne Seide direkt über ihren Brustwarzen.

Heiße Ekstase durchzuckte Kiernan wie ein Blitzschlag. Die Liebkosung schien warme Sommersonnenstrahlen durch ihren ganzen Körper zu senden, bis zu der intimen Stelle zwischen ihren Schenkeln. »O Jesse«, flüsterte sie – nicht protestierend, sondern eher verblüfft. Er drückte sie fest an sich, und sie spürte den rauhen Stoff seines Kavallerieumhangs auf der Haut. Als er sie zum Bett trug, wehrte sie sich nicht.

Der Staub, der sich auf der Wolldecke und der Daunenmatratze gesammelt hatte, störte sie ebensowenig wie die Kälte im Raum. Das alles war unwichtig. Wie jede junge Frau hatte sie sich das ›erste Mal‹ ausgemalt – voller Romantik, mit sanftem Kerzenlicht und Rosenduft und blumigen, ritterlichen Phrasen. Das spielte jetzt keine Rolle mehr, nicht einmal der fehlende kirchliche Segen eines Ehebunds.

Sie war mit Jesse zusammen, und sie vertraute ihm ebenso, wie sie ihn begehrte. Vielleicht lag gerade darin der Zauber dieser Liebesnacht in der dunklen, kalten Fischerhütte.

Als er den Staub sah, stellte er Kiernan auf die Füße, nahm sein Cape ab und legte es mit dem weichen Futter nach oben auf das Bett. Dann wandte er sich wieder zu ihr, und sie merkte, daß auch er zitterte.

Er hob eine blonde Locke von ihrer Schulter, drückte sie an seine Wange, und plötzlich lag sie wieder in seinen Armen, kostete seine Küsse und die Geheimnisse, die sie ihr versprachen. Jesse fand weitere Häkchen, wispernd glitt das Kleid zu ihren Füßen hinab. Nun trug sie nur mehr ihr Korsett, das dünne Hemd, den Unterrock und die Unterhose.

Offensichtlich ist er ein erfahrener Liebhaber, dachte sie. Trotz seiner ungeduldigen Leidenschaft befreite er sie geschickt von all den komplizierten Kleidungsstükken, wobei sie immer seine zärtlichen Hände und Lippen auf der nackten Haut spürte. Als der zarte Hemdenstoff von Kiernans Körper gestreift wurde, erschien ihr das fast so sinnlich wie Jesses Berührungen.

Hemd, Korsett und Unterrock landeten auf dem Kleid, und er hielt inne, um ihre nackten Schultern und Brüste zu betrachten. Im Dämmerlicht schienen Flammen in seinen Augen zu sprühen, ein Feuer, das Verlangen, aber auch eine gewisse Scheu weckte – den Wunsch, alles zu zeigen und es gleichzeitig zu verbergen. Und dann riß er sie wieder in die Arme. Endlich gab es Worte, ein atemloses Flüstern an ihren Lippen, das ihr versicherte, wie schön sie sei. Worte voller Poesie. Und Worte voller wilder Sehnsucht.

Behutsam bettete er sie auf das Seidenfutter seines Capes und streckte sich neben ihr aus. Seine Fingerspitzen und seine Zunge wanderten über die Hügel ihrer Brüste, erkundeten die Konturen, die weiße Haut und umnebelten Kiernans Gedanken. Jetzt kannte sie nur noch ein unbändiges Verlangen. Wie von selbst hoben sich ihre Hüften, als er die Spitzenhose über ihre Schenkel nach unten streifte. Doch dann stieg ihr doch die Schamröte ins Gesicht. Sie hörte Jesse leise lachen. Mit Küssen und zärtlichem Geflüster nahm er ihr die Verlegenheit.

Schon so lange begehrte er sie. Er hatte gewartet und immer gewußt, dieser Augenblick würde einmal kommen. Daran hatte er ebenso wenig gezweifelt wie an der alljährlichen Wiederkehr der Frühlingsstürme im Tidewater-Gebiet.

Er streifte die Schuhe von ihren Füßen, zog ihr die Strümpfe aus. Dabei strichen seine Finger aufreizend langsam über die Innenseiten ihrer Schenkel.

Nur für wenige Sekunden ließ er sie allein, um sich hastig auszukleiden. Wie durch einen Schleier sah sie seine breiten Schultern, die im Licht der untergehenden Sonne wie Bronze schimmerten, die dunkel behaarte, muskulöse Brust, den flachen Bauch, die schmalen Hüften. Und dann lag er wieder bei ihr, glitt auf ihren Körper.

Ihr Atem stockte, als sie seinen Penis an ihrem Schenkel spürte, hart wie Stahl, heiß wie Feuer. Auf einen Ellbogen gestützt, blickte er ihr ins Gesicht. Sie fühlte, wie er bebte, und wußte, er würde sich trotz seines drängenden Verlangens sofort zurückziehen, wenn sie es wünschte.

Die Sonne sank noch tiefer, rotes Licht erfüllte die Hütte, verscheuchte die Schatten und färbte Jesses Körper. Als Kiernan eine Hand hob, wurden auch ihre Finger in diesen glühenden Widerschein getaucht.

Wie in Blut.

In plötzlicher Angst begann sie zu erschauern. Doch sie fürchtete sich nicht vor Jesse, wollte ihm näher sein den je.

»Jesse«, wisperte sie.

»Es ist nicht richtig. Ich sollte nicht hier mit dir liegen. Niemals hätte ich dich aus Laceys Haus holen und dich niemals anrühren dürfen. Dein Vater hätte das Recht, mir eine Kugel ins Herz zu jagen.«

Kiernan blinzelte, um die Illusion des blutroten Lichts zu vertreiben, und hörte auf zu frösteln. Ihre Seele brannte, ihr Körper brannte. Sie wollte Jesses Fleisch berühren, seine kraftvollen Schultern streicheln, die Lippen auf seine Brust pressen. Und vor allem wollte sie diese übermächtige Sehnsucht in ihrem Innern stillen, die Leere füllen.

Sie berührte seine Wange und gestand eine Wahrheit,

die sie niemals auszusprechen erwartet hatte. »Ich liebe dich, Jesse.«

Mit einem halb unterdrückten Fluch riß er sie in die Arme, ein verzehrender Kuß fachte das Feuer in ihr von neuem an. Hungrig saugte er an ihren Brüsten, und ihre Lippen kosteten ebenso begierig seine Schultern, seinen Hals, die angespannten Muskeln seiner Brust.

Mit einem Knie schob er ihre Beine auseinander. Sie spürte die erotischen Liebkosungen seiner Finger, die sie immer kühner erforschten – jene Stelle, wo sich die heißen, ihren ganzen Körper durchflutenden Wellen zu konzentrieren schienen. Sie schrie auf, hob sich ihm entgegen, und er berührte sie noch intimer. Welch eine Verlokkung... Ein Fieber begann in ihr zu toben, steigerte sich mit jeder dieser aufwühlenden Zärtlichkeiten und zwang sie, die Hüften rhythmisch zu bewegen.

Seine Lippen zogen eine glühende Spur nach unten über ihren Bauch, zur weichen Haut ihrer Schenkel. Jetzt mußte sie protestieren, das wußte sie, und sie versuchte, seinen Namen zu wispern, doch der kam ihr nicht über die Lippen. Die Gefühle waren zu exquisit, die Wünsche zu stark.

Jesses Kühnheit ging noch einen Schritt weiter, die feuchte Hitze seiner Küsse vereinte sich mit ihrem intimsten jungfräulichen Fleisch. Weder Gewitterstürme noch Feuersbrünste oder das Eis des Winters konnten solche Empfindungen erzeugen. Sie rang nach Atem, versuchte, sich aufzurichten, aber seine Finger, in ihre geschlungen, hielten sie fest.

Die Ekstase war eine süße Qual. Noch mehr davon ertrug Kiernan nicht. Zitternd vor Schwäche, von Schwindel erfaßt, erkannte sie, daß sie nun bald jene Erfüllung finden mußte, die ihr so geheimnisvoll verheißen wurde, oder vor Sehnsucht vergehen würde.

Und in diesem Augenblick, wo sie ihn so dringend brauchte, vereinte er sich ganz mit ihr. Der Schmerz überrollte sie wie eine plötzliche Woge, die ihr einen neuen Schrei entlockte, und verebbte so schnell, wie er gekommen war. Endlich wurde die Leere ausgefüllt. Während ihr ein langer Kuß den Mund verschloß, drang Jesse immer tiefer in sie ein, wie mit einem samtigen Schwert, und die berauschenden Gefühle entstanden von neuem.

Ganz langsam und vorsichtig bewegte er sich in ihr, steigerte das Tempo nur allmählich, als sie ihm die Hüften entgegenhob, als er ihre Lust spürte.

Oh, und wie sie wuchs, diese Lust... Immer noch ging Jesse sehr behutsam mit Kiernan um, küßte ihre Lippen, ihren Hals, ihre Brüste. Dann umschlang er sie plötzlich mit beiden Armen, und sie erkannte, er würde nicht länger warten. Bereitwillig erlöste er sie von ihrem Verlangen, in immer schnellerem, immer wilderem Rhythmus. Sie verlor jedes Gefühl für Zeit und Raum, hörte in weiter Ferne Wasser über Felsen plätschern, und das Geräusch schien bis in ihr Inneres zu dringen, den Hunger noch zu verstärken. Was sie brauchte, bekam sie, doch sie wollte noch mehr – ohne zu wissen, was. Die süße Ekstase breitete sich in ihr aus, bis sie glaubte, sterben zu müssen oder zu explodieren. Und er bewegte sich immer noch.

Und dann schien sie tatsächlich zu sterben – zumindest explodierten alle ihre Sinne. Ein Lichterregen prasselte herab, als wären unzählige Sterne geborsten. Danach färbte sich die Welt schwarz, als Kiernan wieder sehen konnte, fielen die Sternenteile immer noch auf sie herunter. Eine wohlige Wärme durchströmte ihren ganzen Körper, von heftigen Erschütterungen durchbrochen.

Über ihr bäumte sich Jesse auf. Sie spürte die gewaltige Anspannung seiner Muskeln und eine andere köstliche Wärme, die sich in sie ergoß und zu ihrer Verblüffung neue beglückende Wellen auslöste.

Eine Zeitlang blieb er noch auf ihr liegen, dann rollte er zur Seite und nahm sie fest in die Arme. Sie legte die Wange an seine erhitzte Brust und schloß die Augen.

Noch nie hatte sie sich so erschöpft gefühlt – und nie zuvor ein solches Wunder erlebt.

Schweigend streichelte er ihr Haar. Und sie konnte nichts sagen, weil sie nicht wußte, was. Auf dem Gipfel der Leidenschaft die höchste Intimität zu teilen – das war ganz natürlich gewesen. Aber jetzt, bei der Erinnerung daran, während kaltes, nächtliches Dunkel die Farbenvielfalt des Sonnenuntergangs verdrängte, wurde Kiernan von Scham und Reue erfaßt. Sie hätte es nicht zulassen dürfen. Wie schockiert wäre ihr Vater, wenn er es wüßte ... Alle Menschen, die zu ihrer Welt gehörten, wären entsetzt. Anthony hatte sie nicht einmal richtig geküßt. Und niemals würde er daran denken, sie so lustvoll zu lieben, wie Jesse es getan hatte. Das wäre unschicklich. Wenn sie Anthony heiratete, würde sie wahrscheinlich viele Jahre mit ihm leben, ohne ihn jemals so intim kennenzulernen, wie sie Jesse seit diesem Abend kannte.

Andererseits konnte es nicht falsch sein. Sie liebte den Mann, der neben ihr lag, sie hatte es ihm gestanden. Und er hatte ihr die Gelegenheit gegeben, zu verhindern, was dann zwischen ihnen geschehen war. Sie erschauerte in der kühlen Luft.

»Frierst du?« fragte er.

»Sehr«, flüsterte Kiernan.

Er drückte sie an sich, küßte ihre Schläfe. Dann stand er vom Bett auf und ging zur Feuerstelle, ohne sich um seine Nacktheit zu kümmern. »Da ist Brennholz.« Er holte Streichhölzer aus seiner Hosentasche, und nach wenigen Minuten brannte ein knisterndes kleines Feuer.

Kiernan hatte nicht auf die wärmenden Flammen gewartet, sondern sein Kavalleriecape um ihren Körper gewickelt. Ob sie sich ihrer Blöße schämte, wußte sie nicht genau. Jedenfalls konnte sie sich nicht so unbefangen in ihrer Nacktheit präsentieren wie Jesse. Lächelnd kehrte er zu ihr zurück. Da richtete sie sich rasch auf und beobachtete ihn nervös.

Das zerzauste ebenholzschwarze Haar fiel ihm in die Stirn, und er wirkte jünger als der Mann, der mit ihr hierhergeritten war, so erregt und bedrückt. »Vorhin hast du nach der Whiskeyflasche gegriffen, Kiernan. Willst du jetzt was trinken?«

»Ja... Nein – ich meine, ich brauche keinen Drink. Und ich sollte wirklich keinen Whiskey trinken. Das schickt sich nicht für eine Dame...« Ihre Stimme erstarb. »O Jesse – eine Dame würde auch niemals tun, was ich hier getan habe, nicht wahr?«

Er nahm ein Glas, wischte mit seinem Taschentuch vorsichtig den Rand ab und goß Whiskey hinein. Nachdem er einen großen Schluck genommen hatte, setzte er sich zu Kiernan aufs Bett.

Seine rauhe Wange rieb über ihre Stirn. »Nur die wunderbarsten Damen können so großartig lieben«, beteuerte er und reichte ihr das Glas. Sie nippte daran, mußte husten, und er klopfte ihr grinsend auf den Rücken.

»Bitte, Jesse, mach dich nicht über mich lustig!« flehte sie.

»Das würde ich niemals, mein Schatz. Noch nie habe ich etwas so himmlisches erlebt wie heute abend in dieser Hütte, und dafür werde ich dir immer dankbar sich.«

Seine Worte klangen aufrichtig. Trotzdem konnte sie seinem Blick nicht länger standhalten und starrte auf ihre Hände hinab. Seine waren so groß und bronzebraun, die Handflächen aufgerauht vom häufigen Reiten, aber die Finger lang, schmal und geschmeidig, wie geschaffen für den ärztlichen Beruf.

Und jetzt umschlossen diese kraftvollen gebräunten Finger ihre zarten, weißen. »Ich glaube, diese Nacht war uns beiden von Anfang an bestimmt.«

»Aber ich bin so gut wie verlobt – mit einem anderen...«

»Ach ja, der arme Anthony«, bemerkte Jesse trocken, und sein Tonfall mißfiel ihr. Er stand aufs schlüpfte in die lange Unterhose, in die dunkelblaue Uniformhose mit den gelben Tressen an der Seite, ging zum Herd und schürte das Feuer. Der Flammenschein tanzte auf seiner nackten Brust.

Jetzt, wo er sich entfernt hatte, wagte Kiernan, ihn wieder zu betrachten. Auf männliche Art war er schön. Und wenn sie auch keinerlei Erfahrung besaß, so ahnte sie doch, daß sie sich von einem ganz besonderen Mann hatte verführen lassen. Es mußte Magie gewesen sein, was sie empfunden hatte – ein Zauber, den sie ohne Jesse vielleicht nie wieder genießen würde. Nein, ganz gewiß mit keinem anderen. Niemals. Und vielleicht hatte sie das schon immer gewußt.

»Du hast keinen Grund, verächtlich über Anthony zu sprechen«, erwiderte sie leise und zog das Cape fester um ihren Körper, als könnte sie dadurch ihre Unschuld zurückgewinnen.

»Nein«, bestätigte er, und es hörte sich ein wenig bitter an, »dazu besteht kein Grund.«

»Monatelang hatte ich dich nicht gesehen. Und plötzlich...«

»Plötzlich bin ich in dein Leben zurückgekehrt«, unterbrach er sie nachdenklich.

»Heute nachmittag kamst du zu mir und...« Sie verstummte, als er neben dem Bett niederkniete und wieder ihre Hände ergriff.

»Ja, und ich muß von Sinnen gewesen sein, weil ich dich einfach mitgenommen habe.« Seine Lippen streiften ihr Haar. »Aber du hast mich freiwillig begleitet.«

Lächelnd nickte sie und strich ihm eine widerspenstige schwarze Locke aus der Stirn. Sie wollte nicht mehr über Anthony reden, keine Worte hören oder sagen, die diese intime Zweisamkeit zerstören könnten, wollte den Zauber nicht lösen. Am liebsten wäre es ihr gewesen, hätte diese Nacht, die nur ihnen beiden gehörte, bis in alle Ewigkeit gedauert.

Anthony war bereits Vergangenheit. Denn Jesse, trotz seines Leichtsinns und wilden Temperaments ein Ehrenmann, würde sie zweifellos heiraten. Das mußte sie Anthony möglichst schonend beibringen – ebenso ihrem Vater, der sicher empört sein würde, weil sie sich mit einem Mann eingelassen hatte, während sie mit einem anderen fast verlobt war. Doch das alles würde sich in Wohlgefallen auflösen. Nur eine Frage der Diplomatie, sagte sie sich.

Jesse unterbrach ihre Gedanken. »Ich hatte kein Recht, dich aus Laceys Haus zu holen.«

»Warum warst du denn so aufgeregt und durcheinander? Jetzt, nach John Browns Festnahme, ist doch alles vorbei.«

»Nein. Verstehst du das denn nicht? Es ist noch lange nicht beendet – und unser Leben wird nie wieder so sein wie früher.«

»Ich weiß nicht, wovon du redest.«

»Kiernan, du konntest nur in geringem Maße beobachten, wozu die Menschen fähig sind. Aber du ahnst nicht, was sonst noch alles geschehen ist.« Rastlos stand er auf, ging zur Feuerstelle und starrte in die Flammen. »Im Westen taten die Indianer den Weißen schreckliche Dinge an – Dinge, die sie großteils von den Weißen gelernt hatten. Und hier sah ich genauso fürchtbare Dinge. Die Leute wurden nicht nur erschossen, sondern grausam gequält, abscheulich mißhandelt.«

Sie verstand die Worte, aber nicht deren Bedeutung. Zwar hatte auch sie das Grauen kennengelernt. Aber Jesses Erlebnisse schienen tiefere Regionen in seinem Innern zu berühren, mit irgend etwas zusammenzuhängen, das vage im Hintergrund ihres Bewußtseins zu lauern schien. »John Brown hatte diese Leute angegriffen und den Bürgermeister erschossen, einen der nettesten, gütigsten Männer, die ich jemals kannte. Natürlich wollten sich die Stadtbewohner rächen.«

»Ja... Aber es erschreckt mich, wie Menschen miteinander umgehen können – und was sie einander noch zufügen werden...«

»Jesse, du machst mir angst – ich begreife nicht...«

»Das hatte ich befürchtet. Du wirst es nie begreifen.«

»Dann erklär's mir doch.«

Bedrückt schüttelte er den Kopf. »Ich weiß nicht, wie.«

Und plötzlich erkannte sie, was er meinte. Sie sprang am, immer noch in sein Cape gehüllt. »John Brown ist ein Fanatiker. So wie dieser Lincoln. Wenn er die Wahl gewinnt, wird sich das Land in zwei Teile spalten. Weil die anderen nicht so leben wie wir und kein Verständnis haben, für unsere wirtschaftliche Lage...«

»Man kann ein Land nicht auseinanderreißen, Kiernan.«

In diesem Augenblick empfand sie größere Angst als je zuvor in ihrem Leben. Erst vor kurzer Zeit hatte sie in Jesses Armen ein überwältigendes Glück genossen. Sicher, sie hätte sich ihm nicht hingeben dürfen, aber sie war noch nie konventionell gewesen – und er genausowenig. Sie bereute nichts, und die Zukunft an der Seite des geliebten Mannes hatte strahlend hell vor ihr gelegen, so schön wie die Sterne, die im Augenblick der höchsten Lust herabgeregnet waren. Und jetzt drohte ihr das alles zu entgleiten, wie Wasser, das ihr zwischen den Fingern zerrann.

»Du bist ein Virginier, Jesse.«

Seine Schultern strafften sich. »Kiernan, man kann ein Land einfach nicht auseinanderreißen.«

Abrupt wandte sie sich ab, suchte tränenblind ihre verstreuten Kleider zusammen und begann sich anziehen. Mit dem Korsett kam sie nicht allein zurecht, wollte sich aber nicht von Jesse helfen lassen. Als er hinter sie trat und nach den Bändern der Verschnürung griff; fauchte sie: »Rühr mich nicht an!«

»Dafür ist es jetzt ein bißchen zu spät«, meinte er.

Erbost hörte sie, wie belustigt seine Stimme klang. »Laß mich los!« Sie versuchte, sich zu befreien, aber er zog unbeirrt an den Bändern.

»Halt doch still!«

Ihr blieb nichts anderes übrig, als ihn gewähren zu lassen. Sobald er alle Bänder verknotet hatte, floh sie vor ihm und schlüpfte hastig in ihr Kleid. »Jesse, ich gehe jetzt.«

»Wenn ich soweit bin.«

»Ich gehe zu Fuß.«

»Nein, du reitest mit mir.«

»Jesse...«

»Du bist mit mir hierhergekommen, und ich bringe dich zurück.«

Wütend beobachtete sie ihn, während er sein Hemd vom Boden aufhob. Wie konnte er die Rechte der Südstaatler anzweifeln, sich gegen ihren Vater stellen, gegen seinen Bruder, gegen seine ureigenste Lebensart?

Wenn tatsächlich ein Krieg ausbrach – auf wessen Seite würde Jesse stehen?

Er stopfte sein Hemd in die Hose, setzte sich und zog die Schuhe an. Mit einem herausfordernden Lächeln drückte er seinen Hut tief in die Stirn, dann griff er nach seinem Cape – dem Kavallerieumhang, auf dem sie zusammen gelegen hatten. »Sagtest du nicht, du würdest mich lieben, Kiernan?«

»Einen Verräter kann ich nicht lieben.«

»Ich bin kein Verräter.«

»Aber du schlägst dich auf die falsche Seite.«

»Verdammt, es gibt keine zwei Seiten.«

»Schwöre mir, daß du auf der richtigen stehen wirst, wenn...«

»Und was wäre die richtige Seite? Würdest du mir das bitte erklären?«

Verzweifelt starrte sie in seine Augen, nahe daran, sich schluchzend in seine Arme zu werfen. Sie wollte all die furchtbaren Dinge vergessen, nackt mit ihm vor dem

Feuer liegen, beim Liebesspiel den Flammenschein auf seiner bronzefarbenen Haut flackern sehen.

Und sie wünschte, er würde ihre Liebe erwidern, der Mann sein, von dem sie immer geträumt hatte, der sich für den Lebensstil entschied, der ihr so vertraut war. »Meine Seite ist die richtige, Jesse«, entgegnete sie tonlos und wartete auf seine Zustimmung, das Versprechen, er würde immer bei ihr bleiben.

Doch er schwieg so lange, daß sie ihm schließlich den Rücken kehrte. Tränen rollten über ihre Wangen. Nach einer Weile legte er die Hände auf ihre Schultern und drehte sie zu sich herum. »Heirate mich, Kiernan. Du mußt meine Frau werden. Du *mußt.*«

»Ich muß gar nichts, Jesse Cameron.«

»Glaubst du wirklich, du kannst zu Anthony Miller zurücklaufen, nach dieser Nacht?«

»Jesse, ich habe es nicht nötig, irgendwohin zu laufen. Aber Anthony vertritt denselben Standpunkt wie ich – er ist ein loyaler Virginier.«

Mit einem wütenden Fluch riß er sie in seine Arme. Als sie sich wehrte, hielt er ihr Kinn fest und preßte seinen Mund auf ihren – fordernd und leidenschaftlich, bis er sie zwang, den Kuß zu erwidern. Dann hob er den Kopf. »Treib keine albernen Spiele mit mir, Kiernan!«

Wortlos stieß sie ihn weg und rannte aus der Hütte. Doch er hatte sie schon nach wenigen Sekunden eingeholt, schlang einen Arm um ihre Taille und hob sie auf den Rücken des Rotschimmels. Sobald er hinter ihr saß, ließ er Pegasus die Zügel schießen, und der Hengst galoppierte nach Harpers Ferry.

Als er vor Laceys Haus anhielt, glitt Kiernan aus dem Sattel, ohne sich helfen zu lassen. Sie war immer noch wütend über seine mangelnde Loyalität gegenüber den Südstaaten. Auch Jesse stieg ab. »Und was jetzt?«

»Was meinst du, verdammt noch mal?«

Er zog sie wieder an sich, trotz ihres heftigen Widerstands. »Schon einmal habe ich dich davor gewarnt, Anthony zu heiraten, wenn er dich nicht so küssen kann wie ich. Und jetzt sage dich dir noch was. Was du heute nacht erlebt hast – das wird er dir niemals bieten. Nicht in tausend Jahren.«

»Fahr zur Hölle, Jesse!« Sie riß sich los und eilte durch den Hof.

»Kiernan, ich kann meine Überzeugung nicht ändern.«

»Und ich meine auch nicht!« rief sie über die Schulter zurück.

Angespanntes Schweigen war die einzige Antwort, und wenig später hörte sie die Hufschläge des Rotschimmels. Da drehte sie sich um und flüsterte schmerzlich: »Jesse!«

Zu spät – er war verschwunden. Sie fröstelte im Nachtwind. Es war kalt geworden – kalt wie eine Welt ohne Jesse.

7

An diesem Abend sah sie ihn nicht wieder, und auch Daniel kam nicht zu ihr. Sie hörte von einem Sklavenaufstand im Pleasant Valley und erfuhr, Jesse sei mit seinem Bruder, Lee und Stuart dorthin geritten.

Angst und Unruhe herrschten in Harpers Ferry. Man fürchtete, auch die Sklaven, die in der Nähe lebten, könnten sich erheben obwohl sie sich John Brown nicht mehr anschließen konnten.

Zu tief in ihren eigenen inneren Konflikt verstrickt, vermochte Kiernan die allgemeine Angst nicht zu teilen. Mühsam versuchte sie, sich zu beruhigen, das Dinner, das Lacey vorbereitet hatte, zu genießen, falls die Camerons zurückkehren würden.

Aber Kiernan schaffte es kaum, stillzusitzen, und es fiel

ihr sogar schwer, einfach nur höflich zu sein. Ihre Gedanken überschlugen sich, und bei der ersten Gelegenheit entschuldigte sie sich, schützte Müdigkeit vor und floh in ihr Zimmer.

Am Waschtisch schrubbte sie mit aller Kraft ihr Gesicht, das immer noch glühte – abwechselnd vor Scham und vor prickelndem Staunen über die Ereignisse des Abends, über ihren eigenen Wagemut. Aber so heftige Vorwürfe sie sich auch machte – letzten Endes blieben nur ein süßes Beben in ihrem Herzen zurück und die Sehnsucht nach Jesse. An ihrer Liebe zu ihm gab es keinen Zweifel – obwohl sie ihm erbittert grollte, weil er auf einer anderen Wirklichkeitsebene zu leben schien.

Plötzlich wurde ihr bewußt, daß er das Geständnis ihrer Liebe nicht erwidert und nur erklärt hatte, sie *müsse* ihn heiraten. Nur sein Pflichtgefühl hat ihn dazu veranlaßt, dachte sie wehmütig. Vielleicht wirkt seine moralische Erziehung doch stärker in ihm nach, als er's glaubt... Aber sie würde ihn niemals heiraten, wenn er es wegen jener leidenschaftlichen Intimitäten für nötig hielt. Nur wenn er sie liebte, wollte sie seine Frau werden.

Und wenn er Virginia liebte.

War es falsch von ihr, so unbeirrbar auf ihrem Standpunkt zu beharren? Ihr Vater hatte ihr ›unweibliches‹ politisches Interesse oft getadelt. Aber Anthony vertrat dieselben Ansichten wie sie, und es störte ihn nicht, wenn sie darüber sprach. Dann stimmte er ihr jedesmal aus vollem Herzen zu. Trotzdem konnte sie ihn nicht heiraten, solange es Jesse in ihrem Leben gab.

Ein neuer Gedanke nahm ihr den Atem. Wenn der Abend nicht ohne Folgen blieb? Sie war bisher zwar unschuldig gewesen, aber nicht naiv. Wenn sie ein Kind von Jesse empfangen hatte... Zu ihrer eigenen Verwunderung fürchtete sie diese Möglichkeit nicht und empfand auch keine Scham – nur freudige Erregung.

Glückstrahlend würde sie ein Kind von Jesse zur Welt

bringen. Weil sie ihn liebte. Und wenn sie schwanger wäre, würde sie vielleicht die Meinungsverschiedenheiten vergessen, so gravierend sie ihr auch im Augenblick erschienen.

Sie trat ans Fenster, hoffte wider besseres Wissen, er würde da unten stehen. Aber nichts rührte sich im Dunkel. Sie sank ins Bett, umarmte ihr Kissen, und vor Erschöpfung schlief sie schon nach wenigen Minuten ein. Der ereignisreiche Tag hatte mit einem bitteren Mißklang geendet – die Nacht begann mit süßen Träumen.

Sie hatte kaum die Augen geöffnet, als sie Lacey rufen hörte: »Kiernan! Komm herunter und schau, wer da ist!«

Atemlos sprang sie aus dem Bett. Jesse und Daniel! Hastig wusch sie sich, wühlte in den Kleidern, die sie von daheim mitgebracht hatte, und entschied sich für ein hellgrünes mit einem üppigem Rock, eleganten, unterhalb der Ellbogen weitgeschnittenen Ärmeln und passender Samtjacke. Niemand war da, der ihr helfen konnte, das Korsett zu schnüren, und in ihrer Nervosität brauchte sie viel zu lange dazu. Wie würde sie Jesse gegenübertreten? Würde dieses Wiedersehen anders verlaufen als sonst? Natürlich. Es würde nie wieder so sein wie früher.

Mit ihren zitternden Fingern schaffte sie es nicht, eine kunstvolle Frisur zu zaubern. Und so bürstete sie ihr honigblondes Haar einfach nur, bis goldene Funken darin sprühten, und schlang es zu einem schlichten Nackenknoten. Sie betrachtete ihr Spiegelbild und biß sich in die Lippen, um ihnen etwas Farbe zu geben. Ihre Wangen waren ohnehin schon rot genug. Und die Augen funkelten wie Smaragde. Jesse war wieder da...

Sie rannte zur Treppe, aber dann zwang sie sich, langsam und würdevoll hinabzusteigen. Trotzdem pochte ihr Herz wie rasend. »Kiernan!«

Nicht Jesse, sondern Anthony rief ihren Namen, als sie

die Salontür öffnete. Auch sein Vater, ihr Papa und Laceys Mann waren von der Geschäftsreise zurückgekehrt.

Energisch bekämpfte sie ihre Enttäuschung, trotz der brennenden Sehnsucht nach Jesse. Ihr Vater, den sie so sehr liebte... Lächelnd blickte er ihr entgegen, die grauen Augen in dem faltigen, verwitterten Gesicht tränenfeucht. Sofort wußte sie, daß er von den Schwierigkeiten in Harpers Ferry gehört und furchtbare Angst um seine Tochter empfunden hatte. »Papa!« Sie rannte zu ihm, doch sie landete nicht in seinen Armen.

Anthony trat ihr blitzschnell in den Weg, fing sie auf und drückte sie an sich. »O Kiernan! Süße Kiernan! Du bist unverletzt – und es geht dir gut!«

Sie schaute in das attraktive, von welligem, goldblondem Haar umrahmte Gesicht. In seinen sanften, mahagonibraunen Augen las sie ernsthafte Sorge. Nur ihr schlechtes Gewissen hinderte sie daran, sich aus seinen Armen zu befreien. Heiraten konnte sie ihn nicht, aber sie mochte ihm auch nicht weh tun. Und so legte sie lächelnd die Hände auf seine Schultern. »Ja, es geht mir gut, Anthony.«

Als sie beruhigend über seine Wange strich, drückte er sie so fest an seine Brust, als wollte er sie nie wieder loslassen.

»Oh, da klopft schon wieder jemand«, murmelte Lacey und eilte zur Haustür.

Wenig später hörte Kiernan, immer noch in Anthonys inniger Umarmung, die Stimme, nach der sie sich gesehnt hatte.

»Verzeihung«, sagte Jesse. »Offensichtlich stören wir...«

Hastig schob sie Anthony von sich und begegnete dem verächtlichen Blick Jesses, der neben seinem leicht verlegenen Bruder stand.

Zum Teufel mit ihm, dachte sie erbost. Er muß doch wissen, daß sie Anthony nicht verletzen kann.

»Jesse, mein Junge, ihr stört überhaupt nicht...« Ihr Vater schüttelte ihm die Hand, schlug ihm auf den Rücken, dann begrüßte er Daniel. »Ich hatte zwar noch keine Gelegenheit, meine Tochter zu umarmen – junge Liebe und so weiter... Aber ihr beide seid herzlich willkommen.«

»Besten Dank«, antwortete Jesse und grinste Kiernan freundlich an. »Junge Liebe – wie rührend!«

Am liebsten hätte sie ihn erwürgt.

Lacey erschien mit einem Silbertablett, auf dem kleine Gläser und eine Flasche standen. »Mein berühmter Brombeerwein! Wir müssen doch feiern, daß wir alle wohlbehalten unter diesem Dach versammelt sind.«

»Hört, hört!« rief Daniel lachend und sicherte sich rasch ein Glas.

Endlich kam Kiernan dazu, ihren Vater liebevoll zu umarmen. Dann begrüßte sie Mr. Donahue und Andrew Miller.

Während sie dann alle mit dem Brombeerwein anstießen, trat Jesse zu ihr und flüsterte: »Hast du ihm schon gesagt, daß du ihn nicht heiraten wirst?«

Trotz ihres Ärgers versuchte sie, genauso unbefangen zu erscheinen wie er. »In dieser Hinsicht habe ich noch keine Entscheidung getroffen.«

»Das solltest du aber. So schnell wie möglich.«

»Und du solltest dich um deine eigenen Angelegenheiten kümmern. Die sind nämlich äußerst betrüblich.«

»Vielleicht wäre es am besten, wenn ich bei deinem Vater um deine Hand anhielte. Er kann eigentlich nicht nein sagen. Sobald ich ihn über die jüngsten Entwicklungen informiere...«

»Das würdest du nicht wagen!«

»Ich wage alles, Kiernan. Das müßtest du wissen.«

»Aber das nicht! Bitte! Mir zuliebe...«

Er holte tief Atem, und sie wußte, daß sie die richtige Taktik angewandt hatte. Jesse würde in der Tat alles wagen – aber nicht, wenn sie flehentlich auf ihn einsprach.

Von Lacey aufgefordert, nahmen alle Platz. John Mackay, Thomas Donahue und die beiden Millers wollten in allen Einzelheiten hören, was während ihrer Abwesenheit geschehen war.

»Wir waren wirklich sehr beunruhigt, als die schrecklichen Nachrichten zu uns in die Berge drangen«, bemerkte Mackay, »um so mehr, weil nichts Genaues zu erfahren war. Erst berichtete man, die ganze Stadt habe zu den Waffen gegriffen, dann wurde behauptet, es sei nur ein kleines Scharmützel gewesen.« Seufzend griff er nach Kiernans Hand. »Von jetzt an lasse ich dich nicht mehr aus den Augen, mein Kind.«

»Mir ist ja nichts passiert, Papa.«

»Und das haben wir Captain Cameron zu verdanken«, murmelte Lacey. Dann merkte sie, wie alle sich zu ihr wandten und Kiernan erstarrte. Bekümmert fügte sie hinzu: »Oh, tut mir leid!«

»Wovon redest du, Lacey?« wollte John Mackay wissen. Da sie, den Tränen nahe, nicht sprechen konnte, fragte er seine Tochter: »Was meint sie?« Ohne eine Antwort abzuwarten, herrschte er Jesse an: »Bei der Seele meines lieben Freundes, deines verstorbenen Vaters – sag mir die Wahrheit, junger Mann!«

Jesse zuckte die Achseln und überließ es Kiernan, eine Erklärung abzugeben. »O Pa, es war nichts Besonderes. Zwei Schurken kamen ins Haus und fanden, ich würde eine gute Geisel abgeben.«

»Großer Gott!« rief Anthony entsetzt.

»Aber es ist nichts passiert«, beteuerte Kiernan. »Als Jesse erschien, ergriffen sie die Flucht.«

Ihr Vater atmete auf. »Hoffentlich hast du dich bei Jesse bedankt.«

»In der Tat, John«, versicherte Jesse, wobei er Kiernan ansah. Die Belustigung und das Funkeln in seinen Augen mißfielen ihr gründlich. »Deine Tochter hat mir ihre Dankbarkeit auf höchst angenehme Weise bewiesen.«

Dieser verdammte Kerl! Kiernans Wangen liefen hochrot an. Aber sie beschloß, sich nicht unterkriegen zu lassen, und lächelte ihrem Vater strahlend zu. »Ja, Papa, ich habe ihm in aller Höflichkeit gedankt, und er hat sich als wahrer – Gentleman erwiesen.«

»Ich muß wirklich sagen, John«, bemerkte Jesse, »deine Tochter besitzt innere Stärke, Mut und – Leidenschaft.«

Oh, hätte ich doch irgendwas, das ich ihm an den Kopf werfen könnte, dachte sie wütend.

Anthony wandte sich zu Jesse. »Ich stehe tief in deiner Schuld«, erklärte er leise, und seine Stimme zitterte vor innerer Bewegung.

Während Jesse ihn musterte, fürchtete Kiernan, er würde eine verächtliche Antwort geben. Doch er lehnte sich zurück, trank einen Schluck Brombeerwein und erwiderte beiläufig: »Kiernan und ich sind alte Freunde, Anthony. Und ich kam zufällig im richtigen Augenblick vorbei. Wäre es Brown gelungen, sie als Geisel zu nehmen, hätten wir die Feuerwache wahrscheinlich gar nicht stürmen müssen. Kiernans scharfe Zunge und ihre schlagkräftigen politischen Argumente hätten ihn schon nach wenigen Minuten zur Kapitulation veranlaßt.«

John Mackay brach in schallendes Gelächter aus, und Anthony schaute etwas unsicher drein. Kiernans Augen schienen Jesse zu durchbohren, hastig füllte Lacey die Gläser nach.

Dann wurde Mackay wieder ernst. »Wie auch immer, Jesse, wir sind dir zu tiefstem Dank verpflichtet. Es ist noch mal gutgegangen, aber ihr jungen Leute erinnert euch nicht an den Nat-Turner-Aufstand in der Tidewater-Region im Jahr 1831. Da wurden fünfzig Menschen aus ihren Betten gezerrt und ermordet. Auch Frauen und Kinder. Dem Himmel sei Dank, daß uns so etwas in Harpers Ferry erspart wurde.«

Alle schwiegen, und Kiernan schaute Jesse an. Ich bin dir wirklich dankbar, dachte sie, und ich liebe dich. Doch diese Gedanken konnte sie ihm nicht verraten, und sie wollte es auch nicht, denn er entfernte sich von ihr und von allem, was ihm teuer sein müßte.

Eine Zeitlang beteiligte er sich noch am Gespräch, dann lehnte er die Einladung zum Essen ab, wünschte allen einen guten Tag und verließ das Haus. Während Kiernan noch auf die Salontür starrte, die sich hinter ihm geschlossen hatte, spürte sie Anthonys Hand auf der Schulter. »O Gott, Liebste, du bist in Sicherheit«, flüsterte er. »Darum habe ich Tag und Nacht gebetet, seit die schreckliche Nachricht zu uns gedrungen ist. Ich habe dir mein Leben geweiht – und im Augenblick höchster Gefahr war ich nicht da, um dich zu retten.«

Ich kann dich nicht heiraten, Anthony – diese Worte erfüllten ihr Herz und lagen ihr auf der Zunge. Doch sie konnte sie nicht aussprechen, nicht jetzt, und so zwang sie sich zu einem Lächeln.

Daniel hatte seinen Bruder nicht begleitet. Er berichtete, auf dem nächtlichen Ritt ins Pleasant Valley seien keinerlei Anzeichen einer Revolte erkennbar gewesen. »Wir trafen nur verschlafene Farmer und Sklaven, die John Brown mehr fürchteten als bewunderten.«

»Also ist wirklich alles überstanden«, meinte John Mackay zufrieden.

»Bis auf den Gerichtsprozeß und die Hinrichtung«, entgegnete Daniel. Während die Männer ihre Unterredung fortsetzten, merkte Kiernan, wie er sie aufmerksam beobachtete. Nach einer Weile schützte sie Müdigkeit vor und floh in den Hafen ihres Schlafzimmers.

Am nächsten Morgen erfuhr sie, Jesse sei nach Washington zurückbeordert worden.

Sie sah ihn erst bei der Gerichtsverhandlung gegen John Brown wieder, die am 27. Oktober begann.

Am Tag nach seiner Festnahme war Brown nach Charles Town gebracht worden, das ein paar Meilen von

Harpers Ferry entfernt lag. Zusammen mit vier anderen Gefangenen wurde er des Verrats am Commonwealth von Virginia, der Aufwiegelung der Sklaven und des Mordes angeklagt. Alle Angeklagten bekannten sich nicht schuldig, und jeder bat um einen gesonderten Prozeß.

Brown sollte als erster vor Gericht gestellt werden. John Mackay, Thomas Donahue und die beiden Millers planten, sich die Verhandlung anzuhören und runzelten die Stirn, weil auch Kiernan dazu entschlossen war – in der Hoffnung, bei dieser Gelegenheit Jesse wiederzusehen. Sie nahm an, die Anklage würde ihn als Zeugen aufrufen.

In letzter Zeit war sie oft mit Anthony zusammengewesen. Sie mochte ihn als lieben Freund, dem sie niemals weh tun wollte, doch das würde sich nicht vermeiden lassen. Irgendwann mußte sie ihm reinen Wein einschenken. Doch vorerst begnügte sie sich damit, ihn hinzuhalten, wann immer er eine Verlobung vorschlug. Dabei benutzte sie die Ausrede, sie habe noch nicht in vollem Maße die Ausbildung erhalten, die sie sich wünschte.

»Wir werden nicht jünger, Kiernan«, sagte er eines Abends höflich. Er meinte nicht sich selbst, sondern nur sie. Aus irgendwelchen Gründen konnten Männer in jedem Alter heiraten. Und nun erinnerte er sie taktvoll daran, daß sie bereits achtzehn war einige Jahr älter als die meisten Bräute in ihrer Gesellschaftsschicht.

»Dann solltest du dich vielleicht anderswo umsehen, Anthony.«

»Wir reden ein andermal darüber«, erwiderte er hastig. »Laß dir nur Zeit für deine Studien. Dann wirst du eine um so großartigere Zierde meines Hauses sein.«

»Anthony, ich bin mir nicht sicher...«

»Ich könnte mir keine andere Ehefrau vorstellen.«

»Aber ich weiß nicht, ob ich dich liebe«, platzte sie heraus.

»Nun, ich liebe dich genug für uns beide. Nichts, was du sagst, wird meinen Entschluß ändern.«

Nicht einmal die Tatsache, daß ich mit einem anderen Mann geschlafen habe, fragte sie sich im stillen. Oder daß ich ihn liebe und immer geliebt habe?

Bei der Ankunft im Gerichtssaal von Charles Town erkannte sie, daß sie Anthony energischer hätte entmutigen müssen. An seinem Arm betrat sie den vollbesetzten Raum und sah, wie Jesse sie sofort entdeckte und beobachtete.

Lautes Stimmengewirr hallte von den Wänden wider, und Richter Parker rief den Saal zur Ordnung. Man trug John Brown, der immer noch an seinen Wunden litt, auf einer Bahre herein. Interessiert starrte Kiernan ihn an, suchte nach einer Bestätigung aller Beschreibungen, die sie gehört hatte, und wurde nicht enttäuscht. Seine Augen glühten wirklich, wie von einem inneren Feuer erleuchtet. Während sein Blick durch den Saal wanderte, verspürte sie ein seltsames Unbehagen.

Nachdem die Verhandlung eröffnet worden war, las sein Verteidiger ein Telegramm von A. H. Lewis aus Ohio vor, der auf viele Fälle von Geisteskrankheit in Browns Familie hinwies und ein mildes Urteil vorschlug.

Eine raffinierte Verteidigungsstrategie, die dem Mann vielleicht das Leben retten wird, dachte Kiernan. Doch er wollte nicht in eine geschlossene Anstalt geschickt werden und auch nicht am Leben bleiben. Seine Handlungsweise war ihm stets in ihrer ganzen Tragweite bewußt gewesen, und er glaubte sich im Recht.

Zu ihrer eigenen Überraschung empfand Kiernan Mitleid mit ihm, obwohl er ihr Angst einjagte, und sie bewunderte zwar nicht seine Ansichten, aber die Kraft seiner Überzeugung.

Während die Beweise für seine Schuld vorgetragen wurden, kam es immer deutlicher zum Ausdruck, daß er sich wahrhaftig für einen Diener Gottes hielt. Und er bedauerte, wieviel Blut im Namen seiner Mission geflossen war.

Verwirrt verließ Kiernan nach dem ersten Verhandlungstag den Gerichtssaal. Als sie an Anthonys Arm den Flur betrat, stand Jesse vor ihnen.

Höflich lüftete er seinen Hut. »Kiernan, Anthony! Wie schön, euch wiederzusehen!«

Der sarkastische Unterton entging Anthony, und er begrüßte ihn erfreut. Kiernans Vater, Andrew Miller und Thomas Donahue kamen hinzu, und bald waren die Männer in eine lebhafte Diskussion vertieft.

Jesse wurde zum Dinner eingeladen, und Kiernan wußte nicht recht, ob sie sich darüber freuen sollte. Natürlich wollte sie mit ihm zusammensein, aber nicht, wenn die halbe Welt dabei war und nur über den Prozeß geredet wurde.

Sie hielt den Atem an. Würde er die Einladung ablehnen? Das tat er nicht. »Ich werde eure Gesellschaft sehr genießen – vor allem die Anwesenheit einer so reizenden Lady.«

Zwei Stunden später würden sie sich im Restaurant des Hotels treffen, wo sie wohnten. Da Kiernan unbedingt mit Jesse allein sein wollte, fiel es ihr schwer, höflich zu bleiben, während sich die Männer vor dem Gerichtssaal über die Verhandlung unterhielten. Sie versuchte, sich am Gespräch zu beteiligen und Ruhe zu bewahren, um ihren Vater nicht mißtrauisch zu machen.

Im Hotel entschuldigte sie sich sofort und floh in ihr Zimmer. Bis zum Dinner hatte sie nicht mehr viel Zeit. Sie bestellte ein Bad, schrubbte ihr Haar mit parfümiertem Shampoo und rieb die honigblonden Strähnen mit einem weichen Handtuch trocken. Dann schlüpfte sie ein elegantes, pfirsichrosa und gelb gemustertes Kleid mit weißen Leinenärmeln und eilte zum Restaurant hinab, in der Hoffnung, Jesse zu sehen, bevor die anderen eintrafen.

Das Lokal glich einem Tollhaus. Fast alle Leute, die sich wegen des Prozesses in der Stadt aufhielten, waren versammelt. Vergeblich schaute sich Kiernan nach Jesse um.

Der Oberkellner, der einen Smoking trug, verneigte sich ehrerbietig vor ihr und erklärte, Captain Cameron habe ein Nebenzimmer reservieren lassen.

Sie ging zu der offenen Tür, die er ihr zeigte, und sah Jesse neben einem Stuhl stehen und an einem Glas nippen. In seiner Paradeuniform sah er so hinreißend aus, daß ihr Herz schneller schlug. Al er ihre Anwesenheit spürte, wandte er sich zu ihr, und der Wunsch, an seine Brust zu sinken, wurde fast übermächtig.

»Ah, Kiernan, Jesse! Da seid ihr ja. Eine gute Idee, ein Zimmer reservieren zu lassen! Nun haben wir unsere Ruhe.« Anthony stand hinter ihr, legte eine Hand auf ihre Schulter, und sie mußte ich sehr beherrschen, um nicht tief aufzuseufzen. Ohne sie aus den Augen zu lassen, sagte Jesse in beiläufigem Ton zu Anthony: »Ich dachte mir, daß im Hauptraum der Teufel los sein würde. Deshalb bat ich um dieses Nebenzimmer.«

John Mackay kam mit Andrew und Thomas herein. Alle nahmen Platz. Kiernan saß zwischen ihrem Vater und Anthony, gegenüber von Jesse.

»Was hältst du von der heutigen Verhandlung, Jesse?« fragte Mackay und breitete eine Serviette über seinen Schoß. »Beim Jupiter, Brown hätte mühelos auf Unzurechnungsfähigkeit plädieren können. Der Mann ist eindeutig verrückt.«

»Jedenfalls ist er ein Fanatiker. Ob er an Wahnsinn leidet, weiß ich nicht.«

»Natürlich ist er geisteskrank!« rief Andrew Miller irritiert. »Ein gefährlicher Narr. Er beruft sich auf seine göttliche Sendung, aber in der Bibel steht was anderes. Der Allmächtige sagte doch, die Sklaven sollten ihren Herrn gehorchen. Habe ich nicht recht, Jesse?«

Kiernan starrte Jesse an und hoffte inständig, er würde an der Dinnertafel keine Unstimmigkeiten heraufbeschwören. Lässig zuckte er die Achseln. »Ich war leider kein allzu aufmerksamer Bibelstudent.«

Mißtrauisch fragte Andrew: »Aber du glaubst doch, daß Brown hängen wird – und daß er es verdient?«

»Sicher wird er hängen – und nach dem Gesetz verdient er es auch.«

Aufatmend lehnte sich Miller zurück. Thomas, Laceys Mann, blickte unbehaglich vor sich hin. Er war zwar Andrews Freund und ein energischer Verfechter des staatlichen Rechts, aber ein Gegner der Sklaverei.

Jesse beugte sich ein wenig vor. »Gentlemen, eine Lady sitzt an unserem Tisch. Während der Mahlzeit sollten wir auf politische Diskussionen verzichten.«

Zu Kiernans Ärger winkte ihr Vater ab. »Du kennst sie doch, also müßtest du wissen, daß ihr politische Gespräche überhaupt nichts ausmachen.«

Sie stieß ihn mit dem Ellbogen an, und als er die Stirn runzelte, lächelte sie sanft. »Heute abend wäre ich euch allen dankbar, wenn ihr andere Themen bevorzugen würdet.«

Die gab es zur Genüge – neue Theaterstücke, die Ländereien, die sie besaßen, das Militär, die Geschäftsreise in die Berge. Das Essen, das in diesem Hotel geboten wurde, war ausgezeichnet, aber Kiernan nahm kaum etwas davon wahr. Beim Kaffee, in eleganten Silberkännchen serviert, wurde sie immer unruhiger. Bald würde das Dinner beendet sein. Vielleicht fand sie dann eine Gelegenheit, allein mit Jesse zu sprechen.

Doch sie erlebte eine bittere Enttäuschung. Er rührte seinen Kaffee kaum an, stand mit der Erklärung auf, er sei mit einem alten Heereskameraden auf einen Drink verabredet und wünschte allen eine gute Nacht. Formvollendet verneigte er sich vor Kiernan.

Der Prozeß dauerte noch zweieinhalb Tage. Während Kiernan den Ausführungen John Browns und der Zeugen lauschte, fühlte sie sich hin und her gerissen. Schreckliche Dinge waren geschehen. Der Angeklagte hatte zahlreiche

Morde begangen und mehrere hundert Piken bereitgestellt, um die Sklaven zu bewaffnen. Hätte man ihm nicht Einhalt geboten, wären noch viel mehr Menschen grausam niedergemetzelt worden. Und doch besaß er eine eigenartige Ausstrahlung. Sicher würde er nicht so bald in Vergessenheit geraten.

Am 31. Oktober wurden die Schlußplädoyers gehalten. Um halb zwei Uhr nachmittags überantwortete man den Fall den Geschworenen, deren Beratung eine Dreiviertelstunde dauerte. Der alte Ossawatomie Brown wurde in allen drei Punkten schuldig gesprochen und sollte am Galgen sterben.

Kiernan hatte erwartet, das Publikum würde den Verurteilten triumphierend beschimpfen. Statt dessen herrschte Grabesstille. Und Brown selber tat nichts weiter, als die Decke zurechtzurücken, unter der er auf der Bahre lag.

Quer durch den Saal schaute Jesse zu Kiernan herüber, und sie las eine sonderbare, fast schmerzliche Trauer in seinem Blick. Dann sahen sie sich nicht mehr im Gedränge, als die Leute aufstanden. »Es ist vorbei, mein Kind, gehen wir«, sagte ihr Vater leise und führte sie hinaus.

Wie sie wußte, würde Jesse jetzt, wo der Prozeß beendet war, nach Washington zurückreiten. Vorher mußte sie ihn noch einmal sehen – allein.

So wie jeden Abend würden sie sich auch diesmal alle zum Dinner treffen. Diese Mahlzeiten waren eine Qual für Kiernan gewesen. Jesse blieb zwar immer höflich und wählte seine Worte mit Bedacht, weigerte sich aber zu lügen, was seine politischen Überzeugungen anging. Manche seiner Kommentare klangen beinahe wie ein Verrat an Tidewater Virginia.

Wenn er nicht für Spannungen an der Dinnertafel sorgte, beobachtete er Kiernan und Anthony, mit bitterem Spott in den Augen.

An diesem Abend machte sie sich besonders sorgfältig für das Dinner zurecht. Sie wählte ein dunkelblaues Samtkleid mit Pelzbesatz an den Ärmeln und am tiefen Ausschnitt. Das Haar steckte sie hoch, ein paar honigblonde Löckchen umrahmten das Gesicht. Kritisch betrachtete sie sich im Spiegel ihres Hotelzimmers. Anthony hatte recht – sie wurde tatsächlich nicht jünger. Ihre Augen erschienen ihr sogar uralt. Trotzdem war sie zufrieden mit ihrer äußeren Erscheinung.

Das Kleid entblößte ihre Schultern und den Busenansatz, ohne allzu gewagt zu wirken. Ein passendes Kleid für ein Dinner mit ihrem Vater und Freunden. Und großartig geeignet, um Jesse daran zu erinnern, daß sie eine erwachsene Frau war, mit der er geschlafen hatte. An diesem Abend würde sie eine Gelegenheit suchen, ihm zu erklären, sie müsse ihn allein sehen.

Sie eilte zu dem Nebenzimmer hinab, wo sie jeden Abend gegessen hatten. Zu ihrer Bestürzung saßen ihr Vater und Andrew bereits am Tisch. Thomas Donahue trat unmittelbar nach ihr ein. Sein faltiges, freundliches Gesicht verzog sich zu einem Lächeln, und er versicherte ihr, welch ein erfreulicher Anblick sie für seine müden alten Augen sei. Als Anthony ankam, küßte er sie auf die Wange und rückte ihr einen Stuhl zurecht.

»Wo bleibt denn Jesse?« fragte John Mackay, ohne sich an jemand Bestimmten zu wenden.

»In der Stadt sind viele hohe Militärs«, erklärte Anthony. »Vielleicht wurde er aufgehalten.«

Der Kellner überbrachte eine Nachricht auf einem kleinen Silbertablett. Mackay las, was auf dem Zettel stand, und zerknüllte ihn. »Der Junge wird sich verspäten. Er läßt uns ausrichten, wir sollen schon mal zu essen anfangen. Sobald er kann, kommt er zu uns.«

Kiernan ertrug es nicht mehr, still zu sitzen, und sprang auf. Sie *mußte* Jesse endlich sehen. Alle Blicke wandten sich zu ihr. »Es ist kühl«, teilte sie ihrem Vater in ruhigem Ton mit. »Wenn die Gentlemen mich entschuldigen...«

Auch Anthony stand auf. »Ich hole dir gern eine Stola.«

»Oh, danke, das ist sehr nett von dir. Aber ich weiß nicht, ob die Stola, die ich brauche, in meinem Zimmer ist. Wahrscheinlich habe ich sie auf dem Sofa bei der Rezeption liegenlassen. Bleib nur hier.« Sie schenkte ihm ihr charmantestes Lächeln. »Sicher können sich die Gentlemen ein paar Minuten ohne mich unterhalten. Ich bin gleich wieder da.«

In den Augen ihres Vaters las sie deutliches Mißtrauen, doch das ignorierte sie. Rasch verließ sie den Raum und durchquerte den Speisesaal. Da sie wußte, daß sie bei ihrer Rückkehr eine Stola tragen mußte, rannte sie zu ihrem Zimmer hinauf.

Die Stola lag da, wo Kiernan sie zu finden erwartet hatte, am Fußende des Betts. Sie griff danach, eilte wieder die Treppe hinab und auf die breite Veranda hinaus, die das Hotel umgab. Die Nacht war kühl und schön.

Ungeduldig schaute Kiernan auf die dunkle Straße. Jesse wohnte in einem anderen Hotel und mußte von Norden her kommen. Aber wann? Ihr Blick fiel auf den gegenüberliegenden Mietstall. Einer plötzlichen Regung folgend, lief sie die Verandastufen hinab und über die Straße.

Zu ihrer Überraschung sah sie Jesse an der Seitenwand des Stallgebäudes vorbeigehen. Da Büsche und Bäume ihn in schwarze Schatten tauchten, hätte sie fast gezweifelt, ob er es wirklich war. Aber sie kannte ihn so gut – seinen Gang, die Art, wie sein Hut auf dem Kopf saß...

»Jesse!« flüsterte sie. Ohne lange zu überlegen, rannte sie ihm entgegen, warf sich in seine Arme und preßte sehnsüchtig ihre Lippen auf seine. Beinahe verging sie vor Entzücken, als er ihren Kuß leidenschaftlich erwiderte, als sie seinen beschleunigten Herzschlag dicht an ihrem eigenen spürte, die Kälte der Nacht ringsum und die Hitze zwischen ihnen.

Nach einer Weile hob er den Kopf und schaute ihr in die Augen. »Wo ist der arme Anthony?«

»Im – im Restaurant.«

»Hast du ihm gesagt, daß du ihn nicht heiraten wirst?«

»Ich hab's versucht.«

»Versucht?«

»Er kann sehr hartnäckig sein.«

»Erklär ihm doch einfach, du würdest *mich* heiraten.«

Forschend musterte sie sein Gesicht und umfaßte den Knopf seines Capes. »Aber ich werde dich nicht heiraten, Jesse. Nicht, bevor du die Dinge im richtigen Licht siehst.«

»In deinem Licht?« Er neigte sich herab, küßte ihren Mundwinkel, und seine Zungenspitze glitt über ihre Unterlippe.

»Ja, in meinem Licht«, hauchte sie. »O Jesse...«

Plötzlich schob er sie von sich. »Also willst du den armen Anthony hinhalten, bis ich deine Anschauungen übernehme?«

Ihre Augen verengten sich. »Wer sagt denn, daß ich ihn quäle? Niemals würde ich das tun – wo er doch offensichtlich ein wundervoller Mann ist. Besser als du...«

Jesse drückte sie so fest an sich, daß sie kaum noch Luft bekam. »Inwiefern, Kiernan? Küßt er dich besser? Liebkost er dich besser? Hast du beschlossen, die Macht deiner Reize auch an ihm auszuprobieren?«

»Laß mich los, du arroganter Yankee!« fauchte sie. »Wie kannst du so etwas auch nur denken? Anthony ist viel zu edelmütig...«

»Anthony ist viel zu vernarrt in dich. Er küßt dich nicht in dunklen Winkeln, er läßt sich von dir auf der Nase herumtanzen und verlangt dafür nicht mehr als dein betörendes Lächeln. Nun, ich bin nicht Anthony. Ich liebe dich, aber ich vertrete meine eigenen Ansichten, und die kann ich nicht ändern, weder für dich noch für sonst jemanden. Verstehst du das?«

Sie verstand nur, daß er sie zurückwies und alles ablehnte, was zu ihrem Leben gehörte – wegen irgendwelcher Dinge, die vielleicht geschehen mochten oder auch nicht. Unglücklich versuchte sie sich aus seinen Armen zu befreien. »Rühr mich nie wieder an, Jesse Cameron!«

»Meinst du das ernst? Wo du eben noch so hingebungsvoll an meine Brust gesunken bist?«

»Wie schrecklich rüpelhaft von dir, das so auszudrükken!«

»Ich bin nun mal kein Süßholzraspler wie Anthony.« Sie fühlte seinen heißen Atem, als er sie noch fester an sich drückte, und seine wachsende Erregung. »Kiernan, ich liebe dich und für dich bin ich der einzig Richtige. Ich würde dir alles geben – abgesehen von gewissen Dingen. Wenn du bereit bist, mich als den Mann zu akzeptieren, der ich bin, und alles, woran ich glaube dann komm zu mir.« Sanfter Spott lag in seinem Lächeln. »Wenn du Glück hast, werde ich auf dich warten.«

»Oh, du bist ein Bastard!« Sie hätte ihn geohrfeigt, wäre sie nicht so eisern festgehalten worden.

»Ich weiß.« Voller Verlangen küßte er sie wieder, bis ihr der Atem ausging, bis das Feuer heißer Leidenschaft wieder gnadenlos durch ihre Adern strömte. Dann ließ er sie abrupt los. »Und ehe du dich für mich entschieden hast, solltest du mich nicht mehr peinigen, kleines Mädchen.«

Er tippte an seinen Hut, ging an ihr vorbei, und sie starrte ihm verdutzt nach. Sekundenlang hatte sie das Gefühl, er hätte sie geschlagen. Dann gewann ihr Stolz die Oberhand. Sie lief hinter ihm her, überholte ihn und ersuchte ihn mit eisiger Stimme: »Sag bitte meinem Vater, daß ich mich in mein Zimmer zurückgezogen habe, weil mir übel ist.«

Jesse packte ihren Arm und schüttelte lächelnd den

Kopf. »Das würde er niemals glauben. Du bist einfach nicht der Typ, dem plötzlich schlecht wird.«

Wütend starrte sie ihn an. »Also gut, ich gehe zum Dinner. Und eins kann ich dir schon jetzt sagen, Jesse. Warte nicht auf mich. Ich weiß, wo ich stehe, und das wird immer so bleiben.« Das Tischgespräch verlief lebhaft und angenehm. Ein ahnungsloser Beobachter hätte geschworen, daß nur lauter gute Freunde in dem kleinen Speiseraum beisammensaßen. Nach der Mahlzeit stand Jesse auf, wünschte allen eine gute Nacht und erklärte, er würde noch am selben Abend nach Washington zurückreiten. Zum Abschied küßte er Kiernans Hand. »Es war mir ein Vergnügen.«

»Mir auch«, entgegnete sie würdevoll und blickte ihm kühl die Augen.

Er zog den Federhut tief in die Stirn und verließ mit großen Schritten das Zimmer. Wenig später hörte sie die Hufe seines Pferdes trommeln, als er aus der Stadt ritt – und aus ihrem Leben.

8

Kiernan würde die Hinrichtung keinesfalls mit ansehen, das wußte Jesse. Nicht einmal, wenn sie die Erlaubnis dazu erhalten hätte. Also würde er sie am Richtplatz nicht sehen. Und das war gut so. Beide hatten ihren Standpunkt deutlich zum Ausdruck gebracht, und in dieser Hinsicht konnte er keine Kompromisse schließen.

Aber wenn er sie wiedersah, würde er sie erneut begehren und von ihr verlangen, ihn zu heiraten und zu ihm zu halten, wie es die Pflicht einer Ehefrau war. Und zu akzeptieren, wie er seine Zukunft gestalten würde.

Er hatte sie bereits gebeten, seine Frau zu werden. Zwingen konnte er sie nicht. Eine Entführung kam ebensowenig in Frage, denn dann würde der ehrbare Anthony ihn zum Duell fordern, und Jesse wollte ihn nicht verletzen.

Naturlich hatte er kein Recht auf Kiernan, weil seine Überzeugung zwischen ihnen stand. Aber in seiner Arroganz hatte er geglaubt, nach jenem Abend in der Fischerhütte würde sie ihn mehr lieben als ihre Ideale. Das war ein Irrtum gewesen.

Er hatte noch Urlaub übrig, und als John Browns Hinrichtung näher rückte, beschloß er, von Washington nach Charles Town zu reiten. Jesse war dabeigewesen, als das Drama um den alten Mann begonnen hatte, und nun wollte er auch das Ende miterleben.

Es war der 2. Dezember, ein kalter, klarer Tag. Nach der Gerichtsverhandlung waren der Stadt einige Beschränkungen auferlegt worden. Man fürchtete, außerhalb von Charles Town würde ein Komplott zur Befreiung Browns geschmiedet. Deshalb ließ man keine Fremden einreisen, und nur das Militär hatte Zugang zum Richtplatz. Das hielt die Zivilisten allerdings nicht davon ab, das Ereignis aus möglichst nächster Nähe zu verfolgen. Ganze Menschenmassen strömten herbei, um den Kopf des alten John Brown in der Schlinge zu sehen.

An der Stadtgrenze zeigte Jesse seinen Militärausweis vor, dann ritt er durch die Straßen.

Eine eigenartige Feiertagsstimmung hatte die Leute ergriffen, doch er sah auch viele ernste Gesichter. Brown war zwar ein Mörder und Verräter, hatte sich aber vor Gericht wacker gehalten. Jesse ahnte, daß man den alten Ossawatomie in den Nordstaaten wie einen Märtyrer verehren würde. Sogar Gouverneur Wise hatte nach Browns Verhör betont: »Der tapferste Mann, den ich kenne.«

»Jesse!« Verwundert drehte er sich zum, als er seinen Namen hörte, und sah Anthony Miller, der mit seiner regionalen Milizeinheit erschienen war, auf sich zureiten.

Grinsend schüttelte er Jesse die Hand. »Willst du den Alten hängen sehen?«

»Eigentlich nur das Ende.«

»Und ich finde es verdammt gut, daß es zu Ende ist.« Darauf gab Jesse keine Antwort, und Anthony schien auch keine zu erwarten. »Das große Ereignis hat ein paar interessante Leute in die Stadt gelockt. Da drüben siehst du einen unserer geschätzten Senatoren. Und dieser Mann bei den Richmond Grays ist ein ausgezeichneter Schauspieler. Er heißt John Booth, und ich habe ihn schon mal auf der Bühne bewundert. Falls sich eine Gelegenheit ergibt, solltest du dir seine Kunst nicht entgehen lassen. Ja, viele interessante Leute sind hier.«

»Auch ein paar von meinen Nachbarn?« Jesse brachte es nicht über sich, direkt nach Kiernan zu fragen. Die Hinrichtung würde sie sicher nicht verfolgen, aber vielleicht war sie in Charles Town.

»Du meinst John Mackay?«

Anthony zuckte die Achseln. »Mit John rechne ich nicht. Kiernan hat sich's in den Kopf gesetzt, ihre Ausbildung zu vervollkommnen, wenn ich auch keine Ahnung habe, warum ein Mädchen wie sie so was braucht. Ich will sie einfach nur heiraten und diese Hin und Her beenden. Aber nun möchte sie einige Zeit in Europa verbringen, in einem Londoner Internat.« Betrübt schüttelte er den Kopf. »John begleitet sie gerade zur Küste – an Bord eines Schiffes.«

Jesse nickte. Das Herz schlug ihm bis zum Hals. Sie hatte sich noch nicht mit Anthony verlobt... Also war sie keine komplette Närrin. Statt dessen wollte sie den Atlantik überqueren, um die weitere Entwicklung der Dinge aus der Ferne zu beobachten. »Wann kommt sie zurück?«

»Vermutlich in einem Jahr.«

Wieviel konnte in einem Jahr geschehen...

»Entschuldige mich jetzt«, bat Anthony. »Da drüben

wartet meine Truppe. Komm doch zu uns! Später essen wir im Haus meines Vaters.«

»Danke, aber ich muß noch heute nach Washington zurückreiten.« Nach einer Hinrichtung würde sich Jesse gewiß nicht in Partystimmung befinden. Ob ein Mann nun den Tod verdiente oder nicht – der Galgen war ein häßliche Methode, vor den Schöpfer zu treten.

Natürlich verstand Jesse die Gefühle, die ein Großteil, der Menschen empfand. Kaltblütig hatte John Brown in Kansas und Missouri mehrere Sklavenhalter ermordet, vor den Augen ihrer Familien mit Schwertern erstochen. Dann war er nach Harpers Ferry gekommen, um auch dort einen Aufstand anzuzetteln. Er hatte keine Gnade gekannt. Daß er nun am Galgen enden sollte, war richtig. Andererseits hatte er für ein gutes Ziel gekämpft, die Freiheit aller Menschen auf Erden. Forschend beobachtete Anthony Jesses Gesicht. »Du gehörst doch nicht zu den Leuten, die glauben, man sollte Brown laufenlassen?«

Jesse hielt seinem Blick stand. »Er ist ein Mörder und Verräter. Nein, ich gehöre nicht zu diesen Leuten.«

Beschämt grinste Anthony. »Tut mir leid. Ich wollte nicht andeuten, du seist einer dieser verdammten Abolitionisten, die mit aller Macht die Sklaverei abschaffen wollen. Auf Cameron Hall hast du ja selber Sklaven.«

Ja, dachte Jesse, auf unserer Plantage arbeiten immer noch Sklaven... Nur zu gut verstand er die wirtschaftliche Position der Südstaaten. Aber im Einvernehmen mit Daniel und Christa hatte er einige Sklaven freigelassen und das Thema auch mit seinem Vater diskutiert, kurz vor dessen Tod. Dabei waren sie zu dem Entschluß gelangte, bei den Auktionen keine neuen Sklaven mehr zu kaufen. Nur wenn ein Sklave eine Sklavin von einer anderen Plantage heiratete, erwarben sie die Frau. Außerdem ermöglichten sie es den Negern, ihre Freiheit zu erkaufen, und hofften, die Leuten würden später als bezahlte Arbeiter auf Cameron Hall bleiben.

Doch wie Jesse sehr wohl wußte, war das nur ein Kompromiß, wie ihn auch Washington und Jefferson geschlossen hatten. Bei der Abfassung der Unabhängigkeitserklärung hatte Jefferson die Befreiung der Sklaven angestrebt, aber schließlich erkannt, daß er die Staaten niemals zusammenbringen würde, wenn er darauf beharrte. Und in späteren Jahren war die Situation nicht besser geworden.

»War nett, dich zu sehen, Jesse«, sagte Anthony. »Und vergiß nicht, du bist uns jederzeit willkommen.«

»Danke, Anthony.«

Jesse sah den jungen Miller davonreiten, hörte die Bewegungen der rastlosen Kavalleriepferde. Als er die Sonne im Gesicht spürte, wandte er es zum Himmel empor, und seine Gedanken wanderten zu Kiernan. Sie würde also nach Europa reisen und unerreichbar sein. Und das war gut so.

Wenig später wurde John Brown in einem Pferdewagen zum Richtplatz gebracht, die Hände auf den Rücken gefesselt. Kerzengerade, in stiller Würde, saß er auf seinem Sarg.

Ebenso würdevoll stieg er vom Wagen und ging zum Galgen. Das Militär versank in Schweigen. Sheriff John W. Campbell zog eine weiße Leinenkapuze über den Kopf des Verurteilten und legte ihm die Schlinge um den Hals. Der Henker ersuchte Brown, auf die Falltür zu treten.

»Sie müssen mich hinführen«, erwiderte der alte Mann mit ruhiger Stimme, »denn ich sehe nichts.« Der Henker erfüllte diesen Wunsch, rückte die Schlinge zurecht, und Brown bat: »Machen Sie's schnell.«

Ein kräftiger Streich mit dem Henkersbeil zertrümmerte die Falltür, und mit einem gräßlichen Geräusch fiel der Körper des Hingerichteten hindurch.

John Brown war tot.

Tiefes Schweigen lag über dem Platz, das plötzlich von

der Stimme eines Milizmitglieds gebrochen wurde. »So mögen alle Feinde Virginias untergehen! Alle Feinde der Union! Alle Feinde der Menschheit!«

Jesse empfand nichts von diesen erhebenden Gefühlen. Nach einem rechtmäßigen Prozeß war John Brown an einem schönen Wintermorgen gehängt worden. Nicht mehr und nicht weniger.

Vor der Hinrichtung hatte der Mann kaum gesprochen. Aber Jesse vergaß nicht, was Brown zuvor gesagt und geschrieben hatte. Und er dachte vor allem an jenen Brief an einen Gefängniswärter, der kurz vor der Exekution abgefaßt worden war. »Die Verbrechen dieses schuldigen Landes können nur mit Blut gesühnt werden...«

Jetzt hatte John Brown den Tod gefunden. Es war vorbei, und es war ein Anfang. Jesse schwang sein Pferd herum, um nach Washington zurückzukehren. Aber sein Herz trieb ihn nach Norden.

II

Ein entzweites Haus

9

Bei Cameron Hall, Tidewater Virginia,
20. Dezember 1860

Kiernan saß im Sattel ihrer Apfelschimmelstute und blickte von einem bewaldeten Grat auf Cameron Hall hinab. Soeben hatte sich die Sonne hinter dem Horizont erhoben. Tautropfen funkelten auf dem Rasen, der wie ein Diamantenteppich aussah. Das majestätische Gebäude mit der weißen Säulenhalle stand in der Mitte des gepflegten Parks, wo im Sommer zahllose Rosenbüsche dufteten.

Bald nach dem Indianer-Massaker von 1622 erbaut, gehörte Cameron Hall zu den ältesten Häusern von Tidewater Virginia. Liebevoll hatten Jesses Vorfahren den Grundstein gelegt, ihre Namen hineingeritzt und ihr Heim gebaut, in tiefer Zuneigung zu ihrem neuen Land.

Zu beiden Seiten gab es breite überdachte Laufgänge. An schönen Tagen standen die Vorder- und die Hintertür offen, damit vom muß her kühle Luft über die Veranden in die Halle wehte.

Kurz nach der Revolution waren zwei große Seitenflügel hinzugefügt worden. Die Küche, das Räucherhaus, die Waschküche, die Bäckerei, die Ställe und Sklavenquartiere erstreckten sich rechts vom Haus zur Klippe, von wo Kiernan die Aktivitäten auf der Plantage beobachtete. In der Nähe des Grats, am Flußufer, lag der Familienfriedhof. Dort fanden die Camerons ihre letzte Ruhe, seit der Erbauer des Hauses, Lord Cameron, und seine geliebte Jassy von ihren Erben bestattet worden waren. Ein schmiedeeiserner Zaun umgab schöne Grabmäler mit Engel-, Madonnen- und Jesusstatuen.

Über den Rasen zur Linken des Hauses hinweg sah

Kiernan zahlreiche Felder, wo Tabak und Baumwolle gediehen – die Produkte, die den Wohlstand der Südstaaten begründet hatten. Niemand konnte sich ein schöneres Heim und ein ansehnlicheres Erbe wünschen. Die Söhne von Cameron Hall hatten stets als gute Partie gegolten.

Wie oft hatte sich Kiernan während des Jahres in Europa nach Cameron Hall gesehnt... Nun erkannte sie beschämt, daß sie es mehr liebte, als ihr eigenes benachbartes Elternhaus, ein ebenfalls sehr hübsches Ziegelgebäude. Aber es war erst fünfzig Jahre alt, hatte nicht die Jahrhunderte überdauert wie Cameron Hall, besaß keine so eindrucksvolle Persönlichkeit, schien nicht zu leben, zu atmen, nicht so untrennbar mit diesem Teil der Welt verbunden zu sein.

Kiernan sog die Luft des frühen Morgens, erfüllt vom Duft frischgebackenen Brots und noch warmem geräuchertem Schinken tief in ihre Lungen. Die kühle Brise, die vom Fluß herüberwehte, störte sie nicht. Sie kannte die feuchte Kälte des Winters genausogut wie die schwüle Sommerhitze ihrer Heimat. Viel zu lange war sie fort gewesen. Jetzt verstand sie nicht mehr, warum sie sich so gequält hatte.

Anfangs hatte sie in der Abreise den einzigen Weg gesehen, der Hochzeit mit Anthony zu entrinnen, ohne ihn grausam zu verletzen. Außerdem hatte sie vor Jesse fliehen müssen, der in Washington stationiert war – viel zu nahe bei Tidewater Virginia. Nach dem Besuch der Militärakademie Westpoint, noch zu Lebzeiten seines Vaters, hatte er sich die Berufung nach Washington gewünscht, um in der Nähe von Cameron Hall zu bleiben. Wenig später war er mit der Kavallerie nach Westen geritten, um die Indianer zu bekämpfen. Einige Zeit verbrachte er im ›blühenden Kansas‹, wo die Regierung das Grauen zu mildern suchte. Kiernan war stets über sein Leben informiert gewesen, durch ihren regen Briefwechsel mit Daniel. Er hatte an der Seite seines Bruders gekämpft, das Bedürfnis empfunden, die Ereignisse schriftlich festzuhalten, und von seiner Freundin wichtige Nachrichten aus der Heimat zu erhalten. In seinen Briefen waren ihr die Mitteilungen über Jesse am wichtigsten gewesen. Immer hatte sie gewußt, wie es ihm ergangen war.

Und sie wußte es auch jetzt. In London hatte sie eifrig politische Kommentare über Entwicklungen in den Vereinigten Staaten gelesen. Der alte John Brown war zum Märtyrer geworden. Die Abolitionisten im Norden sorgten dafür, daß sein Tod nicht in Vergessenheit geriet. ›John Browns Leiche verwest in seinem Grab‹, sangen sie. Und Harriet Beecher Stowes Roman ›Onkel Toms Hütte‹ erhitzte weiterhin die Gemüter. Am schlimmsten war die Wahl Abraham Lincolns zum Präsidenten gewesen. Darüber kamen die Südstaaten einfach nicht hinweg.

Vor der Wahl hatte Kiernan gehofft, das politische Klima würde sich beruhigen, die verschiedenen Landesteile würden lernen, mit ihren Differenzen zu leben, wie in all den Jahren seit dem Freiheitskrieg.

Sobald sie das Wahlergebnis erfahren hatte, war sie nach Hause zurückgekehrt – gerade rechtzeitig, um zu erfahren, daß South Carolina einen Kongreß einberufen und dabei über die Sezession abstimmen wollte, den Abfall von der Union. Andere Staaten folgten diesem Beispiel – darunter Florida, Mississippi und Tennessee. Und alles deutete auf die Sezession hin. Vorerst schien Virginia die Geschehnisse nur zu beobachten, vorsichtig und würdevoll, wie es sich für die Heimat so vieler Gründerväter geziemte.

Aber einige Söhne Virginias waren nicht so vorsichtig. Junge und alte Männer bildeten neue Milizeinheiten. Die Reichen kauften Pferde auf, entwarfen Uniformen, beschafften Waffen und befehligten die Armen. Falls es zum Krieg kam, waren sie vorbereitet.

Viele der vornehmsten Südstaatengentlemen dienten als Soldaten oder Offiziere im Heer der Vereinigten Staaten, zum Beispiel Robert R. Lee, Jeb Stuart und die Cameron-Brüder.

Daniel hatte Kiernan geschrieben, er überlege, ob er den Dienst quittieren sollte. Bisher hatte er es ebenso wenig getan wie Jesse. Man mußte erst einmal abwarten, wie viele Südstaatler aus der Unionsarmee austreten, wie sich South Carolina und die anderen Staaten verhalten würden.

Langsam stieg die Sonne am Himmel empor, während Kiernan auf Cameron Hall hinabschaute. Seit der Abreise aus London spürte sie eine wachsende Erregung. Immer wieder fragte sie sich, warum sie ihre Heimat ausgerechnet in diesen Zeiten von entscheidender Bedeutung verlassen hatte. Sie fand London faszinierend und das Internat sehr amüsant. Aber sie hatte schon bei der Ankunft gemerkt, daß sie dem Schulalter längst entwachsen war.

Und so nutzte sie das Jahr, um die Ereignisse in den Staaten aus der Ferne zu beobachten, um nachzudenken – und zu träumen. Denn sie konnte Jesse nicht vergessen. Im letzten November hatte sie bei der Erkenntnis, daß sie nicht schwanger geworden war, bittere Enttäuschung empfunden. Ein Kind hätte die Situation geändert, dachte sie nun mit einem wehmütigen Lächeln. Papa hätte Jesse zum Traualtar gescheucht – wenn nötig, mit vorgehaltener Pistole. Aber es war nicht nötig.

Tag und Nacht hatte sie sich nach Jesse gesehnt und in Gedanken noch einmal erlebt, was zwischen ihnen geschehen war. In London waren ihr viele junge Männer begegnet, darunter steinreiche Aristokraten. Sie flirtete im Rahmen der Schicklichkeit, versuchte sogar, sich in einen anderen zu verlieben, und beobachtete, wie ihre Freundinnen von deren Eltern verheiratet wurden. Da war sie ihrem Vater dankbar für seine Nachsicht in dieser Beziehung. Da er selber reich war, brauchte sie keinen wohlhabenden Ehemann. Adelstitel beeindruckten sie nicht, und sie mochte Anthony und Daniel viel lieber als die jungen

Männer, die sie in Londoner Salons traf oder die sie ins Theater begleiteten.

Natürlich genoß sie die Bewunderung ihrer Verehrer, die sich um sie scharten, ihren weichen Virginia-Akzent bestaunten und puterrot wurden, wenn sie charmant sein wollten. Es machte ihr Spaß, ihre Wirkung auf Männer zu erproben. Aber abends kehrte sie keineswegs triumphierend in ihr kleines Internatszimmer zurück, sondern mit einem dumpfen Schmerz im Herzen. Sie peinigte die jungen Männer, die sie nicht erhörte, nur deshalb, weil sie selber litt. Und sie fürchtete, sie würde bis zum Ende ihrer Tage leiden. Das war Jesses Werk.

Und bei der Heimkehr war die Verzweiflung noch schlimmer geworden. Ihr leiser Seufzer vermischte sich mit dem Atem der Brise, die vom Fluß heranwehte. Was sollte sie tun? Jesse für immer lieben, Anthony bis in alle Ewigkeit hinhalten und hoffen er würde eine andere finden? Oder ihre Überzeugung aufgeben? Nein. Niemals konnte sie aufhören, ihre Heimat zu lieben. Das mußte auch für Jesse unmöglich sein. Jetzt, wo sich die Lage zuspitzte, würde er seine Meinung sicher ändern. Cameron Hall und alles, was ihm teuer war, schwebten in Gefahr.

»Oh, welchem Umstand verdanke ich dieses Vergnügen?«

Vor Schreck fiel Kiernan beinahe aus dem Sattel, als sie die gedehnte Frage hörte, und ihr Herz hämmerte wie rasend gegen die Rippen. Überall hätte sie diese tiefe Stimme wiedererkannt, die sie so oft in ihren Träumen gehört hatte, während langer, kalter Nächte, im Kampf gegen bittersüße Erinnerungen. Rasch drehte sie sich um und schaute in Jesses Gesicht. Wie lange stand er schon da? In Gedanken versunken, hatte sie seine Ankunft nicht bemerkt. Er war von Pegasus gestiegen, seinem schönen, auf Cameron Hall gezüchteten Rotschimmel, der ihn zur Kavallerie begleitet hatte.

Der Wind zerzauste Jesses schwarzes Haar und zerrte am weißen Baumwollstoff seines Hemds, dessen Kragen geöffnet war. Er trug Zivilkleidung, eine braune Reithose und hohe schwarze Stiefel. Breitbeinig stand er am Hang, die Zügel in der Hand, und lächelte Kiernan an. »Du bist also nach Hause gekommen.«

»Du auch.«

Er hob die Brauen. »Sollte ich denn nicht hier sein?«

»Ich – ich dachte, du wärst in Washington.«

»Laß dir deinen Besuch von meiner unliebsamen Anwesenheit nicht verderben. Erwartet dich meine Schwester?«

»Nein.«

Sie hat sich verändert – und doch nicht, dachte Jesse. In ihrem Reitkostüm aus grünem Samt, sicher nach der neuesten französischen Mode, erschien sie ihm eleganter denn je. Dazu trug sie einen Hut mit grüner Feder und unter der engen Jacke eine weiße Spitzenbluse, die dem maskulin geschnittenen Ensemble feminines Flair verlieh. In anmutiger Haltung saß sie auf der Apfelschimmelstute. Ihre Augen erinnerten an den Smaragdglanz frischer, von Tautropfen geküßter Grashalme. Das Haar, zu Zöpfen geflochten und im Nacken festgesteckt, spiegelte alle Sommerfarben wider. Sie wirkte älter, und vielleicht war sie auch klüger geworden. Eine seltsame Traurigkeit lag in ihrem Blick.

Während er sie betrachtete, empfand Jesse von neuem den Schmerz, den er begraben zu haben glaubte. Es tat weh, sie zu sehen, daran zu denken, wie es gewesen war, sie zu berühren. Immer wieder hatte er sich eingeredet, eine Frau sei wie jede andere, vor allem in der Dunkelheit. Doch das stimmte nicht. Keine fühlte sich an wie Kiernan, keine duftete so süß, keine flüsterte so betörend seinen Namen. Plötzlich wünschte er in wachsendem Groll, sie hätte Anthony geheiratet. Dann wäre sie vielleicht aus seinen Träumen verbannt worden. »Was machst du hier?« stieß er hervor.

Sie versteifte sich im Sattel. »Ich freue mich auch, dich wiederzusehen.«

»Du befindest dich auf meinem Grund und Boden.«

»Großer Gott, deine Manieren sind noch immer nicht besser geworden...«, begann sie und verstummte, als er Pegasus' Zügel losließ und mit langen Schritten zu ihr kam. Sie versuchte die Stute nach hinten zu lenken, doch da griff er nach dem Zaumzeug. »Jesse, was...« Doch sie sprach nicht weiter, denn sie wußte nur zu gut, was er vorhatte.

Er hob sie aus dem Sattel, nahm sie in die Arme, und die Winterkälte schien zu schmelzen. Ein leidenschaftlicher Kuß sandte zitternde Wärme durch Kiernans ganzen Körper, weckte atemberaubende Erinnerungen. Sanft strich er über ihr Kinn, sein Daumen liebkoste den zarten Hals.

»O Gott, ich habe dich so vermißt«, flüsterte er. »Du kannst dir das nicht vorstellen. In jedem Salon, wo ich zu Gast war, lauschte ich auf das Rascheln von Seide und hoffte, dich zu sehen, wenn ich mich umdrehte. In jeder verdammten Nacht lag ich wach und dachte an dich, und wenn ich schlief, plagten mich Träume von dir. Wann immer ich das Haar einer Frau berührte, erschien es mir kratzig, weil es nicht deines war – diese seidenweichen Locken... Oh, zum Teufel mit dir, du Hexe!«

In seinen blauen Augen las sie Leidenschaft und Zorn. Und sie spürte noch viel mehr – sein Verlangen, den Hunger in seinem kraftvollen Körper, an den er sie preßte. Als er sie wieder küßte, öffnete sie instinktiv die Lippen. Endlich lag sie wieder an seiner Brust. Nichts anderes zählte.

Sie riß sich los, erhitzt vom Feuer, das sich zwischen ihnen entzündet hatte. Die Sehnsucht, die in ihr schlummerte, wenn Jesse nicht in ihre Nähe war, brannte nun in qualvoller Glut. Sie brauchte ihn so dringend. »Wohin können wir gehen?« wisperte sie.

Grinsend erinnerte er sich, daß er diese Frage vor einem Jahr gestellt hatte und von Kiernan in den Himmel geführt worden war. »Ich zeig's dir«, erwiderte er leise.

Sie banden die Pferde auf dem Grat fest, rannten Hand in Hand den Hang hinab. Vorbei am Friedhof, ins Dickicht am Fluß, links von der Landebrücke. Bald erreichten sie einen hübschen kleinen Pavillon inmitten eines Wäldchens – achteckig, wie das Haupthaus mit einem seitlich offenen Laufgang ausgestattet. Im Sommer stand die Tür aus geschliffenem Glas offen, um kühlende Brisen einzulassen, im Winter hielt sie die Kälte ab. Kiernan kannte das Häuschen. Als Kind war sie oft genug hier gewesen.

Jesse führte sie hinein, schloß die Doppeltür und lehnte sich dagegen. Lange Zeit schaute er Kiernan nur an. Plötzlich fürchtete sie, was geschehen würde, weshalb sie hergekommen war und gleichzeitig wuchs ihr Verlangen. Wie gut er aussah... Das weiße Hemd betonte seine bronzebraune Haut, die breiten Schultern und muskulösen Arme. Um die Augen hatten sich neue Fältchen gebildet, sein Gesicht erschien ihr ernster, doch sie fand ihn attraktiver und sinnlicher denn je. Und er wirkt noch entschlossener, dachte sie. Bald würde sie in seinen Armen liegen. Und sie würden für immer beisammenbleiben – jetzt, wo er nach Hause zurückgekehrt war. »Jesse...«

»Nein, verdammt, ich will nicht reden.« Er kam zu Kiernan und nahm ihr den eleganten kleinen Hut vom Kopf. Dann zog er die Nadeln aus ihrem Haar, löste die Zöpfe, so daß die Locken ihr Gesicht umrahmten. Immer wieder küßte er sie, fachte die Glut der Begierde noch mehr an. War es richtig, einen Mann so heiß und verzweifelt zu lieben? Sie wußte es nicht, wußte nur, daß sie in Jesses Nähe ihre Seele verlor und völlig in seinen berauschenden Liebkosungen aufging.

Es gab kein Sofa, kein Bett, aber über einem schmiedeeisernen Tisch lag ein Tuch, das Jesse am Boden ausbreitete. Nicht einmal das wildeste Feuer der Begierde konnte die kühle Luft im Pavillon erwärmen, und so verzichtete er darauf, Kiernan auszuziehen. Er hob sie hoch, trug sie zu dem Tuch und legte sie darauf, streckte sich neben ihr aus, und während er sie wieder küßte und seine Zunge mit ihrer spielte, schlang sie die Finger in sein ebenholzschwarzes Haar, sehnte sich nach intimeren Berührungen.

Jesse erriet ihren Wunsch, öffnete die Samtjacke und entblößte ihre Brüste in einem Gewirr aus Spitzen und Seide und Rüschen. Dann glitten seine Hände unter den Rock, lösten das Band der Unterhose, wanderten über die nackten Hüften und Schenkel. Und während er immer stärkere erotische Gefühle in ihr erregte, hörte er nicht auf, sie zu küssen. Wenn seine Lippen ihren Mund verließen, dann nur, um die rosigen Brustwarzen zu umschließen, daran zu saugen und prickelnde warme Wellen durch ihren ganzen Körper zu jagen. Quälende Lust konzentrierte sich auf jene Stelle zwischen ihren Beinen.

Endlich streichelte er sie dort, wo sie es am begierigsten ersehnte. Stöhnend wand sie sich unter dem aufreizenden Rhythmus seiner Finger.

Jesse schob ihren Rock hoch, und sie spürte die harte Spitze seiner Erektion auf dem nackten Bauch. Sie griff hinab, um ihn zu berühren, und beinahe zuckte ihre Hand zurück, verwirrt von der pulsierenden männlichen Kraft. Aber seine Finger umfaßten ihre und hielten sie fest. Hingebungsvoll erwiderte sie seinen Kuß und erforschte fasziniert den lebenden Stahl, der zu ihren Liebkosungen bebte. Seine heiseren Schreie spornten sie zu immer kühneren Zärtlichkeiten an, bis er schließlich atemlos in sie eindrang und höchstes Entzücken weckte.

Obwohl der Winterwind um das Sommerhäuschen wehte, entschwand die Kälte darin. Die Träume im lernen England, die einsamen Nächte, die Zeit des Wartens, die endlosen Tage voll ungestillter Sehnsucht – all das war jetzt vergessen. Ringsum schien die Welt zu versinken. Jetzt existierte nur mehr diese verzweifelte, schwindelerregender Leidenschaft, die zwischen den Liebenden Funken sprühte. Immer schneller bewegte sich Jesse in Kiernans Schoß, und irgendwann merkte sie, daß die drängenden leisen Schreie, die den wilden Rhythmus begleiteten, aus ihrer eigenen Kehle stammten.

Plötzlich erreichte sie einen verzehrenden Höhepunkt, der ihren ganzen Körper heftig erschütterte, immer und immer wieder. Wenig später spürte sie auch, daß Jesse süße Erfüllung fand. Er sank neben ihr auf das Tuch und zog sie an sich. Eine Zeitlang lag er reglos da, dann ergriff er eine ihrer zerzausten blonden Locken, drückte sie an sein Gesicht, atmete tief den Duft ihres Haares ein.

»O Jesse«, flüsterte sie.

»Wie konnte ich nur ohne dich leben?«

Glücklich schmiegte sie sich an ihn, und er hauchte einen Kuß auf ihre Stirn. »Was sollen wir tun, Jesse?«

Zu ihrer Bestürzung ließ er sie los und stand auf. Geistesabwesend stopfte er sein Hemd in die Hose und knöpfte sie zu. Kiernan erhob sich, und unter viel größeren Schwierigkeiten brachte sie ihre eigene Kleidung in Ordnung. Er ging zum Fenster und schaute zum Haus hinüber. Zwischen den Büschen und Bäumen konnte man die majestätischen, anmutigen Säulen der hinteren Veranda kaum sehen. Sein Blick wanderte zu den Spitzen der schönen Grabmäler auf dem Familienfriedhof. »Mein Gott, wie ich Cameron Hall liebe!« stieß er leidenschaftlich hervor. *Und ich liebe dich, Jesse.* Beinahe hätte sie es ausgesprochen. Aber sie hatte es ihm ohnehin schon gestanden, und sie wußte, daß er ihre Liebe erwiderte. Und so sagte sie etwas anderes, das ebenfalls reine Wahrheit war. »Auch ich liebe dein Zuhause.«

Er wandte sich zu ihr und stützte die Hände in die Hüften. »Dann heirate mich.«

Unsicher senkte sie den Kopf. Sie wollte ihn heiraten, mit ihm leben, als Herrin von Cameron Hall, an seiner Seite alt werden, im Sommer mit ihm auf der Veranda sitzen und an kühlen Drinks nippen, die Kinder heranwachsen sehen. »Und – wenn ein Krieg ausbricht?« würgte sie mühsam hervor.

»Noch haben wir keinen Krieg.«

»Lincoln wird bald Präsident.«

»Warum, zum Teufel, bist du ständig über alle politischen Ereignisse informiert? Das gehört sich nicht für eine Frau.«

Empört starrte sie ihn an. »O Jesse, das meinst du doch nicht ernst! So hast du früher nicht gedacht.«

»Vielleicht denke ich jetzt so. Heirate mich.«

Kiernan stand auf und strich ihren Rock glatt. Sie ging zu Jesse, lehnte sich an seine Brust, spürte seinen Herzschlag. Ja, ich will dich heiraten, nichts auf der Welt wünsche ich mir sehnlicher – die Worte lagen ihr auf der Zunge, wollten mit aller Macht ausgesprochen werden. Statt dessen schaute sie ihn flehend an. »Versprich mir, daß du immer bei mir bleiben wirst.«

»Ich werde immer für dich dasein«, entgegnete er lächelnd. »Auch wenn du auf der falschen Seite stehst.«

»O Jesse, das hier ist auch *deine* Welt.«

Zärtlich umfaßte er ihren Kopf und küßte sie, dann richtete er sich abrupt auf. Zunächst verstand sie nicht, was ihn störte, dann hörte auch sie die Hufschläge.

»Jesse! Jesse! Verdammt, wo steckst du?« rief Daniels aufgeregte Stimme.

Hastig strich Kiernan ihr wirres Haar aus der Stirn, während Jesse in die Tür trat. »Hier bin ich! Was ist los?«

In der Hoffnung, einigermaßen präsentabel auszusehen, folgte sie ihm und sah Daniel zwischen den Bäumen herangaloppieren. Er öffnete den Mund, um zu sprechen, dann entdeckte er sie. »Kiernan! Du bist wieder zu Hause?« Er sprang vom Pferd, und ehe sie wußte, wie ihr geschah, umarmte er sie und schwenkte sie im Kreis herum. Ehe er sie auf sie Füße stellte, küßte er sie schmatzend auf die Lippen. Nachsichtig lächelte Jesse, ein würdevoller Beobachter einer Begegnung zwischen Kindern.

Lachend gab sie Daniel den Kuß zurück. »Ich habe dir doch geschrieben, ich würde heimkommen.«

»Ja, aber ich hätte keine Ahnung, daß du schon da bist.« Er musterte Jesse, dann wieder Kiernan und schien ihr zerzaustes Haar zu bemerken. Aber was immer er denken mochte, er behielt es für sich.

»Was ist los, Daniel?« wiederholte Jesse seine Frage.

»Es ist passiert.«

»Was?«

»Die Sezession, Jesse. Soeben hat South Carolina abgestimmt und sich für die Trennung von der Union entschieden.«

10

Die Nachricht breitete sich in Virginia wie ein Lauffeuer aus. Der Beschluß zur Sezession South Carolinas war am 20. Dezember gefaßt worden, und am Abend läuteten alle Kirchenglocken von Charleston, um den Beginn einer neuen Ara zu verkünden. Es war keine Überraschung. Seit der Wahl des republikanischen Präsidenten, der sich leidenschaftlich für die Abschaffung der Sklaverei einsetzte, hatte man mit einer solchen Entscheidung gerechnet.

Auch in anderen Südstaaten wurden Kongresse geplant. Während des Weihnachtsfestes im Jahr 1860 herrschten überall helle Aufregung und Hochspannung. Nur Kiernan und Jesse waren still und in sich gekehrt.

Am heiligen Abend besuchte sie mit ihrem Vater die Weihnachtsparty auf Cameron Hall. Aus meilenweitem Umkreis trafen Gäste ein, auch Anthony und seine Familie. Kiernan sah ihn zum erstenmal seit ihrer Rückkehr nach Virginia, und sie bemühte sich, ihn herzlich zu begrüßen. Während des vergangenen Jahres hatte er sich nicht verändert. Offenbar glaubte er, sie hätte sich jetzt endlich die Hörner abgestoßen, falls man das auch von Frauen sagen konnte, und lächelte sie mit liebevollem Eifer an.

Sie trafen sich im offenen Laufgang. Trotz der winterlichen Kälte hatte man die Türen geöffnet, denn durch die Menschenmenge war es sehr warm im Haus geworden. In allen Kaminen des stattlichen Herrschaftsgebäudes loderten Flammen. Girlanden, Stechpalmen- und Lorbeerzweige schmückten die Räume. Auf dem riesigen Küchenherd simmerte Glühwein, süßer Zimtduft erfüllte die Luft. Kiernan war mit ihrem Vater schon frühzeitig angekommen und von Christa und Daniel begeistert umarmt worden. Dann drückte Jesse einen flüchtigen Kuß auf ihre Wangen, und ihre Blicke trafen sich. Vor den anderen konnten sie einander nicht viel sagen. Sie waren nicht mehr allein gewesen, seit Daniel ihnen die Nachricht von der Sezession South Carolinas überbracht hatte. Zu dritt ritten sie nach Cameron Hall, um Christa zu informieren. Danach hatte Daniel darauf bestanden, Kiernan nach Hause zu begleiten und ihrem Vater die Neuigkeit mitzuteilen. Alle freuten sich, bis auf Jesse.

»In South Carolina ist man überzeugt, daß die Abspaltung friedlich verläuft«, hatte Daniel am 20. Dezember betont.

»Es wird keinen Frieden geben«, entgegnete sein Bruder.

»Nun müssen die anderen Staaten eine Entscheidung treffen.« Nachdenklich hatte Daniel die Stirn gerunzelt. Natürlich interessierte es die Bewohner der Tidewater-Region vor allem, welchen Beschluß Virginia fassen würde.

Trotz der einschneidenden politischen Ereignisse war die Weihnachtsparty auf Cameron Hall ein sehr gemütliches Fest. Die Gäste erschienen elegant gekleidet, die Herren in Frack oder Smoking, die Damen in Samt und Seide und Pelzen. Trotz der Kälte sah man viele Dekolletés, so gewagt, wie es die Mode erlaubte. In Mitte der Halle stand ein Klavier, und der Pianist spielte, begleitet von Geigern und Flötisten, für die Tänzer auf die keine Müdigkeit kannten.

Bei Anthonys Ankunft stand Kiernan mit Christa – einer schwarzhaarigen, blauäugigen Schönheit, temperamentvoll und eigenwillig wie ihre Brüder – im Laufgang.

Christa flüsterte Kiernan zu, die Millers seien da, und eilte ihnen in einer raschelnden Taft- und Samtwolke entgegen. Zusammen mit seinem Vater und seinen jüngeren Geschwistern Patricia und Jacob hatte Anthony einen weiten Weg zurückgelegt. Sie würden einige Tage als Hausgäste auf Cameron Hall verbringen und vermutlich erst nach Neujahr abreisen.

Höflich schüttelte Anthony den Cameron-Brüdern die Hand und küßte Christas Wange. Dann ließ er seinen Blick über die Menge schweifen, entdeckte Kiernan und kam sofort zu ihr. Die Zärtlichkeit in seinen Augen war fast unerträglich – vor allem, weil sie spürte, wie Jesse dieses Wiedersehen beobachtete. Hastig drängte er sich zwischen den Leuten hindurch und drückte einen keuschen, aber gefühlvollen Kuß auf Kiernans Wange. »Du hast mir so gefehlt. Bleibst du jetzt für immer zu Hause? Hoffentlich. Die Dinge entwickeln sich so schnell. Vielleicht wird bald ein Krieg ausbrechen, und da kannst du nicht mehr in der Welt herumgondeln. Du mußt daheim bleiben – und mich heiraten. Bitte, erlaube mir, zu Weihnachten unsere Verlobung bekanntzugeben. Das soll dein Geschenk an mich sein.«

Unglücklich schaute sie in seine flehenden braunen Augen und spürte die Anspannung in den Armen, die sie umfingen. »O Anthony, ich kann einfach nicht...«

Bittere Enttäuschung verdüsterte seine Miene, und er

schluckte krampfhaft. »Ich habe dich wieder einmal zu sehr bedrängt. Verzeih mir.«

Nicht dir, sondern *mir* sollte verziehen werden, wollte sie ihn anschreien. Sie wollte ihm endlich gestehen, daß sie einen anderen liebte. Doch sie brachte es nicht übers Herz, ihn noch tiefer zu verletzen. Schon gar nicht, wenn Jesse zuschaute. Nun, vielleicht war es sogar vorteilhaft, wenn er sie beide beobachtete und daran erinnert wurde, daß es noch einen Mann gab, der sie liebte – einen, der keinen Verrat an seinesgleichen übte.

»Ich würde gern tanzen, Anthony.« Über seine Schulter hinweg schenkte sie Jesse ein strahlendes Lächeln, und dann wirbelten sie davon.

Später tanzte sie mit Andrew Miller und Anthonys jüngerem Bruder Jacob, mit ihrem Vater und Daniel, mit zahlreichen attraktiven jungen Virginiern – Nachbarn der Camerons, Pflanzern und Offizieren. Und sie flirtete, was das Zeug hielt.

Auch Jesse tanzte – mit Christa, Anthonys hübscher Schwester Patricia, dann mit Elizabeth Nash, der Stahlerbin aus Richmond, und Charity McCarthy, der Witwe eines Senators, die in Washington lebte.

In den Armen eines Lieutenants von der Virginia-Miliz beobachtete Kiernan, wie Jesse die elegante dunkelhaarige Charity ein zweites Mal zum Tanz aufforderte.

Die Frau warf lachend den Kopf in den Nacken, und das diamantenbesetzte Medaillon, das ihr tiefes Dekolleté und die üppigen Brüste betonte, funkelte und gleißte. Den Arm eng um ihre Taille geschlungen, schaute Jesse ihr unverwandt in die Augen. Nur noch diese schöne Witwe schien für ihn zu existieren.

»Ich bin verliebt.«

»Was?« Verwirrt starrte Kiernan ihren Tanzpartner an. Er war ein hübscher Junge mit aschblonden Locken, haselnußbraunen fröhlichen Augen und glatten Wangen, die kaum einer Rasur bedurften.

Lächelnd erklärte er: »In Sie bin ich verliebt, Miß Mackay. Wirklich, Sie sind die schönste Frau, die ich je gesehen habe. Darf ich zu hoffen wagen, wir könnten uns besser kennenlernen?«

Wahrscheinlich ist er ein Jahr jünger als ich, dachte sie und verdrehte die Augen. Dann merkte sie, daß Jesse wieder mit der Witwe aus Washington vorbeitanzte, und lächelte den Lieutenant verführerisch an. »Oh, ich würde Sie sehr gern zu meinen Freunden zählen, Sir.«

Ein paar Minuten später zuckte sie erschrocken zusammen, als eine kraftige Hand ihren Ellbogen packte, und dann landete sie in Jesses Armen. Seine blauen Augen glitzerten gefährlich und musterten sie arrogant. »Schon wieder eine neue Eroberung, Kiernan? Genügt es nicht, daß der arme Anthony jedesmal zu stottern anfängt, wenn er in deine Nähe gerät? Wie viele Herzen willst du denn noch brechen? Betreibst du das als eine Art Sport?«

Wütend wollte sie ihn ohrfeigen, aber er erriet diese Absicht, hielt ihre Hand fest und ermahnte sie mit rauher Stimme: »Beherrsch dich, meine Liebe. Was sollen denn die Leute denken, wenn du deinen Gastgeber auf der Tanzfläche schlägst? Dein Vater wäre entsetzt, und ich würde mich gezwungen sehen, ihn über unsere Beziehung zu informieren. Anthony würde sich bemüßigt fühlen, deine Ehre zu verteidigen, und mich zum Duell fordern. Dann hätte ich große Mühe, am Leben zu bleiben und gleichzeitig aufzupassen, daß ich den armen Narren nicht umbringe. Willst du wirklich einen solchen Kampf heraufbeschwören?«

Es drängte sie immer noch, ihn ins Gesicht zu schlagen, aber noch stärker war das Bedürfnis, in Tränen auszubrechen. »Nein, das will ich nicht.« Mit feuchten Augen schaute sie zu ihm auf. »Ich will dich, Jesse.«

Da lächelte er wehmütig und ein wenig ironisch. »Du hattest mich doch, Kiernan, und du hast mich immer noch.«

Sie wirbelten über die Tanzfläche, und sie wußte, wohin er sie führen würde – durch eine der offenen Türen, in die Nacht. Draußen zog er das elegante Jackett seines Fracks aus und legte es um ihre Schultern. Während sie die Veranda entlanggingen, hörten sie Gelächter und Gesang in den Sklavenquartieren. Aus dem Räucherhaus, der Küche und der Bäckerei wehten köstliche Dufte herüber – nach Zimt und Nelken, Lorbeer, Stechpalmen, Glühwein, Obstkuchen und vielen anderen Essenzen, ein Gemisch, das nach Weihnachten roch.

Wieder war Kiernan den Tränen nahe. Sie schaute sich um, betrachtete den Wintergarten, den Rasen, der sich zum Fluß hin erstreckte, die Ställe und anderen Nebengebäude des schönen Hauses, den Friedhof mit seiner alten Geschichte. »Das hier will ich.«

Lächelnd setzte sich Jesse am Ende der Veranda auf die Balustrade und zog Kiernan an sich. »Cameron Hall? Um das alles zu bekommen, hättest du Daniel schon längst heiraten können.«

»So meine ich das nicht – obwohl ich Cameron Hall liebe. Jesse, ich will dich, das Leben, das wir immer geführt haben, den Fluß, das Land und viele Weihnachtsfeste wie dieses, den eleganten Stil...«

»Du weißt doch, wieviel Arbeit eine Plantage macht?« unterbrach er sie.

Ja, das wußte sie. Von morgens bis abends war man unentwegt beschäftigt, ganz egal, wie viele Sklaven man besaß. Ein riesiger Haushalt mußte überwacht werden. Die Wäsche, Kochen und Backen, Saubermachen, Einkaufen, Ernten... Ständig wurde man mit Problemen konfrontiert, die man lösen mußte. Doch das störte sie nicht. Seit der Kindheit fungierte sie als Gastgeberin ihres Vaters. Dabei hatte sie viel gelernt. Und sie nahm die ganze Arbeit gern in Kauf für Augenblicke wie diesen, wo sie zum Fluß hinabschauen konnte.

»Das hier will ich. Dich und mich und das. Ich möchte

viele solche Partys geben, hier alt werden und auf dieser Veranda sitzen, auf dem kleinen Friedhof da drüben bestattet werden, und auf dem Grabstein soll der Name Cameron stehen.«

»Dann heirate mich. Wenn ich dir schon nichts anderes versprechen kann, für eins will ich sorgen – daß du auf unserem Familienfriedhof deine letzte Ruhe findest, mit einem Grabstein, der den Namen Cameron trägt.«

Sie rückte von ihm ab und warf ihm einen scharfen Blick zu. »Du machst dich lustig über mich, Jesse.«

»Nein«, erwiderte er leise. Seine blauen Augen strahlten Wärme und Zärtlichkeit aus. Für einen Moment gewann Kiernan den Eindruck, er würde ihre Gefühle verstehen und all das lieben, was ihr soviel bedeutete.

Sie schmiegte sich wieder an ihn. Sanft und süß berührten seine Lippen ihren Mund. Plötzlich hörten sie, wie sich jemand räusperte. Jesse schaute über Kiernans Schulter hinweg, und sie drehte sich hastig um.

Es war ihr Vater. Er hatte genug gesehen. »Geh ins Haus, mein Kind«, befahl er und starrte Jesse an.

»Papa...«, begann sie zu protestieren.

»Dein Vater hat dich ersucht, hineinzugehen, Kiernan«, mahnte Jesse in energischem Ton und erwiderte John Mackays Blick.

Noch nie hatte sie ihren Vater gefürchtet. Sie liebte ihn sehr. Außer ihm hatte sie keine Familie. Er war stets gütig, zärtlich und großzügig gewesen. Aber jetzt erschienen ihr seine sonst so freundlichen blauen Augen hart wie Stahl.

Bedrückt wandte sie sich zu Jesse, dann wieder zu ihrem Vater – keiner der beiden schien sie zu beachten.

»Papa, Jesse...«

»Geh hinein, Kiernan«, sagten sie wie aus einem Mund.

Warum mußte sie sich von den beiden herumkommandieren lassen? Wütend biß sie die Zahne zusammen, eilte zur Tür und beklagte ihr Geschlecht. Gleich hinter dem Eingang blieb sie stehen, mit heftig klopfendem Herzen, und lauschte in die Nacht hinaus. Zuerst hörte sie die Stimme Jesses, der seine ehrenwerten Absichten beteuerte. Er habe Kiernan gebeten, seine Frau zu werden, aber bisher keine Antwort von ihr erhalten. Nur deshalb sei er noch nicht zu John gekommen. Ihr Vater verharrte in sonderbarem Schweigen.

»John, ich versichere dir...«, begann Jesse noch einmal.

»Ich weiß, mein Junge. Du stammst aus einem anständigen Haus und hast eine erstklassige Erziehung genossen. Vor fünf Jahren hätte ich deine Bewerbung begrüßt und wäre froh gewesen, nicht mehr mit ansehen zu müssen, wie sie den jungen Miller hinhält. Das kann ich ihr allerdings nicht verübeln, denn sie hat es stets abgelehnt, sich mit ihm zu verloben. Aber jetzt, Jesse – jetzt kann ich dir meinen Segen nicht mehr geben.«

Kiernan sah Jesse nicht, ahnte aber, daß er sich zu seiner vollen Größe aufrichtete, die Schultern straffte und sich nur aus Respekt vor ihrem Vater beherrschte.

»Du wirst nicht mehr lange hierbleiben, was?« fragte Papa leise.

»Das weiß ich noch nicht, John.«

»Es hängt wohl davon ab, in welche Richtung der Wind wehen wird...« Als Jesse keine Antwort gab, fügte John Mackay hinzu: »Vielleicht solltest du dich von Kiernan fernhalten, bis wir Bescheid wissen.«

»Das wird schwierig sein.«

»Warum?«

»Weil ich sie liebe.«

»Nun, dann muß ich dich um Besonnenheit bitten. Belassen wir alles beim alten. Und beobachten wir die Entwicklung der Dinge.«

»Einverstanden, John«, stimmte Jesse zu.

Kiernan stand immer noch bei der Tür, als ihr Vater ins Haus stürmte. Er hob die buschigen Brauen und starrte sie an. »Hm – hätte ich mir denken können, daß ich dich hier finden würde.« Besorgt schaute sie auf die Veranda, aber er umklammerte ihren Arm und zog sie zur Tanzfläche. »Ich hätte dich veranlassen sollen, länger in Europa zu bleiben, mein Kind. Es heißt, eine schöne Tochter würde Ärger machen, und das hat sich jetzt erwiesen.«

»O Papa!« klagte sie.

Um seine Worte zu mildern, zwinkerte er ihr zu, und sie begannen zu tanzen. Als die Musik verstummte, sagte er: »Verabschiede dich von den Camerons. Und sei besonders höflich zu Anthony. Sein Vater und ich sind Geschäftspartner. Danach gehen wir.«

»Aber es ist noch früh.«

»Ich habe das Gefühl, daß es bereits zu spät ist.« John Mackay seufzte tief auf. »Tu jetzt, was ich dir sage, mein Kind.«

Kiernan war es zwar nicht gewöhnt, Befehle von ihm zu erhalten, wußte aber, daß er es ernst meinte. Sie würden gehen, obwohl die Party erst vor kurzem begonnen hatte. Sie umarmte und küßte Daniel, wahrte ihre Selbstkontrolle, als sie sich von Jesse verabschiedete und ihm dankte. Mit ihrem charmantesten Lächeln wünschte sie Anthony eine gute Nacht.

Sie alle würde Kiernan bald wiedersehen, denn ihr Vater wollte am Dreikönigsabend eine Dinnerparty geben. Aber plötzlich stieg Angst in ihr auf. Wie würde ihre Beziehung zu Jesse verlaufen, nachdem ihr Vater nun Bescheid wußte? Und Papa war auch über die politische Situation informiert, über Jesses Einstellung dazu.

Natürlich liebte sie Jesse. Aber war ihre Liebe stärker als alles, was in diesem Land geschehen mochte? Oder könnte sie Jesses Feindin werden?

Ja, das könnte ich, sagte sie sich, und der Gedanke war um so bitterer wegen ihrer Liebe.

Andererseits glaubte sie nicht, daß Jesse sie tatsächlich verlassen und seiner Heiniat den Rücken kehren würde – nur weil er bezüglich der politischen Haltung Virginias einen falschen Standpunkt vertrat. Nein, sie wollte ihn nicht verlieren, wollte ihn an sich binden, für immer. Zuletzt verabschiedete sie sich von Christa, und sie wagte es, die Freundin ins Vertrauen zu ziehen. »Bitte, sag Jesse, ich erwarte ihn morgen nach Einbruch der Dunkelheit im Pavillon.«

Verwundert zog Christa die Brauen hoch. »Ja, ich richt's ihm aus.«

»Und – bitte...«

»Ich werde niemandem ein Sterbenswörtchen verraten, das verspreche ich.«

Lächelnd umarmten sich die beiden Mädchen, dann eilte Kiernan aus dem Haus, so schnell sie konnte, um ihren Vater nicht noch mehr zu erzürnen. Er wartete bereits in der Kutsche, und als sie einstiegen, musterte er sie nachdenklich: »Es war also von Anfang an Jesse Cameron?«

»Ja, Papa.«

»Du liebst ihn?«

»Ja.«

»Liebst du ihn genug?«

»Genug?« Natürlich wußte sie, was er meinte, und das Herz wurde ihr schwer. Zu ihrer eigenen Verwunderung begann sie Jesses Standpunkt zu verteidigen. »Virginia hat sich noch nicht zur Sezession entschlossen. Und noch führen wir keinen Krieg.«

Ihr Vater hob einen Finger. »Hör zu, Mädchen, Virginia wird die Union verlassen, und dann wird ein Krieg ausbrechen. Das weiß Jesse, und es ist der einzige Grund, warum er dich nicht energischer auffordert, ihn zu heiraten. Wäre er nicht der Mann, der er ist, würde er dich nicht genug lieben, um dein Herz besser zu kennen als du selber – er hätte schon längst vor meiner Tür gestanden. Also paß gut auf dein Herz auf, mein Kind.«

Diesen Rat würde sie befolgen. Trotzdem wollte sie Jesse am nächsten Tag im Pavillon treffen. Sie hatte ein Weihnachtsgeschenk für ihn.

Jesse sah, daß Kiernan schon vor ihm im Sommerhäuschen ein getroffen sein mußte, denn aus dem Schornstein stieg Rauch. Natürlich fürchtet sie nicht, der Qualm könnte Leute anlocken, dachte er lächelnd. Sie wußte, wie oft er hierherkam. Christa und Daniel respektierten seine Privatsphäre.

Er betrat den Pavillon und blinzelte. Seine Augen mußten sich erst an das Halbdunkel gewöhnen. Nur das Kaminfeuer erhellte den Raum mit schwachem, goldenem Licht.

Und dann sah er Kiernan. Sie lag vor dem Kamin am Boden, der mit Fellen bedeckt war, in einen schönen weißen Fuchspelz gehüllt. Auf ihrem offenen Haar glänzte der tanzende Flammenschein.

Plötzlich streifte sie den Fuchs von ihrem nackten Körper und flüsterte: »Frohe Weihnachten.« Geheimnisvoll und faszinierend funkelten ihre Smaragdaugen.

Hingerissen betrachtete er die Frau, die er so gut kannte. Er kannte den Duft ihres wundervollen goldblonden Haars und wußte, wie es sich anfühlte. Er kannte die Augen und das feingezeichnete Gesicht und wußte, wie ihre Haut schmeckte, kannte die Kurven ihrer Hüften und vollen Brüste, die wohlgeformten Schenkel, die süße intime Stelle zwischen ihren Beinen. Soviel wußte er von ihr, aber nicht soviel wie er dachte.

Sie erhob sich von ihrem Pelzlager, stieg wie Aphrodite aus Poseidons Muschel. Ihr sinnlicher Anblick nahm Jesse den Atem. Eine gewisse scheue Unsicherheit in ihren Augen strafte die Kühnheit ihres Verhaltens Lügen. Die feuchten Lippen lächelten fragend, warteten auf einen Kuß. Sie streckte ihm die weißen Arme entgegen. Dabei hoben sich die Brüste, nahmen noch schönere Formen an – Alabaster, von winzigen blauen Äderchen durchzogen, von rosigen Spitzen gekrönt.

Sein Blick wanderte über die anmutig geschwungenen Hüften zu dem goldenen Nest zwischen den Schenkeln.

Mit einem Aufschrei preßte er sie an sich. Dann riß er sich die Kleider vom Leib, und sie sanken in die weichen Pelze vor den Flammen. Auf den Knien, Mund an Mund, die bebenden Finger ineinander geschlungen, tauschten sie immer intimere Zärtlichkeiten aus. Bald warf er Kiernan auf den Rücken, verschmolz mit ihr, und die Winterkälte verwandelte sich in sommerliche Gluthitze.

Als die Leidenschaft allmählich erlosch, wurden sie immer noch vom knisternden Kaminfeuer gewärmt.

Am 9. Januar 1861 fiel Mississippi von der Union ab, am 10. Florida, am 11. Alabama. Zusammen mit South Carolina brauchten diese Staaten nur noch Georgia, dann würde sich das Sezessionsgebiet von der Südgrenze North Carolinas bis zum Mississippi erstrecken.

Joseph E. Brown, Georgias sezessionistisch eingestellter Gouverneur, berief eine Konferenz ein, auf der Besucher aus bereits abgefallenen Staaten zu Wort kamen. Am 19. Januar trennte sich Georgia als fünfter Staat von der Union. Louisiana folgte diesem Beispiel am 26., Texas am 1. Februar.

Ende Januar waren Jesse und Daniel zu ihren Einheiten zurückgeritten. Virginia hatte noch keine Anstalten getroffen, die Union zu verlassen. Die Legislative hatte vorgeschlagen, im Washingtoner Willard Hotel einen Kongreß abzuhalten, in der Hoffnung, einen Krieg zu verhindern. Am 4. Februar wurde die Versammlung eröffnet und später unter dem Namen Washingtoner Friedenskonferenz bekannt.

Die Delegierten aus den südlicheren Gebieten glänzten durch Abwesenheit, hielten am selben Tag eine eigene Konferenz in Montgomery, Alabama ab und bildeten eine neue Regierung, die Konföderierten Staaten von Amerika. Während im Norden der Frieden diskutiert wurde, war die Konföderation im Süden bereits Realität. Die konföderierten Delegierten beeilten sich, ihren neuen Staatenbund zu konsolidieren, ehe Abraham Lincoln sein Präsidentenamt antrat. In Montgomery wurde Jefferson Davis, Präsident Buchanans Kriegsminister zur Zeit von John Browns Angriff auf Harpers Ferry, mit dem höchsten Amt in der Konföderation betraut.

Man ratifizierte die Verfassung der Konföderierten Staaten von Amerika, wählte das Sternenbanner als Flagge und gründete eine Armee. Die Gesetze der Union wurden übernommen, mit Ausnahme gewisser Staatsrechte und der Ablehnunq der Sklaverei. Der Mississippi-River stand für den gemeinsamen Schiffsverkehr zur Verfügung, die provisorische Regierung autorisierte Kredite, Verträge und Schatzwechsel – und traf Kriegsvorbereitungen.

Inzwischen hegten die Teilnehmer an der Washingtoner Friedenskonferenz im Willard Hotel immer noch Hoffnungen.

Kiernan wartete in ihrem Vaterhaus und wünschte verzweifelt, sie könnte an den Schauplätzen der Ereignisse sein. Begierig las sie alle Zeitungen, die ihr in die Hände fielen. Virginia fällte noch immer keinen Entschluß, und die Cameron-Brüder blieben bei ihren Regimentern.

Von Daniel, der eifrig bestrebt war, seinen Standpunkt zu erklären, bekam sie häufig Post. »Mein Herz gehört den neuen Konföderierten Staaten«, schrieb er, »den Staaten und Menschen, mit denen uns soviel verbindet. Ich bin ein waschechter Südstaatler, ein Konföderierter – ein Rebell, wenn Du es so nennen willst. Aber in erster Linie bin ich ein Virginier, und ich werde mich dem Willen des Staates fügen, den ich so innig liebe. In diesen Gefühlen wurde ich von Colonel Lee bestärkt, den wir beide bewundern.« Der Brief endete mit einem Postskriptum. »Jesse schickt Dir liebe Grüße.«

Und sein Schweigen, ergänzte sie in Gedanken.

Die Ereignisse überschlugen sich. In Florida hatten schon vor der Sezession kriegerische Aktivitäten stattgefunden. Die Miliz war ausgebildet worden. In Pensacola vertrieb man die Unionsstreitkräfte aus den Festlandforts McRee und Barrancas zum Fort Pickens am Hafen. Das Fort Marion in St. Augustine wurde erobert, Truppen aus Alabama und Florida übernahmen die Marinewerft in Pensacola. Einige hohe Südstaatenmilitärs wollten auch das Fort Pickens angreifen, andererseits aber einen Krieg vermeiden, und so warteten sie ab.

Ähnliche Dinge geschahen in sämtlichen Konförderierten Staaten. In South Carolina beobachtete Brigadier General Pierre Beauregard die Unionstruppen im Fort Sumter und fürchtete, Washington könnte Ihnen Verstärkung schicken. Und überall wuchs die Spannung.

Kiernan wartete immer noch. Nun plagte Anthony sie nicht mehr mit seinen beharrlichen, geduldigen Heiratsanträgen, denn er war in aller Eile nach Hause zurückgekehrt. Seine Position bei der regionalen Miliz hatte er aufgegeben, weil ein Großteil seiner Kameraden für die Union plädierte, wie so viele Leute in den westlichen Countys von Virginia.

Inständig wünschte Kiernan, seine politische Haltung könnte sich irgendwie auf Jesse übertragen. In leidenschaftlicher, unerschütterlicher Loyalität blieb Anthony den Baumwoll- und Tabakpflanzern verbunden. Er schrieb ihr nur selten, aber immer sehr liebevoll. Gemeinsam mit seinem Vater rekrutierte und bewaffnete er eine Kavallerieeinheit, kaufte Pferde und entwarf Uniformen.

Anfang April 1861 fand Kiernans Wartezeit ein Ende. Christa besuchte sie, um ihr jubelnd mitzuteilen, ihre Brüder würden bald heimkehren. »Ich freue mich so! Beide haben Urlaub bekommen und können meinen Geburtstag mit mir feiern. Das wollte ich dir sofort erzählen, nachdem ich's erfahren hatte. Zum Glück ist Daniel ein fleißiger Briefschreiber.«

»Ja, zum Glück«, stimmte Kiernan zu.

»Oh, ich kann's kaum erwarten, die zwei wiederzusehen.«

»Mir geht's genauso.«

Zwei Tage später ritt Christa wieder zu Kiernan, sah sie auf der Veranda sitzen und rief, ohne vom Pferd zu steigen: »Gerade kam ein Freund von Jesse vorbei, ein Soldat, der seinen Abschied genommen hat.«

»Oh?«

Christa lachte. »Anscheinend ist Jesse doch imstande, mir zu schreiben. Jedenfalls gab er dem Mann einen Brief mit, und da steht auch eine Nachricht für dich drin.«

»So?« Kiernan griff nach dem Umschlag, den Christa ihr reichte, und zog das Blatt Papier heraus. Jesses Fragen nach dem Haushalt, den Sklaven, dem Wetter und dem Befinden seiner Schwester überflog sie nur. Der letzte Absatz galt ihr selbst.

»Sei so freundlich und bitte Kiernan, mich am 16. April bei Einbruch der Dunkelheit im Pavillon zu treffen.«

»Was soll ich ihm sagen?« fragte Christa.

Rasch senkte Kiernan die Wimpern, um ihre glückstrahlenden Augen zu verbergen. Sie rang nach Fassung, dann hob sie lächelnd den Kopf und gab ihrer Freundin den Brief zurück. »Richte ihm aus, ich werde da sein.«

Christa erwiderte das Lächeln, nickte und setzte ihr Pferd in Bewegung, doch gleich darauf zügelte sie es, weil ihr noch etwas einfiel. »Oh, das hätte ich fast vergessen. Auf die Rückseite das Blatts hat Jesse noch was geschrieben. Er meint, es könnte kalt werden und du solltest einen Pelz tragen.«

Das Blut stieg in Kiernans Wangen, und ihre Stimme zitterte, obwohl sie dagegen ankämpfte. »Sag ihm – ich werde einen Pelz tragen.« Dann floh sie ins Haus, weil sie Christas prüfenden Blick nicht länger ertrug.

11

Jesse schaute durch die Glastür des Pavillons zu den Grabmälern des Familienfriedhofs, die im Abendlicht schimmerten. Der Park hatte eben erst seinen Wintermantel abgelegt, um wieder zu grünen und zu blühen. Ein schöner Tag ging zu Ende.

In Virginia war der April oft launisch. Manchmal lag brütende Hitze über dem Küstengebiet, die sommerliche Schwüle herrschte schon frühzeitig und wärmte sogar die Nächte. Aber es konnte auch bitterkalt sein, und dann fielen große, feuchte Schneeflocken vom Himmel. Und gelegentlich erlebte man wunderschöne Frühlingstage mit mildem Sonnenschein und gelbem Licht auf weichem jungen Gras, das sich durch das alte emporkämpfte. Die ersten Frühlingsblumen badeten in diesem Licht, das sie farbenfroh leuchten ließ. Kühle Brisen, die vom Fluß herüberwehten, verhinderten eine zu starke Hitze. An solchen Tagen fielen einem das Wandern und das Atmen so leicht wie die Liebe zum Leben.

Dies war so ein Tag gewesen – kühl, von der Sonne nur sanft erwärmt. Und nun brach eine laue Nacht an. Allein schon das Flüstern des schwachen Windes erschien Jesse sinnlich und hüllte ihn verlockend ein, während er im Sommerhäuschen wartete. Würde sie kommen?

Die Telegrafendrähte liefen heiß mit den Meldungen über die neuesten Entwicklungen in den Differenzen zwischen der Union und den jungen Konföderierten Staaten. In den frühen Morgenstunden des 12. April hatten die Südstaatentruppen unter General Beauregard die Unionsstellung des Fort Sumter im Hafen von Charleston beschossen, das von Major Robert Anderson kommandiert wurde. Captain Abner Doubleday war der stellvertretende Kommandeur. Der Angriff erfolgte, weil South Carolina sich durch die Unionstruppen gestört fühlte, die auf seinem Hoheitsgebiet stationiert waren. Anderson war zur Kapitulation aufgefordert worden, hatte dies aber abgelehnt, weil er Nachschub aus Washington erwartete. Er besaß nur 66er Kanonen, großteils nicht montiert, und es mangelte ihm an Kartuschbeuteln.

Zwanzig Minuten nach drei Uhr morgens, nach einer letzten, erneut zurückgewiesenen Aufforderung zur Kapitulation, wurden die Unionssoldaten vor dem baldigen Beschuß gewarnt. Zwei Stunden später eröffneten die Konföderierten das Feuer auf die Festung Sumter. Um sieben überließ Anderson seinem stellvertretenden Kommandanten Doubleday die Ehre, den ersten Schuß auf Unionsseite abzugeben, und der ungleiche Kampf nahm seinen Lauf. Er dauerte den ganzen Tag.

Gegen Abend ließ das Feuer etwas nach, um sich im Morgengrauen des 13. April erneut zu verstärken. Anderson und Doubleday befahlen ihren Leuten, dicht am Boden zu bleiben, damit sie nicht soviel Rauch einatmeten. Das Schiff mit dem ersehnten Nachschub traf ein, wurde aber im Hafen von der Konföderiertenartillerie aufgehalten.

Kurz nach Mittag fegte ein Geschoß den Flaggenmast des Forts davon. Daraufhin ritt Colonel Wigfall von den Konföderierten hin und verlangte erneut die Kapitulation. Der kampfunfähige Anderson gab sich geschlagen. Bis zu diesem Zeitpunkt hatte er keinen einzigen Mann verloren.

Die offizielle Kapitulation wurde für den nächsten Tag geplant. Anderson bat Beauregard um die Erlaubnis, vor der amerikanischen Flagge einen Salut abfeuern zu dürfen, ehe sie gestrichen wurde. Das gestatteten die Konföderierten. Als die fünfzigste der hundert Salutkanonen explodierte, starb ein Unionssoldat.

In ganz South Carolina herrschte großer Jubel. Endlich waren die Unionsstreitkräfte verscheucht worden.

Und in Virginia spitzte sich die Situation zu. Eine Legislative sollte über das Schicksal des Staates entscheiden.

Lincoln hatte zu den Waffen gerufen, ein Krieg schien unmittelbar bevorzustehen. Für Virginia war es unmöglich, gegen die Bruderstaaten zu kämpfen.

Wird Kiernan kommen, fragte sich Jesse wieder, während er ungeduldig wartete.

Im selben Augenblick sah er eine Bewegung im Gebüsch jenseits der Lichtung, wo das Sommerhäuschen stand. Kiernan rannte über die Wiese, zur Tür herein und warf sie zu. Atemlos lehnte sie sich dagegen, heftig hoben und senkten sich ihre Brüste. Aus den grünen Augen strahlte freudige Erregung. Wild zerzaust hing ihr das Haar auf die Schultern. Ein üppiger Pelzbesatz säumte ein elegantes goldgelbes Cape, das sich provozierend an ihren Körper schmiegte. »Jesse!«

Sie flüsterte seinen Namen, und dann lag sie in seinen Armen. Rasch stellte er fest, daß sie unter dem Umhang nur ein schlichtes Baumwollkleid trug und sonst nichts. Er zog am Bänderverschluß des Capes, das lautlos zu Boden fiel, und spürte, wie Kiernan sein Hemd aus der Hose zerrte. Ihre Finger glitten über seine nackte Brust. In vollen Zügen genoß er die erotische Berührung, die sein heißes Verlangen entfachte. Wie oft sollte er sich später schmerzlich an diesen Abend erinnern, an das Glück, das sie ihm schenkte...

So viele Jahre lang hatten sie sich beobachtet und aufeinander gewartet. Er bewunderte die Schönheit, zu der Kiernan heranwuchs, doch niemals ließ er sich träumen, wie himmlisch die Liebe zwischen ihnen einmal sein würde.

Und dann war er ihr erster Liebhaber gewesen, ihr Lehrer. Sie hatte gelernt, ihm soviel zu geben. Niemals dachte sie an die Schicklichkeit. Sie liebte ihn einfach nur. Nie zuvor hatte er so exquisite Gefühle gekannt.

Sie strich über seinen Rücken, die Muskeln und Sehnen. Durch den dünnen Baumwollstoff spürte er ihren warmen, weichen Körper, als sie sich aufreizend an seine nackte Brust drückte. Sie kaute an seiner Unterlippe, dann verstärkte sie mit einem leidenschaftlichen Zungenkuß die süßen Qualen und befreite ihn von seiner Hose. Hastig zog er ihr das Kleid aus und legte sie auf den Pelz, den Liebeshafen, den sie so bereitwillig mitgebracht hatte.

Ja, unentwegt würde er an diesen Abend denken, an Kiernans warme, feuchte Lippen, die über seine Haut wanderten, an ihre spielerischen Zähne, an ihr seidiges Haar, das ihn streichelte. All das schürte seine Lust, und sie hörte nicht auf, ihn mit gewagten Liebkosungen zu necken und zu reizen. Als er es nicht länger ertrug, preßte er sie in den weichen Pelz. Während eines glühenden Kusses, die Finger in ihren Locken vergraben, versank er in ihrer einladenden Wärme, und sie schlang die langen Beine um seine Hüften. Nie zuvor hatte er eine so verzehrende Leidenschaft empfunden.

Gleichzeitig erreichten sie einen stürmischen Höhepunkt. Danach wartete Jesse nicht, bis die Abendluft, die durchs offene Fenster hereinströmte, die erhitzten Körper kühlte. Im immer dichteren Dunkel schaute er Kiernan lächelnd in die verschleierten Augen und weckte mit betörenden Küssen neue Lust. Überall waren seine Lippen, berührten den Puls an ihrem Hals, die Brüste, die Hüften und Kniekehlen, die Seidenhaut an den Innenseiten der Schenkel, die lockende Wärme der zarten Blütenblätter dazwischen. Kiernan schrie leise, und er fuhr fort, sie erotisch zu liebkosen, wobei er immer wieder Liebesworte flüsterte.

Er hätte das Spiel gern verlängert, aber Kiernan kniete sich hin, preßte ihre Lippen auf seine, schlang ihre Finger hinter seinem Nacken ineinander. Wieder steigerte sich drängende Sehnsucht zu einem leidenschaftlichen Sturm, der die nächtliche Stille erfüllte.

Auf dem Gipfel des Entzückens glaubte Jesse zu sterben. Die Welt schien sich zu drehen, als er auf Kiernan hinabblickte, auf die gesenkten Wimpern, das zerwühlte

Haar, die geröteten Wangen. Sie öffnete die Augen, und er küßte sie sanft, dann sank er neben ihr auf das Fell und nahm sie in die Arme.

»O Jesse«, wisperte sie.

»Ich hatte befürchtet, du würdest nicht kommen.«

»Warum?«

»Reden wir nicht davon. Ich will nicht mit dir streiten.« Als er sie an seine Brust drückte, spürte er, wie sich ihr Körper versteifte.

»Was meinst du, Jesse?«

Er stützte sich auf einen Ellbogen. »Bald wird ein Krieg ausbrechen. Sicher hast du von der Eroberung des Forts Sumter erfahren.«

»Ja. Der telegrafische Nachrichtendienst berichtet kaum noch von etwas anderem. Und die Virginia-Legislative tritt zusammen, um die Sezession zu erörtern.«

»Ich weiß«, antwortete er leise. Dann fragte er sich, was sie aus seiner Stimme herausgehört haben mochte. Jedenfalls rückte sie von ihm weg und verschränkte fröstelnd die Arme vor der Brust.

»Was ist los mit dir, Jesse? Wie kannst du dich gegen alles wenden, was...«

»Ich wende mich gegen gar nichts«, unterbrach er sie irritiert und stand auf. »Kiernan, du siehst immer nur deine Seite – nie die großen Zusammenhänge.«

»Welche Zusammenhänge?« fragte sie langsam, und ein seltsamer Glanz trat in ihre Augen.

Jesse seufzte. Auch er wollte, daß das Leben so weiterging wie bisher, er liebte Virginia und sein Heim. Oft legte er mit Christa und Daniel Blumen auf die Gräber der Eltern. Wenn seine Geschwister gegangen waren, pflegte er noch eine Weile stehenzubleiben, die Angen zu schließen und an die Vergangenheit zu denken, an die Zeitalter, die Cameron Hall erlebt hatte, die Leiden und Freuden.

Er liebte den James River, er liebte es, die Dampfer zu

beobachten, den Gesang der Sklaven zu hören, die Baumwollballen auf die Decks der Schiffe trugen.

Warum glaubte Kiernan, er würde sich gegen all das wenden, was ihm soviel bedeutete? Begriff sie denn nicht, daß etwas Wichtigeres auf dem Spiel stand als staatliche Rechte und die Sklaverei? Sie alle waren Amerikaner.

»›Ein entzweites Haus kann nicht stehen‹«, zitierte er leise.

»Was?«

»Das hat Lincoln vor ein paar Jahren in Illinois gesagt, nach seiner Ernennung zum Senator.« Er merkte ihr mangelndes Interesse an Abraham Lincoln und fuhr eindringlich fort: »Kiernan, er hat recht. Mein Gott, als Nation sind wir noch nicht einmal ein Jahrhundert alt. Wir Amerikaner konnten uns gegen die Engländer durchsetzen, die zu den besten Soldaten der Welt zählen, weil wir zusammenhielten – weil Virginia für Massachusetts eintrat.«

»Weil uns die Franzosen halfen«, murmelte sie.

»Weil wir zusammenhielten«, wiederholte Jesse. »Wir alle gehören zu diesem Land. Und es kann ein großartiges, erfolgreiches Land werden, wegen der fruchtbaren Felder im Süden und der Industrie im Norden.«

»Du willst also gegen Virginia kämpfen.«

»Ich will *für* Virginia kämpfen.«

Kiernan sprang auf, schön und würdevoll in ihrer Nacktheit. Wütend ballte sie die Hände. »Du redest von einem entzweiten Haus. Aber Cameron Hall ist *dein* Haus. Virginia ist dein Haus. Und ich bin ein Teil deines Hauses, verstehst du das nicht? Du bist gegen die Sklaverei? Nun, viele Leute protestieren dagegen, und vielleicht können wir eines Tages unsere Sklaven freilassen, ohne von Fanatikern dazu gedrängt zu werden. Auch du besitzt immer noch Sklaven, und du hast bisher keinen Weg gefunden, die Welt zu verändern.«

»Ich werde meine Sklaven freilassen!« stieß er leidenschaftlich hervor, dann bezähmte er seinen Zorn. »Kiernan, ich liebe Virginia.«

Tränen füllten ihre Augen. »Und liebst du mich genug?«

»Verdammt, liebst *du* mich genug?«

Abrupt wandte sie sich ab und hob ihr Kleid auf, aber er packte ihre Hand, umarmte und küßte sie, sanft und fordernd zugleich. Ihr weicher Busen rieb sich an seinem muskulösen behaarten Oberkörper, und er spürte, wie sich ihre Brustwarzen aufrichteten. Trotz ihrer Erregung löste sie die Lippen von seinen. »Laß mich gehen, Jesse.«

»Nicht heute abend.«

»Bitte.«

»Kiernan, zum Teufel, verlang nicht von mir, dich heute abend gehen zu lassen.«

Plötzlich erlahmte ihr Widerstand, und sie legte eine tränennasse Wange an seine Brust. Da hob er sie hoch, trug sie zu ihrem pelzbesetzten Umhang und bettete sie darauf.

Zärtlich küßte er ihre Tränen weg, und sie liebten sich langsam und voller Hingabe. Die Nacht war so süß, daß es schmerzte.

Jesse war der erste, der aufstand und sich anzog. Dann half er Kiernan, das Kleid über ihren Kopf zu streifen, und hängte ihr das Cape um die Schultern. »Jetzt bringe ich dich nach Hause.«

»Ich kenne den Weg.«

Er hob sie auf Pegasus' Rücken, ritt mit ihr zu der Stelle, wo sie ihre Stute festgebunden hatte, ergriff die Zügel und führte das Tier mit sich. Als sie sich ihrem Zuhause näherten, bat Kiernan: »Du solltest mich hier verlassen, Jesse. Mein Vater ...«

»Nein, ich bringe dich nach Hause.«

John Mackay saß auf der Vorderveranda des hübschen Ziegelhauses mit der hohen majestätischen Säulenhalle.

Er hielt ein Whiskeyglas in der Hand, eine Pfeife steckte in seinem Mund. »Ich dachte mir, daß du sie heimbringen würdest, Jesse. Sonst hätte ich mir wegen der späten Stunde Sorgen gemacht.«

»Ich hätte sie nicht alleine hierherreiten lassen, John.«

»Tut mir leid, Papa...«, begann Kiernan.

»Schon gut. Bei Jesse weiß ich dich in Sicherheit.« Ein anderer Vater hätte nicht so gedacht. Aber Mackay hatte unkonventionelle Ansichten. Er vermutete, daß eine intime Beziehung zwischen den beiden bestand, aber das Glück seiner Tochter bedeutete ihm mehr als alle Gesetze der Schicklichkeit. »Ich gehe hinein, dann könnt ihr euch gute Nacht sagen.«

Jesse stieg vom Pferd und hob Kiernan herunter.

Sie lehnte sich an ihn, um seinen sanften Kuß zu erwidern. »Ich liebe dich, Jesse.«

»Und ich dich.«

Neue Tränen schimmerten in ihren Augen, vermischt mit einem leidenschaftlichen Feuer. »Aber wenn sich Virginia zur Sezession entschließt – und wenn du dann immer noch bei der Unionsarmee bleibst, will ich dich nie wiedersehen.«

Sie befreite sich aus seinen Armen, rannte zur Haustür, und er konnte nichts weiter tun, als ihr nachschauen.

Am nächsten Morgen erwachte er mit gräßlichen Kopfschmerzen. Daran war er selber schuld. Nach seinem Abschied von Kiernan hatte er einen Großteil der Nacht mit einer Flasche Bourbon und Daniel verbracht. Ausführlich diskutierten sie über die jüngste Vergangenheit und über Zeiten, die weiter zurücklagen. Im Morgengrauen wurden sie von Christa im Salon ertappt. Als echte Cameron hatte sie einen großen Schluck aus der Flasche genommen und ihnen dann befohlen, ins Bett zu gehen.

Das Geschrei draußen linderte die Kopfschmerzen keineswegs. Stöhnend stand Jesse auf, wickelte sich ein Laken um die Taille und taumelte durch die breite Glastür, die auf einen Balkon über der Hinterveranda führte. Von hier aus konnte man bis zum Fluß blicken.

Er beobachtete, wie Daniel zwei Reiter begrüßte. Der eine war Anthony Miller, was das Dröhnen in Jesses Schläfen noch verstärkte, der andere ein Nachbar aus der Gegend um Williamsburg, Aaron Peters.

Schreiend und grölend waren die beiden nach Cameron Hall geritten. Nachdem Daniel ihnen zugehört hatte, riß er sich den Kavalleriehut vom Kopf und warf ihn hoch in die Luft. Dann stieß er einen gellenden Kriegsruf aus, als wäre er wieder drüben im Westen, im Cheyenne- oder Sioux-Gebiet.

»Was zum Teufel...«, murmelte Jesse, und der Klang seiner eigenen Stimme tat ihm weh. Er schlüpfte in seine Reithose und die Stiefel, dann nahm er ein frisches Hemd aus dem Hemd aus dem Schrank in der Ecke seines Zimmers. Plötzlich hielt er inne, strich über die Schranktür und sah sich um.

Dies war das Herrschaftszimmer von Cameron Hall. Er hatte es erst einige Jahre nach den Tod seines Vaters bezogen, als älterer Sohn. Nicht, daß ihm sein Erbe in den vergangenen Jahren allzuviel bedeutet hätte – weniger als sein Medizinstudium und die Karriere beim Militär. Und Daniel war ein ebenso begeisterter Kavallerist. Sie entstammten einer traditionellen Saoldatenfamilie. Der erste Cameron, der an der Küste Virginias eingetroffen war, hatte die Indianer bekämpft, das große Massaker überlebt und die Dynastie gegründet. Später hatten die Camerons Krieg gegen die Piraten geführt, und der Großvater war für die aufstrebenden Kolonien im Freiheitskrieg eingetreten.

Der Kleiderschrank stand schon da, seit Jesse denken konnte, ebenso wie das breite Bett und der Schreibtisch, dessen Schubladen Cameron-Schriftstücke aus über zwei Jahrhunderten enthielten.

Kalter Schweiß brach ihm aus der Stirn, und eine böse Ahnung stieg in ihm auf. Hastig zog er das Hemd an und eilte aus dem Zimmer. Wieder blieb er stehen. Nur selten achtete er auf die Porträtgalerie im Treppenhaus. Aber nun hatte er das Gefühl, jeder einzelne Cameron würde ihn anstarren. Aufmerksam studierte er die Bilder. Lord Jamie Cameron und seine schöne Frau, die unbeugsame Jassy, eine ehemalige Bardame. Großmutter Amanda, kühl und elegant, der Spionage für die Toreys beschuldigt, aber letzten Endes auf der Seite ihres Mannes. Und Eric Cameron mit dem ironischen Zug um den Mund schien herausfordernd zu fragen, wie es denn mit *Jesses* Loyalität bestellt sei.

Und dann sein Vater. Das Porträt war erst entstanden, als er schon alt gewesen war, mit schneeweißem Haar, aber immer noch jugendlich-lebhaften blauen Augen. In dem klugen Blick glaubte Jesse, die Mahnung zu lesen, nur so zu handeln, wie es ihm seine Überzeugung gebot. »Aber dann würde ich euch alle verraten«, flüsterte er.

Immer noch von heftigen Kopfschmerzen geplagt, stieg er die Stufen hinab und trat ins Freie. Auf der Veranda hatten sich inzwischen mehrere Männer versammelt. Jubelnd jagte Anthony Miller einen Schuß in die Luft.

»Um Himmels willen, würde mir jemand erklären, was hier los ist?« rief Jesse.

»Mit Vergnügen!« erwiderte Anthony. »Wir feiern unsere Sezession, Jesse! Der alte Abe Lincoln hat alle seine Staaten um Soldaten gebeten. Aber Virginia wird niemals gegen seine Bruderstaaten kämpfen. Soeben ist die Entscheidung gefallen. Wir gehören nicht mehr zur Union!«

Jesses Magen krampfte sich zusammen. Niemand schien zu merken, wie elend er sich fühlte. Statt dessen feuerten sie alle wie die Idioten in die Luft und verkündeten, sie würden die Yankees in wenigen Wochen besiegen, falls sie überhaupt Krieg führen wollten. Er sank auf einen der weißgestrichenen schmiedeeisernen Stühle, die den Frühstückstisch an der Balustrade der Veranda umgaben. Christa, die bereits Platz genommen hatte, goß ihm eine Tasse Kaffee ein. »Danke«, murmelte er und starrte in den Garten. Sogar Daniel führte sich wie ein Narr auf, immer wieder schleuderte er kreischend seinen Hut empor.

»Daniel wird heute seinen Dienst bei der Unionsarmee quittieren«, sagte Christa.

Wortlos nickte Jesse und nippte an seinem schwarzen Kaffee.

»Es gibt noch mehr Neuigkeiten.« Ihre schönen Augen verdunkelten sich. »Lincoln schickt einen Emissär über den Fluß ins Arlington House.«

Dort wohnte Colonel Robert E. Lee. Seine Frau, George Washingtons Stiefurenkelin, hatte ihm die Nachricht übermittelt. Ihr Vater hatte Arlington House erbaut, und sie besaß viele schöne Haushaltsgegenstände und Möbel aus dem Besitz des ersten amerikanischen Präsidenten. In diesem vornehmen Gebäude hatte Colonel Lee seine Kinder großgezogen. Es stand auf einem Gipfel nahe dem Flußufer, direkt gegenüber von Washington, D.C., in einer strategisch wichtigen Lage.

Jesse lehnte sich zurück. »Und?«

»Lincoln wollte Lee ein Kommando in der Unionsarmee anbieten«, erklärte Christa. »Wie jedermann weiß, gehört der Colonel zu den allerbesten Soldaten. Aber er lehnte das Angebot ab. Er war gegen die Sezession – zumindest hat Daniel mir das erzählt. Aber jetzt, nach dem Abfall Virginias, nimmt Lee seinen Abschied von den Unionstruppen. Alle tun das, Jesse.«

Wieder nickte er und grinste schief. »Warum hast du Daniel und mir letzte Nacht erlaubt, soviel zu trinken? Ich glaube, mein Kopf wird jeden Moment platzen.« Er stand auf, streckte sich und schaute zu den Männern hinüber, die immer noch ihre Possen auf seinem Grund und Boden trieben. Gerade war jemand über einen Rosenbusch getrampelt. »Entschuldige mich«, murmelte Jesse, kehrte ins Haus zurück und betrat den Salon. Es war ein kühler Aprilmorgen, und Christa hatte Feuer machen lassen. Er stützte die Arme auf das Kaminsims. Jetzt, wo Virginias Sezession erfolgt war, fühlte er sich seltsam abgestumpft, fast wie betäubt.

Jemand stürmte ins Zimmer. Unwillig drehte er sich um und schaute in Anthonys hochrotes Gesicht.

»Oh, verzeih, Jesse, ich wollte dich nicht stören. Du siehst aus, als würdest du die Einsamkeit suchen. Aber verdammt noch mal, du solltest da draußen mit uns feiern.«

Von plötzlichem Zorn erfaßt, stieß Jesse hervor: »Ein Krieg wird ausbrechen. Was gibt es da zu feiern?«

Anthony blinzelte verwirrt. »Zum Teufel, ich habe dich nie für einen Feigling gehalten.«

»Begeh lieber nicht den Fehler, mich jetzt dafür zu halten«, warnte Jesse ihn in scharfem Ton.

»Entschuldige...« Zerknirscht strich sich Anthony das zerzauste Haar aus der Stirn. »Dann will ich dich mit deinen Gedanken allein lassen.« In der Tür wandte er sich noch einmal um. »Du kennst sie sehr gut. Glaubst du, sie wird mich jetzt heiraten – auf der Schwelle des Krieges? Vielleicht findet sie's romantisch, daheim auf ihren tapferen Mann zu warten, der mit seiner Kavallerieeinheit aufs Schlachtfeld reitet.« Jungenhaft grinste er, und normalerweise hätte Jesse ihm nicht böse sein können.

Aber nun spürte er, wie seine Wut unkontrollierbar wuchs.

»*Wer* soll dich heiraten?«

»Deine liebe Nachbarin natürlich, Kiernan Mackay.«

Jesse ertrug es nicht mehr, Anthonys gerötetes, von Feuereifer erfühltes Gesicht zu sehen, und kehrte ihm den Rücken. »Du wirst sie nicht heiraten wollen.«

Drückendes Schweigen folgte diesen Worten. Dann bat Anthony mit erhobener Stimme: »Würdest du mir das erklären.«

Seufzend drehte sich Jesse wieder zu dem jungen Mann um, der steif wie ein Brett dastand. Was soll ich dem armen Narren sagen, überlegte er. Daß das Mädchen, das er anbetet, *mich* liebt. Aber – liebt mich Kiernan überhaupt noch? »Es gibt nichts zu erklären, Anthony. Vergiß es.«

Doch das hatte Anthony nicht vor. Mit großen Schritten durchquerte er das Zimmer und zog aufgeregt seine Reithandschuhe aus. Dicht vor Jesse blieb er stehen. »Ich verlange eine Erklärung!«

»Und ich sage dir, daß es nichts zu erklären gibt.«

»Du hast dich abfällig über die Frau geäußert, die ich liebe.«

»Keineswegs. Ich wollte nur andeuten, vielleicht könnte sie nicht die Braut sein, die dir vorschwebt.«

»Du wagst es, ihr ein unschickliches Verhalten vorzuwerfen?«

»Unsinn!« entgegnete Jesse gereizt. »Ich habe nichts dergleichen getan. Du selber bist es, der sich irgendwas einzubilden scheint.«

Anthonys Arm schwang hoch, und Jesse duckte sich instinktiv. Beim nächsten Angriff hob er die rechte Faust, die das Kinn seines Gegners traf. Unsanft prallte der junge Mann gegen das Kaminsims, stürzte zu Boden und rieb sich den schmerzenden Kiefer.

Mit schmalen Augen starrte er Jesse an, der die Zähne zusammenbiß und ihm die Hand hinhielt. »Mach ihr einen Antrag. Vielleicht wird sie sich anders besinnen.«

Aber Anthony war zu wütend, um auf die versöhnliche Geste einzugehen. Er verschmähte die dargebetene Hand und erhob sich aus eigener Kraft. »Zwischen uns scheint es noch andere Meinungsverschiedenheiten zu geben, Cameron. Ich nehme an, in diesem Krieg werden wir nicht auf derselben Seite stehen, oder?«

»Jedenfalls habe ich keine Lust, das Blutvergießen zu feiern, das uns droht. Und das ist die einzige Entscheidung, die ich bisher getroffen habe.«

Aggressiv starrte Anthony ihn an. »Falls du dir selber Hoffnungen auf Kiernan machst – sie wird sich niemals auf deine Seite schlagen.«

Jesse hob beschwichtigend die Hände, um zu bekunden, daß er keine Fortsetzung des Kampfs wünschte, doch da landete Anthonys Handschuh klatschend auf seiner Wange. »Was, zum Teufel...« War der Junge jetzt völlig verrückt geworden?

»Ich fordere dich zum Duell. Mit Pistolen. Bei der alten Waldkapelle. Heute abend, nach Einbruch der Dunkelheit.«

»Verdammt, Anthony, heutzutage duelliert man sich nicht mehr mit Pistolen.«

»Dann mit Schwertern.«

»Hör mal, ich will dich nicht umbringen.« Anthony biß sich auf die Lippen, als würde er die überhastete Herausforderung bereuen, und Jesse sprach geduldig auf in ein. »Niemand außer uns beiden ist in diesem Zimmer. Niemand hat beobachtet, was hier passiert ist. Also kannst du auf ein Duell verzichten.«

Anthony schluckte unsicher. Offenbar war er nahe daran, zuzustimmen, doch dann richtete er sich kerzengerade auf. »Es geht um meine Ehre.«

»Großer Gott im Himmel...«, begann Jesse.

»Was geht hier vor?« fragte eine sanfte Stimme. Er schaute an Anthony vorbei und sah, daß Christa in den Salon gekommen war, gefolgt von den anderen.

»Jesse und ich haben soeben beschlossen, uns zu duellieren«, erklärte Anthony. »Es handelt sich um eine rein persönliche Angelegenheit!«

»Was?« rief Daniel ungläubig.

»Aaron, ich wäre dir dankbar, wenn du als mein Sekundant fungieren würdest. Du, Daniel, wirst diesen Dienst vermutlich deinem Bruder erweisen.«

Erbost warf Jesse die Arme hoch. »Woher kommt bloß diese plötzliche allgemeine Blutrünstigkeit?«

»Wir sehen uns bei Einbruch der Dunkelheit«, beharrte Anthony. »Ich war es, der dich zum Duell gefordert hat, also liegt die Wahl der Waffen bei dir.«

»Bring doch einfach alles mit, was du hast«, schlug Jesse sarkastisch vor. »Wenn's schon sein muß, dann wollen wir es auch richtig machen.«

»Du solltest das nicht auf die leichte Schulter nehmen!«

»Also gut, Anthony, wir treffen uns bei Einbruch der Dunkelheit«, stimmte Jesse angewidert zu, mit einer spöttischen Verbeugung. Dann richtete er den Blick himmelwärts. »Allmächtiger, steh mir bei, denn ich möchte diesen armen Narren nicht töten.«

Anthonys Wangen färbten sich feuerrot. Aber Jesse ignorierte ihn. Alle starrten ihn an, als er mit einem wütenden Fluch aus dem Zimmer stürmte.

12

Nur wenige Leute begrüßten den Wahlsieg der Sezessionisten so begeistert wie Kiernans Vater. Nach John Mackays felsenfester Überzeugung waren die Südstaaten im Recht. Als sich die Kolonien von den Engländern ungerecht behandelt gefühlt hatten, war es zur Revolution gekommen, und sie hatten ihre Unabhängigkeit erkämpft. So ähnlich sah er auch die derzeitige Situation im Süden.

Obwohl Kiernan eine schlaflose Nacht hinter sich hatte, stand sie zeitig auf und erklärte der Sklavin Julie in der Waschküche, wie sie einen Senffleck aus einem der Lieblingshemden des Hausherren entfernen sollte. Mehrere erlegte Rehe und ein Wildschwein mußten verarbeitet werden, also verbrachte sie danach einige Zeit im Räucherhaus. Es gab genug zu tun. Aber so eifrig sie sich auch beschäftigte, sie konnte Jesse nicht aus ihren Gedanken verdrängen.

Als ihrem triumphierenden Vater bewußt wurde, daß sie sich immer noch im Räucherhaus aufhielt, war es später Nachmittag.

Sie hörte einen Schuß und schaute den alten Nate an, der gerade eine Rehkeule aufhängte. Dann rannte sie ins Freie. Sie wischte ihre Hände an der Schürze ab, strich ein paar Haarsträhnen nach hinten, die sich aus ihrem Nakkenknoten gelöst hatten. Verwundert sah sie ihren Vater den Weg zwischen den Nebengebäuden heraufreiten. Als er Kiernan entdeckte, zügelte er das Pferd. Sein verwittertes, faltiges Gesicht verzog sich zu einem breiten Grinsen, die blauen Augen strahlten. »Wir haben's geschafft, Mädchen! Virginia gehört nicht mehr zur Union!« Wieder feuerte er einen Pistolenschuß in die Luft. Ein Huhn geriet in Panik und begann laut zu gackern.

»Also haben sie für die Sezession gestimmt?« fragte Kiernan nervös.

»Allerdings, mein Kind. Und wenn diese hitzköpfigen Yankees uns noch so wütend drohen und uns der Aufwiegelung bezichtigen – der Geist der Revolution ist nun mal im Süden beheimatet!« Er schwenkte sein Pferd herum und ritt zum Haupthaus zurück. Kiernan sah einige Reiter, die ihn vor der Veranda erwarteten seine alten Kumpel, die offenbar gekommen waren, um ihm die Neuigkeit mitzuteilen. Nun würden sie in der Bibliothek verschwinden und das Ereignis so lange begießen, bis sie sich alle für grandiose Helden hielten.

Leise seufzte sie und erinnerte sich, daß auch ihr Vater die Heeresakademie Westpoint besucht und dann in Mexiko gekämpft hatte – attraktiv und würdevoll in einer Uniform, die er nie mehr tragen würde... Und Jesse?

Für ihn war jetzt das kritische Stadium erreicht. Bei dieser Erkenntnis wich alle Farbe aus Kiernans Wangen. Sie mußte ihn unbedingt veranlassen, seinen Dienst bei der Unionsarmee zu quittieren. Wieder strich sie das wirre Haar aus der Stirn. Ich sehe schrecklich aus, dachte sie.

Unter der Schürze trug sie ein einfaches Gingankleid und nur einen einzigen Unterrock, und wahrscheinlich roch sie nach Wildfleisch. Also mußte sie ein Bad nehmen, ehe sie nach Cameron Hall ritt, um die vielleicht wichtigste Mission ihres Lebens zu erfüllen.

»Nate, mach hier bitte allein weiter!« rief sie dem Mann zu, der hinter ihr in der Tür des Räucherhauses stand.

Er war einer der wenigen freigelassenen Schwarzen, die für ihren Vater arbeiteten, ein tüchtiger Mann, der mit Nebenbeschäftigungen Geld verdient hatte, um sich freizukaufen. Er liebte sein Heim und auch John Mackay, und so war er geblieben. Jetzt verdrehte er die Augen, als würde er sich über das sonderbare Verhalten der feinen weißen Leute wundern. Lächelnd winkte Kiernan ihm zu.

Aber auf dem Weg zum Haupthaus erlosch ihr Lächeln. Sie beschleunigte ihre Schritte. Instinktiv wußte sie, daß sie nicht viel Zeit hatte. Vor der Veranda stand ein halbes Dutzend Pferde mit hängenden Zügeln. Vermutlich waren die Männer schon hineingegangen, um zu feiern. Vorhin hatten Kirchenglocken geläutet – um das Wahlergebnis anzukündigen, wie Kiernan nun erkannte.

Als sie die Ziegelstufen zum Eingang hinauflaufen wollte, hörte sie, wie ihr Name gerufen wurde, und drehte sich um. Verblüfft sah sie Christa auf einem ungesattelten Pferd heransprengen. Ohne auf ihre Röcke oder damenhafte Würde zu achten, sprang das schwarzhaarige Mädchen vom Rücken des Tieres und rannte zu ihr. »Du mußt mit mir kommen! Sofort!«

Kiernans Atem stockte. Offenbar war etwas Schreckliches geschehen. »Jesse ...«, flüsterte sie. Ein Unfall? Hatte er sich verletzt? Oder noch schlimmer ... »Mein Gott, er ist tot!«

»Nein, er ist nicht tot«, versicherte Christa hastig. »Noch nicht. Du mußt die beiden daran hindern ...«

»Wen? Woran?«

»Jesse und Anthony ...«

»Anthony?«

»Er war mit Andrew in Williamsburg, um irgendwas Geschäftliches zu erledigen, und da traf die Nachricht aus Richmond ein. Er ritt sofort nach Cameron Hall, um Daniel zu informieren. Dort kam es zu einem Streit mit Jesse.«

»Worüber denn?«

Christa schüttelte den Kopf. »Keine Ahnung. Keiner der beiden will davon sprechen. Jedenfalls haben sie ein Duell vereinbart.«

»Ein Duell!« rief Kiernan entsetzt.

»Ja! Anfangs dachte ich noch, ich könnte ihnen diesen Unsinn ausreden, und glaubte, es wäre nicht ernst gemeint. Aber Anthony erklärte, seine Ehre werde verletzt, wenn Jesse sich weigere, die Herausforderung zum Duell anzunehmen. Ich weiß nicht einmal, warum sie gestritten haben. Eben noch hatten sie alle vor Freude die Hüte in die Luft geworfen, und als ich einen Augenblick später ins Haus ging, schrien sich Jesse und Anthony an. Mehr kann ich dir jetzt nicht erzählen. Wir müssen uns beeilen und die beiden zurückhalten. Daniel hat's vergeblich versucht.«

»O Gott«, flüsterte Kiernan unglücklich. War es bei diesem Streit um sie gegangen? Um ihre Affäre mit Jesse? Hatte er Anthony davon erzählt? Nein, sicher nicht. Oder hatten sie sich wegen Jesses Überzeugung gezankt, Virginias Sezession wäre ein Fehler? Auch das nicht. Anthony pflegte jedem Mann eine andere Meinung zuzugestehen. Nur auf dem Schlachtfeld würde er aus solchen Gründen gegen Jesse kämpfen.

»Komm endlich!« drängte Christa.

Hastig nahm Kiernan ihre Schürze ab und musterte die Pferde, die vor der Veranda standen. Riley, der große, kräftige Hengst ihres Vaters, graste etwas weiter unten neben der Auffahrt. Inzwischen hatte Christa sich wieder auf ihr Pferd geschwungen und reichte ihr die Hand.

»Steig bei mir auf. Du hast keine Zeit, deine Stute zu holen.«

»Ich nehme Riley.«

Erschrocken runzelte Christa die Stirn. Riley, der ganze Stolz John Mackays, konnte gefährlich werden, denn er war äußerst eigensinnig. »Du wirst dir den Hals brechen.«

Aber Kiernan rannte bereits zu dem Hengst und kletterte in den Sattel. Als gute Reiterin bezweifelte sie nicht, daß sie Rileys Temperament unter Kontrolle bringen konnte. Außerdem war er das schnellste Pferd im Stall ihres Vaters, der schon viele Preise mit ihm gewonnen hatte. Sie wandte sich zu Christa. »Wohin?«

»Bei der alten ausgebrannten Waldkapelle.«

Kiernan nickte und drückte die Fersen in Rileys Flanken. Wie der Wind raste er davon. Den Ruf der Freundin, die ihr folgte, verstand sie nicht. Ihr eigener Herzschlag erschien ihr fast so laut wie das Trommeln der Hufe am Boden. Tief über den Pferdehals gebeugt, galoppierte sie zur Straße, wich in letzter Sekunde einer Kutsche aus, einer Gruppe jubelnder, kreischender Leute. Christa blieb weit hinter ihr zurück.

Würde sie die Kapelle rechtzeitig erreichen? Keiner der beiden durfte sterben – nicht ihretwegen. Irgendwie mußte es ihr gelingen, ihnen Vernunft beizubringen – vielleicht, wenn sie erklärte, sie würden bald genug Gelegenheit finden, einander im Krieg zu erschießen. Sie wollte sich Jesses Tod gar nicht erst vorstellen. Und wenn er Anthony tötete? Wie sollte sie das ertragen? Anthony, der sie liebte, der für sie sein Leben aufs Spiel setzte... Wenn er bei diesem Duell stirbt, wäre es meine Schuld, sagte sie sich verzweifelt, weil ich ihm nie die Wahrheit gestanden und ihn immer nur hingehalten habe.

Sie bog in den Weg, der zur Kapelle führte, achtete nicht auf die Zweige, die an ihrem Haar zerrten, galoppierte weiter – und plötzlich hörte sie einen Schuß.

Auch Riley hörte ihn. Verwirrt blieb er stehen, dann

bäumte er sich auf, und Kiernan hatte alle Mühe, im Sattel zu bleiben. »Du alter Angsthase!« schimpfe sie und umklammerte seinen Hals. »Runter mit dir!«

Er gehorchte, stellte sich aber erneut auf die Hinterbeine und warf Kiernan ab. Tränen brannten in ihren Augen, als sie im weichen Gras landete. Sie mußte unbedingt den Ort erreichen, wo der Schuß gefallen war. Aber wenn der reiterlose Hengst durchging, würde Papa ihr die Hölle heiß machen... Während sie noch überlegte, was sie tun sollte, sah sie Riley ins Gebüsch trotten. Sie sprang auf, lief ihm nach, und im selben Augenblick donnerten Hufschläge auf dem Weg vorbei.

»Moment mal!« rief sie, doch der Reiter hörte es nicht, oder er ignorierte sie. Jedenfalls preschte er weiter. In wachsender Verzweiflung folgte sie Riley, der angehalten hatte, um ein hohes Grasbüschel zu fressen. Sie packte die Zügel, und er wollte sich schnaubend losreißen, mit wild rollenden Augen. Doch ihre Panik verlieh ihr ungeahnte Kräfte, und so schaffte sie es, ihn festzuhalten, zu beruhigen und wieder aufzusteigen.

Auf den Weg zurückgekehrt, galoppierte sie zu der alten Kapelle und zügelte Riley. Jemand lag am Boden, zwei Männer kauerten daneben. Der eine war Daniel, den anderen kannte sie nur flüchtig, entsann sich aber, daß er Aaron hieß. Und die reglose Gestalt im Gras... Schreiend sprang sie vom Rücken des mutwilligen Pferds und rannte auf die schattige Lichtung. Ihr Herz drohte stehenzubleiben. Jesse... Wenn er tot war, wollte sie nicht weiterleben.

Daniel hob den Kopf, und als er das nackte Entsetzen in ihren Augen las, lächelte er beruhigend. »Nur ein Fleischwunde.« Atemlos sank sie auf die Knie. Es war nicht Jesse. Der ließ sich nirgends blicken. Vor ihr lag Anthony Miller, in einem blutgetränkten Hemd. »Großer Gott«, wisperte sie.

Seine rehbraunen Augen öffneten sich, und er versuchte zu lächeln. »Kiernan...« Dann senkten sich die Lider wieder.

»Anthony!« rief sie.

»Alles in Ordnung«, versicherte Daniel rasch. »Jesse hat ihm Morphium gegeben.« Er stand auf, zog sie hoch und führte sie von dem Verletzten weg.

»Jesse...«

»Dem ist nichts passiert. Er überließ Anthony den ersten Schuß, dann traf er ihn in den Arm. Anthony wollte noch mal feuern, aber Jesse meinte, bald würde sich ohnehin reichlich Gelegenheit zum Blutvergießen ergeben. Trotzdem sagte Anthony, er habe sich noch keine Genugtuung verschafft.«

»Und was geschah dann?«

Daniel grinste. »Ich verpaßte ihm einen Kinnhaken. Da stürzte er und blieb eine Weile bewußtlos. Jesse untersuchte die Wunde, gab ihm eine Spritze gegen die Schmerzen und wies uns an, den Arm fest zu verbinden. Sicher wird sich der Junge bald erholen.«

»Oh...« Kiernan kehrte zu Anthony zurück und fiel wieder auf die Knie, um sich mit eigenen Augen zu überzeugen, daß er nur leicht verletzt war. Sie riß das weiße Hemd auf und inspizierte den sorgfältig angelegten Verband. Dann wandte sie sich zu Daniel. »Hat Jesse ihn gleich hier behandelt?«

»Ja. Mein Bruder ist vermutlich einer der wenigen Männer, die eine Arzttasche mitbringen, wenn sie sich duellieren.« Mit dieser Bemerkung wollte er ihr ein Lächeln entlocken, aber ohne Erfolg. »Tut mir leid, daß ich Anthony bewußtlos schlagen mußte. Mir blieb nichts anderes übrig, sonst hätte er Jesse niemals erlaubt, die Wunde zu versorgen. Es war ein bißchen schwierig, die Kugel rauszuholen. Deshalb das Morphium.«

»Und warum ließ Jesse ihn einfach hier liegen?«

»Weil sich nun andere um Anthony kümmern. Aarons Bruder holt gerade einen Wagen. Er wird ihn nach Williamsburg bringen, und dort kann Anthony einen Arzt konsultieren.«

Nach einer kurzen Pause fügte Daniel hinzu: »Außerdem reist Jesse ab.«

Bestürzt zuckte sie zusammen. »Was soll das heißen?«

»Er reist ab, Kiernan, und ich weiß nicht, wann er zurückkommt.«

»Aber ich verstehe nicht...«

»Ich habe den Brief, in dem ich meinen Dienst bei der Unionsarmee quittiere, bereits abgeschickt. Aber Jesse tut es nicht. Er kann es nicht mit seinem Gewissen vereinbaren.«

Mühsam schluckte sie ihre Tränen hinunter. »Wo ist er?«

»Wahrscheinlich zu Hause.«

Ohne ein weiteres Wort wandte sie sich ab, schwang sich wieder in den Sattel und bohrte die Fersen in Rileys Flanken. Der Hengst machte einen Satz in die Luft, dann stürmte er davon. Sie nahm eine Abkürzung über die Felder, wo gerade die Frühlingsanpflanzung vorgenommen wurde, galoppierte an den Reihen der Arbeiter vorbei, spürte die Sonne und den Wind im Gesicht.

Das Pferd war schweißüberströmt, als sie die Hinterveranda von Cameron Hall erreichte. »Jesse!« schrie sie und rannte die Stufen hinauf.

Jigger, der würdevolle schwarze Butler, kam ihr im Laufgang entgegen.

»Wo ist Captain Cameron, Jigger?«

»Welchen meinen Sie, Miß Mackay?« fragte er höflich.

»Dr. Cameron! Jesse!«

»Er hat bereits seine Sachen gepackt und das Haus verlassen. Und er wird vorerst nicht zurückkommen...« Offenbar spiegelte Kiernans Gesicht ihre ganze Verzweiflung wider, denn Jigger fuhr rasch fort: »Aber vielleicht treffen Sie ihn noch auf dem Friedhof, Miß Mackay. Er sagte, dort müsse er sich von einigen Leuten verabschieden.«

Sie drehte sich um und blickte über den Garten hinweg zu den Grabmälern. Pegasus wartete unter einer der alten Eichen vor dem schmiedeeisernen Tor, und dahinter stand Jesse, den Kopf gesenkt, seinen Federhut in den Händen.

»Jesse!« Schluchzend lief sie über die breite Rasenfläche. Er wandte sich zu ihr, schaute ihr entgegen mit einem schmerzlichen Lächeln.

»Kiernan!« Ihr Name, den der Wind herantrug, erschien ihr wie eine Liebkosung. Sie blieb auf der einen Seite des Schmiedeeisenzauns stehen, er auf der anderen, und sie bemühte sich nicht, ihre innere Qual zu verbergen. »Ich tat weiß Gott mein Bestes«, beteuerte er, »und ich wollte ihn nicht verletztzen. Von uns habe ich ihm nichts erzählt, aber er muß es erraten haben. Die Wunde wird bald verheilen.«

Ungeduldig nickte sie. Von Anthony wollte sie jetzt nichts hören. »Du darfst nicht wegreiten, Jesse.«

»Ich kann nicht anders. Sonst müßte ich mich mit allen Freunden und Bekannten duellieren.«

»O Jesse!« Ihre ganze Liebe und ihr tiefer Kummer klangen in diesem Ruf mit.

»Gibst du mir einen Abschiedskuß?« fragte er leise.

Sein Entschluß stand also fest. Der schreckliche Augenblick war gekommen. Er liebte sein Heim, aber nicht genug. Und er liebte sie, aber nicht genug. »Jesse, wenn du Cameron Hall verläßt, werde ich dich für immer hassen.«

Seine Schultern straften sich. »Wenn ich hierbliebe, könntest du mich nicht mehr lieben, denn ich würde mich selbst verabscheuen.«

»Oh, ich hasse dich, Jesse Cameron, von ganzem Herzen, und ich werde dich bis an mein Lebensende verachten. Kein Rebellenfeind wird dich jemals so hassen wie ich!«

Ein langes Schweigen entstand. Der Wind rauschte in den Bäumen. Jesse hob den Kopf, blickte zum Fluß hinab, dann zum Haus. Ein letztes Mal betrachtete er die Gräber seiner Eltern. Schließlich verließ er den Friedhof und nahm Kiernan in die Arme, mit einer leidenschaftlichen Kraft, die jeden Protest im Keim erstickte. Seine Lippen brannten auf ihren – brannten in ihrem Herzen, um ihr eine Erinnerung einzuprägen, die eine Lebensspanne überdauern würde. Eine Erinnerung an das süße Glück, das sie gemeinsam genossen hatten...

Doch dann stemmte Kiernan ihre zitternden Hände gegen seine Brust und stieß ihn weg. »Ich hasse dich! Und wenn ich dich je wieder in Virginia sehe, werde ich selber eine Waffe auf dich richten.«

»Das tut mir leid«, flüsterte er, hielt ihren Arm fest und schaute ihr eindringlich in die Augen. »Denn ich werde dich bis ans Ende meiner Tage lieben.« Dann ließ er sie los, ging zu Pegasus und griff nach den Zügeln.

Von plötzlicher Schwäche überwältigt, sank sie ins Gras. Sie hörte ein leises Weinen, Seide raschelte. Jesses Geschwister waren zum Friedhof gekommen.

»Leb wohl, Jesse, und paß auf dich auf«, bat Christa.

»Auf mich – und auf andere. Ich bin Arzt, und ich werde versuchen, möglichst viele Menschenleben zu retten.«

Kiernan saß da und lauschte, Tränen quollen unter ihren geschlossenen Lidern hervor. Als Christas leises Schluchzen zu ihr drang, öffnete sie die Augen und sah, wie Jesse seine Schwester küßte. Dann wandte er sich zu Daniel. »Gib gut auf Cameron Hall acht.«

»Ja, natürlich.« Die beiden Brüder umarmten sich, und Kiernan beobachtete, wie der jüngere mit den Tränen kämpfte. Oh, zum Teufel mit Jesse...

»Kiernan...« Er streckte eine Hand nach ihr aus, aber sie senkte stumm den Kopf. Wenig später entfernten sich Pegasus' Hufschläge.

Tränenblind sah sie auf. »Ich hasse dich, Jesse«, wisperte sie, »ich liebe dich...« Christa wollte ihr auf die

Beine helfen. Doch Kiernan wehrte sie ab. Was Daniel zu ihr sagte, nahm sie nicht wahr. »Laßt mich bitte allein.«

Obwohl sie wußte, daß er in ihrer Nähe bleiben würde, fühlte sie sich unendlich einsam, während sie vor dem alten Friedhof saß und die Dunkelheit hereinbrach. Und todunglücklich. Aber sie würde ihren Kummer überwinden, das schwor sie sich, und Jesse so hassen, wie es ein Feind verdiente.

Endlich stand sie in der feuchten, abendlichen Kälte auf, mit steifen Gliedern.

»Komm«, sagte Daniel, »ich bringe dich nach Hause.«

Zitternd wischte sie sich die letzten Tränen von den Wangen. »Wie kannst du so ruhig sein? Er ist ein Verräter! Ein verdammter Yankee!«

Wehmütig lächelte er. »Und mein Bruder.«

»Aber wenn du ihn an der Front triffst...«

»Dann ist er immer noch mein Bruder«, stieß Daniel hervor. »Und mein Feind... Verdammt, Kiernan, seine Entscheidung gefällt mir überhaupt nicht, aber ich verstehe sie. Wenn die Grenzen gezogen sind, wenn es kein neutrales Gebiet mehr gibt, muß ein Mann für das kämpfen, was ihm richtig erscheint. Tut er das nicht, ist er zu nichts nütze. Ich verstehe Jesse, und ich verzeihe ihm.«

»Ich nicht«, erwiderte Kiernan eisig. »Niemals werde ich ihm verzeihen.« Sie wandte sich ab und ging zum Haus, wo Riley wartete.

Daniel folgte ihr. »Hör doch, Kiernan, ich...«

»Danke, du mußt mich nicht heimbringen. Von jetzt an stehe ich auf eigenen Füßen.« Irgend jemand hatte den Hengst an einem Eisenring festgebunden, der in einer Säule steckte. Kiernan löste die Zügel und stieg auf. Den Rücken kerzengerade, ritt sie davon.

Der Vater erwartete sie auf der Veranda in seinem weißgestrichenen Schaukelstuhl. Sicher grollte er ihr. Sie hatte ein Duell verursacht. Zum Glück war Anthony weder getötet noch ernsthaft verletzt worden.

Als John Mackay seine Tochter heranreiten sah, stand er auf, stieg die Stufen hinab und half ihr aus dem Sattel. Prüfend musterte er die Tränenspuren auf ihrem müden Gesicht. »Ein schlimmer Tag, nicht wahr, mein Mädchen?«

»O Papa!« flüsterte sie.

Liebevoll strich er ihr das Haar aus der Stirn. »Ich habe schon alles gehört.« Er rief nach einem Stallknecht, der Riley versorgen sollte. Dann führte er Kiernan auf die Veranda, drückte sie in den breiten Schaukelstuhl und setzte sich zu ihr. Einen Arm um ihre Schultern gelegt, hielt er ihr ein Glas an die Lippen. »Cognac.«

»Du magst es doch nicht, wenn ich Alkohol trinke.«

»Heute darfst du dir einen Schluck genehmigen. Ich habe zwar allen Grund, dir böse zu sein, aber ich bin's nicht. Und ich werde dich auch nicht bestrafen. Ich glaube, du hast dich selber schon genug gestraft.«

Nachdem sie zögernd an dem Glas genippt hatte, leerte sie es in einem Zug. »Jesse hat sich tatsächlich für die Union entschieden.«

Sanft schaukelte ihr Vater vor und zurück. »Ich mag ihn. Und daran wird sich nichts ändern.«

»Ich hasse ihn.«

»Nun, vielleicht ist das am besten so.«

»Und ich will ihn nie wiedersehen.«

Nach langem Schweigen sagte John Mackay leise: »Wir werden viele junge Männer nicht wiedersehen, denn der Krieg wird sich nicht vermeiden lassen. Da bin ich mir sicher.«

13

Wieder einmal überschlugen sich die Ereignisse. Am 17. April gab Virginia die offizielle Sezessionserklärung ab. Eine Woche später erschien Alexander Stephens, der Vizepräsident der Konföderierten Staaten, in Richmond, um über ein militärisches Bündnis zu verhandeln. Er deutete an, Richmond könnte die Hauptstadt des neuen Staatenbundes werden, und da gingen die Abgeordneten von Virginia bereitwillig auf seine Wünsche ein.

Im Mai verließ die Konföderationsregierung ihre Büros in Montgomery, der bisherigen Hauptstadt, und zog nach Richmond, das näher beim Schauplatz der zu erwartenden Kampfhandlungen lag. Nur hundert Meilen trennten den neuen Regierungssitz der Konföderierten Staaten von Washington, D.C.

Kopfschüttelnd beobachtete John Mackay diese Entwicklungen, so überzeugt er auch von der Konföderation war. »Das ist ein Fehler«, sagte er zu Kiernan. »Du wirst es schon noch sehen. Die Regierung wird viel zu nah beim Kriegsgeschehen operieren. Die Nordstaatenarmee kann diese hundert Meilen in kürzester Zeit bewältigen, und dann wird es ein Blutbad geben. In der Union schreien sie schon jetzt: ›Auf nach Richmond!‹ Und sie sind wild entschlossen, den Konföderiertenkongreß zu verhindern, der in diesem Monat stattfinden soll.«

Kiernan hörte ihm an der Dinnertafel zu und lächelte spöttisch. »Aber die Südstaatler haben doch vor, die Yankeetruppen innerhalb weniger Wochen in der Luft zu zerreißen. Also ist Richmond nicht gefährdet.«

Seine Augen verengten sich. »Was für eine glühende kleine Rebellin du geworden bist...«

»Allerdings«, bestätigte sie und spielte mit ihrem Wasserglas. »Ich hörte einigen von Daniels Freunden zu. Sie können den Kampf kaum erwarten, halten sich für viel größer und stärker als die Yankees und glauben, sie hätten den Sieg so gut wie in der Tasche. Bald wird alles wieder in Ordnung sein.«

John Mackay griff über den Tisch hinweg und tätschelte die Hand seiner Tochter. »Warum sollten wir auch verlieren? Wir haben die besten Reiter, die besten Schützen und die besten Strategen.«

Aber einer unserer allerbesten Männer kämpft für die Nordstaaten, dachte Kiernan. Sie hatte sich gelobt, nicht mehr an Jesse zu denken. Mittlerweile war es Juli geworden, und sie hatte ihn schon sehr lange nicht mehr gesehen. Ruhige Monate waren im Tidewater-Gebiet verstrichen, dessen Bewohner nun einen heißen, trägen Sommer erlebten.

Während Kiernan aufmerksam die politischen Ereignisse verfolgte, machte sie einen weiten Bogen um Cameron Hall, denn der Anblick des Hauses wäre zu schmerzlich gewesen. Auch Christa und Daniel ging sie aus dem Weg.

Doch die beiden waren Freunde und die nächsten Nachbarn, also konnte sie ihnen nicht für alle Zeiten ausweichen. Daniel, ein Kavallerie-Captain, war vor kurzem zu den Konföderiertentruppen gestoßen, die sich gerade bei einer strategisch wichtigen Bahnstation versammelten, der Manassas Junction. Bald würde Anthony ihm folgen. Die Armee wurde immer noch organisiert, und seine Kompanie mußte erst einmal aus dem westlichen Teil des Staates zurückkehren.

Wo Jesse steckte, wußte sie nicht. Sie versuchte sich einzureden, das sei ihr völlig egal. Manchmal fühlte sie sich tatsächlich abgestumpft, und für solche Augenblicke war sie dankbar.

Die Kampfhandlungen standen unmittelbar bevor. Alexandria am Potomac, direkt gegenüber von Washington, war in Feindeshand, sozusagen der Hinterhof der Union, und der Einmarsch ihrer Streitkräfte hatte niemanden überrascht. Die Besatzung war fast lässig erfolgt. Der populäre junge Colonel Ephraim Elmer Ellsworth entdeckte eine Konföderiertenflagge auf dem Dach des Hotels Marshall House und kletterte hinauf, um sie herunterzureißen. Als er die Treppe herabstieg, wurde er vom Hotelbesitzer erschossen. Und diesen hatte einer von Ellsworths Männern getötet.

Kiernan bedauerte das Ableben des Unionssoldaten, denn sie hatte in der Zeitung gelesen, er sei ein attraktiver, tapferer, großzügiger Mann gewesen, ein persönlicher Freund Abe Lincolns. Der tote Colonel wurde im Weißen Haus aufgebahrt, ehe man ihn nach New York schickte, in seine Heimat, wo er die letzte Ruhe finden sollte. Wie John Brown wurde er zum Märtyrer der Union, die nach Blut schrie.

Wie traurig das alles war... Ebenso traurig fand Kiernan das Schicksal, das Robert E. Lee erlitt. Nachdem er das Angebot der Nordstaaten ausgeschlagen und ein Kommando in der Konföderiertenarmee übernommen hatte, war er gezwungen worden, sein Heim zu verlassen. Die Union konnte ihn unmöglich weiterhin im Arlington House wohnen lassen, und so hatte er mit seiner Familie ausziehen müssen. Jetzt trampelte der Feind durch die Räume, wo Lees Kinder gespielt hatten.

So viele traurige Dinge sind geschehen, dachte Kiernan. Wäre der Konflikt zwischen Norden und Süden nicht ausgebrochen, hätte sie sich wahrscheinlich mit Anthony ausgesprochen und Jesse geheiratet. Die beiden hätten sich nicht duelliert, Jesse wäre zu Hause geblieben, hätte sein geliebtes Heim niemals verlassen. Aber sie wollte keine Gedanken mehr an ihn verschwenden und sich lieber um Anthony sorgen.

Am Tag nach dem Duell hatte sie ihn in Williamsburg besucht – eher von Schuldgefühlen als von Zuneigung getrieben, obwohl sie ihn wirklich mochte. Er versicherte, es gehe ihm gut. Nur sein Stolz sei verletzt, und das bereitete ihr noch schlimmere Gewissensbisse. Wieder einmal beteuerte er seine Liebe und erklärte, wenn es sein müsse, würde er ihretwegen noch tausend Duelle ausfechten. Worum es bei dem Streit um Jesse eigentlich gegangen war, erwähnte er nicht, und sie wollte nicht danach fragen.

»Wirst du mich jetzt heiraten, Kiernan, oder wenigstens darüber nachdenken? Bald ziehe ich in den Krieg. Sicher werden wir diesen Burschen in Blau schon nach kurzer Zeit den Garaus machen. Darf ich die Erinnerung an deine Liebe in die Schlacht mitnehmen?«

»Anthony, ich bin mir nicht sicher...«

Rasch legte er einen Finger auf ihre Lippen. »Sag nicht nein. Versprich mir, darüber nachzudenken. Laß mir ein bißchen Hoffnung.«

Und sie hatte es nicht übers Herz gebracht, ihm diese Bitte abzuschlagen.

An einem Julimorgen hob John Mackay lauschend den Kopf, dann faltete er die Zeitung zusammen, die er gerade las, und runzelte die Stirn. »Horch doch...«

Zunächst hörte Kiernan nichts, dann erklangen Hufschläge auf der Zufahrt. Offenbar näherte sich ein großer Reitertrupp.

Ihr Vater stand hastig auf, und sie folgte ihm zur Haustür. Ein gellender Rebellenruf ertönte, das Trommeln der Hufe wurde immer lauter. »Was hat das zu bedeuten?« fragte sie.

»Offenbar ist eine Rebellenkompanie im Anmarsch«, meinte John Mackay grinsend. »Aber was die Jungs auf meinem Rasen verloren haben, ist mir ein Rätsel.«

Sie traten auf die Veranda, und da sahen sie tatsächlich einen Rebellentrupp, dessen Pferde im Gras wild durcheinandertänzelten. Die hübschen Uniformen im Konföderationsgrau waren offenbar nicht von der Regierung ausgegeben, sondern speziell für diese Kompanie entworfen und sorgfältig angefertigt worden. Dazu trugen die Soldaten graue Kavalleriehüte, mit Federn geschmückt. Etwa fünfundzwanzig Mann ritten kreuz und quer über den Rasen, jubelten und schrien.

»Was um alles in der Welt...«, begann Mackay, dann verstummte er, als ein Reiter auf die Veranda zukam und den Hut lüftete.

»Anthony!« rief Kiernan verblüfft.

Er strahlte sie an, bildhübsch mit seinen freundlichen braunen Augen, den goldblonden Locken unter dem Federhut und dem sorgsam gestutzten Schnurrbart. Kerzengerade saß er im Sattel. Nie zuvor hatte ihr sein Lächeln so ans Herz gegriffen. Und in seiner stolzen Begeisterung wirkte er so rührend und komisch, daß sie laut lachen mußte. Zum erstenmal seit Jesses Abreise.

»Guten Morgen, John!« rief Anthony. »Trotz des unpassenden Amüsements deiner Tochter über einen wakkeren Rebellentrupp will ich an der Absicht festhalten, die mich heute hierhergeführt hat, und dich um ihre Hand bitten.«

Mackay hob die Brauen. »Da mußt du dich schon an Kiernan selber wenden, mein Junge.«

Grinsend sprang Anthony aus dem Sattel, und seine Reiter brachten ihre Pferde zum Stillstand, jetzt ebenso diszipliniert, wie sie sich vorher ungebärdig aufgeführt hatten. Rasch stieg er die Stufen hinauf und ergriff Kiernans Hand. »Wir sind auf dem Weg zur Manassas Junction und werden wohl kaum zum anbefohlenen Zeitpunkt dort eintreffen. Aber diese netten Jungs wissen, wie ich nach dir schmachte. Natürlich habe ich ihnen erzählt, wie herzlos du mich in all den Jahren zurückgewiesen hast, und sie meinen, ich sollte noch einen Versuch wagen. Deshalb haben wir uns zu einem kleinen Umweg entschlossen...«

»Zu einem kleinen Umweg!« unterbrach sie ihn. »Das sind über hundert Meilen!«

»Das stimmt. Also wäre es sehr unhöflich von dir, mir

wieder einen Korb zu geben.« Er trat näher und zog sie an sich. »Kiernan, ich habe nicht viel Zeit. Nicht einmal die Hochzeitsnacht kann ich mit dir verbringen. Aber zu meiner Kompanie gehört ein Priester, Captain Dowling aus Charles Town. Wenn du mich jetzt heiratest, verspreche ich dir, so schnell wie möglich zurückzukommen. Und sobald diese kleinen Scharmützel vorbei sind, gehen wir auf Hochzeitsreise. Dein Kuß und die Freude auf unsere Zukunft werden mich in den Kampf begleiten, und ich führe diese wackeren Burschen zu einem sicheren Sieg.«

Sie starrte ihn an, und wieder einmal schienen ihre Gefühle auf seltsame Weise abzustumpfen. Heirate ihn, sagte sie sich. Du kennst ihn dein Leben lag, und du magst ihn. Und du bist ihm was schuldig, nachdem du ihn wegen deiner heimlichen Liebe zu Jesse so lange hingehalten hast... Heirate ihn, verbanne die Hoffnung auf Jesses Rückkehr für immer aus deinem Herzen.

»Das war ein sehr romantischer Antrag, Anthony«, meinte ihr Vater, »aber vielleicht solltet ihr warten, bis...«

»Ja!« fiel Kiernan ihm ins Wort.

»Was?« fragten beide Männer wie aus einem Mund. Offenbar hatte Anthony mit einer weiteren Ablehnung gerechnet, und ihr Vater kannte sie zu gut.

»Ich habe ja gesagt.«

Mackay runzelte die Stirn. »Das kommt ein bißchen zu plötzlich, Kiernan.«

»Unsinn, Papa! Wir kennen uns schon so lange. Seit Jahren will er mich heiraten, und wenn er jetzt in den Krieg zieht...« Sie verstummte, als die Kompanie in lauten Jubel ausbrach.

»Offenbar werde ich überstimmt«, murmelte Mackay und wandte sich zu Anthony. »Laß mich ein paar Minuten allein mit meiner Tochter sprechen.« Er zog sie ins Haus und schloß die Tür. In der Halle legte er die Hände auf Kiernans Schultern. »Weißt du, was du tust?«

»Ja, Papa.«

»Du hast Jesse Cameron geliebt.«

Ohne mit der Wimper zu zucken, erwiderte sie seinen Blick. »Ich hasse ihn.«

»Gerade das macht mir angst. Der Grat zwischen Liebe und Haß ist oft sehr schmal. In all den Jahren habe ich nie daran gedacht, eine Ehe für dich zu arrangieren, weil du deinem eigenen Herzen folgen solltest.«

»Aber wenn du eine Ehe für mich arrangiert hättest, wäre deine Wahl auf Anthony gefallen! «

»Tu's nicht, Kiernan«, mahnte er leise.

»Ich muß, Papa. Bitte, versuch nicht, mich daran zu hindern. Meinetwegen ist er meilenweit geritten, obwohl er an der Manassas Junction erwartet wird...«

»Und sobald ihr geheiratet habt, reitet er weiter. Ich werde mich nicht einmischen, Kiernan, ich bitte dich nur, mir erst mal zuzuhören. Wenn du Anthonys Frau bist, wird er dich in sein Haus holen. Du wirst sein Bett teilen und für seine Familie sorgen. Verstehst du das?«

Sie erschauerte und verdrängte die Erinnerung an ihren Traum, eines Tages die Herrin von Cameron Hall zu werden. »Ja, Papa.«

»Du willst es wirklich?«

»Von ganzem Herzen.«

Leise seufzte John Mackay und öffnete die Haustür. Anthony wartete auf der Veranda, sehr würdevoll in seiner neuen Uniform, mit kerzengeradem Rücken. Nur die Augen verrieten seine Unsicherheit.

»Nun, meine Tochter ist fest entschlossen, Anthony«, begann Mackay. »Also müssen wir wohl oder übel eine Blitzhochzeit feiern. Kommt alle herein, Männer!«

Mit einem Freudenschrei riß Anthony seine Braut in die Arme und ahnte nicht, wie kalt und leer sie sich innerlich fühlte. Sie nahm es kaum wahr, wie die grauuniformierten Soldaten an ihr vorbei in die Halle drängten.

Von Glück überwältigt, schaute Anthony ihr in die Augen. »Oh, ich danke dir!«

Sie versuchte zu lächeln, aber ihre Lippen wollten sich nicht bewegen. An die kurze Zeremonie erinnerte sie sich später nur verschwommen. Der Vater stand neben ihr, legte ihre schlaffen Finger in Anthonys Hand. Captain Dowling sprach die Worte des Ehesakraments, zwei Soldaten fungierten als Trauzeugen. Papa hatte Narzissen aus einer Vase genommen, und diesen Strauß umklammerte Kiernan während ihres Gelübdes.

Danach erklang neues Freudengeschrei, und Jubilee – Mackays Haushälterin, die Kiernan nach dem frühen Tod seiner Frau die Mutter ersetzt hatte – begann zu schluchzen. Der Priester erklärte, nun dürfe der Bräutigam die Braut küssen.

Sobald sie Anthonys Lippen auf ihren spürte, erkannte sie, welchen Fehler sie begangen hatte. Der Kuß war sanft und liebevoll – sonst nichts. Weder leidenschaftlich noch fordernd. Kein Kuß, der ihr Blut erhitzte, der die Welt versinken ließ. Nicht Jesses Kuß.

Tränen brannten in ihren Augen, aber sie schwor sich, sie nicht zu vergießen. Statt dessen schlang sie die Arme um Anthonys Hals, erwiderte den Kuß und versuchte ihm wenigstens einen Teil der Liebe zu schenken, die er ihr entgegenbrachte.

Lachend klatschten die Männer Beifall, Champagnerkorken knallten. Sanft befreite sich Kiernan aus Anthonys Armen. Jetzt gelang es ihr endlich, ihn anzulächeln. Sie nahm sich vor, ihm eine gute Frau zu sein, eine wundervolle Mutter für seine jüngeren Geschwister, seinen Haushalt zu führen, während er an der Front kämpfte, und möglichst viel über seine Geschäfte zu lernen. Damit wollte sie wettmachen, daß sie bis zu ihrem letzten Atemzug einen anderen lieben würde. Und ihr Mann sollte das nie erfahren.

»O Kiernan, ich liebe dich so«, beteuerte er. »Und wenn ich heute nacht den Tod finde, werde ich glücklich sterben, im Wissen, daß auch du mich liebst.«

Wieder zwang sie sich zu einem Lächeln. Ihr Vater reichte ihnen gefüllte Champagnergläser, schüttelte Anthonys Hand und hieß ihn als Schwiegersohn willkommen. Die Soldaten zogen an ihnen vorbei und gratulierten. Jeder wollte die Braut küssen.

John Mackays Champagnervorrat, im Weinkeller gut gekühlt, ging fast zur Neige, und Jubilee fand in der Speisekammer genug Fleischpasteten, Räucherschinken und Brot, um ein Hochzeitsmahl zu improvisieren. Schließlich mahnte ein nervöser Gefreiter zum Aufbruch, und die Kompanie verließ das Haus. Nur Anthony blieb in der Halle zurück und umfaßte Kiernans Hände. »Du hast mich zum glücklichsten Mann auf Erden gemacht«, flüsterte er. Mit all ihrer inneren Kraft bemühte sie sich, seine Gefühle zu erwidern, und bekämpfte ihre Tränen.

»Gib gut auf dich acht.«

»Natürlich. Sobald ich kann, komme ich zu dir zurück.« Er küßte sie ein letztes Mal, dann wandte er sich zu ihrem Vater und dankte ihm für die Hochzeitsfeier. »Ich vertraue dir Kiernan an, John. Bitte, paß gut auf sie auf.«

»Das habe ich all die Jahre getan, mein Junge«, entgegnete Mackay lächelnd, »und ich werd's wohl noch ein Weilchen länger schaffen.«

Grinsend eilte Anthony nach draußen. Kiernan trat mit ihrem Vater auf die Veranda, und sie beobachteten, wie die Kompanie davonritt – lauter hübsche junge Soldaten in eleganten Uniformen, aufrecht im Sattel. Gott schütze sie alle, dachte sie.

»Nun, Mrs. Miller?«

Unter Tränen lächelte sie ihren Vater an. »Ich bin sehr glücklich, Papa, glaub mir. Und ich werde ihm eine gute Frau sein.«

»Die meisten Männer wollen keine gute Frau, sondern eine, die sie liebt.«

Hastig senkte sie den Kopf »Anthony bedeutet mir

sehr viel. Und er sah doch großartig aus in seiner Uniform, nicht wahr? So schneidig und tapfer...«

»O ja«, stimmte ihr Vater zu und verkniff sich die Bemerkung, daß es bei einem Mann nicht nur auf das Aussehen ankam. Nur zu gut verstand er, was seine Tochter mit diesen Worten zu überspielen versuchte – daß sie Jesse Cameron immer noch liebte.

Aber der hatte sich auf die Seite des Feindes geschlagen, und es war am besten, wenn sie ihn vergessen lernte. Dazu ist sie jetzt auf dem richtigen Weg, dachte Mackay, mit Anthony verheiratet, für immer gebunden. Hoffentlich weiß sie das...

Als er spät abends an ihrem Zimmer vorbeiging, hörte er sie leise schluchzen. Kein gutes Zeichen für eine junge Ehefrau, die erst seit wenigen Stunden verheiratet ist, dachte er bedrückt. Wenn Anthony zurückkehrt, wenn sie mit ihm zusammenlebt und Kinder bekommt – vielleicht wird sie dann doch noch das Glück finden, das ihr jetzt mißgönnt wird...

Im Lazarett am Bull Run sah Jesse kaum noch etwas anderes als Blut. In beängstigender Anzahl wurden immer neue Tote und Verwundete in das Zelt gebracht.

Er schnitt gerade eine Kugel aus der Schulter eines Artilleristen heraus, als jemand schrie, das Lazarett müsse sofort geräumt werden. Die Operation war noch nicht beendet. Jesse biß die Zähne zusammen und arbeitete weiter, während draußen – in nächster Nähe – Geschosse explodierten.

»Haben Sie nicht gehört, Captain Cameron?« rief ein junger Sergeant.

»Doch, mein Sohn. Und ich verspreche Ihnen – sollte jemals eine Kugel in Ihrer Schulter stecken, werde ich sie ebenfalls herausschneiden, ehe ich die Beine in die Hand nehme und abhaue.« Jesse wandte sich zu seinen Sanitätern. »Bringt die anderen Männer raus, in die Wagen!

Schnell!« Und dann beugte er sich wieder über die Schußwunde. Ein weiterer Knall zerrte an seinen Nerven, aber er blieb konzentriert. Aufgeregte Soldaten rannten an ihm vorbei.

Hier am Bull Run war die Union zum Angriff übergegangen. Militärexperten hatten Lincoln zur Geduld geraten, aber die Bevölkerung der Nordstaaten wollte Taten sehen. Und so hatte Brigadier General Irvin McDowell vom Präsidenten die Anweisung erhalten, mit seinen Truppen vorzurücken. Doch es ging nicht so glatt wie geplant.

Am 16. Juli hatte Jesses Corps am Beginn des Feldzugs teilgenommen. McDowells Heer, fünfunddreißigtausend Mann stark, marschierte aus Washington ab, mit farbenfrohen Zuaven an der Spitze, wie die Mitglieder der Freiwilligenregimenter genannt wurden.

Doch dann kamen sie nur langsam voran. Sie erreichten Centreville in Virginia, eine Stadt nordöstlich vom Bull Run, einem Fluß, der träge dahinströmte. Am anderen Ufer wartete der Konföderiertengeneral Beauregard mit zweiundzwanzigtausend Soldaten, um die lebenswichtige Bahnstation Manassas Junction zu verteidigen.

Am Tag der Ankunft schickte McDowell einen Spähtrupp los, der bei Blackburn's Ford in ein Scharmützel mit zwei Könföderiertenbrigaden verwickelt wurde.

Zwei Tage voller Verwirrung folgten. McDowell ließ seine undisziplinierten Truppen mit Nachschub versorgen und schmiedete einen Schlachtplan. Schließlich marschierte am 21. Juli seine zwölftausend Mann starke Flankenkolonne von Centreville aus den Warrenton Pike hinab.

McDowells Strategie war vernünftig, dachte Jesse, aber er hat kein Heer zur Verfügung, sondern einen schlecht ausgebildeten, unerfahrenen Haufen... Außerdem mußte man sich mit der bitteren Tatsache abfinden, daß die Konföderierten vorgewarnt waren. Beauregard hatte

Verstärkung bekommen, Truppen aus den Regimentern unter dem Kommando des Konföderiertengenerals Joseph E. Johnston.

Am Vormittag kam es zu blutigen Kämpfen, als ein Südstaaten-Colonel seine Soldaten gegen die angreifenden Unionsstreitkräfte ins Feld führte. Von den Verwundeten, die ins Lazarett gebracht wurden, erfuhr Jesse, bei den Verstärkungen der Rebellen ebenso wie bei der Union herrsche ein heilloses Durcheinander. Auf beiden Seiten würden die Generäle immer mehr Leute von der – aus Konföderiertensicht – rechten Flanke losschicken, um der ins Wanken geratenen linken beizustehen.

Einer von Jesses Sanitätern – ein langjähriger Soldat namens Gordon Gray aus dem Virginia-County Powhatan – erzählte schmerzlich, ihren eigenen Landsleuten sei der für die Rebellen so erfolgreiche Tag zu verdanken. »Colonel Bartow und General Lee hatten das Kommando. Die Rebs sind genauso grüne, blutige Anfänger wie die meisten unserer neuen Rekruten. Aber dann hielt dieser exzentrische Collegeprofessor von der Virginia-Militärakademie, Brigadier General Thomas Jackson, da oben auf dem Berg eisern seine Stellung. Lee versuchte, seine Leute zusammenzutrommeln und schrie: ›Seht, da steht Jackson wie eine Wand! Sammelt euch um die Virginier!‹« Traurig schüttelte Gordon den Kopf. »Und bei Gott, das taten sie. Jacksons Soldaten auf diesem Hügel schlugen unsere Leute in die Flucht, und die laufen seither nur mehr davon.«

Die Unionstruppen hatten sich neu formiert, und die erbitterten Kämpfe wurden fortgesetzt. Zahllose Verwundete landeten im Kriegslazarett. Die Union sah sich immer weiter zurückgedrängt, eine Granate explodierte nach der anderen – immer lauter, immer näher.

Jesse schnitt die Kugel sauber aus der Schulter des Soldaten heraus und begann die Wunde in aller Eile zu verbinden. Der Mann öffnete leidvolle, vom Morphium glasige Augen. »Werde ich's überleben?«

»Mit diesem kleinen Kratzer werden Sie hundert Jahre alt.« Der Soldat grinste, und Corporal Gordon Gray half ihm, auf einen Wagen zu klettern, wo bereits mehrere Verwundete warteten. Sie brachen auf, und eine Granate, die direkt über dem Fahrzeug zündete, verfehlte es nur um Haaresbreite.

Gordon vergaß die militärische Etikette. »Komm endlich, Jesse!«

Rasch schloß Jesse seine Arzttasche und wies die Sanitäter an, alles im Zelt zu retten, was noch zu retten war. Verbandsmaterial und chirurgische Instrumente wurden eingepackt und auf einen anderen Wagen verladen, an dessen Heck man den Rotschimmel Pegasus festband, den Veteranen, der so viele Kämpfe im Westen überstanden hatte. Sein Herr stieg auf und folgte dem Vehikel.

Bald nahm er am Rückzug der Union teil. Wie Kraut und Rüben flüchteten die blauuniformierten Soldaten und feuerten nur noch ins Leere. Vor ihnen sah Jesse die Kutschen der verrückten Zivilisten, die aus Washington hierhergefahren waren, um zu beobachten, wie die aufmüpfigen kleinen Konföderierten ihre Quittung bekamen.

Aber wie sich erwiesen hatte, ließen sich die Rebellen nicht so leicht unterkriegen. Das hatte Jesse auch gar nicht erwartet. Er kannte zu viele Männer, die für den Süden kämpften.

Als er eine umgestürzte Kutsche entdeckte, stieß er einen Fluch aus.

»Halt!« rief er dem Soldaten zu, der den Wagen lenkte, sprang vom Pferderücken und lief zu der Kutsche. Ein Zivilist war unter einem halb zertrümmerten Rad eingeklemmt. »Hilf mir, Gordon! Schnell!«

Sie zogen den Mann unter dem Wrack hervor. Offensichtlich hatte er sich ein Bein gebrochen, aber im Augenblick konnte Jesse nichts für ihn tun. Glücklicherweise fiel der Verletzte in Ohnmacht, also würde er nichts von der holprigen Fahrt nach Washington spüren.

Sicher hat er sich zum letzten Mal den Spaß gemacht, das Kriegsgeschehen zu beobachten, dachte Jesse. Es war ein schlimmer Tag gewesen. Er schloß die Augen, dachte an all die Verwundeten, die man ihm ins Zelt gebracht hatte. Leise stöhnte er bei dem Gedanken an jene, die gestorben waren, noch ehe er sie hatte anrühren können. Und Hunderte lagen auf dem Schlachtfeld.

Nun, sie alle hatten diesen Krieg herbeigesehnt.

Als das Vehikel hielt, blieb der kampferprobte Pegasus stehen, ohne von seinem Reiter gezügelt zu werden. Sie hatten einen anderen Lazarettwagen eingeholt, dessen Fahrer herüberrief: »Captain Cameron, da vorn steht eins unserer Zelte, momentan noch außerhalb der feindlichen Artillerie-Schußweite. Der Doktor wurde von einer Granate getötet. Würden Sie ein paar Leute verbinden? Die brauchen dringend Hilfe, sonst schaffen sie den Rückzug nicht.«

»Corporal, meine Tasche!« rief er seinem Stabsunteroffizier zu und lief in das Lazarett. Bestürzt starrte er in die verängstigten, schmutzigen Gesichter der Männer, die noch sitzen oder stehen konnten. Noch beklommener musterte er die Bewußtlosen am Boden und auf den wenigen Feldbetten. Die Uniformen waren noch nicht standarisiert worden, also sah er neben dem regulären Blau der Unionsarmee die verschiedenartigsten Kleidungen.

Er ging zu einem Bett, wo ein Laken über einer Gestalt lag.

»Oh, das sind Rebs«, erklärte der Soldat, der ihn um Hilfe gebeten hatte. »Irgend jemand hat sie irrtürmlich hergebracht. Offenbar gehörten sie zur Kavallerie, und weil sie ganz schwarz vom Pulver waren, sahen sie wohl genauso aus wie die Jungs von der Union. Um unsere Feinde sollten Sie sich zuallerletzt kümmern.«

Jesses Herz schlug schneller. Die Rebellenkavallerie... Womöglich kannte er einen dieser Verwundeten.

Zum Teufel, es gab ein paar hundert Rebellenkavalleristen, die er nicht kannte. Er wandte sich zu den beiden Sanitätern, die ihr bestes taten, um in diesem Chaos für Ordnung zu sorgen, die Verletzten zu beruhigen und es ihnen so bequem wie möglich zu machen. »Führen Sie mich zu den Leuten, die am dringendsten Hilfe brauchen – ohne Ansehen der Uniform.«

»Sie wollen also die Rebs verarzten...«, begann der empörte Soldat.

»Ja, verdammt noch mal!« herrschte Jesse ihn an. »Ich bin hier, um Menschenleben zu retten, und ich will mich nicht mit Ihnen herumstreiten, verstanden?«

Er bekam keine Antwort. Einer der Sanitäter zeigte ihm die schlimmsten Fälle, und Jesse erschrak über die hohe Zahl der Toten. Dieses Lazarett war ein einziger Alptraum. Er sah grausige Schußwunden, erblindete Augen, zerschmetterte Gliedmaßen – so übel zugerichtet, daß nur noch eine Amputation das Leben der Betroffenen retten konnte. Dafür fehlte vorerst die Zeit, und er vermochte nicht mehr zu tun, als die Leute hinreichend zusammenzuflicken und zu verbinden, so daß sie den Transport nach Washington überstehen würden.

Er beobachtete, wie der zweite Sanitäter ein Laken über einen Rebellen zog, und spürte wieder seinen schmerzhaft beschleunigten Herzschlag. Bisher hatte er versucht, unparteiisch zu bleiben. Jetzt gelang ihm das nicht mehr. Ein Kavallerieoffizier – womöglich sein Bruder... Jesse eilte zu der zugedeckten Gestalt.

»Er ist tot, Captain«, versicherte der Sanitäter. »Glauben Sie mir. Den ganzen Tag schleppe ich hier Tote raus.«

Jesse ignorierte ihn. Kalte Angst krampfte ihm den Magen zusammen. Lieber Gott, laß es nicht Daniel sein, betete er. Dann hob er das Tuch und hielt den Atem an.

Der Tote war nicht Daniel, sondern Anthony Miller.

Unleugbar konnten die Konföderierten am Bull Run einen Sieg verbuchen. Fast kampflos hatten ihnen die unerfahrenen Unionssoldaten das Feld überlassen.

Aber beide Seiten mußten schwere Verluste verkraften. Ein *Harper's Weekly*-Korrespondent erklärte Jesse, vermutlich habe der Norden um die fünfhundert Tote und eintausendzweihundert Verletzte zu beklagen. Angesichts der allgemeinen Verwirrung sei es schwierig, genauere Zahlen zu bekommen. Etwa eintausendzweihundert Mann wurden vermißt. Dazu würden vor allem jene gehören, die desertiert seien, nachdem sich der Krieg keineswegs zu dem von der Union erwarteten glorreichen Triumph gestalte.

Der Korrespondent glaubte, auch der Süden müßte Verluste erlitten haben, vielleicht fünfhundert Tote und fünfzehnhundert Verwundete, aber längst nicht so viele ›Vermißte‹.

Jesse entlockte dem Mann so viele Informationen wie möglich über die Südstaatentruppen. Er erfuhr nichts über seinen Bruder, aber der Reporter kannte jemanden, der behauptete, Jeb Stuart habe die Kavallerie bewundernswert kommandiert und sei immer noch bereit zu verhandeln.

Jesse fragte seinen Vorgesetzten nicht um Erlaubnis. In der derzeit herrschenden Konfusion hielt er es für überflüssig, die militärische Bürokratie zu durchwandern, ehe er mit Jeb zusammentraf, einem feindlichen Offizier. Er schickte den gemeinen Soldaten Gibbs mit einer weißen Flagge und einer Nachricht ins aktuelle Kampfgebiet. Es dauerte eine Weile, aber schließlich gelang es Gibbs, an Stuart heranzukommen und eine Zusammenkunft zu arrangieren.

Auf einem Hügel, wo die linke Flanke gekämpft hatte, sah Jesse seinen alten Schulkameraden wieder. Tote übersäten den Boden, ein Kugelhagel und schwere Artillerie hatten Büsche und Bäume niedergemäht. Furchtlos und ohne Mißtrauen galoppierte Jeb, ein hervorragender Reiter, über das Schlachtfeld. Jesse ritt ihm etwas langsamer entgegen, denn an seinem Sattel hing, mit Holzschienen befestigt, eine Bahre, auf der Anthony Millers Leiche lag.

Der Unions- und der Konföderationssoldat zügelten voreinander die Pferde. Jeb nickte Jesse ernsthaft zu. »Verdammt traurig ist das alles. Aber es freut mich, dich wohlbehalten wiederzusehen.«

»Auch ich bin froh, daß du noch lebst. Daniel...«

»Die Kompanie deines Bruders hat unter meinem Kommando gekämpft. Es geht ihm gut. Nicht mal einen Kratzer hat er abbekommen.«

»Danke.«

»Wir können nicht lange reden«, mahnte Jeb.

»Ich weiß. Aber ich habe unter unseren Toten einen alten Freund gefunden, und nun möchte ich dich um etwas bitten. Laß ihn zu seinem Vater bringen, damit er ordentlich begraben werden kann.«

Jeb hob die Brauen und betrachtete die verhüllte Gestalt auf der Bahre. Dann sprang er aus dem Sattel und zog einen Zipfel des Lakens beiseite. »O Gott«, flüsterte er. »Ich kann ihn seinem Vater nicht überantworten. Andrew Miller hat unter Johnston gekämpft. Auch er wurde getötet, nicht weit von hier, in den Anfangsphasen der Schlacht.«

Vater und Sohn – am selben Tag gefallen? Jesses Kehle wurde eng. Also würden Jacob und Patricia zwei Leichen in Empfang nehmen.

»Der arme Anthony«, seufzte Jeb. »Nun muß ich seiner Frau zwei Tote übergeben.«

Jesse zuckte zusammen. »Seiner Frau?«

Verwundert schaute Stuart zu ihm auf. »Weißt du es nicht? Er hat Kiernan Mackay geheiratet.«

»Nein, das wußte ich nicht.« Heiße Pfeile schienen Jesses Herz zu durchbohren. Sie ist also doch seine Frau geworden, dachte er dumpf. Sie hat ihn nicht geliebt, aber geheiratet. Ich bin tatsächlich eifersüchtig. Wie, zum Teufel, kann ich einen Toten beneiden?

»Es war sehr nett von dir, ihn hierherzubringen, Jesse«, sagte Jeb leise. »Ich werde ihn nach Hause schicken und Kiernan mitteilen lassen, daß du ihn mir anvertraut hast.«

Jesse schüttelte den Kopf »Bitte, erwähne meinen Namen nicht. Und richte Daniel herzliche Grüße von mir aus.«

Ein wehmütiges Lächeln umspielte Jebs Lippen. Er verstand Jesses Situation. Sein eigener Schwiegervater war Colonel in der Unionsarmee und würde jetzt, wo der Krieg in vollem Gange war, sicher rasch befördert werden.

Jesse stieg ab und löste die Bahre von seinem Sattel. »Paß gut auf dich auf, Jeb.«

»Und du auf dich.«

Schweren Herzens ritt Jesse den blutgetränkten Pfad zurück. Er hatte nicht nur die Leiche eines einstigen Freundes auf den Heimweg geschickt, sondern einen toten Ehemann zu seiner Frau. Zu Kiernan.

14

Eine Woche später stand Kiernan wie betäubt auf dem Bahnsteig von Harpers Ferry, von Kopf bis Fuß in Schwarz gekleidet. Sie war jetzt Witwe, doch sie konnte Anthonys Tod noch immer nicht fassen.

Daniel hatte ihr die Nachricht überbracht. Anfangs war sie zu schockiert gewesen, um die Ereignisse zu begreifen. Seit der Hochzeit hatte sie Anthonys Rückkehr gefürchtet, den Gedanken gescheut, sein Bett teilen zu müssen. Niemals würde sie ihm geben können, was sie Jesse so bereitwillig geschenkt hatte. Und jetzt...

Ihr Vater hatte sie nach dem Erhalt der Mitteilung allein

gelassen, zu beschäftigt mit seiner eigenen Trauer um Anthonys Vater, seinen besten Freund und Geschäftspartner Andrew Miller. »Er war zu alt, um in den Krieg zu ziehen«, meinte John Mackay seufzend, dann merkte er, daß seine Tochter wie erstarrt dasaß und ihm gar nicht zuhörte.

Es war Sommer, und die Toten mußten möglichst schnell bestattet werden. Daniel hatte sie in kostbaren Mahagonisärgen transportieren lassen.

Einen Tag später stand der Anwalt der Familie Miller vor der Tür und erklärte Mackay die Situation, der wiederum Kiernan informierte. Der junge Jacob und seine Schwester Patricia waren die Erben von Montemarte. Anthony, stets ein Gentleman, hatte vor den Kampfhandlungen sein Testament geändert, um seiner Frau eine beträchtliche Summe in Gold und einen Anteil an der Waffenfabrik zu hinterlassen. Dadurch wurde sie nun die Geschaftspartnerin ihres Vaters. Und sie trug die Verantwortung für die Miller-Kinder.

Mit leeren Augen schaute sie John Mackay an.

»Verstehst du nicht, Kiernan? Du mußt für die beiden sorgen und ihr Heim schützen. Ihr Leben liegt in deinen Händen.« Als sie noch immer nicht antwortete, seufzte er. »Wir können sie auch hierherholen. Natürlich wäre es schrecklich für sie, nach dem Verlust des Vaters und des Bruders auch noch ihr Zuhause zu verlassen. Aber wenn du dich dem allen nicht gewachsen fühlst...«

»Nein!« protestierte sie, von bleischweren Schuldgefühlen geplagt. Sie hatte Anthony nicht geliebt und trotzdem geheiratet, nicht mit ihm schlafen wollen – und jetzt lebte er nicht mehr. Seine Familie zu betreuen war das mindeste, was sie für ihn tun konnte. Das würde ihr keine Schwierigkeiten bereiten. Sie kannte die Kinder sehr gut, auch den gediegenen Miller-Haushalt.

Hätte Montemarte bloß nicht so weit von ihrem eigenen Heim entfernt gelegen...

Einen Tag später brach sie mit den beiden Särgen nach Harpers Ferry auf. John Mackay wollte sie begleiten, doch sie bestand darauf, allein zu reisen, und versicherte, sie könne zurechtkommen. Thomas Donahue, telegrafisch verständigt, würde sie vom Bahnhof abholen.

Und so kehrte sie nach Harpers Ferry zurück – gut anderthalb Jahre nach John Browns Angriff auf das Arsenal. Während sie sich umblickte, stellte sie fest, wie beklagenswert sich die Stadt verändert hatte. Der Bahnhof war menschenleer, Grabesstille lag über den Straßen.

Bald wurde das Schweigen von Hufschlägen und Räderrollen durchbrochen. Thomas Donahue stieg aus seiner Kutsche und eilte über den Bahnsteig zu ihr. »Kiernan!« Der große, freundliche Mann nahm sie warmherzig in die Arme, und sie klammerte sich einige Sekunden lang an ihn. Dann schaute sie zu ihm auf.

»Thomas, was ist hier geschehen?«

»Das erzähle ich dir zu Hause«, erwiderte er und verfrachtete ihr Gepäck in der Kutsche. Der Bahnhofsvorstand hatte die beiden Särge bereits in die Episkopalkirche bringen lassen, wo am nächsten Morgen eine Totenmesse stattfinden sollte.

Lacey wartete vor der Haustür, umarmte Kiernan und führte sie fürsorglich hinein. »Trink erst mal Tee, danach fährt Thomas dich nach Montemarte hinauf. Um die Kinder brauchst du dich nicht zu sorgen, die werden von Janey bestens betreut. O Kiernan!« Tränen glänzten in ihren Augen. »Was für ein trauriges Wiedersehen...«

Während Lacey in der Küche den Tee vorbereitete, setzte sich Kiernan mit Thomas vor den Kamin im Salon und wiederholte ihre Frage. »Was ist hier geschehen? Die Stadt sieht so trostlos aus.«

Er saugte an seiner Pfeife und starrte in die Flammen. »Hier war's ziemlich schlimm. Mitte April fiel die Entscheidung zugunsten der Sezession. Im Telegrafenamt saß ein Rebell, und das Waffendepot wurde von Unionssoldaten verwaltet... Es fällt mir schwer, alles in der richtigen Reihenfolge zu erzählen, weil sich die Dinge so schnell entwickelten... Schon am 18. April marschierten die Südstaatenstreitkräfte ein. Die Yankees hatten im Arsenal so viel wie möglich vernichtet, ehe sie es verließen. Ein Stadtbewohner, ein Ire namens Donovan, bewachte es mit geschulterter Muskete, und als die Rebs ankamen, lynchten sie den Armen beinahe, weil er mit den Yanks sympathisierte. Die Leute hier hatten sich in zwei Lager gespalten. Die einen traten für die alte Regierung ein, die anderen für die neue. Und die Rebellensoldaten, großteils blutjunge Grünschnäbel, führten sich wie verrückt in Harpers Ferry auf, felsenfest von ihrer eigenen Wichtigkeit überzeugt. Natürlich waren sie alle Virginier, die sich für wahnsinnig tolerant hielten. Sie behaupteten, hätten sich Soldaten aus den Golfstaaten in ihren Reihen befunden, wäre Donovan bereits mausetot. Ein paar Monate blieben sie hier, dann erschien Jeb Stuart, um Kavallerietruppen zu bilden. Dein Freund, der junge Daniel Cameron, begleitete ihn und besuchte uns – ein schneidiger Captain wie eh und je. Ich sage dir, Kiernan – es waren auch viele nette Jungs bei den Konföderiertentruppen. Trotzdem begann mit ihrem Aufenthalt der Untergang unserer Stadt, vor allem, weil unsere besten Milizleute rekrutiert wurden. Colonel Jackson – mittlerweile zum General befördert, nachdem er sich am Bull Run hervorgetan hatte – kam zu uns, und da verbesserte sich unsere Situation ein bißchen. Aber irgendwie haftet ein Makel an Harpers Ferry. Plötzlich wurden alle Spione oder hielten sich dafür. Die Schwarzmarktgeschäfte florierten, und mit den Soldaten kamen – nun ja, mehrere Frauen von der leichtlebigeren Sorte hierher.«

»Anscheinend sind alle meine Bekannten verschwunden«, warf Kiernan ein.

»Oh, einige sind noch da. Aber es wurde immer schlimmer. Eines Tages ging ein schreckliches Hagelgewitter nieder, und die Soldaten marschierten los, um einem angeblichen Unionsangriff zu begegnen. Halb erfroren und klatschnaß kamen sie zurück, die brandneuen Uniformen waren völlig ruiniert. Die Maschinen in den Waffenwerkstätten wurden auseinandergenommen und nach Fayettesville in South Carolina geschickt, auch die Apparate aus der Miller-Fabrik und anderen ehemaligen Unionsunternehmen. Allerdings bezahlten die Rebs dafür. Der Anwalt der Millers hat die Familieninteressen gewahrt, und du verfügst immer noch – zumindest teilweise – über die Fabrik, die dein Pa und Andrew und ich vor etwa einem Jahr unten im Tal errichtet haben. Darüber reden wir später.« Thomas versank in Schweigen, ein trauriger alter Mann.

»Und was geschah dann?« fragte Kiernan.

»Mal sehen ... Jackson verließ uns wieder, und General Joe Johnston übernahm das Kommando in Harpers Ferry. Am 14. Juni sprengten die Rebs alles in die Luft, die Eisenbahnbrücke, die Arsenalgebäude – dann zogen sie sich ins Tal zurück. Am Monatsende kamen Truppen aus Mississippi und Maryland vorbei und erledigten die letzten Reste der Brücke. Und am 4. Juli fand ein lebhaftes Scharmützel statt. Sowohl die Yanks als auch die Rebs behaupteten, sie seien die Sieger. Abends feuerten die Yanks von den Maryland Heights über den Fluß hinweg auf unsere Stadt und töteten einen Zivilisten. Patterson, ein Unionsgeneral, war hinter Johnstons Rebs her, aber der entwischte ihm mit seinen Jungs, um Beauregard am Bull Run beizustehen. Patterson kehrte nach Harpers Ferry zurück, und ich sage dir, Kiernan, was den Unionssoldaten an Kampkraft fehlt, das machen sie mit ihren Raubzügen wett. Die ganze Stadt haben sie geplündert. Alles, was nicht niet- und nagelfest war, nahmen sie mit. Angeblich stahlen sie sogar einen Grabstein auf dem Methodistenfriedhof.« Er machte eine Pause und holte tief Atem. »Nun sind sie weg. Aber in den Bergen scheinen immer noch ein paar Yankee-Scharfschützen rumzulungern, und einige Konföderierte laufen durch unsere Straßen, um das Feuer zu erwidern. Jedenfalls wurde unsere Stadt schwer verwundet. Manchmal glaube ich, sie hat einen tödlichen Schlag erlitten.«

Kiernan stand auf und ging zu ihm, schlang einen Arm um seine Schultern und legte ihre Wange an seine. »Es tut mir so leid, Thomas.«

Geistesabwesend tätschelte er ihre Hand. »Und mir tut's für dich leid. So kurz nach der Hochzeit schon Witwe... Anthony war ein wunderbarerjunger Mann.«

»Ich weiß.«

Lacey eilte mit einem Tablett in den Salon. »Da ist der Tee. Viel gibt's nicht zu essen, Kiernan, nur ein bißchen kaltes Huhn. Diese Yanks haben fast alle gefiederten Kreaturen aus der Stadt geschleppt. Aber das da schickte uns Janey aus Montemarte, nachdem Thomas ihr erzählt hatte, du würdest herkommen. Sie freut sich schon sehr auf dich.«

Wie Kiernan sich erinnerte, hatte Anthony in seinem Testament Janeys Freilassung verfügt, aber da mußte noch einiger Papierkram erledigt werden. Sie beschloß, sich so schnell wie möglich darum zu kümmern. Plötzlich rann ihr ein Schauer über den Rücken. So viele Pflichten warteten auf sie...

Anthony hatte Montemarte, das schöne Haus in den Bergen, sehr geliebt. Vor fast einem Jahrhundert war es erbaut worden. Und jetzt gehörte es Jacob, einem zwölfjährigen Jungen... Sie schuldete es ihrem verstorbenen Mann, das Erbe seines Bruders zu bewahren. Auch für Patricia trug sie die Verantwortung – und für die Miller-Waffenfabriken. Bleischwere Müdigkeit drohte sie zu überwältigen. Würde sie das alles schaffen?

Natürlich, ermahnte sie sich streng. Nach allem, was du dem armen Anthony angetan hast...

»Alles in Ordnung, Kiernan?« fragte Lacey besorgt.

»Nein, selbstverständlich nicht... Immer wieder vergesse ich, daß du eben erst deinen Mann verloren hast, daß er noch nicht einmal begraben ist...«

»Schon gut, Lacey«, entgegnete Kiernan lächelnd und setzte sich mit Thomas an den Tisch. Sie tat ihr Bestes, um der liebevoll zubereiteten Mahlzeit gerecht zu werden, brachte aber kaum einen Bissen hinunter. Der heiße Tee schmeckte sehr süß, und sie vermutete, daß ihre Freundin außer Zucker noch etwas Stärkeres hineingeschüttet hatte, um ihr Kraft zu geben.

Drückende Stille lag über der einst so geschäftigen Stadt, und als die Dunkelheit hereinbrach, schien sich die traurige Atmosphäre noch zu vertiefen. Keine Straßenlampen brannten, und auch im Haus der Donahues wurde kein Licht angemacht. Thomas erriet Kiernans stumme Frage. »Wir müssen in der Finsternis leben. Die Yanks schießen auf jeden hellen Punkt.«

»Oh...«

Er neigte sich zu ihr. »Du mußt dich in acht nehmen.«

Verwundert hob sie die Brauen. »Wovor?«

»Nun, viele Rebs wurden mit Miller-Feuerwaffen ausgerüstet. Andrew konnte mit seinem Bestand aus der Stadt fliehen, ehe die Yanks kamen. Jetzt ist er tot. Anthony ebenso. Aber unsere Angestellten produzieren immer noch in beängstigendem Tempo Waffen für die Konföderierten. Vielleicht fallen die Unionssoldaten über Montemarte her.«

»Warum sollten sie mutwillig ein Privathaus zerstören?« protestierte Kiernan, und Thomas lächelte bitter.

»Der Krieg verändert die Menschen. Hier wurde schon so vieles sinnlos vernichtet. Aber ich sage ja gar nicht, daß auch Montemarte gefährdet ist – ich warne dich nur. Sei vorsichtig.«

Kiernan holte lief Atem, von quälendem Heimweh erfaßt. Sie hätte es vorgezogen, die Kriegszeiten in Tidewater Virginia zu verbringen, wollte wissen, wie es Daniel ging – und Jesse, obwohl sie ihn verachtete. Aber sie hatte Anthony geheiratet. Ihr Platz war jetzt hier. »Ich komme schon zurecht«, versicherte sie Thomas, dann merkte sie, wie rauh ihre Stimme klang, und drückte seine Hand, um ihn zu beschwichtigen.

Doch er sah die Tränen, die sie zurückhielt, und verstand, was in ihr vorging. Seufzend schob er seinen Stuhl zurück. »Ich bringe dich jetzt nach Montemarte.«

Sie stand auf, umarmte Lacey und versprach, sie bald zu besuchen. Dann folgte sie Thomas zur Kutsche hinaus.

Die Fahrt dauerte nur zwanzig Minuten – und war an diesem Abend viel zu kurz. Vor dem Haus zügelte Thomas die Pferde und half Kiernan aus dem Wagen. Licht brannte hinter den Fenstern. Montemarte war weit von den Heckenschützen auf den Maryland Heights entfernt.

Thomas nahm Kiernans Arm und führte sie zur Veranda. Wie würden die Kinder auf die Ankunft der Schwägerin reagieren? Angst und Unbehagen stiegen in ihr auf. Die Witwe des Bruders – wenn sie es wüßten... Sie hatte kein Recht gehabt, ihn zu heiraten. Patricia und Jacob würden ihr in die Augen schauen und die Heuchlerin verabscheuen. Bedrückt verlangsamte sie ihre Schritte und blickte zu der schönen Fassade hinauf.

»Kiernan...«, sagte Thomas besorgt, und sie ging mit zitternden Knien weiter.

O Gott... Kindern konnte man nichts vormachen. Vielleicht würden sie in ihr die Frau sehen, die das Duell verursacht hatte. Und womöglich merkten sie sogar, daß sie jenen Yankee-Soldaten liebte, den Mann, von dem Anthony angeschossen worden war... Was für ein Feigling ich bin, ermahnte sie sich.

Plötzlich flog das Haustor auf, und jemand lief ihr entgegen. Instinktiv breitete sie die Arme aus, und eine schmale Gestalt warf sich an ihre Brust – Patricia Miller, eben erst zwölf Jahre alt geworden. Ganz fest drückte

Kiernan das kleine Mädchen im grauen Trauerkleid an sich.

»Oh, du bist da!« rief Patricia. »Mein Bruder meinte, du würdest nicht kommen, weil du zu kurz mit Anthony verheiratet warst, um dich uns verpflichtet zu fühlen. Aber ich wußte, du würdest uns nicht im Stich lassen.« Sie rückte ein wenig von Kiernan ab und sah mit tränennassen Augen zu ihr auf. »Ja, ich wußte, du würdest kommen, und ich wußte immer, warum Anthony dich so sehr liebte. Du bleibst doch hier?«

Kiernan wurde warm ums Herz. Dieses Mädchen hatte am selben Tag den Vater und den älteren Bruder verloren, fühlte sich verzweifelt und verloren und allein – und schenkte ihr trotzdem etwas, das sie gerade jetzt so dringend brauchte, tiefe Zuneigung. »Natürlich bleibe ich hier.«

»Du bist jetzt meine Schwägerin, nicht wahr?«

»Ja, und wir drei werden großartig miteinander auskommen, du und Jacob und ich.« Kiernan sah Patricias hochgewachsenen Zwillingsbruder auf der Schwelle stehen – ein Junge, der offensichtlich nicht so schnell bereit war, ihr Liebe und Vertrauen entgegenzubringen. Sie beschloß, ihm Zeit zu lassen. »Hallo, Jacob.«

Er musterte sie, mit ernster Miene und Anthonys braunen Augen. »Hallo, Kiernan.«

Die Herzlichkeit, die seiner Begrüßung fehlte, wurde von Janey wettgemacht, die an ihm vorbei auf die Veranda eilte. »O Miz Kiernan, wie gut, daß Sie da sind!« rief sie und umarmte ihre neue Herrin.

Mein Zuhause, dachte Kiernan, und doch nicht. Aber wie man sich bettet, so liegt man. Und jetzt bin ich hier daheim.

Am nächsten Morgen saß sie zwischen Jacob und Patricia in der Episkopalkirche und lauschte dem Segen, der über den beiden Särgen gesprochen wurde. Der Reverend erwähnte Anthonys trauernde Witwe. Erst nach einer kleinen Weile merkte sie, daß sie damit gemeint war, und sie gewann noch eine Erkenntnis. Sie hatte zwar keinen geliebten Ehemann verloren, aber einen sehr lieben Freund. Nie wieder würde sie sein Gelächter hören, die tiefe Aufrichtigkeit in seinen braunen Augen sehen. Tränen schnürten ihr die Kehle zu.

Der Reverend würdigte die Tapferkeit der zwei Männer, die ihr Leben für den großen Umschwung in den Südstaaten geopfert hatten. Die Millers waren sehr beliebt in dieser Gegend, und in den Worten des Geistlichen schwang ehrlich empfundene Trauer mit.

Kiernan schloß die Augen, und in ihrer Fantasie tauchte das Bild Anthonys auf, so wie sie ihn zuletzt gesehen hatte – überschwenglich, von wackerem Kampfgeist erfühlt, voll leidenschaftlicher Begeisterung für die Sache, der er diente. Und jetzt war nur noch die verstümmelte Leiche dieses wunderbaren jungen Mannes übriggeblieben, die bald auf dem Friedhof verwesen würde.

Tränen rannen über Kiernans Wangen. Vielleicht, weil ihr der Verlust bisher nicht bewußt geworden war – oder lag es an der Ahnung, daß das Blutvergießen erst begonnen hatte? Jedenfalls fiel das Gefühl dumpfer Benommenheit, das sie in letzter Zeit so oft erfaßt hatte, endgültig von ihr ab. Endlich konnte sie trauern. Ein ebenholzschwarzer Wallach zog den Leichenwagen den Hang zum Friedhof hinauf, gefolgt von Thomas' schwarzverhangener Kutsche. Darin saßen die Donahues, Kiernan, Jacob und Patricia. Im alten Familiengrab wurden Anthony und sein Vater bestattet. Staub zu Staub, Asche zu Asche...

Während sie alle am Grab standen, griff sogar Jacob nach Kiernans Hand.

Die Konföderiertenflagge, die über Andrews Sarg gelegen hatte, wurde Patricia überreicht, die von Anthonys Sarg seiner Witwe. Sie trat mit ihrer jungen Schwägerin vor, und sie warfen Rosen ins Grab. Bald werden sie verwelken, dachte Kiernan. Staub zu Staub – so wie die Männer darunter.

Die Beerdigung war vorbei. Jetzt mußte nur noch der Leichenschmaus in Montemarte überstanden werden. Nur wenige Leute nahmen an dem erschreckend karg gedeckten Tisch Platz. Der Krieg hatte bereits einen Großteil der Bevölkerung aus Harpers Ferry, Bolivar und der ländlichen Umgebung vertrieben.

Später sprach Kiernan mit Janey über die viel zu bescheidene Verköstigung der Trauergäste. »Wenn du mehr Hilfskräfte brauchst...«

Die Negerin schaute sie mit müden, traurigen Augen an. »Mehr konnte ich nicht servieren. Montemarte ist keine Plantage, so wir Ihr Heim in Tidewater Virginia.«

»Natürlich, aber...«

»Hier gibt's einen Gemüsegarten, wir halten Hühner, eine Kuh und ein paar Schweine. Aber früher hatten wir zwei Haussklaven mehr – und zehn, die sich um die Ställe und Gärten kümmerten.«

»Ich sagte doch – wenn du Hilfe brauchst...«

»Das versuch' ich Ihnen ja grade zu erklären, Miz Kiernan. Außerhalb des Hauses sind noch Jeremiah und seine Söhne David und Tyne da, drinnen bin nur mehr ich übrig. Mr. Andrew und Mr. Anthony waren weg, und als die Unionstruppen kamen, rannten alle Sklaven außer Jeremiahs Familie und mir davon.« Ausdrucksvoll hob Janey die Hände. »Mr. Andrew war immer ein guter Herr, der nie die Peitsche gegen irgendwen erhob. Aber die Freiheit schmeckte einfach zu süß, und so verschwanden sie. Wären wir drüben in Maryland, würden die Behörden sie wahrscheinlich einfangen. Aber das hier ist Virginia, ein Staat in Aufruhr. Niemand wird einen Sklaven seinem Herrn zurückgeben, schon gar nicht den Besitzern der Miller-Waffenfabriken.«

Ungeahnte Schwierigkeiten türmten sich vor Kiernan auf. Das große Haus und die Gärten mußten instand gehalten, das Vieh betreut werden. Und sie alle mußten sich ernähren. Nun hatte sie nur vier Hilfskräfte zur Verfügung. Wie sollte sie das schaffen? Panik stieg in ihr auf. Sie gehörte nicht hierher, sie sollte nach Hause zurückkehren. Wie sie diese leeren Bergstraßen haßte, die zerschossenen Straßen in der Stadt, die unbeleuchteten Nächte, die deprimierende Atmosphäre, die über dem ganzen Gebiet lag... Sie haßte die Yankees, die Andrew und Anthony getötet hatten. Und vor allem haßte sie Jesse. Es war *seine* Schuld.

Nein, sie konnte ihn nicht hassen... Sie durfte gar nicht mehr an ihn denken, nicht um sein Überleben beten, sich nicht einmal eingestehen, wie dankbar sie war, weil sie bisher keine Nachricht von seinem Tod erhalten hatte. Und es gab noch andere Gründe für ihre Dankbarkeit.

»Janey, ich danke dir, daß du nicht weggelaufen bist.«

Die hübsche Negerin lächelte voller Stolz. »Ich bin jetzt bald eine freie Frau, Miz Kiernan, ich liebe diese Kinder wie meine eigenen, und sie lieben mich. Warum sollte ich davonlaufen?«

»Trotzdem – vielen Dank. Ich brauche dich nämlich dringend. Morgen werde ich zu Jeremiah gehen und ihm dasselbe sagen. Da fällt mir ein – hat Mr. Andrew in seinem Testament irgendwelche Verfügungen getroffen, die Jeremiah betreffen?«

»Ich glaube nicht.«

»Dann kannst du ihm ausrichten, ich würde dafür sorgen, daß er freigelassen wird.«

Janey grinste über das ganze Gesicht. »Da wird er sich mächtig freuen.«

Zu ihrer eigenen Bestürzung brach Kiernan in Tränen aus. »O Janey...« Und dann lag sie in den Armen der gutmütigen Frau.

»Alles wird gut, Miz Kiernan, wir schaffen das schon.«

Ja, dachte Kiernan, wir müssen es schaffen. Und nicht nur das – ich will meine Sache sogar verdammt gut machen. Lächelnd drückte sie Janey an sich. »Ja, ich weiß. Und nun wollen wir den Rest dieses Tages hinter uns bringen.«

Am Abend hatten sich die letzten Gäste verabschiedet, darunter Thomas und Lacey. Jacob bestand darauf, ohne Hilfe schlafen zu gehen. Aber seine Schwester ließ sich von Kiernan ins Bett bringen, die noch eine Weile bei ihr saß – von dem kleinen Mädchen innig umschlungen.

Als Patricias Arme erschlafften, ließ Kiernan sie behutsam ins Kissen sinken und ging über den Flur zu dem Gästeraum, den sie sich ausgesucht hatte. In Anthonys Zimmer wollte sie nicht wohnen. Dort erinnerte sie zuviel an ihn – seine Kämme, sein Rasierzeug, seine Kleidung, die Diplome, Papiere und Souvenirs. In diesen vier Wänden hätte sie das Gefühl, er wäre noch am Leben. Niemals würde sie darin Schlaf finden.

Eines Tages würde Jacob heiraten und das Herrschaftszimmer seines Vaters mit dem massiven Vierpfostenbett übernehmen, das breit genug für sechs Personen war.

Das Fenster des Gästeraums ging nach hinten hinaus, zu den Bergen, und bot eine schöne, friedliche Aussicht. Zitternd stützte sich Kiernan auf das Sims, starrte in die Nacht und dachte an die letzte Begegnung mit Jesse. Wie verzweifelt sie damals gewesen war... Aber zu Hause hatte sie sich in ihrem Kummer vergraben und die Pflichten des Alltags anderen überlassen können. Hier mußte sie selber für alles sorgen. Zum Trübsalblasen fehlte ihr ganz einfach die Zeit. Der Morgen würde früh genug anbrechen. In einem dünnen Nachthemd kroch sie zwischen die frischen Laken. Der Wind wehte Jasminduft ins Zimmer.

Tränen brannten in Kiernans Augen, die sie jedoch energisch bekämpfte. Sie mußte schlafen und Kräfte sammeln. Und wie sie am nächsten Tag verwundert feststellte, war sie tatsächlich sofort eingeschlummert.

Acht Wochen später lag sie auf Händen und Knien im Gemüsegarten und stieß beim Anblick der Tomatenstauden einen leisen Freudenschrei aus. Janey, die einige reife rote Früchte erntete, wandte sich lächelnd zu ihr.

»Wie hübsch sie sind!« rief Kiernan. Voller Feuereifer hatte sie sich der Gartenarbeit gewidmet, und nun genoß sie den Lohn für ihre Mühe.

»Nie zuvor hab' ich so schöne Tomaten gesehen«, versicherte die Negerin.

Kiernan sprang auf und verneigte sich wie vor einem applaudierenden Publikum. »Mein Salat ist genauso fantastisch.« Sie entdeckte Jacob, der auf der Veranda stand und sie beobachtete. In der Zwischenzeit hatte er sich noch immer nicht rückhaltlos für sie erwärmt. Sie pflückte zwei Tomaten und warf ihm eine zu. »Da, fang!«

Geschickt gehorchte er, dann erlosch sein Lächeln ebenso plötzlich wie ihres. Hufschläge waren aufgeklungen, drei Reiter im Unionsblau näherten sich dem Haus.

Die müssen zum 13. Massachusetts-Regiment gehören, dachte sie, den einzigen Yankees in diesem Gebiet. Seit Kiernans Ankunft war es still in der Umgebung von Harpers Ferry gewesen totenstill. Weder feindliche Soldaten noch Rebellen hatten die Gegend besetzt, und die Heckenschützen beider Seiten konzentrierten ihre Aktivitäten auf das Stadtzentrum.

Aber Unionsgeneral Nathaniel Banks – den sogar die eingefleischtesten Konföderiertenanhänger für einen Gentleman hielten – war vorgerückt und hatte nur ein paar Kompanien auf dem Sandy Hook zurückgelassen, der Landzunge von Maryland am gegenüberliegenden Flußufer.

Zu diesen Truppen zählte das 13. Massachusetts-Regiment, bei der Bevölkerung zutiefst verhaßt, die von ihm drangsaliert und bestohlen wurde. Kiernan war diesen Yanks noch nie begegnet, aber Lacey hatte ihr Schauergeschichten von ihnen erzählt.

Es war zu spät, um eine Waffe zu holen, zu spät, um etwas anderes zu tun, als dazustehen und abzuwarten.

»Kiernan...«, flüsterte Jacob nervös.

»Es sind nur drei. Bleib ganz ruhig.«

»Du hast viele Rebs mit Waffen aus unserer Fabrik im Tal versorgt«, erinnerte er sie mit einem Weitblick, der über seine Jahre hinausging. »Wenn sie nun...«

»Wenn sie uns was antun wollten, würden sie in größerer Zahl erscheinen.«

»Sollten sie irgendwas in diesem Haus anrühren, erwürge ich sie mit bloßen Händen«, fauchte er.

Plötzlich schoß ein Reiter in die Luft, galoppierte heran und sprang aus dem Sattel. Kiernan versuchte zu fliehen, doch da spürte sie bereits seine Hand auf der Schulter. Er war ein junger Bursche, höchstens zwanzig, mit Wangen voller Pickel. »Tomaten, eh? Die nehmen wir mit. Und alles, was ihr sonst noch habt, ihr Rebellenpack.«

Empört riß sie sich los. Nie zuvor hatte sie so abgrundtiefen Haß empfunden. »Das werden Sie bleiben lassen.«

»Oh, diese Tomaten schnapp' ich mir, so sicher wie das Amen im Gebet.«

Sie hielt immer noch eine der saftigen roten Früchte in der Hand. Nun, die konnte er haben, wenn er sie unbedingt wollte. Kiernan trat zurück und schleuderte ihm die Tomate mit aller Kraft ins Gesicht. Er fluchte wütend, dann zog er zu ihrem Entsetzen seine Pistole. Ein Schuß knallte. Verwirrt griff sie an ihren Hals und fragte sich leicht benommen, ob sie getroffen war.

Aber nicht sie brach zusammen, sondern der Unionssoldat die Hände in den Bauch gekrallt, wo sich ein Blutfleck ausbreitete.

15

Jacob rief ihr eine Warnung zu, als das gegen den Yankee gerichtete Feuer von seinen beiden Kameraden erwidert wurde. Instinktiv warf sie sich zu Boden und schaute nach allen Seiten. Zwei Reiter, grau uniformiert kamen den Wiesenhang herauf.

Der Kampf dauerte nicht lange. Als die Schüsse verstummten, hob Kiernan vorsichtig den Kopf und sah die drei Yankees reglos daliegen. Man brauchte ihre Wunden nicht zu versorgen und auch nicht festzustellen, ob sie noch atmeten. Die Augen des ersten starrten glasig in den Himmel, der zweite hatte ein Loch in der Schläfe, der dritte war mitten ins Herz getroffen worden. Heftige Übelkeit erfaßte Kiernan. Nur mühsam konnte sie den Schrei unterdrücken, der in ihrer Kehle emporstieg. Jacob half ihr auf die Beine, während die beiden Rebellen heranritten. Der erste schwang sich aus dem Sattel, ein Mann im Alter ihres Vaters, mit weißem Haar, weißem Bart und freundlichem, durchfurchtem Gesicht. »Alles in Ordnung, Mrs. Miller?«

Sein besorgter Tonfall machte ihr erst bewußt, wie leicht sie von einer Kugel hätte getroffen werden können. Ihre Knie wurden weich, und sie mußte sich auf Jacobs Arm stützen. Auch Janey eilte an ihre Seite. »Mir ist nichts passiert«, erwiderte Kiernan. »Ich – danke Ihnen. Offenbar sind Sie gerade im rechten Moment gekommen.«

Auch der zweite Rebell, ein jüngerer Mann, war abgestiegen und inspizierte nun die Toten. Angewidert spie er einen Tabakpfriem aus. »Die gehören nicht zur regulären Truppe. Von diesem Regiment war seit Monaten niemand mehr hier. Das müssen Deserteure gewesen sein.« Er wollte noch einmal ausspucken, doch dann schaute er Kiernan verlegen an. »Oh, Verzeihung, Ma'am.«

Sie bedeutete ihm, er solle sich keinen Zwang antun.

Was war schon ein bißchen Kautabak am Boden, verglichen mit dem noch warmen Blut, das die Wiese tränkte?

»Mein jüngster Sohn dient bei 47. Maryland-Artilleriecorps, Mrs. Miller«, berichtete der weißhaarige Mann. »Er mag ein knochenharter Kämpfer sein und Abe Lincolns Fahne schwenken. Aber wenn er für sich und seine Kameraden was zu essen braucht oder ein Haus requirieren muß – im Süden oder Norden, dann klopft er höflich an die Tür, putzt sich die Stiefel ab, bevor er eintritt, und sagt ›bitte‹ und ›danke‹. Er wurde eben ordentlich erzogen, wie die meisten Jungs von der Union. Aber Taugenichtse gibt's nun mal auf beiden Seiten, und heute sind welche zu Ihnen gekommen, junge Damen. Vor dieser Sorte müssen Sie sich in acht nehmen.«

»Dann bin ich Ihnen doppelt verbunden, weil Sie zur rechten Zeit erschienen sind. Ich kann Ihnen nicht einmal richtig danken, weil ich Ihren Namen nicht kenne. Aber Sie wissen, wer ich bin.«

»Klar, Ma'am«, bestätigte er und lüftete seinen Hut. »Sie sind die Schwiegertochter vom alten Andrew, Anthonys Witwe. Und Ihre Waffenwerkstätten versorgen unsere Jungs regelmäßig mit Nachschub. Ich bin Sergeant Angus Geary, und das ist T. J. Castleman, einer unserer tüchtigsten Scharfschützen.«

»Sind Sie hier stationiert?« fragte Kiernan. »Ziehen sich Rebellentruppen in diese Gegend zurück?«

»Nicht direkt, Ma'am. Wir haben eine höchst interessante Aufgabe, denn wir sollen die Unionsstreitkräfte im Shenandoah Valley ärgern. Manchmal sind wir in den Bergen, manchmal im Tal.«

»General Thomas Jackson ist unser Kommandant«, ergänzte Castleman, »seit seinem Sieg am Bull Run ›Stonewall‹ genannt, weil er wie eine Steinmauer die Stellung hielt – der beste Befehlshaber, den man sich nur wünschen kann.«

»Nun, nachdem mir soeben das Leben gerettet wurde,

möchte ich mich erkenntlich zeigen und die Gentlemen zum Dinner einladen«, erklärte Kiernan. Dann erinnerte sie sich an die Leichen, die immer noch auf dem Grund und Boden von Montemarte lagen. Wie konnte sie da an Essen denken. »Oh... Vielleicht könnten wir diese – eh – Männer in einen Wagen verfrachten. Jeremiah würde sie in die Stadt bringen und zu ihrer Einheit zurückschicken lassen...

»Das wäre keine gute Idee, Ma'am«, widersprach Castleman. »Überlassen Sie dieses Problem dem Sarge und mir.«

Als sie verständnislos die Stirn runzelte, erläuterte Angus Geary: »Sehen Sie, Mrs. Miller, wenn wir sie den Yankees schicken, wüßten die, daß wir die drei erwischt haben. Und sie könnten sich auch denken, wo. Aber Sie sollten die Aufmerksamkeit der Yanks nicht auf dieses schöne Haus lenken, sonst beschließen die womöglich, es nicht länger stehenzulassen. Falls so ein Tag mal anbricht – sind Sie bewaffnet?«

Grinsend mischte sich Jacob ein. »Natürlich, Sarge. Wir haben einen ganzen Schrank mit Papas besten Schießeisen vollgestopft. Und ich besitze mein eigenes Gewehr, für mich handgemacht, dazu genug Munition.«

»Sehr gut, mein Junge. Wenn wieder mal solche Streuner auftauchen, feuerst du sofort. Aber falls du eine ganze Schar Soldaten kommen siehst, bleibst du im Hintergrund. Die tun dir nichts, sie nehmen nur das Haus ein bißchen auseinander. Sobald du auf sie schießt, müssen sie dich natürlich töten. Ein Reb ist zwar zehn Yanks wert...« Angus zwinkerte Kiernan zu. »Aber ein Reb kann's nicht mit einer ganzen Kompanie oder Brigade aufnehmen. Das verstehen Sie doch, Mrs. Miller?«

»O ja.« Sie verstand es nur zu gut und nahm sich fest vor, Jacob von etwaigen Dummheiten abzuhalten. Von nun an wußte sie auch, daß es auf beiden Seiten Deserteure gab, die vereinzelt auftraten. Auf die konnte sie ruhigen Blutes schießen, weil sie andernfalls vermutlich selber sterben würde.

»Ich kümmere mich jetzt um die Blaubäuche, Sarge«, verkündete Castleman und spuckte wieder einen Tabakpfriem ins Gras, dann schaute er Kiernan schuldbewußt an.

Lächelnd schüttelte sie den Kopf »Bitte, Sir, fühlen Sie sich wie zu Hause.« Da grinste er, und sie fand, daß er die Erdverbundenheit echter Bergfarmer besaß. Solche handfesten Leute und die Virginia-Aristokratie, die soviel von Pferden und Waffen verstand und das Terrain so gut kannte, müßten mit vereinten Kräften den Krieg gewinnen, dachte sie.

»Ich freue mich schon aufs Essen, Ma'am«, gestand er ihr.

Ohne den Leichen einen letzten Blick zu gönnen, umfaßte sie Janeys Arm. »Sag Jeremiah, er soll ein Huhn schlachten.«

Sie fragte nicht, was mit den toten Yankees geschehen war, und wollte es auch gar nicht so genau wissen, nahm aber an, daß sie in einiger Entfernung von Montemarte begraben lagen.

Kiernan glaubte, die beiden Rebs würden nicht viel Zeit haben, und so beeilte sie sich, um eine Stunde später das Essen auf den Tisch zu bringen. Sie freute sich auf Gesellschaft, obwohl sie keineswegs einsam war. Lacey und Thomas besuchten sie oft. Und sie hatte bereits ihre erste geschäftliche Besprechung mit dem Verwalter der Waffenfabrik im Tal geführt und ihn gebeten, ihr ebenso wie Thomas zu bestätigen, der Großteil der Produkte würde nach wie vor an die Konföderiertenregierung oder Privatleute verkauft, die ihre eigenen Truppen rekrutierten.

Doch sie wußte noch immer viel zu wenig darüber. Seit der Schlacht am Bull Run bezweifelte niemand, daß Virginia – obwohl zögerlich bei seiner Trennung von der alten

Regierung – für das Bündnis mit der neuen zahlen mußte und als wichtigster Kriegsschauplatz fungieren würde.

Sergeant Angus Gearys und T. J. Castlemans Anwesenheit auf Montemarte war Kiernans erster Kontakt mit dem Krieg, und sie fand das sehr wichtig. Sie wollte an dem Geschehen teilhaben, denn sie glaubte, dies wäre die einzige Möglichkeit, alles zu überleben.

Während der Mahlzeit dachte sie darüber nach. Sie brachte kaum einen Bissen hinunter, freute sich aber über Angus' und T. J.s prächtigen Appetit. Das Essen sagte ihnen ebenso zu, wie das schneeweiße Tischtuch, das edle Geschirr und das Tafelsilber. Janey war dagegen gewesen, dieses kostbare Besteck zu verwenden, und Kiernan hatte sie nur mit dem Versprechen umstimmen können, es bald zu vergraben und vor schurkischen Yankees oder Rebs zu retten.

Angus und T. J. vertraute sie rückhaltlos. Beide bewunderten sie – der jüngere Mann noch unverhohlener als der weltgewandte Sergeant – die elegante Einrichtung des Hauses, die schönen englischen Möbel, die Spitzenvorhänge und Wandleuchter aus Kristall. Nach dem Essen spielte Kiernan ihnen alte irische Balladen und fröhliche Kontertänze auf dem Spinett vor. Jacob tanzte mit seiner Schwester, dann bat die höfliche Patricia den etwas verlegenen T. J. um einen Tanz. Darauf ging er erst ein, als sich sein Sergeant von der Hausherrin auffordern ließ.

Danach drängte Angus seinen Begleiter zum Aufbruch, weil ihm plötzlich bewußt wurde, wie lange sie schon hier waren. Er dankte der Familie und versicherte, er würde sie schützen, so gut er es vermochte. »Wir sind oft in der Nähe des Tals, Mrs. Miller.« Eindringlich schaute er in ihre Augen. »Wenn sie uns brauchen – falls Sie mal von einer drohenden Gefahr hören, können Sie eine Nachricht in dem alten hohlen Eichenstamm bei der Ruine des Chagall-Hauses hinterlegen. Wissen Sie, wo das ist?«

Kiernan nickte. »Vor langer Zeit bin ich mit Anthony

hingeritten.« Als die beiden gegangen waren, sah sie zu ihrem Entzücken, das Angus seinen Hut hatte liegenlassen, und rannte ihm nach. Die Gelegenheit, mit ihm zu reden, ohne daß Patricia und Jacob lauschten, würde sie sich keinesfalls entgehen lassen. Gerade wollte er wieder vom Pferd steigen. Der grinsende T. J. schien ihn auf das kleine Mißgeschick hingewiesen zu haben.

»Ah, Mrs. Miller, vielen Dank!« Er nahm den Hut, den sie ihm reichte. Lächelnd sah sie zu ihm aufs eine Hand über den Augen, um sie gegen die sinkende Sonne abzuschirmen.

»Ich bin Ihnen zu Dank verpflichtet, Sir«, erinnerte sie ihn und trat näher, obwohl es nicht nötig war, zu flüstern. Die Zwillinge waren im Haus und konnten nichts hören. »Und ich würde meine Dankbarkeit gern noch deutlicher zeigen.« Als sich seine Augen verengten, fragte sie: »Oder habe ich Sie mißverstanden? Sprachen Sie nicht von der hohlen Eiche, wo ich Informationen hinterlegen könnte?«

Angus wechselte einen raschen Blick mit T. J., schaute auf seine Hände hinab und gab zu: »Ja, Ma'am. Nicht, daß ich das Recht hätte, so was anzudeuten. Sie erfüllen ohnehin schon genug Pflichten, indem Sie für die Geschwister ihres verstorbenen Mannes sorgen – und sich um die Waffenfabrik kümmern...«

»Ich würde sehr gern spionieren«, erklärte sie ohne Umschweife, und Angus zuckte zusammen.

»Ein gefährliches Geschäft, Mrs. Miller.«

Sicher, dachte sie. Aber es muß auch herrlich aufregend sein. Spione werden aufgehängt – Spioninnen wohl kaum. Nicht einmal die Yankees töten Frauen. Noch nicht. Außerdem habe ich nicht die Absicht, mich schnappen zu lassen... Sie lächelte Angus wieder an. »Wahrscheinlich bin ich wegen der Waffenfabriken ohnehin eine besondere Zielscheibe. Im Grunde kenne ich keine Yankees – aber wenn ich was höre, verstecke ich eine Nachricht in diesem alten Eichenstamm.«

Angus schaute wieder T. J. an, der die Schultern zuckte und gedehnt meinte: »Wir brauchen Mrs. Millers Hilfe. In diesen Wäldern leben zu viele Leute, die für die Yanks sind – und andere, die nicht wissen, auf welche Seite sie sich schlagen sollen. Riskieren Sie nichts, Ma'am. Aber wenn Sie irgendwas erfahren, von dem Sie glauben, wir sollten es wissen – dann reiten Sie doch einfach auf einem Ihrer schönen Pferde aus, an der alten Eiche vorbei. Das würde uns schon genügen nicht wahr, Sarge?«

Höflich lüftete Angus den Hut. »Wir wären Ihnen zu ewigem Dank verpflichtet, Mrs. Miller.«

Lächelnd winkte Kiernan den Männern nach, als sie davonritten.

Es dauerte nicht lange, bis sie die Chagall-Ruinen aufsuchte. Ein besonderes Geheimnis konnte sie zwar nicht verraten – nur etwas, das bald alle wissen würden und das sie früher als andere erfahren hatte, weil Thomas Donahue von einem Bahnangestellten mit Informationen versorgt wurde.

Ein feindlicher Colonel hatte die Mühle auf Virginia-Island teilweise zerstört, um die Konföderierten an der Nutzung zu hindern. Der Mühlenbesitzer, Mr. Herr, wurde schon als ausgeprägter Unionssympathisant verdächtigt. In den Ruinen der Mühle lagerte eine Menge Getreide, das er den Unionsbehörden in Maryland angeboten hatte.

Wie Kiernan von Thomas wußte, würden Soldaten vom 3. Wisconsin-Regiment die tauglichen Bürger beaufsichtigen, die in Harpers Ferry geblieben waren und das Getreide auf Schiffe verladen sollten, da derzeit keine Pontomac-Brücke existierte. Angeblich wollte man die Männer für ihre Mühe entlohnen.

Aber Donahue meinte, sie würden keinen einzigen Cent sehen. Seine Stimmung verdüsterte sich mit jedem Tag. Einschußlöcher klafften in den Mauern seines Hauses, weil die Unionstruppen von den Maryland Heights aus auf alles feuerten, was sich bewegte. Harpers Ferry, wo früher so reges Leben und Treiben geherrscht hatte, entwickelte sich zur Geisterstadt, wo sich nach Einbruch der Dunkelheit niemand mehr auf die Straßen wagte. Als der Winter näher rückte, die Tage kürzer wurden, mußten am späten Nachmittag notgedrungen Lampen angezündet werden, was alle Bürger gefährdete. Wie Kiernan nun erkannte, liebte Thomas die Stadt mehr als diese oder jene Regierung. Harpers Ferry war tot, und wer den Krieg gewinnen würde, interessierte ihn nicht.

Bei ihrem Besuch tat sie ihr Bestes, um ihn aufzuheitern, dann ritt sie nach Hause. Warum sie einen Umweg wählte, wußte sie nicht recht – vielleicht, weil an diesem Tag Anfang Oktober so schönes Wetter herrschte und das Laub der Bäume an den Berghängen so bunt leuchtete. Weiß schäumend tanzten Bäche über das Felsgestein.

Unwillkürlich zügelte Kiernan das Pferd, als sie den Pfad erreichte, der zur alten Fischerhütte am Fluß hinabführte. Und sie hätte beinahe diese Richtung eingeschlagen. Fast zwei Jahre sind vergangen, seit ich mit Jesse dort war, dachte sie wehmütig. Dann biß sie sich auf die Lippen. In letzter Zeit hatte sie kaum an ihn gedacht – oder nie aufgehört, an ihn zu denken, und ihn einfach nur in den Hintergrund ihres Bewußtseins verbannt. Doch jetzt stürmten die Erinnerungen mit aller Macht auf Kiernan ein. Schon an jenem Tag hatte er die Zukunft vorausgeahnt. Ein entzweites Haus... Nicht einmal die Liebe konnte das ändern. Voller Stolz hatte Angus von seinem Sohn erzählt, der bei den Yankees diente. Harpers Ferry war gespalten, sogar ganz Virginia. Und welche Mutter in den Südstaaten würde ihr Kind, das für die Yankees kämpfte, nicht lieben? Auch Daniels Liebe zu seinem Bruder war nicht erloschen.

»Und ich liebe dich wie eh und je, Jesse«, flüsterte Kiernan. Doch das gehörte der Vergangenheit an, so wie jener Abend voller Leidenschaft und süßer Qual in der Fischerhütte. Diese Liebe hatte nie eine Chance gehabt.

Sie schwang das Pferd herum und ritt davon. Um nach Hause zu den Kindern zurückzukehren, fühlte sie sich zu rastlos. Dies war vielleicht der Grund, warum sie die Chagall-Ruinen ansteuerte, weiter oben am Hang. Im hohen Gras stieg sie ab und betrachtete die Reste des einst sehr schönen Landsitzes. Jetzt wucherte Unkraut auf der Zufahrt. Vier dorische Säulen trotzten immer noch den Zeichen der Zeit. Ein kühler Wind flüsterte in den Zweigen, ein Vorbote des Winters. Fröstelnd zog Kiernan ihr Cape enger um die Schultern und wanderte zu der hohlen Eiche.

Ein Blitz hatte in den Baum eingeschlagen, doch der Stamm erhob sich so stark und fest wie zuvor. Das große Loch war ein wunderbares Versteck für geheime Nachrichten.

Plötzlich raschelte es zwischen den Bäumen, und Kiernan wollte angstvoll zu ihrem Pferd flüchten. Doch dann erkannte sie die Stimme, die nach ihr rief. »Mrs. Miller!« Lässig schlenderte T. J. aus dem Gebüsch hervor, einen Grashalm zwischen den Zähnen. »Hallo Ma'am. Ich nehme an, Sie wollen uns was erzählen.«

Sie wiederholte, was sie von Thomas erfahren hatte, und er nickte. »Davon haben wir schon gehört. Danke für die Bestätigung. Mal sehen, was die Miliz davon hält. Wir sind Ihnen sehr verbunden, Ma'am. Aber es geht Ihnen doch gut? Und den Kindern auch?«

»O ja, danke.«

»Reiten Sie jetzt lieber nach Hause. Heutzutage sollte eine Frau nicht allein unterwegs sein. Und es wäre besser, wenn man uns nicht zusammen sieht.«

Sie schwang sich in den Sattel und winkte ihm zum Abschied. Immer noch den Grashalm zwischen den Zähnen, stand er da, erwiderte den Gruß, und sie fragte sich, ob ihm der Kautabak ausgegangen war.

»Kiernan! Kiernan!«

Am späten Nachmittag des 16. Oktober lachte sie gerade im Hinterhof zusammen mit Jeremiah über seinen jungen Sohn David, der im Hühnergehege einer wütenden Henne ihre Eier wegzunehmen versuchte. Doch als Kiernan den aufgeregten Ruf hörte, verging ihr das Lachen. Sie lief um das Haus herum und sah zu ihrer Verblüffung ihren Freund Thomas Donahue auf einem seiner Kutschenpferde sitzen. Das war ungewöhnlich, denn er haßte den Reitsport.

»Was ist den los, Thomas? Steig doch ab und komm herein. Trinken wir eine Tasse Tee oder Kaffee – oder was Stärkeres.«

Doch er schüttelte den Kopf. »Ich muß noch andere Leute warnen. Offenbar ist die Virginia-Miliz nicht glücklich über den Plan der Yankees, diesen Weizen von den Stadtbewohnern verladen zu lassen. Und angeblich ist der Konföderierten-Colonel Ashby schon auf dem Weg zu uns, um die ganze Aktion zu stoppen. Er soll grade auf den Bolivar Heights sein, und dort wollen ihn die Yanks in einen Kampf verwickeln. Bleib mit den Kindern im Haus, Kiernan. Man weiß nicht, wohin diese Kugeln fliegen können.«

»Vielen Dank, Thomas.« Während er sein Pferd herumschwang, rief sie alle Haushaltsmitglieder zu sich. »Wir werden einige Zeit im Keller leben. Patricia, bring Decken hinunter, und du, Jacob, nimm dein Gewehr mit. Machen wir doch einfach ein Picknick draus, Janey. Schau bitte mal nach, was wir alles in der Speisekammer haben.«

»Heißt das vielleicht, daß ich mich nicht mehr mit den Hühnern rumplagen muß, Miz Kiernan?« fragte David.

Sie lächelte belustigt. Dieses achtjährige aufgeweckte Energiebündel arbeitete so hart wie ein Erwachsener und war erstaunlich klug. Patricia las dem Jungen oft etwas vor. Kiernan gegenüber hatte sie nie ihre Meinung über die Sklaverei geäußert, aber vielleicht dachten die jungen

Millers gar nicht darüber nach. Jedenfalls hatte das Mädchen, selber seit vielen Jahren mutterlos, den kleinen David gleichsam adoptiert, und er gedieh prächtig unter ihrer Fürsorge.

»Nein, vorerst mußt du nicht mit den Hühnern kämpfen, David«, versicherte Kiernan. »Hilf Patricia, und wir quartieren uns alle im Keller ein.«

»Miz Kiernan?« Jeremiahs älterer Sohn war schon fast zwanzig, fast eins neunzig groß, ein hübscher, ebenholzschwarzer, kräftig gebauter Junge, den sie sich gut als afrikanischen Prinzen vorstellen konnte. Keinerlei Sklavenfesseln konnten seine stolze Haltung beeinträchtigen.

»Ja, Tyne?«

»Weder die Blaubäuche noch die Rebs werden mich beachten. Ein guter Gärtner muß draußen bleiben. Nehmen Sie die Kleinen in den Keller mit, und ich halte hier oben die Augen offen.«

Wenn er nun davonläuft, fragte sie sich. Aber das hätte er schon vor Monaten tun können. Außerdem hatte sie Jeremiah und seinen Söhnen die Freiheit versprochen. »Einverstanden, Tyne.«

Den Rest ihrer Schützlinge verfrachtete sie in den Keller. Wenig später hörten sie die ersten Schüsse – und dann Kanonendonner. Während des Schlachtenlärms drückte Kiernan ihre kleine Schwägerin an sich und überlegte, daß John Brown vor genau zwei Jahren nach Harpers Ferry gekommen war.

Nach einiger Zeit verhallten die Schüsse. Die Kellertür öffnete sich, und Kiernans Atem stockte.

»Miz Kiernan?«

Erleichtert seufzte sie auf. Es war nur Tyne. »Ist es vorbei?«

»Scheint so«, erwiderte er. »Jetzt ist es schon eine ganze Weile ruhig. Ich hab ein paar Blaubäuche zur Stadt und zum Fluß hinunterreiten sehen, und die Jungs in Grau ziehen sich offenbar nach Charles Town zurück. Die führten sich auf, als hätten sie das Scharmützel gewonnen. Schwer zu sagen.«

Kiernan stieg hinter ihm die Kellertreppe hinauf. »Ist keiner zum Haus gekommen?«

»Ich hab niemanden bemerkt.«

Sie rannte zur Fassade des Hauses, entdeckte ein Einschußloch in einer Säule und erschauerte. Also hatte der Kampf in unmittelbarer Nähe stattgefunden. Weiter unten am Grashang sah sie eine Gestalt liegen, lief hin und kniete nieder. Ein Yankee. Er war auf den Bauch gefallen.

Wenn er nur verletzt ist, muß ich ihm helfen, sagte sie sich. Mühsam schluckte sie und drehte ihn auf den Rükken.

Sie brauchte ihm nicht zu helfen. Blicklose Augen starrten sie an. Junge blaue Augen in einem jungen Gesicht. Vermutlich hatte er erst vor kurzem begonnen, sich zu rasieren. Ein hübscher Bursche, der sicher so manches Mädchenherz gebrochen hatte. »O Gott«, flüsterte sie.

Tyne stand hinter ihr, und sie hielt ihre Tränen zurück. Wegen eines Yankee-Soldaten konnte sie unmöglich weinen. Hatte sie seinen Tod verursacht? Nein, die Rebs waren schon vorher über den Getreidetransport informiert gewesen. Außerdem sterben in diesem Krieg so viele Yanks, dachte sie. Ich kann es nicht verhindern.

Nicht einmal Jesse vermochte das.

Jesse... Würde er eines Tages auch so auf einer Wiese liegen, in seiner blauen Uniform? Er war zwar Arzt, aber damals im Westen hatte er an den Kämpfen teilgenommen, statt im Lazarett zu bleiben.

»Wir müssen ihn – nach Hause schicken«, stammelte Kiernan. Das war kein Deserteur, sondern ein tapferer Soldat, im Kampf gefallen.

»Schauen wir erst mal in seinen Taschen nach«, schlug Tyne vor. Sie rührte sich nicht, während er die blutgetränkte Uniform durchsuchte. Schließlich fand er einen

Tabakbeutel und eine Pfeife. Beides drückte er in Kiernans Hände. »Er war noch zu jung zum Rauchen. Seiner Mama würde das wahrscheinlich nicht gefallen. Ich hole jetzt den Wagen.«

Wortlos nickte sie und kniete bei dem Toten, bis Tyne mit dem Wagen zurückkehrte, vor den er das Maultier Albert gespannt hatte. Er hob die Leiche auf das Vehikel.

Erst jetzt stand Kiernan auf. Im Wagen fand sie eine karierte Decke, die sie über den Yankee breitete.

»Er war ein Feind, Miz Kiernan«, wandte Tyne ein.

Meinte er das ernst? Die Union versuchte doch, die Sklaven zu befreien. »Mein Feind, nicht deiner, Tyne.«

Er zuckte die Achseln und zog die Decke zurecht. »Nun ja, ich hab' gehört, Abe Lincoln ist ein mächtig guter Mann. Groß und häßlich wie die Sünde, aber sehr gut. Aber ich hab' noch was gehört. Er will unsereins befreien und auf einer Insel unterbringen, in einer Republik für Schwarze. Nun, ich mag Virginia. Die Leute im Norden sind dagegen, daß die Sklaven im Süden geschlagen werden. Und das ist in Ordnung. Aber manche Leute im Norden glauben, wenn sie einem Schwarzen zu nahe kommen, würde er auf sie abfärben und sie schmutzig machen. Da hab' ich's wirklich gut. Ich war immer nur mit Weißen zusammen, die nicht fürchten, sie könnten schmutzig werden, wenn sie die Hand eines Negers anfassen. Also steh' ich auf Ihrer Seite, Miz Kiernan.«

»Danke, Tyne.«

Seine Lippen verzogen sich. »Noch nie mußte ich Baumwolle pflücken. Wäre ich ein ›Feldnigger‹, würde ich vielleicht anders denken.«

Ein stolzer Mann. Verständnisvoll nickte sie. Auch sie hatte ihren Stolz. Sie kletterte auf den Wagen.

»Miz Kiernan, Sie müssen nicht mitkommen. Ich erledige das.«

»Du kannst ihn nicht allein wegbringen.«

Da grinste er schief. »Nie würde ein Schwarzer einen toten Reb zu dessen Regiment fahren, o nein! Aber wenn ich mich um diesen Blaubauch kümmere, ist das okay. Die Yanks kämpfen doch für uns, nicht wahr?«

Lächelnd nickte sie. Als er auf den Wagen stieg und die Peitsche ergriff, bat sie: »Fahr vorsichtig, Tyne, damit er nicht zu sehr durchgeschüttelt wird.«

»Klar, Ma'am.«

Das Maultier trottete davon. Sie schaute dem Wagen eine Weile nach. Dann kehrte sie zum Haus zurück, setzte sich auf die Verandaschaukel und spürte den kühlen Herbstwind. Erstaunlich, wie ruhig ich mich fühle, dachte sie. Ich finde mich mit dem Leben ab, so wie es ist... Niemals würde sie unbeteiligt mit ansehen können, wie jemand starb. Aber in solchen Zeiten mußte man so etwas hinnehmen, denn sie wollte den Krieg überleben.

Unten in Harpers Ferry fielen fast unentwegt Schüsse. Doch die Millers hier oben in Montemarte würden das alles überstehen. Keine der gegnerischen Seiten besaß genug Kampfkraft, um die Stadt zu erobern. Durch die Berge ringsum war sie unmöglich für längere Zeit zu halten.

Eine Geisterstadt, sagte sich Kiernan fröstelnd. Ob sie nun von den Blauen oder den Grauen eingenommen wird – beide werden immer wiederkommen, weil Harpers Ferry eine wichtige Bahnstation ist. Auch das werde ich verhaften...

Sie war immer noch ruhig und gelassen, als Tyne abends zurückkehrte und berichtete, er sei vielen Yanks begegnet. Einige Stadtbewohner waren festgenommen worden, weil sie Rebellen versteckt hatten.

In dieser Nacht wurden Kiernans Träume von Toten bevölkert. Der Yankee, der vor ihrem Haus gefallen war, schwebte wie ein Geist vorbei. Und als sie sich über eine andere blauuniformierte Gestalt beugte, schrie sie auf. Jesse... Sie fuhr aus dem Schlaf hoch, dann erinnerte sie sich, daß Jesse nicht mehr zu ihrem Leben gehörte. Aber danach lag sie lange wach, bis sie endlich in einen tiefen, traumlosen Schlummer sank. Erst am späten Morgen erwachte sie.

Nachmittags ritt sie aus. Später half sie Jeremiah und seinen Söhnen, im Stall die Pferde zu striegeln, und entschied, welche Tiere neu beschlagen werden mußten.

An diesem trügerisch schönen Herbstabend ritt die blaugekleidete Soldatenschar nach Montemarte. Und Jesse Cameron kehrte in Kiernans Leben zurück.

Zwischenspiel
Jesse

17. Oktober 1861
Washington, D. C.

»Kann ich mit dir reden?«

Jesse blickte von einem Schreibtisch im Washingtoner Lazarett auf und sah Captain Allan Quinn von der 14. Nord-Virginia-Unionskavallerie vor sich stehen.

Sein erster Gedanke galt der Überlegung, welche von Quinns Verwundeten hier in der Abteilung lagen. Jesse kannte die Einheit, mit der er oft geritten war, wenn er sich für den regulären Kavalleriedienst entschieden hatte. Viele dieser Männer waren mit ihm im Westen gewesen, so wie Daniel und Jeb.

Erleichtert seufzte Jesse auf, als er sich erinnerte. Nur zwei von Quinns Jungs lagen hier, in Scharmützeln verletzt, aber bereits auf dem Weg der Besserung. Einem hatte ein Arm abgenommen werden müssen. Das war Jesse sehr nahegegangen. Er hatte geglaubt, die Amputation wäre zu verhindern gewesen, hätte er die Wunde rechtzeitig verarzten können. Doch der junge Kavallerist erklärte, er verzichte lieber auf einen Arm als auf ein Bein. Denn er wäre durchaus in der Lage, einarmig zu reiten, was ihm mit nur einem Bein gewiß Schwierigkeiten bereiten würde.

Der andere hatte nur einen Streifschuß am Kopf abgekriegt. Schädelknochen und Gehirn waren wunderbarerweise unversehrt geblieben. Dank der sofortigen ärztlichen Versorgung ging es ihm schon wieder sehr gut.

Jesse fühlte sich in Washington nicht wohl. Er hätte lieber in einem Lazarett in der Nähe eines Kriegsschauplatzes Dienst getan. In vielen Fällen verschlechterte sich der Zustand der Verwundeten, die hierhergebracht wurden, während des Transports. Unterwegs konnte man sie nur mangelhaft betreuen. Ein Doktor im Westen hatte ihm erklärt, wenn man mehrere Wunden mit demselben Schwamm säubere, komme es leicht zu Infektionen. Viele Arzte taten das als Unsinn ab. Aber wie Jesse aus Erfahrung wußte, konnten saubere Schwämme so manches Leben retten, ebenso ein guter Schuß Alkohol, äußerlich und innerlich angewandt.

Aus irgendeinem Grund ahnte er plötzlich, daß Quinn ihn nicht aufgesucht hatte, um über die Verwundeten zu sprechen. Ein seltsames Unbehagen erfaßte ihn. Sie kannten sich schon sehr lange, und einer war über das Privatleben des anderen informiert. »Was ist los, Allan? Hast du etwas von meinem Bruder gehört?«

Quinn – etwa in Jesses Alter und für eine hervorragende militärische Karriere prädestiniert – schüttelte den Kopf. »Über Daniel gibt's keine Neuigkeiten. Aber irgendwas scheint da schiefzulaufen.«

Bestürzt sprang Jesse auf, seine Schreibfeder in der Hand. »Was?«

»In letzter Zeit finden immer mehr Scharmützel statt.«

»Das weiß ich. Würdest du mir endlich verraten...«

»Gestern kam es zu einer Schlacht bei Harpers Ferry, auf den Bolivar Heights.«

Jesses Finger krallten sich um die Feder. Kiernan – in unmittelbarer Nähe des Kriegsgeschehens... Der kalte

Schweiß brach ihm aus. »Wurden Zivilisten getötet oder verletzt?« fragte er heiser.

»Nein. Ihr – eh, Mrs. Miller ist nichts passiert.«

Erleichtert ließ Jesse die Feder fallen und preßte die Hände aneinander. Kiernan... Alle Bemühungen, sie aus seinen Gedanken zu verdrängen, waren vergeblich gewesen – obwohl sie ihm ihren Haß ins Gesicht geschrien und Anthony geheiratet hatte. Er wußte, daß sie jetzt auf Montemarte lebte, da Christa ihm regelmäßig schrieb. Den Krieg erwähnte sie nicht, versuchte ihn nie, auf die Seite der Konföderierten zu ziehen. Sie berichtete nur von Neuigkeiten, Freunden und Bekannten. Und sie hatte ihm mitgeteilt, Kiernan sei nach Montemarte gezogen, um für Anthonys junge Geschwister zu sorgen.

Er hätte ihr schreiben können, in der Nähe von Harpers Ferry, wo bald ein konstantes kriegerisches Tauziehen stattfinden würde, sei es zu gefährlich für sie und sie solle nach Tidewater Virginia zurückkehren. Aber wahrscheinlich hätte sie den Brief nicht einmal geöffnet.

Schmerzhaft hämmerte sein Herz gegen die Rippen. Quinn befand sich in der gleichen Lage wie er, stammte ebenfalls aus Virginia, das nun auf der gegnerischen Seite stand. Er hatte sich in denselben Kreisen bewegt und wußte, wieviel Kiernan seinem Freund bedeutete.

»Allan, was versuchst du mir zu sagen?« fragte Jesse. »Die Schlacht ist beendet, Zivilisten sind nicht zu Schaden gekommen. Was...«

»Kennst du Captain Hugh Norris?« fiel Quinn ihm ins Wort.

Jesse runzelte die Stirn. Ja, den hatte er bei Manassas getroffen. Norris, in Maryland beheimatet, hegte einen bitteren Groll gegen die zahlreichen ›Verräter‹ aus seinem Staat und schien zur Grausamkeit zu neigen. »Wir sind uns mal begegnet.«

»Sein Bruder ist am Bull Run gefallen, und er glaubt, dafür wären die Millers verantwortlich.«

Jesse hob die Brauen. »Die Millers? Für die Schlacht um den Manassas-Bahnknoten?« Andrew und Anthony würden sich freuen, wenn sie wüßten, wie wichtig man sie nahm, dachte er ironisch.

»Er ist überzeugt, daß sein Bruder von einer Miller-Waffe getötet wurde. Der starb nahe der Südflanke, und dort kämpften hauptsächlich Einheiten aus den westlichen Countys von Virginia.«

»Da kann man wohl allen möglichen Leuten die Schuld geben – wie's einem gerade gefällt.« Jesses Nerven spannten sich an. Norris da draußen – in Kiernans Nähe... Die Bahnfahrt dorthin dauerte eine gute Stunde – wenn Züge verkehrten, ein Ritt wesentlich länger.

»Ein paar Jungs, die kürzlich aus dieser Gegend zurückkamen, erzählten mir, Norris habe da ein Kommando«, fügte Quinn hinzu. »Und angeblich verschaffte er sich die Erlaubnis, Montemarte niederzubrennen, den Wohnsitz der Millers. Anthony und sein Vater sind tot. Nur seine Witwe und seine kleinen Geschwister leben dort. Und ich sehe nicht ein, wie der Allmächtige auf unserer Seite sein soll, wenn wir die Häuser von Frauen und Kindern anzünden. Ich darf da nicht eingreifen, denn ich bin hier stationiert, um die Hauptstadt zu verteidigen. Aber du hast viel Freiheit, Jesse. Und General Banks ist da draußen. Er hält eine Menge von dir. Vielleicht kannst du was tun.«

Jesses Mund war trocken. Die stecken noch vor dem Kriegsende Häuser in Brand, dachte er. Beide Seiten sind bereits geübt in der Kunst der Zerstörung – und wild entschlossen, einander lebenswichtigen Nachschub und Proviant zu entreißen. Aber Allan hat recht. In dieser Phase besteht noch kein Grund, einer Witwe das Dach über den Kopf anzuzünden. Nicht einmal, wenn diese Witwe einen Anteil an der Millerschen Waffenfabrik besitzt. Davon muß ich meinen Kommandanten überzeugen.

»Danke, Allan.« Hastig nahm Jesse seinen Hut vom Schreibtisch, lief durch den Korridor zum Büro seines unmittelbaren Vorgesetzten Colonel Sebring, der als vernünftiger Mann galt, und stürmte durch die Tür. »Sir, ich muß unbedingt in der Nähe des Kampfgeschehens Dienst tun. Und ich weiß auch, wo.«

Verwirrt schaute Sebring von seinem Schreibtisch auf und zog die buschigen Brauen hoch. »Jetzt gleich?«

»Ja, Sir. Ich bitte um die Erlaubnis, in einer Stunde abreisen zu dürfen.«

»Oh, Sie haben von dem Zwischenfall auf den Bolivar Heights gehört. Und ich nehme an, Sie wollen den Miller-Landsitz retten – Montemarte heißt er, nicht wahr?«

Jetzt war es an Jesse, Verblüffung zu zeigen. Sein Kommandant war wirklich ein schlauer alter Fuchs. Natürlich waren die Millers und Montemarte allgemein bekannt – aber nicht Jesses persönliche Beziehungen zu dieser Familie. »Captain Norris ist da draußen und beabsichtigt, das Haus niederzubrennen«, fuhr er fort. »Dafür gibt es keinen Grund. Die Fabriken liegen unten im Tal. Und es wäre aus politischer Sicht unklug. Die Bewohner einiger westlicher Countys von Virginia sind gar nicht glücklich über ihre Zugehörigkeit zu den Konföderierten Staaten. Nächste Woche halten sie ein Referendum ab. Vielleicht beschließen sie, zur Union zurückzukehren. Aber das wird sicher nicht geschehen, wenn wir da draußen rumlaufen und ihre Häuser anzünden, Sir.«

Sebring musterte ihn und zwirbelte an seinem schneeweißen Schnurrbart. »Sie zählen zu unseren besten Ärzten, Jesse, und ich brauche Sie hier. Aber vielleicht denke ich da etwas zu selbstsüchtig. Immerhin gibt es unter der Zivilbevölkerung in Washington genug Doktoren...« Er überlegte noch eine Weile, dann griff er nach seiner Feder und schrieb eine Order. »Ich werde Ihnen aus dem ganzen Umkreis die Leute schicken, die am schlimmsten zugerichtet sind – und auch ein paar Leichtverletzte, die noch kämpfen können. Aber...«

Mahnend hob er einen Finger. »Wenn's nötig ist, treten Sie sofort den Rückzug an, verstanden?«

»Ja, Sir, vielen Dank.« Jesse nahm die Order und wollte sich zum Gehen wenden, aber Sebring war noch nicht fertig.

»Ihr Privatleben sollte Ihrer militärischen Karriere nie wieder in die Quere kommen, Jesse.«

»Hätte ich das jemals zugelassen, stünde ich jetzt auf der anderen Seite, Sir«, entgegnete Jesse, auf dem Sprung zur Tür, doch er wurde erneut zurückgerufen.

»Schon gut. Übrigens – behalten Sie diese junge Frau im Auge. Manche Leute glauben, sie würde uns etwas zu eifrig beobachten und ihre Erkenntnisse weitergeben.«

»Was?« fragte Jesse irritiert.

»Sie haben's doch gehört. Also, passen Sie auf. Bisher haben wir keine Frauen erschossen, aber wer weiß, wozu dieser Krieg noch führen wird.«

Jesse nickte und eilte aus dem Büro, ehe der Colonel ihn noch einmal aufhalten konnte. Wieso war Sebring so genau über die Ereignisse in Harpers Ferry informiert? Es würde Kiernan zwar ähnlich sehen, den Unionssoldaten nachzuspionieren, aber vielleicht wurde auch sie beobachtet. Verdammt, dachte er, daheim im Tidewater-Gebiet wäre sie viel besser aufgehoben. Andererseits ist man zur Zeit nirgendwo in Virginia sicher, weil es an die Hauptstadt grenzt.

So schnell wie möglich wollte er aufbrechen. In gewisser Weise war er das Anthony schuldig, weil er mit dessen späterer Frau geschlafen hatte. Aber vor allem trieb ihn die Angst um Kiernan nach Harpers Ferry. Diese kleine Närrin... Was die Unionsarmee mit ihr tun würde, sollte sich der Spionageverdacht bestätigen, wußte er nicht. Jedenfalls saß derzeit eine Washingtoner Gesellschaftslöwin, die bildschöne Witwe Rose Greenhow, im Gefängnis. Man warf ihr vor, sie habe ihren Charme und ihre Kontakte genutzt, um dem Südstaatengeneral Beauregard Informationen zuzuspielen, die zu dessen Sieg am Bull Run geführt hatten. Angeblich sollte sie wegen Hochverrats vor Gericht gestellt werden, und für dieses Vergehen gab es nur eine einzige Strafe – den Tod.

In seinem Büro diktierte Jesse seinem Schreiber einige Anweisungen für die Behandlung der Patienten. Wenige Minuten später hatte er das Lazarett verlassen. Er arrangierte eine Bahnfahrt für sich selbst und Pegasus, und sobald er in einem der Waggons saß, lehnte er sich aufatmend zurück.

Er würde Kiernan wiedersehen. Dieser Gedanke beschleunigte seinen Pulsschlag. Die letzte Begegnung schien in einer fernen Vergangenheit zu liegen. Nie war die Kluft zwischen ihnen größer gewesen. Sie sah einen Feind in ihm, den sie aus tiefstem Herzen haßte. Natürlich würde sie ihm die kalte Schulter zeigen. Und er konnte nicht mehr tun, als sie zu beschützen.

Und wenn er zu spät kam? Wenn Montemarte bereits in Schutt und Asche lag? Und wenn sie tatsächlich den Unionssoldaten nachspionierte? Nun, das würde er ihr austreiben, zu ihrem eigenen Besten. Die Südstaaten brauchten Kiernans Hilfe nicht, die machten ihre Sache ohnehin verdammt gut. Das hatte sich bei der Schlacht um die Manassas Junction zum erstenmal deutlich abgezeichnet. Seit damals lernten beide Seiten die Taktiken in der Praxis anzuwenden, die sie auf den Militärakademien in Büchern studiert hatten. Wann man angreifen und wann man sich zurückziehen mußte. Wie man den Feind von der Flanke her attackieren oder einkreisen konnte. Wie man Gegner bekämpfte, die sich in der Überzahl befanden. Wie man siegte.

Der gemeine Soldat brauchte nichts davon zu wissen. Er mußte nur Befehle ausführen, in die donnernden feindlichen Kanonensalven hineinmarschieren, ohne mit der Wimper zu zucken. Und wenn die Salven verstummten, mußte er den richtigen Moment wählen, um sein Bajonett in eine gegnerische Brust zu stoßen und selbst am Leben zu bleiben.

Die hohe Kriegskunst war für die militärischen Führer reserviert, und in dieser Hinsicht besaßen die Südstaaten einige brillante Köpfe. Da war zum Beispiel General Lee, der nun den gesamten Westen Virginias befehligte. Oder General Jeb Stuart, Jesses alter Freund. Und Jackson, der erfolgreiche Professor von der Virginia-Militärakademie. Ja, der Süden befand sich tatsächlich in einer starken Position.

Auch die Schlacht am Wilson's Creek im August, im Hügelland südwestlich von Springfield, Missouri, hatte – wie Manassas – mit einem klaren Sieg der Konföderierten geendet. Der Unionskommandant war gefallen, seine Truppen hatten den Rückzug angetreten und einen Großteil des Staates den Rebellen überlassen.

In Virginia wurden mehrere Scharmützel an verschiedenen Orten ausgefochten. Eine Invasion in den Norden hatte noch nicht stattgefunden, aber die Konföderierten rückten allmählich an Washington heran, und es war schon zu mehreren Konfrontationen gekommen – unter anderem in Big Bethel, Piggot's Mill, Wayne Court House und Blue's House. Diese Kämpfe hatten für vollbelegte Lazarette gesorgt. Ja, die Rebs machten ihre Sache gut, auch ohne Kiernans Unterstützung.

In Maryland stieg Jesse aus dem Zug und ritt zu General Banks, dem er Colonel Sebrings Order übergab.

Banks runzelte die Stirn und wußte zunächst nicht, wovon Jesse redete. Dann entsann er sich, daß er seinem Captain die Erlaubnis erteilt hatte, Montemarte niederzubrennen. »Die Millers sind eingefleischte Rebellen, Captain Cameron. Ich habe mein Bestes getan, um die Zivilbevölkerung in dieser Gegend zu schonen. Aber diese Familie bildet eine Ausnahme.«

»Die männlichen Millers sind tot – das heißt, die erwachsenen. Auf Montemarte leben nur mehr Anthony

Millers Witwe, sein zwölfjähriger Bruder und dessen Zwillingsschwester. Das Haus würde sich hervorragend zum Lazarett eignen. Dort könnte ich Ihre Verwundeten in der Nähe der diversen Kampfschauplätze betreuen.«

Banks starrte Jesse an, der sich sekundenlang fragte, ob er vor ein Kriegsgericht gestellt werden sollte. Doch dann lächelte der General. »Sprechen Sie weiter. Überzeugen Sie mich.«

In knappen Worten erklärte Jesse, der Westen Virginias sei den Nordstaaten zugeneigt. Eine freundliche Behandlung der Einwohner – sogar der Rebs vom Kaliber der Millers – würde die für nächste Woche geplante Volksbefragung über die Rückkehr einiger Countys zur Union günstig beeinflussen. Banks Grinsen wurde immer breiter. Schließlich nickte er und griff zu seiner Feder. »Sie haben mich umgestimmt, Captain, das Haus gehört Ihnen.« Nach einer kleinen Pause fügte er hinzu: »Geben Sie bloß acht auf...«

»Ich weiß, auf Mrs. Miller. Man hat mich bereits gewarnt.« Und ich kenne sie sehr gut, ergänzte er in Gedanken.

Banks teilte ihm zwei Sanitäter und eine kleine Wachtpostenkompanie für die Operation zu. Aber in seiner wachsenden Angst ritt er weiter, ehe die Männer zusammengetrommelt werden konnten. Von den Soldaten in einer Stellung am Stadtrand von Harpers Ferry erfuhr er, Norris und dessen Männer seien bereits auf dem Weg nach Montemarte. Über zerklüftete Klippen galoppierte er bergauf, in der Hoffnung, rechtzeitig am Ziel anzukommen. Kein Brandgeruch drang ihm entgegen – ein gutes Zeichen.

Endlich sah er Montemarte, die blauuniformierten Soldaten, die das Haus umzingelten. Er sah Norris, der im Sattel saß und mit lauter Stimme Befehle gab, sah die flakkernden Fackeln, die den Zunder unter dem Verandaboden in Brand stecken sollten.

Und während sein Pferd weiterraste, sah er Kiernan. Aufrecht und majestätisch stand sie auf der Veranda und verkörperte alles, was in ihrer Welt – die er einmal auch als die seine betrachtet hatte – schön und erstrebenswert gewesen war. Das Licht der sinkenden Sonne fing sich in ihrem honigblonden Haar, und es schien lebendiger zu leuchten als das reale Feuer, das ihre Existenz bedrohte.

Sie trug ein elegantes Kleid, als wäre sie soeben vom Teetisch aufgestanden. Weiße Spitze schimmerte über silberblauer Seide, das Dekolleté betonte den schlanken Hals und ließ die runden, vollen Brüste ahnen. Herausfordernd funkelten die Smaragdaugen, als die Männer mit den Fackeln auf sie zugingen.

»Halt!« schrie Jesse, beugte sich noch tiefer über Pegasus' Hals, spornte ihn zu noch schnellerem Tempo an. »Halt, Norris!«

Der Captain schwang seinen Hengst herum, wollte ihm entgegenreiten. Aber da hatte Jesse das Haus bereits erreicht und zügelte den Rotschimmel, dicht vor dem Pferd des anderen Mannes.

»Was, zum Teufel, bilden Sie sich ein?« fragte Norris wütend. »Ich habe die Erlaubnis...

»Nicht mehr. Lesen Sie.« Jesse zeigte ihm die Order des Generals.

»Ein Lazarett!« fauchte Captain Norris.

»Ich requiriere das Haus. Haben Sie verstanden?«

»Sie Bastard! Das werden Sie mir büßen, Cameron.«

Jesse hob die Brauen, während Pegasus nervös unter ihm tänzelte. »Was denn? Daß ich hier ein Lazarett einrichte? Was hat das mit Ihnen zu tun?«

Erbost drängte Norris sein Pferd noch näher an den Rotschimmel heran. »Das werde ich Ihnen erklären. Montemarte sollte verbrennen. Und diese Frau auch. Das ganze Pack!«

»In diesem Haus befinden sich Kinder.«

»Die werden zu Rebs heranwachsen und noch mehr von unseren Leuten auf den Schlachtfeldern erschießen.«

»Andrew und Anthony Miller sind tot, Norris. Das genügt.«

»Nehmen Sie sich bloß in acht, Cameron!«

»Das tue ich immer.« Zu den Männern gewandt, rief Jesse: »Löscht die Fackeln!« Widerstandslos gehorchten sie.

»Sind Sie etwa ein Rebellenfreund?« zischte Norris. »Oder sogar ein lupenreiner Reb?«

»Verdammt, gehen Sie mir aus dem Weg, oder ich vergesse, daß wir auf derselben Seite stehen!« Jesse ritt an Norris vorbei und zügelte sein Pferd direkt vor der Veranda. »Hallo, Kiernan«, sagte er leise.

Wie eine Prinzessin stand sie da. Niemals würde sie ihren Status vergessen. Kühl und verächtlich glitt ihr Blick über ihn hinweg. Das Mädchen, das er so gut gekannt und geliebt hatte, existierte nicht mehr. Jetzt war sie eine Fremde, distanziert, kalt wie der Frost an einem Wintermorgen. Sie antwortete nicht, schien ihn nicht zu kennen. Wütend biß er die Zähne zusammen, hätte sie am liebsten gepackt und geschüttelt, doch er beherrschte sich. Mit lauterer Stimme erklärte er: »Mrs. Miller, ich beschlagnahme dieses Haus, um es als Hauptquartier und Lazarett zu benutzen. Das ist unumgänglich. Sie werden so freundlich sein und Ihren Haushalt informieren.«

Wieder musterte sie ihn mit eisigen Augen, aber sie begann wenigstens zu sprechen. »Captain Norris plant Montemarte niederzubrennen, Captain Cameron. Leider müssen Sie sich woanders ein Hauptquartier suchen.«

Jetzt wollte er mehr, als sie nur schütteln, wollte sie wie ein Kind übers Knie legen und ihr Vernunft einbleuen. Ihretwegen hatte er sich fast die Seele aus dem Leib geritten. Und jetzt wagte sie es, ihm Ärger zu machen? Er stieg ab und lief auf die Veranda. Leise stieß er hervor, zwischen zusammengebissenen Zähnen: »Ich versuche dein Heim zu retten, Kiernan, und dein Leben.«

»Mein Leben wurde nicht bedroht.«

»Aber es könnte bald dazu kommen, wenn du weiterhin Unsinn redest. Also halt den Mund, dann wird Montemarte stehenbleiben.«

Anmutig hob sie eine Braue. »Willst du es wirklich beschlagnahmen?«

»Ja.«

Ihre Lippen kräuselten sich. »Dann sehe ich's lieber in Flammen aufgehen.«

Nun mußte er seine ganze Willenskraft aufbieten, um ihr den Ernst der Lage nicht gewaltsam klarzumachen. »Daran zweifle ich nicht. Vernunft war noch nie deine Stärke. Aber was soll aus dem jungen Jacob Miller und seiner Schwester werden?«

»Auch Jacob will keinen abtrünnigen Südstaatler in seinem Haus haben.«

»Du ziehst es also vor, wenn es bis auf die Grundmauern niederbrennt?«

»Allerdings.«

Eigentlich müßte ich jetzt Mordlust empfinden, dachte Jesse. Statt dessen lächelte er, dann brach er in schallendes Gelächter aus und begann die Stufen hinabzusteigen.

»Captain Cameron!« rief Kiernan. »Werden Sie das Haus – jetzt niederbrennen?«

Er wandte sich langsam zu ihr. Heftig hoben und senkten sich ihre Brüste, und sekundenlang konnte er nur noch denken, wie es gewesen war, sie in den Armen zu halten, diese grünen Augen vor Leidenschaft verschleiert zu sehen. Dann riß er sich zusammen, betrachtete forschend ihr Gesicht. Nun las er einen Anflug von Angst darin. Nein, sie wollte das Haus nicht brennen sehen, sondern ihm nur zeigen, wie sehr sie in haßte. »Eigentlich sollte ich das tun, Mrs. Miller. Aber leider geht es nicht. Ich mußte schmeicheln und drohen und praktisch kopfstehen, bis ich den General dazu bringen konnte, mir Montemarte zu überlassen. Wissen Sie, die Millers sind bei den Unionssoldaten nicht gerade beliebt. Viele trauern um Freunde und Verwandte, die den Feuerwaffen der Millers zum Opfer gefallen sind. Deshalb würden sie dieses Haus und Ihre Familie gern am Boden zerstört sehen.«

»Das dürfte nicht so schwierig sein, nachdem die beiden wichtigsten Millers tot sind – dank der Unionsarmee.«

»Ich versichere Ihnen, daß auch ein paar hundert Unionsleute gestorben sind – dank der Konföderiertenarmee.«

Kiernans Augen verengten sich. »Weil Sie den Grund und Boden von Virginia betreten haben!«

»Ich habe den Krieg nicht angefangen, Kiernan.«

»Aber jetzt sind wir Feinde.«

Ihr Blick sprach eine noch deutlichere Sprache als ihr Mund. Sie war tatsächlich seine Feindin. Trotzdem liebte er sie unsagbar. »Dann bekämpf mich doch!« forderte er sie leise heraus. »Jedenfalls werde ich mit meinen Leuten hier einziehen. Am besten kehrst du nach Tidewater Virginia zurück und nimmst deine kleinen Schützlinge mit. Dort wärst du für eine Weile in Sicherheit. Vermutlich werde ich nicht alles retten können, was sich in diesem Haus befindet, aber wenigstens dafür sorgen, daß es nicht in Schutt und Asche zerfällt.«

»Von dir will ich keine Wohltaten!« zischte sie. Ihre grünen Augen schienen Funken zu sprühen. »Und ich will verdammt sein, wenn ich vor einer Bande ungehobelter Yankees davonlaulaufe.«

Jesse spürte, wie sich sein Blut erhitzte. »Du möchtest weiterhin hier wohnen?«

Hochmütig reckte sie das Kinn vor, als wäre sie die Königin von England. »Stonewall Jackson wird mit seinen Truppen hierherkommen und euch allen den Garaus machen«, prophezeite sie. »Ich werde hier auf ihn warten und deine Leute dran hindern, Montemarte zu plündern.«

»Sie wurden nicht eingeladen, hierzubleiben, Mrs. Miller.«

»Wollen Sie Ihren Leuten etwa befehlen, die Kinder und mich gewaltsam aus diesem Haus zu schleifen, Captain Cameron?«

»Um Himmels willen, nein, Mrs. Miller! Wir haben Krieg, und wenn ich nicht als Arzt tätig wäre, würde ich meine Leute in die Schlacht schicken. Aber ich bin ein barmherziger Kommandant. Nicht einmal im Traum würde es mir einfallen, Ihnen meine Soldaten an den Hals zu hetzen.«

Kiernan ignorierte den Sarkasmus und lächelte kühl. »Dann bleibe ich.«

»Sie sollten sich eines Besseren besinnen, Mrs. Miller«, stieß er hervor. »Ich habe keineswegs versprochen, daß *ich* Ihnen nicht zu Leibe rücken werde.«

»Wie heldenhaft, Captain Cameron!«

»Geh nach Hause, Kiernan.«

»Das hier ist mein Zuhause. Und Jackson wird kommen. Oder Lee. Irgendein Südstaatengeneral wird dieses Land zurückerobern und euch verjagen.«

Damit hat sie wahrscheinlich recht, dachte Jesse. Lange würde er die Stellung nicht halten können. Aber wenigstens, solange die Unionssoldaten hierblieben ... Er trat einen Schritt näher zu ihr, las den wütenden Haß in ihren Augen – und hätte nichts lieber getan, als ihr das silberblaue Kleid vom Leib zu reißen und sie leidenschaftlich zu lieben. So lässig, wie er es vermochte, entgegnete er: »Das ist durchaus möglich, Kiernan. Bleib hier, wenn's unbedingt sein muß. Aber ich übernehme das Haus. Laß dich warnen.«

»Auch ich warne dich.« Ihre Stimme zitterte vor Zorn. »Ich werde dir über die Schulter schauen, um sicherzugehen, daß du die gefangenen Rebellen ebenso gut behandelst wie deine eigenen Verwundeten.«

Oh, wie es in seinen Händen juckte, die er ihr am liebsten um den schönen Hals gelegt hätte... Natürlich kränkte sie ihn mit voller Absicht, und er würde sich niemals anmerken lassen, wie gut ihr das gelang. »Ich dachte, du wolltest vor mir davonlaufen, Kiernan... Nun, deine Anwesenheit stört mich nicht, ich werde sie sogar genießen. Du bist es doch, die gelobt hat, niemals das Leben eines Yanks zu teilen, erinnerst du dich?«

»Ich werde dein Leben nicht teilen. Statt dessen will ich alles tun, um dich zu bekämpfen...« Wunderbar, schien sein träges Lächeln zu entgegnen. Fordere mich nur heraus, Kiernan. Du wirst nicht gewinnen – niemals. »Und letzten Endes wird der Süden siegen«, fügte sie hinzu.

»Vielleicht einzelne Schlachten, aber niemals den Krieg«, erwiderte er, und plötzlich wurde ihm bewußt, daß er gar nicht den Konflikt zwischen dem Norden und dem Süden meinte, sondern den Kampf, den er mit dieser Frau ausfocht. Die Spannung, die in der Luft lag, wurde fast unerträglich. Er fühlte Kiernans helle Verzweiflung, ihre wütende Entschlossenheit.

Und er spürte das Knistern des Feuers, das immer zwischen ihnen gebrannt hatte. Oh, wie er sie begehrte... Und nun las er auch in ihren Augen die Erinnerung an alles, was sie gemeinsam genossen hatten.

Verdammt, du wirst wieder in meinen Armen liegen, Kiernan, gelobte er sich. Könnte ihre Erinnerung mittlerweile verblaßt sein? Immerhin war sie Anthonys Frau gewesen...

Heißer Zorn erfaßte ihn. Hatte Sebring ihm nicht eindringlich genug empfohlen, sein Privatleben aus militärischen Belangen herauszuhalten? Und da stand er, nahm die Soldaten und den Herbsttag ringsum gar nicht mehr wahr, dachte nur noch an sein Verlangen nach Kiernan, die er in wilder Leidenschaft lieben wollte, um die Berührung eines Toten auszuradieren. Nur an ihn – Jesse – sollte sie sich erinnern und den anderen hassen, weil er sie jemals angefaßt hatte. Und er begehrte sie so sehr, daß es ihn drängte, sie in die Arme zu reißen, vor den Augen der Truppe. Zum Teufel mit seiner Ehre.

»Die Konföderierten werden zurückkommen«, fauchte sie.

Mühsam zwang er sich zur Ruhe. »Mag sein. Aber bis es soweit ist, werden wir alles teilen, Kiernan – so gerecht wie nur möglich.« Er lüftete den Hut und verneigte sich spöttisch, in übertriebener Galanterie, während ihn immer noch quälender Zorn erfüllte. Dann wandte er sich ab, ging rasch davon und erteilte den wartenden Männer Befehle. Seine Stimme klang normal, trotz der Gedanken, die durch sein Gehirn rasten. Zum Teufel mit Kiernan! Auch zwischen uns ist der Krieg ausgebrochen...

III

Krieg

16

Montemarte
18. Oktober 1861

Während er in Montemarte einzog, ließ sie sich nicht blicken.

In der Halle begrüßte ihn die Haushälterin. Zunächst bemerkte er sie nicht in den Schatten. Diesen Raum kannte er von besseren Zeiten her. Wie in Cameron Hall reichte er bis zur Rückfront des Gebäudes. Im Hintergrund stand ein kostbares Spinett. Vor dem Kamin gruppierten sich elegante Möbel, die früher zur Seite gerückt worden waren, wenn die Millers ihre großen Bälle gegeben hatten. Walzerklänge, schöne Frauen in Seide und Satin und Taft... Beinahe glaubte Jesse das Rascheln ihrer Röcke zu hören.

»Da sind Sie also, Yankee.«

Die Worte ließen ihn zusammenzucken. Er starrte ins Halbdunkel, und da sah er die hochgewachsene hübsche Negerin mit den grauen Fäden im Haar. Stocksteif stand sie da, und er erinnerte sich vage an sie. In diesem Haus hatte sie stets eine wichtige Stellung eingenommen, weil Andrews Frau kurz nach der Geburt des Zwillingspaars gestorben war. Sie kannte ihn. Oft hatte sie ihn in Montemarte willkommen geheißen, wenn er mit Christa und Daniel zu Besuch gekommen war, und ihre jungen Schützlinge nach Cameron Hall begleitet. Natürlich wußte sie auch, wie er hieß. Aber im Augenblick zog sie es offensichtlich vor, ihn mit ›Yankee‹ anzureden.

Er stemmte die Hände in die Hüften und musterte sie. Janey ja, so lautete ihr Name. »Ich verstehe. Dir wär's also auch lieber, wenn dieses Haus in Flammen aufgehen würde.«

Langsam schüttelte sie den Kopf. »Nein, mir nicht. Ich hab' gern ein Dach über dem Kopf. Aber wenn Sie glauben, Ihre Ankunft freut mich, täuschen Sie sich, Yank.«

»Gut. Siehst du das hübsche Spinett da drüben? Das wäre besser auf dem Dachboden aufgehoben.«

»Ich werd's raufbringen lassen.«

»Wunderbar.« Jesse ging zu den Stufen. Er mußte sich ein Schlafzimmer aussuchen. Außerdem brauchte er einen hellen Raum, den er als Büro benutzen konnte.

Als er merkte, daß Janey ihm auf den Fersen folgte, drehte er sich so abrupt um, daß sie beinahe zusammenprallten. »Ich führe Sie herum, Yank.«

»Oh...«

»Da kann ich Ihnen gleich sagen, wo Sie nicht schlafen dürfen.« Im ersten Stock eilte sie vor ihm den Flur hinab. »Hier nicht – das ist das Zimmer vom jungen Master Jacob. Und da schläft Patricia.«

Sie wollte weitergehen, aber Jesse blieb an der offenen Tür eines großen Raums stehen, dessen Fenster nach Osten hinausgingen, so daß jeden Morgen das Licht der aufgehenden Sonne hereinfiel. Das breite Bett erschien ihm komfortabel und – nach der Hektik dieses Tages – sehr einladend. An einer Seite stand ein Schreibtisch, an der anderen ein großer Schrank. Einfach perfekt. Ein Herrschaftszimmer, dachte er. Wer hat hier gewohnt? Andrew oder Anthony? Und Kiernan? Hat sie jemals mit ihrem Mann hier geschlafen?

»Kommen Sie doch, Yankee!« rief Janey.

Er ignorierte die Aufforderung und fragte: »Ist das Mrs. Millers Zimmer?«

Janey zögerte eine Weile, ehe sie antwortete: »Nein... Da wohnt jetzt niemand mehr. Früher war es Master Andrews Zimmer, und jetzt würde Master Anthony drin wohnen, hätte er sich nicht umbringen lassen. Also ist jetzt niemand drin. Aber eines Tages wird das Master Jacobs Zimmer sein...«

»Nun, ich ziehe ja nicht für alle Ewigkeit ein, Janey«, fiel er ihr ins Wort. »Ich bleibe nur, so lange es eben dauert.«

»So lange – was dauert?«

»Der Krieg.«

Sie kicherte. »Oh, so lange werden Sie die Stellung hier nicht halten können, Yank.«

»Mag sein. Aber selbst wenn wir sie verlieren, werden wir wiederkommen. Die Union wird weiterhin um dieses Gebiet kämpfen. Aber ich werde wohl kaum hierbleiben, bis Jacob groß genug ist, um mit seiner jungen Frau hier einzuziehen – hoffentlich nicht«, fügte er fast unhörbar hinzu. »Jedenfalls eignet sich dieser Raum großartig für meine Zwecke.«

Janey wandte sich ab und ging davon. Als Jesse sie leicht amüsiert zurückrief fragte sie: »Was gibt's, Yank?«

»Wo schläft Mrs. Miller?«

Argwöhnisch verengten sich ihre Augen. »Warum wollen Sie das wissen, Yank?«

»Damit ich keine Verwundeten auf ihr Bett lege«, erklärte Jesse trocken.

Seufzend zeigte sie auf die Tür neben dem Herrschaftszimmer. »Da. Also, dann sind Sie ja untergebracht. Die Gesunden können da unten am Ende des Flurs wohnen. Und die Verletzten schaffen Sie am besten in die Zimmer näher bei der Treppe. Auf der anderen Seite des Flurs sind noch fünf Zimmer. Das vordere da drüben ist groß genug für eine Pflegestation. In den anderen können jeweils zwei bis drei Männer einquartiert werden.«

»Danke für die Information, Janey.« Wieder wandte sie sich zum Gehen, doch er rief sie erneut zurück.

»Ja, Sir, Master Yank?« erkundigte sie sich im gedehnten Tonfall der ›Feldnigger‹ und schaute mit großen Unschuldsaugen zu ihm auf.

Beinahe mußte er grinsen. Diese Frau war beinahe so unverfroren wie ihre Herrin. »Wo hat Master Anthony geschlafen?«

Wieder zauderte sie, und er glaubte, daß sie ein Lächeln unterdrückte. »Warum fragen Sie, Yank? Da schläft er nicht mehr. Also stört's niemanden, wenn Sie einen Verwundeten in dieses Bett legen.«

»Es interessiert mich eben. Reine Neugier...«

Janey deutete zu dem Raum jenseits der Treppe, von dem sie gemeint hatte, er sei groß genug für eine Pflegestation. Demnach benutzte Kiernan das ehemalige Zimmer ihres Mannes nicht. Hatte sie jemals darin geschlafen? Das hätte Jesse gern herausgefunden, aber er konnte Janey nicht noch mehr Fragen stellen. Sicher würde sie sich bald weigern zu antworten. »Danke.«

»Ich koche nicht für die Yanks«, erklärte sie rundheraus.

»Darum kümmert sich der Koch meiner Kompanie.«

Sie ging zur Treppe, drehte sich aber noch einmal um. »In meiner Küche will ich keine Yanks haben. Ich koche für den Haushalt, so wie immer. Wenn Miz Kiernan einverstanden ist, können Sie an ihrem Tisch essen...«

»Nein, Janey«, korrigierte er sie. »Ich habe dieses Haus übernommen. Und ich diniere sehr spät, weil ich das Tageslicht nutzen muß, mindestens bis acht. Wenn Mrs. Miller um diese Zeit speisen möchte, kann sie mir Gesellschaft leisten – mit den Kindern.«

Janey sah aus, als wollte sie mit dem Fuß aufstampfen. Aber sie tat es nicht. Wortlos entfernte sie sich, und Jesse inspizierte sein neues Zimmer.

Offenbar legte Kiernan keinen Wert darauf, mit ihm um den Speiseraum zu kämpfen. Auch in anderen Bereichen kam sie ihm während der nächsten Tage nicht in die Quere.

Nachdem er sich in seinem Zimmer einquartiert hatte, traf er unten in der Halle zwei Schwarze, die das Spinett aus der Ecke schleppten. Der eine war schon ziemlich alt. Unter dem Gewicht des Instruments ächzte und stöhnte er, was Jesse mißfiel. Er befahl den beiden zu warten, krempelte die Ärmel hoch und half ihnen, das Spinett die Treppe hinaufzutragen, gefolgt von anderen schweren Möbelstücken. Dabei ging es ihm weniger darum, die Hauseinrichtung der Millers zu retten. Er brauchte Platz für die Feldbetten, die am nächsten Tag eintreffen würden.

Mit den zwei Negern sprach er nicht viel, merkte aber, daß ihre dunklen Augen ihn während der Arbeit unverwandt beobachteten. Ungefragt erklärten sie ihm, sie seien Vater und Sohn. Der ältere hieß Jeremiah, der jüngere, der über die Kräfte eines Ochsen verfügte, wurde Tyne genannt. Von ihm erfuhr Jesse, nur er selbst, sein kleiner Bruder David, der Vater und Janey seien in Montemarte geblieben. Offenbar waren sie der Herrschaft treu ergeben. Was immer die Zukunft bringen mochte, sie würden Kiernan nicht verlassen.

Das erleichterte Jesse, und er fragte sich irritiert, warum. Es wäre sogar besser, wenn ihr auch die letzten Sklaven davonliefen, denn dann würde sie eher geneigt sein, ins sichere Tidewater-Gebiet zurückzukehren.

An diesem ersten Abend speisten weder Kiernan noch die Kinder mit ihm. Immerhin servierte Janey ihm eine gutgewürzte, gebackene Hühnerpastete. So etwas Schmackhaftes hatte er seit dem Abfall Virginias von der Union nicht mehr gegessen.

Als er sich später im Bett ausstreckte, war er so erschöpft, daß, er sofort hätte einschlafen müssen. Aber er konnte es nicht. Nur eine einzige Wand trennte ihn von Kiernan. Wenn er einfach in ihr Zimmer stürmte, sie in die Arme riß und... Nein, verdammt, *sie* mußte den ersten Schritt tun. Stöhnend warf er sich hin und her. Würde er stark genug sein, ihr die Entscheidung zu überlassen? Das gebot ihm sein Stolz, nachdem sie ihm oft genug versichert hatte, sie würde ihn verachten, wenn er nach Norden ritt.

Er war nach Norden geritten. Und er trug Blau.
Irgendwann im Laufe der Nacht fand er endlich Schlaf.

Am nächsten Morgen frühstückte er allein im Speisezimmer. Janey setzte ihm heiße Pfannkuchen vor, während er die neueste Ausgabe des *Harper's Weekly* las, die ihm ein Mitglied seiner mittlerweile eingetroffenen neuen Kompanie gebracht hatte. Der Mann wohnte mit seinen Kameraden in einem Zelt, auf dem Rasen vor dem Haus.

»Wo ist Mrs. Miller heute morgen, Janey?« fragte Jesse.

»In der Stadt, Yankee.«

»Ich verstehe.« Er lobte ihren Kaffee, dann ging er in die große Halle, um die Räumlichkeiten für das Lazarett zu inspizieren. Feldbetten waren geliefert worden, Verbandszeug und Medikamente – und seine schwarze Spezialtasche, die seine chirurgischen Instrumente enthielt und ohne die er niemals aufs Schlachtfeld ritt.

Am Nachmittag war Montemarte völlig verwandelt. Und am frühen Abend kam der erste Patient an, ein etwas älterer Soldat, der bereits in Mexiko und im Westen gekämpft hatte. In den Wäldern westlich vom Haus wurden Scharmützel ausgetragen, bald würden weitere Verwundete eintreffen.

Im Haushalt von Montemarte gab es keine kompetenten Hilfkräfte, die Jesse im Lazarett hätte beschäftigen können. Aber die brauchte er auch gar nicht, denn zu seiner zwanzig Mann starken Kompanie gehörten zwei ausgezeichnete Sanitäter.

Aber als der verletzte Soldat gebracht wurde, erschien Tyne auf der Veranda und half Jesse, ihn in den Behandlungsraum zu tragen, der im Büro der Millers eingerichtet worden war.

Automatisch erklärte Jesse dem Schwarzen, während er die Schußwunde am Bein untersuchte, der Mann müsse festgehalten werden. Erst nachdem die Kugel herausgeschnitten, ein glatter Bruch diagnostiziert und das Bein geschient war, wurde ihm bewußt, daß er Tyne im Verlauf der ganzen Operation Anweisungen gegeben hatte. Und die waren untadelig befolgt worden.

Kiernan machte immer noch einen weiten Bogen um Jesse. Er ging ins Speisezimmer, nachdem der Soldat versorgt war, und da erklärte Janey, Miz Kiernan habe sich bereits zurückgezogen, ebenso wie die Kinder.

Am Morgen erfuhr er zu seiner Verblüffung, Kiernan sei bei dem Patienten gewesen. Er fragte den Veteranen, wie er die Nacht verbracht habe, und erhielt die Antwort: »Gut, Captain, recht gut.«

»Und die Schmerzen?«

»Die könnten schlimmer sein.« Der grauhaarige Mann mit dem dunklen Bart grinste. »Nachts ging's mir nicht so gut, aber als ich irgendwann die Augen aufschlug, stand da ein Engel und fragte, wie ich mich fühlen würde. Ich sagte, ich müsse wohl gestorben und im Himmel gelandet sein. So schön war sie, mit goldenem Haar und strahlenden grünen Augen wie eine Fee aus den alten irischen Geschichten, die mein Pa mir erzählt hat. Sie brachte mir einen Whiskey, den schluckte ich runter, und danach schlief ich wie ein Baby.«

Jesse überlegte, ob er zu trinken wagen würde, was Kiernan ihm brächte, wenn er selber ans Bett gefesselt wäre. Der Whiskey könnte Rattengift enthalten. Aber er wunderte sich, weil sie so nett zu dem Unionssoldaten gewesen war. Nun, vielleicht reserviert sie ihren Haß für Yankees von meiner Sorte, dachte er, für Yanks, die nach ihrer Ansicht die Farben der Konföderierten tragen müßten.

Doch er fänd keine Zeit, noch länger über Kiernan nachzudenken. Colonel Sebring schickte ihm Rekonvaleszenten, deren Krankenblätter er studieren mußte. Am Abend war die große Pflegestation im Oberstock voll belegt.

In der Zwischenzeit hatte er Kiernan noch immer nicht wiedergesehen, wußte aber, daß sie die Patienten regelmäßig besuchte. Alle sahen einen Engel in ihr, keinem erklärte sie, was für eine unbeugsame Rebellin sie war. Während Jesse schlief, versorgte sie die Verwundeten mit Wasser und – falls nötig – Whiskey. Sie schrieb sogar Briefe an die Familien der Soldaten. So wie Tyne sich als hervorragender Assistent im Behandlungsraum erwiesen hatte, so demonstrierte Kiernan nun ihre erstaunlichen Fähigkeiten als Pflegerin.

Eines Nachts blieb Jesse absichtlich wach, um sie bei ihrer Tätigkeit zu beobachten. Als er ihre leisen Schritte im Flur hörte, schlich er ihr lautlos nach, auf bloßen Füßen, nur mit seiner Reithose bekleidet. In der Pflegestation lagen sechs Männer. Kiernan hörte sich die Geschichten ihrer Schlachten an und erklärte, sie hätten eben wissen müssen, daß ein Rebell soviel wert sei wie zehn Yankees. Keiner schien ihr das übelzunehmen.

Kiernan könnte sie Ratten und elende Würmer nennen, und sie wären ihr noch immer nicht böse, dachte Jesse seufzend, während er bei der offenen Tür stand. Sie war einfach zu schön, ihr Lächeln zu bezaubernd. In ihrem züchtigen weißen Nachthemd unter dem passenden Morgenmantel sah sie tatsächlich wie ein Engel aus. Beides wehte hinter ihr her, wenn sie von einem Patienten zum anderen eilte, wie anmutige Flügel.

Es drängte ihn, sie im dunklen Flur zu packen und in sein Zimmer zu tragen, sobald sie die Pflegestation verließ. Doch er biß die Zähne zusammen, wich in die schwarzen Schatten zurück und ließ sie ungehindert vorbeigehen. Ihr Duft wehte zu ihm.

Fluchend kehrte er in sein Bett zurück und fand keinen Schlaf. Während er sich todmüde durch den nächsten Tag quälte, war er froh, daß er keine Operation vornehmen mußte. Abends zwang er sich einzuschlafen. In seinen Träumen hörte er Kiernan lachen und grollte ihr, weil sie sich ohne ihn amüsierte.

Mehrere Tage nach seiner Ankunft begann sich die Routine zu ändern. Es war abends – zu früh für Kiernans nächtliche Krankenbesuche, aber spät genug für Jesse, um sich nach einem letzten Rundgang durchs Lazarett in sein Zimmer zurückzuziehen. Er ging noch nicht ins Bett. In seiner Reithose und einem weißen Hemd setzte er sich an den Schreibtisch, um die Berichte abzufassen, die er Colonel Sebring schicken wollte.

Dem Fenster zugewandt, kehrte er der Tür den Rücken. Nach einer Weile hörte er, wie sie geöffnet wurde, und vermutete, Janey wäre eingetreten. Sie wahrte zwar Distanz, sorgte aber gewissenhaft für seine Bedürfnisse. Täglich kochte sie nahrhafte Mahlzeiten und zeigte seinen Männern, wie man Laken und Bandagen möglichst effizient wusch. Sie verstand es großartig, Zeit und Arbeit zu koordinieren und sich unentbehrlich zu machen.

Obwohl sie immer wieder betonte, sie würde nur ihr Bestes tun, um das Haus für die rechtmäßigen Bewohner in Ordnung zu halten, so überschritt sie doch regelmäßig diese Grenzen, die sie sich selbst gesetzt hatte. In manchen Nächten, wenn sie Jesses Kerze brennen sah und wußte, daß er noch arbeitete, brachte sie ihm Kaffee.

Er drehte sich nicht um, als die Tür geschlossen wurde und leise Schritte näher kamen. Wie er sehr wohl wußte, schätzte die Negerin seinen Dank nicht, denn auf keinen Fall sollte der Eindruck entstehen, sie würde übermäßig viel für ihn tun.

»Bitte, stell den Kaffee einfach auf den Schreibtisch, Janey.«

Aber niemand trat zu ihm. Schließlich legte er seine Feder beiseite, runzelte die Stirn und wandte sich um. Es war nicht Janey, sondern Jacob – hoch aufgeschossen, schlank, mit goldblondem Haar und dunklen Augen, eine jüngere Version von Anthony Miller. Und in diesem Moment glich er seinem Bruder um so frappanter, weil er mit einer Pistole auf Jesses Kopf zielte.

Sicher konnte der Junge schießen. Daran zweifelte Jesse nicht, da Jacob aus einer Familie stammte, die Waffen produzierte. Nun hielt er eine sechsschüssige Millersche Spezialpistole in der Hand. Aber offensichtlich war er noch nicht kampferprobt, denn er umklammerte den Griff mit beiden Händen, und der Finger am Abzug zitterte. Im sanften Kerzenschein wirkte das Gesicht kalkweiß.

Jesse rückte seinen Stuhl seitwärts und lehnte sich zurück.

»Willst du wirklich abdrücken?« fragte er leise und mußte sehr lange auf eine Antwort warten.

»Du sollst aus diesem Haus verschwinden, Jesse. Dein Tod wäre eine Lösung.«

Was er sagte, meinte er auch, das war offensichtlich. Deshalb unterdrückte Jesse sein Lächeln, um ihn nicht herauszufordern. Diesem nervösen Jungen konnte leicht gelingen, was weder Indianer noch Rebs geschafft hatten – ihn zu töten. »Wenn du mich erschießt, dreht vermutlich einer meiner Männer durch und knallt dich ebenfalls nieder – obwohl du erst zwölf bist.«

»Fast dreizehn.«

»Ein bißchen zu jung fürs kühle Grab«, bemerkte Jesse.

»Du hast eine ganze Yankee-Bande hier angeschleppt und meinen Bruder getötet!« klagte Jacob ihn an.

Woher mochte er solche Informationen haben? Doch dann erkannte Jesse, daß dies wahrscheinlich in einem umfassenderen Sinn gemeint war. Jeder, der in einer blauen Uniform steckte, trug die Schuld an Anthonys Tod.

»Und wenn ich von einer ganzen Unionskompanie durchlöchert werde – das ist mir egal«, fuhr Jacob fort, »solange ich einen ganz bestimmten Blaubauch mitnehme.«

»Was soll dann aus Patricia und Kiernan werden? Wenn ich nicht mehr da bin, wird dieses Haus bald in Schutt und Asche liegen.«

Jacob blinzelte. »Die werden zu Kiernans Vater ziehen.« Genau das will ich auch, dachte Jesse in bitterer Ironie. »Wenn du mir mal in Ruhe zuhören würdest...«

»Du kennst Kiernan besser als ich«, unterbrach ihn der Junge. »Besser, als mein Bruder sie jemals kannte.«

»Sie war meine Nachbarin, Zeit ihres Lebens.«

»Oh, du wolltest, daß mein Bruder stirbt!« stieß Jacob hervor.

Jesse stand auf. Obwohl sich die Pistole sofort wieder auf seinen Kopf richtete, war seine Wut größer als seine Vorsicht. »Da irrst du dich ganz gewaltig, Jacob Miller. Noch nie habe ich irgend jemandem den Tod gewünscht.« Eine Hand ausgestreckt, durchquerte er das Zimmer. »Und jetzt gib mir die Pistole und geh in...«

Abrupt verstummte er, warf sich zu Boden und gegen Jacobs Beine. Zu Jesses Verwunderung hatte tatsächlich ein Schuß gekracht. Die Kugel streifte seinen Arm und schlug in den Schreibtisch.

Blut tränkte den weißen Hemdsärmel, aber Jesse spürte sofort, daß er nicht ernsthaft verletzt war. Er riß Jacob zu Boden, klemmte ihn zwischen seine Schenkel und entwand ihm die Waffe. »Warum zum Teufel hast du so eine Dummheit gemacht?«

»Ich wollte es nicht«, keuchte der Junge, »ehrlich nicht.«

Plötzlich flog die Tor auf. Corporal O'Malley, ein aufgeweckter irischer Bursche aus Manhattan, der den Nachtdienst bei den Patienten versah, stand auf der Schwelle, sein Gewehr im Anschlag. »Captain Cameron...«

»Mir geht's gut, Corporal!«

»Aber – Captain...«

»Ich sagte, mir geht's gut. Wir hatten nur einen kleinen Unfall.«

O'Malley schien die Situation kurz abzuschätzen, dann grinste er und zog sich zurück. Sekunden später stürmte jemand anderer in wilder Panik herein. Kiernan trug ihr

Engelskostüm, wie Jesse sofort feststellte. Keusches Weiß umflatterte ihren Körper, verhüllte ihn vom Kopf bis zu den Zehen und ließ sie sinnlicher denn je erscheinen.

O ja, ein Engel, dachte Jesse grimmig. Ein Engel, der aus der Hölle heraufgeschickt wurde, um mich Tag und Nacht zu quälen... Aber jetzt las er nur unverhohlene Angst in ihren Augen, Angst um ihn? Doch dann erinnerte er sich, auf wem er saß. Natürlich galt Kiernans Sorge nur ihrem Schützling.

»Jesse, was... Oh, mein Gott, Jacob!«

Sie lief auf die beiden zu, aber Jesse hob warnend eine Hand. Verwirrt blieb sie stehen und biß sich auf die Unterlippe. »Tu ihm nichts, Jesse!« flehte sie. »Bitte! Um unserer Freundschaft willen...«

»Freundschaft?« fiel er ihr ins Wort. »Welche Freundschaft? Ich bin ein Yank. Oder hast du das vergessen? Du würdest dieses Haus lieber brennen als mich darin wohnen sehen. Und Jacob hat nur versucht, dir zu helfen.«

Sie wurde leichenblaß. Jesse stand auf, zog den Jungen mit seiner unverletzten Hand hoch, und Kiernan schrie wieder auf »Dein Arm! Laß Jacob los, zeig mir die Wunde...«

»Es bricht mir das Herz, dein Angebot zärtlicher Fürsorge ablehnen zu müssen. Entschuldige uns jetzt.« Er packte Jacob am Hemdkragen und zerrte ihn zur Tür.

»Jesse...«, begann Kiernan.

»Wie ich bereits sagte – du mußt uns nun entschuldigen. Der Junge und ich haben einiges zu besprechen.« Ohne sie weiter zu beachten, bugsierte er Jacob den Flur entlang, die Treppe hinab, in die Halle, dann zwischen den Feldbetten hindurch zum Behandlungszimmer im ehemaligen Büro. Als er eine Lampe anzündete, merkte er, daß Kiernan ihm gefolgt war.

»Er ist doch noch ein Kind, Jesse, er hat nicht...«

»Dein Schwager ist schon ein großer Junge, und er hat es getan.« Er verfrachtete Jacob in eine Ecke und ging auf

Kiernan zu, um sie zur Tür zurückzudrängen. Nur gut, daß ihn heller Zorn erfüllte – es war nämlich viel zu verführerisch, den weichen Körper unter den dünnen weißen Stoffbahnen an seinem zu spüren.

»Verdammt, ich lasse dich nicht mit ihm allein!« kreischte sie und trommelte mit beiden Fäusten gegen seine Brust.

Da umschlang er sie und hob sie hoch. Sekundenlang trafen sich ihre Blicke, und er erinnerte sich an andere Momente, wo sie einander ebenso nahe gewesen waren – noch viel näher. Feuerströme schienen durch seine Glieder zu fließen. Er fühlte, wie Kiernan erschauerte. Hastig senkte sie die Wimpern. Und als sie wieder aufschaute, sah er nur noch Haß in ihren Augen. »Laß mich runter, Yank, sofort...«

Das tat er, stellte sie jenseits der Schwelle auf den Boden, warf ihr die Tür vor der Nase zu und drehte den Schlüssel herum. Erbost hämmerte sie gegen das Holz, rief seinen Namen und dann alle möglichen anderen Namen, die ihr einfielen. Lächelnd drehte er sich zu Jacob um. Der Junge starrte ihn mit großen Augen an.

»Endlich sind wir allein«, seufzte Jesse voll süßer Genugtuung – trotz aller Höllenqualen. Er ging zu einem Schrank, in dem er chirurgische Instrumente und Verbandszeug verwahrte. »Du wirst jetzt meinen Arm zusammenflicken – das mindeste, was du tun kannst, nachdem du mich angeschossen hast.«

Jacobs Blick glitt zur Tür, gegen die Kiernan immer noch fluchend und schimpfend schlug, dann wieder zu Jesse, der den Lärm ignorierte. »Es wird ziemlich weh tun, wenn ich die Wunde auswasche, also werde ich mir vorher einen Drink genehmigen... Ah, da drüben steht ja eine Whiskeyflasche. Möchtest du auch einen Schluck?«

»Ich – eh – dafür bin ich noch zu jung.«

»Wenn du alt genug bist, um mit Pistolen herumzufuchteln, bist du auch alt genug für ein Glas Whiskey.«

Die Flasche und mehrere Gläser standen auf einem Kirschbaumholztischchen, das Jesse neben den Schreibtisch gezwängt hatte, um möglichst viel Platz zu schaffen. Er schenkte zwei Drinks ein. Einen reichte er Jacob. Während er sein Glas in einem Zug leerte, beobachtete er den Jungen, der vorsichtig einen Schluck nahm. Er zuckte zusammen, hustete aber nicht, und dann schüttete er die ganze bernsteinfarbene Flüssigkeit in sich hinein.

»Hast du vorher schon mal Whiskey getrunken?« fragte Jesse.

»Ein- oder zweimal. An dem Tag, wo Virginia für die Sezession stimmte, lud Papa mich zu einem Glas ein.«

»Hm... Mal sehen, ob dir der Alkohol zu einer sicheren Hand verhilft.« Jesse goß aus einem Krug frisches Wasser in eine Schüssel und riß seinen Hemdsärmel auf. »Nun wollen wir schauen, ob die Wunde genäht werden muß.«

»Genäht?« würgte Jacob hervor.

»Genäht. Ja, mit ein oder zwei Stichen.« Zum Glück war Jesse am linken Arm getroffen worden. Den rechten brauchte er dringend. Mühelos wusch er das Blut weg. Eigentlich mußte die harmlose Wunde nicht genäht werden, aber er wollte Jacob etwas beibringen, das in der Zukunft bedeutsam werden könnte. Er wühlte in seiner Arzttasche, holte Nadel und Faden hervor. Nachdem er den Faden durch das Nadelöhr gezogen hatte, drückte er ihn in Jacobs Hand. »Also, fang hier an. Nur zwei Stiche. Du mußt den Faden nicht verknoten. Eine Hand hab' ich ja noch übrig. Ich helfe dir.«

»Ich soll das zunähen? Einfach so?«

»Einfach so.«

»Nimmst du nichts gegen die Schmerzen, Jesse?«

»Es sind ja nur zwei Stiche. Dafür genügt ein zweiter Whiskey nach der Prozedur. Ein dritter wäre von Übel, denn in diesem Haus sollte ich mir keinen Schwips leisten. Meinst du nicht auch?« Der Junge wurde feuerrot. Unsicher starrte er auf die Nadel in seiner Hand, und Jesse drängte: »Nun mach schon! Ich werde nicht zum erstenmal genäht.« Wahrscheinlich leidet er mehr als ich, dachte er und biß die Zähne zusammen, um sich gegen die Schmerzen zu wappnen. Die Nadel bohrte sich in sein Fleisch, wurde wieder herausgezogen – und dann noch einmal hinein und heraus, in Windeseile.

Was Jacob an Erfahrung mangelte, glich er durch Schnelligkeit aus. Kalter Schweiß stand ihm auf der Stirn. Jesse zeigte ihm, wo der Faden festgehalten werden mußte, und verknotete ihn. Dann trank er noch einen Whiskey, goß ein bißchen davon auf die Wunde und zuckte zusammen, weil es höllisch brannte. »Warum das hilft, weiß ich nicht – aber es hilft.«

Der sichtlich verängstigte Jacob schwieg, und Jesse lehnte sich an den Schreibtisch. »Eins wollen wir von Anfang an klarstellen. Du stehst in diesem Krieg auf der einen Seite, ich auf der anderen. Ich erwarte von dir nicht, daß du die Seiten wechselst, und ich tu's auch nicht – obwohl ich weiß Gott gute Argumente zu hören bekam. So ist das nun mal in einem Krieg. Aber eins mußt du wissen. Den Tod deines Bruders habe ich nie und nimmer gewünscht. Ich bewunderte ihn, und früher waren wir sogar Freunde.«

Jacob starrte auf seine Füße hinab. »Das weiß ich.«

»Tatsächlich?«

Verlegen zuckte der Junge die Achseln und schob seine Hände in die Hosentaschen.

»Anthony erzählte mir, er habe dich zum Duell gefordert. Warum, wollte er nicht sagen – nur daß sein Temperament mit ihm durchgegangen und daß das sehr dumm von ihm gewesen sei. Du wolltest ihn nicht erschießen. Das hat er eigens betont. Und er hielt dich für einen großartigen Mann bis auf eins.«

»Und das wäre?«

»Du bist ein Yankee.«

»Oh...« Jesse atmete unmerklich auf.

»Und vorhin – da wollte ich dich wirklich nicht töten.«

»Ich weiß, denn ich kannte noch keinen Miller, der nicht mit einer Feuerwaffe umgehen konnte. Hättest du mich tödlich treffen wollen, würde ich nicht mehr leben.«

Jacob lief wieder puterrot an. »Vielleicht nicht...«

»Ich kam nach Montemarte, weil ich das deinem Bruder schuldig war, Jacob. Wenn wir auch nicht auf derselben Seite stehen ich bin hier, um für euch zu kämpfen.« Der Junge nickte, und Jesse fuhr fort: »Ich bitte dich nicht um deine Kapitulation, nur um einen Waffenstillstand.« Lächelnd streckte er seine Hand aus.

Jacob blinzelte verwirrt. »Das war's? Ich habe dich angeschossen – und du läßt es dabei bewenden?«

»Ja. Aber ich würde dir gern das Versprechen abnehmen, daß du's nicht noch mal tust.«

Jacob schüttelte Jesses Hand und schaute ihm fest in die Augen. »Du hast mein Wort. Genügt dir das?«

»Klar. Ich hatte noch niemals Grund, am Wort eines Millers zu zweifeln.«

Der Junge lächelte schwach. »Wir Millers lügen nie«, beteuerte er stolz. Dann schluckte er krampfhaft. »Danke.«

Es muß ihn eine ganze Menge gekostet haben, das auszusprechen, dachte Jesse. »Du brauchst mir nicht zu danken. Und jetzt sollten wir schlafen.«

Jacob nickte und ging zur Tür, wo er sich zögernd umdrehte. »Du sagst, du seist hier, weil du Anthony was schuldig bist. Komisch – ich dachte, du wärst Kiernans wegen gekommen.«

Ohne mit der Wimper zu zucken, hielt Jesse dem prüfenden Blick stand. »Ja, das auch«, gab er zu.

Grinsend wünschte der Junge ihm eine gute Nacht, sperrte die Tür auf, und Kiernan fiel beinahe herein. Sichtlich besorgt musterte sie ihn. »Alles in Ordnung?«

»O ja. Ich habe gelernt, wie man Wunden vernäht.« Er

küßte sie auf die Wange, dann lief er an ihr vorbei zur Treppe.

Erschöpft lehnte sie sich an die Wand und schloß die Lider. Nach einer Weile öffnete sie die Augen und starrte Jesse vorwurfsvoll an. »Du hast mich einfach da draußen stehenlassen. O Gott, mir war richtig schlecht vor Angst.«

»Dazu hattest du keinen Grund. Du kennst mich dein Leben lang und weißt verdammt gut, daß ich einem Kind niemals was antun würde.«

»Nein!« protestierte sie, und ihre Smaragdaugen funkelten ihn wütend an. »Ich kenne dich eben nicht! Der Mann, den ich zu kennen glaubte, wäre nie vom Friedhof auf Cameron Hall weggeritten.« Nicht nur Zorn, auch Schmerz klang in ihrer Stimme mit.

Er machte einen Schritt auf sie zu. »Kiernan...«

Doch da setzte sie wieder ihre kühle unnahbare Miene auf. »Gute Nacht.« Ohne ein weiteres Wort, den Kopf hoch erhoben, verließ sie das Zimmer.

Jesse folgte ihr und sah sie die Treppe hinauflaufen. Die weißen Stoffwolken wehten hinter her. Sie sieht tatsächlich wie ein Engel aus, dachte er und lächelte, obwohl ihm das Herz weh tat.

17

Während der nächsten Woche saß er nicht mehr allein beim Dinner, sondern mit Jacob. Und am Wochenende gesellte sich auch Patricia dazu. Kiernan ging Jesse weiterhin aus dem Weg.

Wenn man bedachte, wie sehr sie die Yankees verabscheute, verbrachte sie erstaunlich viel Zeit mit ihnen. Sie wartete nicht mehr die Nachtstunden ab, um die Patienten zu besuchen. Wenn er seine nachmittäglichen Rundgänge absolvierte, sah er sie meistens an einem der Feldbetten sitzen. Inmitten von Schmerzen und Blut und zunehmender Winterkälte glich sie einem Frühlingshauch. Sie duftete zauberhaft, bei jeder Bewegung raschelte die kostbare Seide ihrer eleganten Kleider. Das schöne Haar wurde von einem Netz zusammengehalten. Hingerissen beobachteten die Männer Kiernans schmale, zarte Finger, wenn sie einen Brief schrieb oder mit einem feuchten Lappen heiße Stirnen kühlte. Alle waren in sie verliebt.

»Doc, ist sie nicht die wunderbarste Frau, die je gelebt und geatmet hat?« fragte eines Tages ein alter Soldat, während Jesse ihn untersuchte.

Statt einer Antwort hob Jesse nur skeptisch die Brauen. Ja, sie ist wunderbar, dachte er, aber du hast sie noch nie wütend gesehen, alter Knabe.

Natürlich geriet sie vor den Verwundeten niemals in Wut. Die sahen nur ihr sanftes Lächeln, hörten ihr Gelächter, ihre melodische Stimme, wenn sie mit ihnen scherzte. Eines Nachmittags gewann man beinahe den Eindruck, sie würde Hof halten. Sie saß auf seinem Stuhl zwischen den Betten in der großen Pflegestation. Ein Spitzenüberzug bedeckte das Oberteil ihres schönen gelben Kleids vom Kragen bis zur Taille und zu den Enden der ellbogenlangen Ärmel. Ihre Augen leuchteten, und die Männer lauschten entzückt ihrem weichen Südstaatenakzent, als sie wieder einmal ihre Überzeugung bekundete. »Natürlich schätze ich Sie alle sehr, Gentlemen, aber ich glaube nun mal, daß ein einziger unserer Rebs die Kampfkraft von zehn Yankees besitzt.«

»Das ist nicht wahr, Mrs. Miller«, protestierte ein junger Soldat. »Wir hatten ja noch gar keine Gelegenheit, unsere Fähigkeiten zu beweisen.«

»Leider haben wir keine Generäle wie Stonewall oder Lee«, seufzte ein weiser ergrauter Veteran.

»Wir können die Rebs immer noch schlagen«, meinte ein anderer Patient zuversichtlich.

Jesse, der in der Tür stand und schweigend zuhörte,

dachte an den Vortag, wo dieser Mann ins Lazarett gekommen war, den linken Arm von einem Schrapnell zerfetzt. Man hatte ihn nach Montemarte geschickt, um zu sehen, ob Captain Cameron den Arm retten konnte. Stundenlang hatte er im Behandlungszimmer Metallsplitter aus den Wunden gezogen.

»Warten Sie nur ab, Mrs. Miller«, warnte der Schwerverletzte jetzt. »Wenn das Überraschungsmoment ausnahmsweise mal *uns* zugute kommt, dann geht's den Rebs an den Kragen. Das wird sich zeigen, wenn unsere Jungs in ein paar Tagen ins Tal vorrücken und die Truppen vom alten Stonewall wegfegen, die dort rumsitzen.«

»Wegfegen?« Kiernan lachte perlend.

»Klar. Unsere Jungs sind in der Überzahl, und die Rebs werden völlig überrumpelt sein.«

»Nun, das werden wir ja sehen.« Sie stand auf und wanderte zwischen den Betten umher. »Oh – Billy Joe Raily, Ihr Gesicht sieht wieder frisch und gesund aus, keine Spur mehr von dem Gelbton.« Ihr Handrücken berührte die Wange des jungen Mannes, der die glasigen Augen verdrehte, als wäre er im siebenten Himmel.

Jesse überlegte, ob er die Schlachtwunden der Leute kurierte, damit sie dann vor lauter Aufregung über Kiernans Reize an Herzattacken starben. Sie beugte sich hinab, um mit einem feuchtkalten Tuch eine schweißnasse Stirn abzutupfen. Dabei wandte sie sich zur Tür und sah ihn. Für ein paar Sekunden schien sie zu erstarren. Die Maske der süßen Südstaatenschönheit fiel herab. Ihr Gesicht blieb schön wie eh und je, aber statt des sanften Lächelns trat ein harter Glanz in die grünen Augen, ein lauernder, wachsamer Ausdruck.

Sie richtete sich auf, legte den Lappen auf ein Tischchen und wandte sich zu den Patienten. »Bis später, Gentlemen!« rief sie in heiterem Ton, dann rauschte sie an Jesse vorbei. Die Maske saß wieder an ihrem Platz.

In der Abenddämmerung schaute er aus seinem Schlafzimmerfenster und sah Kiernan in ihrem Reitkostüm aus dunklem Samt – mehr praktisch als elegant – zum Stall eilen. Sofort ließ er den Brief aus Washington fallen, den er eben erhalten hatte, schlüpfte in seinen Uniformrock und rannte die Treppe hinab.

Als er die Vorderveranda erreichte, ritt Kiernan davon, wobei sie einen weiten Bogen um die Zelte seiner Kompanie und das Biwak machte. Er lief zum Stalltor, vor dem der alte Jeremiah auf einem Stuhl saß und döste. Aber als Jesse an ihm vorbeistürmte, war er sofort hellwach, sprang auf und folgte ihm. »Was machen Sie hier, Master Jess?«

»Ich reite aus?«

»Jetzt? Es wird bald dunkel.«

Jesse blieb vor Pegasus' Box stehen. »So? Dann hättest du deine Herrin lieber zurückhalten sollen. Gerade ist Mrs. Miller davongeritten.«

»So?«

»Jeremiah«, herrschte Jesse den alten Neger ungeduldig an, »willst du mir etwa einreden, du hättest sie nicht gesehen.«

»Nun ja, wenn ich's recht überlege...«

»Gut. Überleg dir das mal.« Jesse nahm Pegasus' Zaumzeug vom Wandhaken und trat zum Kopf des Hengstes.

»Soll ich ihn für Sie satteln, Master Jess?«

»Nein, danke. Wenn du das machst, würde ich vermutlich die ganze Nacht hier rumsitzen und warten, bis du fertig bist.«

»Aber, Master Jess...«

»Geh aus dem Weg, Jeremiah«, befahl Jesse und führte Pegasus aus der Box. Hastig warf er eine Decke und den Sattel über den Pferderücken und schnallte den Gurt zu, dann stieg er auf und schaute zu dem alten Mann hinab. »Mach dir keine allzu schlimmen Sorgen, sie hat einen ziemlich großen Vorsprung.«

Rasch trat Jeremiah zurück, weil er keine Wahl hatte, und Jesse drückte die Fersen in die Flanken.

Er sparte etwas Zeit, in dem er nicht um das Zeltlager herum, sondern mitten hindurch ritt. Als er die Stelle erreichte, wo Kiernan zwischen den Bäumen verschwunden war, zügelte er Pegasus und studierte den Boden. Knochentrocken, kaum Spuren. Aber auf einem der Pfade schienen mehr zerquetschte Blätter als auf den anderen zu liegen, und so schlug Jesse diese Richtung ein.

Vor seinem geistigen Auge sah er eine Landkarte von dieser Gegend – tief unten Harpers Ferry, ringsum die Maryland Heights, Berge und Hügel, Grate und Täler. Er dachte an die Herrschaftsgebäude und Plantagen in der Umgebung, die Häuser, wo er Bälle und Partys besucht, die Wälder, wo er mit seinen Freunden gejagt hatte.

Und dann entsann er sich, daß der Weg, dem er folgte, zu den Chagall-Ruinen führte. »Nun, dann wollen wir mal sehen, was sie vorhat, Pegasus.« Mit kräftigem Schenkeldruck spornte er das Pferd an.

Manchmal, wenn Kiernan morgens erwachte, betete sie immer noch, alles möge nur ein schrecklicher Alptraum gewesen sein, Jesse wäre nie mit all seinen Yankees ins Haus gekommen, Montemarte immer noch unberührt, das Dutzend Verwundeter würde nicht existieren.

Es war die reine Hölle, den Raum direkt neben dem Herrschaftszimmer zu bewohnen, wo Jesse sich einquartiert hatte. Sie hörte seine Schritte, stellte sich seine Bewegungen vor, sein Gesicht, das sie so gut kannte. Müde würde er aus dem Behandlungsraum heraufkommen, seinen Uniformrock ausziehen, sich setzen, die Beine auf den Schreibtisch legen. Die Augen geschlossen, würde er Daumen und Zeigefinger an die Schläfen pressen.

Dann hörte sie, wie er aufstand und herumging, um sich auszuziehen. Seine Stiefel fielen zu Boden, das Bett knarrte, wenn er hineinsank. Und sie malte sich aus, wie er die Hände unter dem Kopf verschränkte und zur dunklen Zimmerdecke hinaufstarrte. In der Stille, die nun folgte, gab es für Kiernan keine größere Qual als sein Bild in ihrer Phantasie, das Wissen, daß ihn nur wenige Meter von ihr trennten. Jetzt war er ihr Feind. Eine gemeinsame Zukunft kam nicht in Frage, denn er trug die blaue Uniform. Daran konnte sie nichts ändern. Und sie hatte sich selbst und auch ihm gelobt, ihn für immer zu hassen.

Daran hielt sie fest. Aber jetzt erkannte sie, wie schwer eine so heiße Liebe stirbt, mochte ein Mann noch so beharrlich auf der falschen Seite stehen.

Erst seit wenigen Monaten war sie Anthonys Witwe, und sie müßte tiefe Trauer empfinden. Doch das spielte keine Rolle, ebenso wenig wie ihr Haß, sobald sie Jesses Nähe spürte. Trotz ihres Zorns und ihrer verzweifelten Situation konnte er immer noch jenes wilde Feuer in ihr wecken, jenes betörende Verlangen.

Nicht nur Jesses Anwesenheit peinigte Kiernan. Auch die Männer störten sie, die auf dem Rasen kampierten, die verwundeten Yankees in Anthonys Zimmer.

Als sie den ersten Verletzten im Behandlungsraum hatte schreien hören, war sie in ihrem Schlafzimmer geblieben, die Hände auf die Ohren gepreßt. Sie hätte schwören können, das Opfer der chirurgischen Prozedur wäre gestorben. Doch am selben Abend sah sie den Mann in relativ guter Verfassung auf seineim Feldbett liegen. Lächelnd erwiderte er ihren Blick. Auch er war ein Feind. Aber wie hätte sie ihm den Tod wünschen können?

Dann trafen die anderen ein, Männer mit schmalen, müden Gesichtern, blauen oder braunen Augen, mit oder ohne Bärten. Lauter Feinde. Viele hatten trotzdem Freunde und Verwandte auf gegnerischer Seite, und sie beteten nicht so inständig ums eigene Überleben wie um die Gnade, es möge ihnen erspart bleiben, einen ihrer

Lieben vor ihren Gewehrmündungen zu sehen. Vergeblich versuchte Kiernan, das Leid der Unionssoldaten zu ignorieren.

Bald entdeckte sie, welch gute Informationsquelle Jesses Patienten bezüglich der feindlichen Truppenbewegungen darstellten. Alle waren bei Scharmützeln in der näheren Umgebung verletzt worden und verfügten über wertvolle Kenntnisse. Sie hatte bereits eine Nachricht für die Konföderiertenkundschafter in der hohlen Eiche hinterlegt, die Mahnung, eine bestimmte Stellung zu räumen, ehe ein großer Unionstrupp anrücken konnte.

Und an diesem Tag fand sie eine zweite Gelegenheit, den Rebs zu helfen. Darüber freute sie sich, denn es erschien ihr wie eine Vergeltung für die Qual, mit Jesse unter einem Dach leben und die Schreie der Verwundeten hören zu müssen.

Schnell brach die abendliche Dunkelheit herein. Kiernan galoppierte zu den Chagall-Ruinen. Weiß, teilweise schwarz verkohlt schimmerten die Säulenreste im bleichen Mondlicht, das die letzten Strahlen der sterbenden Sonne verdrängt hatte. Sie zügelte ihr Pferd und hörte den Wind in den Bäumen rauschen. Geisterhafte Schatten tanzten umher. Unwillkürlich erschauerte sie. Es war dumm von mir, noch so spät hierherzukommen, dachte sie. Andererseits gibt es nichts zu befürchten. Die Rebs werden mir nichts tun, und die Yankees sind ohnehin schon auf Montemarte.

Trotzdem – die Luft war so kalt, und die Nacht schien Augen zu haben. Kiernan sprang aus dem Sattel und rannte zu der alten Eiche. Als sie den Baum erreichte, trat eine schemenhafte Gestalt dahinter hervor, eine große, bedrohliche Silhouette.

Schreiend wich Kiernan zurück, preßte eine Hand auf den Mund, dann lief sie instinktiv davon. Den Ruf, den sie hinter sich hörte, verstand sie in ihrer Panik nicht. Durch das hohe Gras und Unkraut, über herabgefallene Zweige hinweg stolperte sie zu ihrem Pferd. Der Wind frischte auf, peitschte gnadenlos die Bäume. In ihrem Rücken spürte sie den Schatten des Verfolgers. Sie beschleunigte ihre Schritte, rang verzweifelt nach Atem. Sie rannte so schnell, daß ihre Beine schmerzten, die Lungen zu bersten schienen, das Herz schmerzhaft gegen die Rippen trommelte.

Fast hatte sie das Pferd erreicht, als der schwarze Schemen sie plötzlich packte. Sie wurde hochgerissen, zu Boden geworfen, und dann lag die dunkle Gestalt auf ihr. Kreischend wehrte sie sich mit aller Kraft.

»Kiernan! Kiernan…«

Endlich drang die Stimme, die den Namen rief, in ihr Bewußtsein, und sie erstarrte. Jesse! Sie hätte es wissen, die Umrisse seines schrägsitzenden Huts trotz der schattenhaften Silhouette erkennen, seine Nähe fühlen müssen.

Aber er war doch in seinem Zimmer gewesen, als sie das Haus verlassen hatte. Dort müßte er jetzt, nach der Arbeit im Behandlungsraum sitzen und die Post aus Washington lesen. Wieso hatte er die Eiche vor ihr erreicht?

»Jesse…« Die Panik war verebbt, die Vernunft kehrte zurück.

Zwischen den Zweigen pfiff der Wind wie ein lebendiges Wesen. Hell schien der Mond herab, und jetzt sah sie Jesses Gesicht mit den ausdrucksvollen Zügen ganz deutlich.

Plötzlich wurde sie von neuer Angst erfaßt. Jemand könnte in der Nähe sein, Angus oder T. J. oder ein Nachbar. Wenn sie Jesse auf ihre liegen sahen, würden sie ihn womöglich – erschießen. »Geh runter von mir, du Narr!«

»Warum?« Gnadenlos hielt er sie fest. In der Nacht glühten seine Augen fast schwarz.

»Warum?« Sie starrte ihn ungläubig an. »Weil du mir weh tust, wenn du mich so fest an den Boden drückst, weil du mich soeben fast zu Tode erschreckt hast, weil ich dich hasse und verachte, weil du mein Feind bist, weil du dieses gottverdammte Blau trägst!«

Er zog ihr die Arme über den Kopf nach hinten, sein Mund war so nahe, daß sie seinen warmen Atem fühlte. Und auf ihrer Brust spürte sie seine harten, angespannten Muskeln. »Was, zum Teufel, hast du hier draußen zu suchen, Kiernan?«

»Wieso interessiert dich das?« Verzweifelt wand sie sich unter ihm. Doch seine Finger umklammerten ihre Handgelenke wie Schraubstöcke.

»Was willst du hier?« schrie er sie an.

»Ich bin nur ausgeritten.«

»Abends?«

»Ja, es ist Abend, nicht wahr? Kluger Junge! Jetzt weiß ich, warum ihr Yankees soviel von der Kriegskunst versteht.«

»Spiel mir kein albernes Theater vor!«

»Oh, ich spiele kein Theater. Wir haben doch Krieg, oder?« Die feuchte, kühle Erde unter ihrem Rücken ließ sie frösteln, und der erbarmungslose Glanz in Jesses Augen, kalt wie die Nachtluft, flößte ihr wachsende Furcht ein. Hatte der Griff um ihre Handgelenke etwas nachgelassen? Sie bäumte sich auf, trat gegen seine Schienbeine. Damit gelang es ihr, ihn zu überrumpeln, und sie konnte sich losreißen. Blitzschnell rollte sie unter ihm davon.

Doch er lag sofort wieder auf ihr. Mit einer Hand hielt er ihre Unterarme fest, mit der anderen umfaßte er ihr Kinn. »Ich frage dich noch einmal. Was wolltest du hier?«

»Ich bin ausgeritten. Und was machst *du* hier?«

»Ich habe dich verfolgt.«

»Hör mal, ich erzähl dir gar nichts...«

»Spione werden erschossen, Kiernan.«

»Geh zum Teufel! Ich bin keine Spionin. Und wenn ich...«

»Du Biest!« Plötzlich sprang er auf und zerrte sie mit sich empor. Er drückte sie so fest an seine Brust, daß sie kaum Luft bekam. Schmerzhaft schlangen sich seine Finger in ihr Haar. »Du nutzt meine Patienten schamlos aus. Wie ein mildtätiger Engel führst du dich auf, aber in Wirklichkeit sind dir ihre Leiden völlig egal. Du würdest sie lieber heute als morgen sterben sehen. Schon in der ersten Nacht hast du dich in ihr Vertrauen geschlichen, um ihnen Informationen zu entlocken – diesen Männern, die so dankbar sind für die kleinen Freuden, die du ihnen schenkst.«

»Jesse, verdammt, ich habe nicht...«

»Lüg mich nicht an!«

»Also gut!« Seine Finger, die an ihren Haaren zerrten, trieben ihr Tränen in die Augen. »Jederzeit würde ich deine Patienten wieder ausnutzen, Jesse, und dich auch. Du bist mein Feind! Mein Gott, wie oft muß ich dir das noch sagen? Ich hasse dich, und ich hasse deine Soldaten. Sie sind in meine Heimat und in mein Haus eingedrungen, haben meine Landsleute getötet, meine Freunde... Was, zum Teufel, erwartest du denn von mir? Was willst du?«

Ein langes Schweigen entstand nach ihren Worten. Nur der Wind in den Bäumen war zu hören. Schließlich stieß Jesse einen Fluch hervor. »Was ich will?« Seine weißen Zähne schimmerten im Mondlicht. »Am liebsten würde ich meine Hände um deinen schönen Hals legen. Ich will...« Plötzlich preßte er seine Lippen auf ihre. Sein Kuß – so leidenschaftlich, wie seine Worte geklungen hatten – überwältigte alle ihre Sinne und lähmte ihre Widerstandskraft.

Es war so lange her – so lange, seit er sie zuletzt umarmt, seit die Welt unter ihren Füßen gebebt hatte. Heiße Freude erfüllte ihr Herz, als seine Zunge ihre Unterlippe liebkoste. Mit jeder Sekunde wuchs die betörende Macht der Verführung, führte sie immer weiter hinein in ein Niemandsland der Sehnsucht und Erinnerungen. Neue Tränen stiegen in ihre Augen, als sie erkannte, was sich nicht länger leugnen ließ – sie liebte Jesse. Kein Krieg konnte das ändern, keine Uniformfarbe. Sie liebte ihn, und sie begehrte ihn...

Nein! Niemals war sie wirklich Anthonys Frau gewesen. Sie mußte wenigstens eine anständige Witwe sein. Und so riß sie sich los. »Verdammt, Jesse...« Sie trat einen Schritt zurück und wischte mit ihrem Handrücken den Mund ab, als könnte sie den Kuß ausradieren.

»Kiernan...«

»O nein – nie wieder! Schon gar nicht hier, in der Nähe von Anthonys Haus. Ich bin seine Witwe.«

Langsam ballte er die Hände. »Oh, zum Teufel mit dir, Kiernan...«

»Rühr mich nie wieder an«, flüsterte sie. »Wenn er je dein Freund war, wenn du jemals Respekt vor ihm hattest – rühr mich nie wieder an. Dies ist sein Heim – sein Land.«

»Und es war auch *sein* Land, wo wir uns das erste Mal geliebt haben!«

Es war wie ein Schlag ins Gesicht, aber sie konnte es nicht bestreiten. Beschämt wandte sie sich ab, wollte zu ihrem Pferd fliehen. Doch sie kam nicht weit. Jesse umklammerte ihren Arm und fauchte: »Und wo ist deine Witwentracht?«

Sie starrte ihn bestürzt an. Schon wenige Monate nach ihrer Ankunft auf Montemarte hatte sie die Trauerkleider abgelegt. Schwarz war bei der Gartenarbeit zu heiß gewesen – und zu heikel. In gewisser Weise hatte sie Anthony geliebt, sich aber nie wie seine Witwe gefühlt, und so war ihr die Trennung von den schwarzen Sachen leichtgefallen.

Ein spöttisches Grinsen umspielte Jesses Lippen. »Eine wunderbare Liebe muß das gewesen sein.«

Wütend hob sie eine Hand, um ihn zu schlagen, doch er hielt ihren Arm fest und zog sie an sich. Wenn er sie wieder küßte, war sie verloren, das wußte sie. »Anthony war dein Freund, Jesse. Er hat dich bewundert.«

Zwischen zusammengebissenen Zähnen stieß er hervor. »Oh, verdammt, Kiernan...«

Abrupt ließ er sie los. Sie rannte zu ihrem Pferd, schwang sich in den Sattel und galoppierte nach Hause Jesse folgte ihr, versuchte aber nicht, sie einzuholen. Beim Stall wagte sie nicht, ihn anzuschauen. Sie übergab ihre Stute Jeremiah, der sie besorgt musterte, dann flüchtete sie in ihr Zimmer, warf sich aufs Bett und vergrub das Gesicht im Kissen.

Wie einfach wäre es, in einem dünnen weißen Nachthemd – wie eine Braut – ins Nebenzimmer zu gehen, sich neben Jesse zu legen, seine Arme zu spüren, den Nachtwind auf der nackten Haut...

Verzweifelt versuchte sie, ihn zu hassen. Und sie haßte sich selbst.

Erst am nächsten Morgen wurde ihr bewußt, daß sie keine Nachricht in der hohen Eiche hinterlegt hatte. Die Information konnte viele Menschenleben retten.

Kiernan schlüpfte in ein schlichtes braunes Gingankleid. Sie faltete den Zettel, auf den sie die Mitteilung geschrieben hatte, zusammen, schob ihn in den kleinen Ausschnitt und verließ ihr Zimmer. Da sie vorsichtig sein mußte, ging sie zuerst in die Pflegestation und sprach mit den Patienten. Corporal O'Malley inspizierte, unterstützt von einem Assistenten, die Verbände und Schienen.

Allen Soldaten schenkte Kiernan ein Lächeln. Sie goß ihnen Wasser sein und sorgte für die kleinen Annehmlichkeiten, die ihnen die Genesung erleichterten. Plötzlich spürte sie, daß sie beobachtet wurde, und drehte sich um. Jesse stand in der Tür. Er hatte behauptet, sie würde sich nur um die Männer kümmern, um zu spionieren. Niemals würde er glauben, daß sie an diesem Morgen nichts von ihnen wollte, daß sie längst gelernt hatte, jeden Verwundeten zu bemitleiden – gleichgültig, welche Uniform er trug.

Der verächtliche Blick, den Jesse ihr zuwarf, tat ihr in tiefster Seele weh. Rasch wandte sie sich ab und vertauschte den feuchten Lappen auf der heißen Stirn eines Patienten mit einem frischen.

Als sie sich wieder umdrehte, war Jesse verschwunden. Sie verbrachte noch eine Stunde bei den Männern. Dann hörte sie Corporals O'Malley sagen, jemand solle Tyne in den Behandlungsraum schicken, wo er Captain Cameron helfen solle. Für Kiernan war es an der Zeit aufzubrechen. Sie eilte aus dem Haus, schaute an der Fassade hinauf, um sicherzugehen, daß niemand sie beobachtete, und lief zum Stall. Hinter dem Tor standen zwei Soldaten, die sie anstarrten.

»Gentlemen?«

»Versuchen Sie nicht, uns um den Finger zu wickeln, Mrs. Miller«, warnte der jüngere Mann, Private Yeager.

»Wie meinen Sie das, Sir?« fragte sie in scharfem Ton.

»Sie versorgen die Rebs mit Informationen«, erklärte der zweite, Sergeant Herrington, kühl.

»Machen Sie sich nicht lächerlich! Gehen Sie mir aus dem Weg!«

Aber die beiden rührten sich nicht von der Stelle, und Yeager streckte eine Hand aus. »Geben Sie mir die Nachricht.« Als sie sich an ihm vorbeischieben wollte, hielt er ihren Arm fest.

»Wagen Sie es nicht, mich anzurühren!«

»Ich...«, begann er, dann verstummte er, ließ sie los und starrte über ihre Schulter hinweg.

Verwirrt drehte sie sich um. Jesse stand im offenen Tor, die Arme vor der Brust verschränkt, mit unergründlichen Augen. »Was geht hier vor, Sergeant?«

Herrington räusperte sich. »Sie liefert den Rebs Informationen, Sir. Davon sind wir fest überzeugt.«

Jesse hob die Brauen und wandte sich zu Kiernan. »Stimmt das, Mrs. Miller?«

»Nein«, log sie.

»Sie weist die Anschuldigung zurück, Sergeant.«

»Würden Sie mir erlauben, Mrs. Millers Kleidung zu durchsuchen, Sir?«

»Was?« fauchte Kiernan empört. »Captain, Sie können doch nicht zulassen...«

Jesse brachte sie mit einer ungeduldigen Geste zum Schweigen und wandte sich an die Soldaten. »Sie beide sind Gentlemen, die der Unionsarmee angehören, und deshalb kann ich Ihnen nicht gestatten, die Kleidung einer Dame zu durchsuchen. Als Ehrenmänner sind Sie verpflichtet, Mrs. Millers Wort zu akzeptieren. Sie können jetzt auf Ihre Posten zurückkehren.«

Herrington bedachte Kiernan mit einem wütenden Blick und verließ den Stall, dicht gefolgt von dem sichtlich bekümmerten Yeager. Schweren Herzens erkannte sie, daß sie jetzt unmöglich wegreiten konnte. Jesse schloß das Tor hinter sich. »Hast du eine Nachricht bei dir, Kiernan?« fragte er leise.

»Das wirst du nie erfahren. Wenn du mich jetzt entschuldigen würdest...«

Er schüttelte den Kopf »Ganz sicher nicht«, entgegnete er und kam auf sie zu.

»Jesse! Was hast du vor?«

»Ich will herausfinden, ob du einen Zettel bei dir trägst.«

»Was?« kreischte sie. »Das darfst du nicht...« Sie trat einen Schritt nach hinten, stolperte und landete in einem frischen Heuballen. Erschrocken sah sie zu Jesse auf, der mit gespreizten Beinen über ihr stand. »Du würdest es nicht wagen.«

»Oh, ich habe schon eine ganze Menge gewagt.«

»Vorhin sagtest du, ein Gentleman von der Unionsarmee tut so was nicht, und du hast es deinen Männern verboten...«

»Schon vor langer Zeit hast du mir erklärt, du würdest mich nicht für einen Gentleman halten. Und ich sagte den

Männern nur, *sie* dürften das nicht.« Er grinste boshaft. »Von *mir* war keine Rede.«

Zu Kiernans Entsetzen lag er plötzlich im Heu – auf ihr.

18

Auf seinen Ellbogen gestützt, hielt er ihre Beine mit einem Schenkel fest, einen Arm um ihre Taille geschlungen. »O ja, ich wußte schon immer, daß du kein Gentleman bist!« zischte sie.

»Dieses Thema haben wir schon zur Genüge durchgekaut. Ich will die Nachricht haben.«

»Aber die existiert gar nicht.«

»Du kannst sie freiwillig rausrücken, oder ich nehme sie mir.«

Er meinte es ernst, das sah sie ihm an. O Gott, warum hatte sie nicht daran gedacht, die Mitteilung erst bei der hohlen Eiche niederzuschreiben? Aber auch das hätte nichts genützt, dachte sie dumpf. Er wäre mir gefolgt und hätte mir keine Chance gelassen. »Jesse...«, begann sie und sah ihn an – mit aufrichtigen Augen, wie sie hoffte. »Dein Verhalten ist einfach unmöglich. Es entwürdigt alles, was wir einander – einmal bedeutet haben«, fügte sie etwas pathetisch hinzu.

»Und was meinst du damit, Kiernan?« Seine Fingerknöchel strichen über ihre Wange. Sein Mund war ihrem so nahe, das Gewicht seines Körpers schmerzlich vertraut.

Irgendwie muß ich ihn umgarnen, beschloß sie und strich ihm eine widerspenstige schwarze Locke aus der Stirn. »Bitte, laß mich aufstehen, Jesse. Es gibt Augenblicke – da muß ich einfach wegreiten. Verstehst du das nicht?«

Er zog ihre Finger an die Lippen, küßte jeden einzelnen, und sie fühlte die warmen, sinnlichen Liebkosungen seiner Zungenspitze. »Jesse ...«

»Oh, ich verstehe nur zu gut, daß du hin und wieder die Flucht ergreifen mußt. Immerhin hast du das ganze Haus voller Yankees.«

Beinahe hätte sie ihm die Hand entrissen. Aber sie biß die Zähne zusammen und zwang sich zu einem Lächeln. »Sei doch ernst, Jesse!«

»Oh, ich bin sehr ernst.« Er legte seine Hand, die ihre Finger immer noch umschlossen, auf ihre Brust, direkt oberhalb des Busenansatzes. »Dann wollen wir das mal festhalten. Du mußt also manchmal wegreiten, weil Yankees im Haus sind.«

»Ja.«

»Du warst sehr gut zu diesen armen verwundeten Yankees.«

»Jeden Tag kümmere ich mich um sie.«

»Und jetzt willst du wegreiten, um all das weiterzugeben, was dir diese armen verwundeten Yankees mit heraushängender Zunge erzählt haben, nicht wahr?«

»Ja ...« Verdammt, sie hatte sich von seiner sanften, monotonen Stimme einlullen lassen. »Nein! O Jesse, du bringst mich ganz durcheinander.«

Zu ihrem Ärger grinste er wieder. »Jammerschade, daß du nicht zum Theater gegangen bist, Kiernan ...«

»Geh endlich runter von mir!« schrie sie und wand sich verzweifelt umher. Doch es war ein aussichtsloser Kampf. Er umfaßte ihre Unterarme, zog sie über ihren Kopf nach hinten, und mit der freien Hand knöpfte er ihr Kleid auf. Vergeblich wehrte sie sich. Er ließ nicht locker, bis die Halbkugeln ihrer Brüste aus dem Korsett und dem dünnen Hemd ragten. »Jesse, du Bastard ...«

Ihre Stimme brach, als er den Zettel aus dem Korsett zog. Schweigend faltete er ihn auseinander und las die Nachricht. Dann richteten sich seine kalten blauen Augen auf Kiernan. »Es würde dir also nicht im Traum einfallen, für die Konföderation zu spionieren?«

»Du hast, was du wolltest. Laß mich endlich gehen!«

Aber er rührte sich nicht. Im Halbdunkel des Stalls musterte er ihr Gesicht, das aufgelöste, mit dem Heu vermischte Haar, die halbnackten Brüste. »Nein, ich habe noch nicht alles, was ich will.«

»Du mußt verrückt sein ... Nein, bitte nicht!« flüsterte sie, als sie seine Hand auf ihrem Busen spürte, und schloß die Augen. Aber statt das Hemd nach unten zu ziehen, knöpfte er das Kleid zu. Verblüfft hob sie die Lider.

Der harte Ausdruck war aus seinem Blick verschwunden. »Ich könnte dich festnehmen, Kiernan.«

»Dann tu's doch.«

»Das will ich nicht. Du sollst nur aufhören, den Rebs Informationen zu liefern. Du kannst diesen Krieg nicht gewinnen. Weißt du, daß man dich in Washington bereits verdächtigt?«

Bestürzt starrte sie ihn an »Du wurdest vor mir gewarnt?«

Er nickte. »Verstehst du es jetzt? Ich kann dir nicht erlauben, meine Männer hinters Licht zu führen. Und du hast kein Recht, dich ins Kampfgeschehen einzumischen.«

Erbost stieß sie ihn weg, und er hielt sie nicht zurück, als sie aufsprang. »Und ob ich ein Recht dazu habe! Dies ist mein Zuhause – Virginia ist meine Heimat. Ich gebe mich nicht geschlagen.

»Kiernan ...«

»Du hast kein Recht, an diesem Krieg teilzunehmen.«

»Was redest du da?« Nun stand auch Jesse auf.

»Du hast kein Recht, an diesem Krieg teilzunehmen«, wiederholte sie leidenschaftlich. »Ich kämpfe für meine Heimat, die auch deine ist, und du kämpfst gegen sie. Und wofür? Für irgendein absurdes Ideal? Der US-Kongreß behauptet, die Union würde Krieg führen, um die rebellierenden Staaten zu unterwerfen. Glaubst du etwa, du kämpfst, um die Sklaverei zu beenden? In den meisten Nordstaaten wurde sie bisher nicht abgeschafft. Wozu dieses sinnlose Blutvergießen?«

»Weil die Union bestehen bleiben muß!« schrie er sie an. »Begreifst du das denn nicht? Zwei Hälften sind gar nichts ohne das Ganze!«

»Nein, das sehe ich nicht ein!« Warum mußten ihr immer wieder Tränen in die Augen steigen, wenn sie mit Jesse stritt? »Verdammt, du hast den Zettel – deinen Beweis! Tu, was du willst, sperr mich ein, häng mich auf, aber laß mich jetzt hier raus! Ich ertrage es nicht, mit dir zu diskutieren!«

Er seufzte tief auf. »Du stehst unter Hausarrest, Kiernan.«

»Das ist mir egal. Oh, du Narr, weißt du denn nicht, daß Jackson oder ein anderer Konföderiertengeneral hierher zurückkommen wird? Dann werden die Yankees ihre endgültige Niederlage erleiden, weil die Rebs disziplinierter sind – und weil sie für ihre Heimat kämpfen.«

Ihr Atem stockte, als Jesse ihre Schultern packte und heftig schüttelte, so daß ihr Haar umherflog. »Ja, Jackson wird zurückkommen oder einen anderen herschicken! Ja, die Südstaatler können kämpfen, reiten und schießen. Das ist ihnen angeboren. Und bei Gott, sie machen uns die Hölle heiß. Aber letzten Endes werden wir siegen, Kiernan – ganz einfach, weil wir mehr sind. Weil wir mehr Fabriken und mehr Macht haben.!«

Plötzlich wurde sie von kalter Angst erfaßt. Noch nie hatte sie an die Möglichkeit gedacht, der Süden könnte verlieren. Sie befreite sich von seinem Griff und starrte ihn durch einen Tränenschleier an. »Ich hasse dich, Jesse!«

Zu ihrer Überraschung lächelte er. »Ich weiß. Und ich liebe dich immer noch.«

»Aber nicht genug«, flüsterte sie verzweifelt, »nicht genug.«

»Kiernan...« Er streckte eine Hand nach ihr aus.

»Nein! Laß mich gehen!« Sie rannte an ihm vorbei aus dem Stall, so schnell sie konnte.

Am nächsten Morgen wurde sie von Lärm und lautem Stimmengewirr geweckt. Sie lief zum Fenster und beobachtete die Ankunft mehrerer Soldaten, die einem Wagen folgten. Sie marschierten nicht, sondern hinkten langsam heran, teilweise aufeinander gestützt. Viele trugen blutige Bandagen. Sie sah, wie Jesse ihnen entgegeneilte, gefolgt von Tyne, Jeremiah, David und Janey, sogar von Jacob. Kalte Morgenluft wehte ihr ins Gesicht. Lauter Yankees, dachte sie. Wie viele Rebs sind jetzt ihretwegen tot oder verwundet, fragte sie sich. Sie hörte einen Schmerzensschrei und schluckte. Nein, sie wollte diese Männer nicht bemitleiden. Wenn Jesse sie zusammengeflickt hatte, würden sie wieder in den Krieg ziehen und noch mehr Konföderierte töten. Noch mehr Virginier.

Jesse erteilte Befehle, eilte mitten in die Schar der Verwundeten, die von David mit Wasser versorgt wurden, und untersuchte ihre Verletzungen. Währenddessen erklärte er Janey, wer in welchen Raum gebracht werden und wer im Behandlungsraum warten sollte. Dann verschwand er im Wagen, und als er wieder auftauchte, wandte er sich an O'Malley. »Da liegen zwei Tote. Kümmern Sie sich bitte darum.«

»Sofort, Sir.«

Übelkeit stieg in Kiernan auf. Sie lief zu ihrem Waschtisch, spritzte sich kaltes Wasser ins Gesicht. Danach fühlte sie sich besser. Rasch zog sie sich an und lief nach unten.

Soldaten humpelten hin und her. Einige, die nur leichter verletzt waren, trugen ihre schlimm zugerichteten Kameraden auf Bahren ins Haus. Inmitten der großen Halle blieb Kiernan plötzlich wie erstarrt stehen. Da waren nicht nur Yankees.

Drei Männer, die hereingebracht wurden, trugen Grau.

»Mrs. Miller!« rief eine schwache, heisere Stimme, und Kiernan glaubte, ihr Herz würde zu schlagen aufhören. Sie bahnte sich einen Weg durch das Gedränge, zu dem Feldbett, wo der schwerverletzte Soldat lag. Blut färbte den grauen Wollstoff seiner Uniform über dem Bauch und bedeckte fast das ganze linke Bein. Sein Haar war verfilzt, sein Gesicht schmutzig.

Für ein paar lange, grausige Sekunden starrte sie ihn an, bis sie ihn erkannte. »T. J.!« Besorgt neigte sie sich hinab und schlang ihre Finger in seine. Sie sah David mit einem Wasserkrug zwischen den Männern umhergehen und winkte ihn zu sich, dann eilte sie einen Becher und hob T. J.s Kopf ein wenig hoch, damit er trinken konnte. »Oh, T. J...«, murmelte sie und riß einen Stoffstreifen vom Saum ihres Kleids, um ihm das Gesicht abzuwischen.

»Mrs. Miller, erlauben sie den Yanks nicht, ihre Knochensägen an mir auszuprobieren.«

»T. J....«, begann sie, aber die Augen waren ihm zugefallen. Sein Atem ging ganz flach, Sie legte eine Hand auf seine Brust, spürte den langsamen, schwachen Herzschlag. »Oh, T. J., sterben Sie nicht!« flehte sie. Er brauchte dringend Hilfe.

Plötzlich verstärkte sich der Druck seiner Finger in ihrer Hand. »Mrs. Miller...« Er machte eine Pause, schaute zu ihr auf und befeuchtete mit der Zunge seine rissigen Lippen. »Einige dieser Yankee-Knochensäger prahlen, sie könnten auf dem Operationstisch mehr Rebs umbringen als ihre Soldaten auf dem Schlachtfeld. Wenn sie mich einfach vergessen würden, könnte ich in Ruhe sterben.«

»Sie werden nicht sterben, und dieser Yankee-Quacksalber hier ist nicht so wie die anderen«, versicherte sie hastig. »Er wird Ihnen helfen, T. J., das schwöre ich.«

Aber er gab keine Antwort. Seine Augen hatten sich wieder geschlossen. Verzweifelt blickte sie sich um. So viele Männer – und alle schienen schwer verletzt zu sein.

Bei einem der Soldaten entdeckte sie Janey und rannte zu ihr. »Wo ist Jesse?«

Die Negerin zeigte auf die Tür des Behandlungsraums. »Jetzt wird er bestimmt nicht mit Ihnen reden wollen, Miz Kiernan.«

Doch Kiernan ignorierte den Einwand und stürmte in das Zimmer. Entsetzt blieb sie bei der Tür stehen. Auf dem Operationstisch warf sich ein schreiender Mann umher. Jesse befahl Tyne, ihn festzuhalten, damit er Morphium injizieren konnte. Vom linken Schienbein des Soldaten war nur ein blutiger Klumpen übriggeblieben.

»Jesse...«, flüsterte Kiernan, und er warf ihr einen kurzen Blick zu.

»Komm her. Ich brauche dich.«

»Aber...«

»Ich brauche dich!«

Sie trat neben Jesse, und er zeigte ihr die verschiedenen Sägen, die er für die Amputation benötigte. Dann erklärte er, sie müsse die Blutung sofort stillen, Schwämme und Bandagen sauberhalten. Verzweifelt sah sie sich um. Sicher war jemand anderer da, der ihm helfen konnte, denn sie fürchtete, in Ohnmacht zu fallen. Doch da war niemand. Corporal O'Malley nähte die Wunden eines leichter verletzten Soldaten, unterstützt von Jeremiah, und Janey tat ihr Bestes, um das Chaos in der Halle zu bewältigen.

»Ich kann das nicht, Jesse«, wisperte Kiernan, aber er schien es nicht zu hören.

Er wies den kraftstrotzenden Tyne an, den Mann auf dem Operationstisch festzuhalten, verlangte seine Instrumente, das Skalpell und verschiedene Knochensägen, und Kiernan gab sie ihm. Irgendwie schaffte sie es, ihm stets das Richtige zu reichen, und die blutigen Geräte aufzufangen, die er ihr zuwarf. Dann half sie ihm, das Bein unterhalb des Knies zu bandagieren, wo er die Knochen, Muskeln und Sehnen möglichst sorgfältig durchtrennt hatte, um dem Soldaten die Möglichkeit zu geben, später mit einer Prothese zu gehen.

Tyne trug das amputierte Schienbein weg, und da drohten ihr die Sinne zu schwinden. Aber Jesse rief nach Wasser, wollte sich die Hände waschen und fragte, welcher Verwundete als nächster an die Reihe komme. Das erinnerte Kiernan an den Grund, der sie in diesen Raum geführt hatte. »Draußen liegt ein Schwerverletzter. Er braucht dich dringend.«

»O'Malley wird ihn hereinbringen.«

»Jesse…« Sie zögerte. »Jesse, er ist ein Reb.«

Er warf ihr einen kurzen Blick zu. »Corporal O'Malley! Wer hat meine Hilfe am nötigsten?«

O' Malley, der gerade eine Wunde zugenäht hatte und jetzt den Faden verknotete, blickte auf. »Ich glaube, dieser Reb ist am schlimmsten dran – ich meine, von den Leuten, die noch leben.«

»Dann holen Sie ihn rein.«

Janey verfrachtete den Soldaten, dessen Bein amputiert worden war, in ein Feldbett, und Jesse breitete ein sauberes Tuch auf dem Operationstisch aus. Unterdessen trugen O'Malley und ein Mann mit verbundenem Kopf den von Morphium betäubten T. J. herein. »He, Captain, warum der Reb?« klagte der Fremde. »Mir tut der Schädel schrecklich weh.«

»Das glaube ich Ihnen, Private Henson, aber es ist nur eine leichte Wunde. Ich kümmere mich bald um Sie. Aber dieser Bursche wird sterben, wenn ich ihn nicht sofort behandle.« Jesse schaute auf T. J. hinab. »Vielleicht stirbt er so oder so.«

»Das wäre am besten. Er ist ein Reb. Sie sollten gar nicht erst versuchen, ihn zusammenzuflicken, Doc.«

»Als ich den Eid leistete, menschliches Leben zu retten, wurde kein Unterschied zwischen Uniformfarben gemacht.«

Henson runzelte die Stirn, erhob aber keine Einwände

mehr. Er verließ den Behandlungsraum, gefolgt von O'Malley.

»Wasch deine Hände und die Instrumente, Kiernan«, befahl, Jesse. »Du hast deine Sache sehr gut gemacht.«

Tyne half ihm, T. J. die Uniform auszuziehen. Während Jesse mit einem Schwamm das Blut aus der Schußwunde im Bauch wusch, verlangte er von Kiernan eine Klammer, dann eine Sonde. Sie biß die Zähne zusammen, als er in dem zerrissenen Fleisch nach Metallsplittern suchte. Danach ließ er sich Nadel und Faden geben und begann die Wunde zu nähen.

Schweigend stand Kiernan ihm gegenüber, und er schaute sie an. »Wirst du in Ohnmacht fallen?«

»Wohl kaum – wenn ich bis jetzt durchgehalten habe.«

Lächelnd beugte er sich wieder über seine Arbeit und wies Tyne an, die Hose des Verletzten auszuziehen, damit er das Bein untersuchen konnte. Diesen Augenblick wählte T. J., um aus seinem Morphiumschlaf zu erwachen und Jesses Handgelenk zu umklammern. »Nehmen Sie mir das Bein nicht ab?«

»Ich weiß ja noch gar nicht, ob ...«

Verzweifelt kämpfte T. J. gegen die Wirkung der Droge an, die ihm erneut die Sinne zu rauben drohte. »Ich wurde in den Bauch geschossen. Wahrscheinlich schaff' ich's ohnehin nicht.«

»So schlimm ist die Schußwunde nicht, Reb. Die inneren Organe wurden nicht verletzt, das Metall habe ich rausgeholt. Ich kann niemandem versprechen, daß er überleben wird, aber Sie haben gute Chancen.«

»Großer Gott, Doc, schneiden Sie mein Bein nicht ab! Ich flehe Sie an! Mrs. Miller, bitte, lassen Sie das nicht zu!«

Jesse schaute Kiernan über den Tisch hinweg an, und sie flüsterte: »Bitte.«

Er zuckte die Achseln. »Also gut, Reb, ich werde tun, was in meiner Macht steht.« Aber T. J. hatte wieder die Besinnung verloren. Er vertraute auf Kiernan und kapitulierte vor dem Morphium. »Halt ihn fest, Tyne«, befahl Jesse. »Wir müssen die Hose aufreißen, Kiernan.«

T. J. schrie, als die Sonde sein Fleisch berührte, dann verstummte er. Auch Jesse schwieg während der Arbeit, sprach nur, um von Kiernan Klammern, Sonden, das Skalpell und immer wieder saubere Schwämme zu verlangen. Die Behandlung schien eine halbe Ewigkeit zu dauern, ständig mußte sie neues Blut wegwischen. Ihre Zähne gruben sich schmerzhaft in die Unterlippe, aber sie hielt durch.

Schließlich wickelte Jesse das Bein in weiße Bandagen. Sie beobachtete, wie sicher und geschickt sich seine Hände bewegten, aber auch behutsam, voller Mitgefühl. Er beauftragte Tyne, T. J.s Schultern zu waschen, danach breitete Kiernan ein sauberes Laken über den Reb.

Ein letztes Mal beugte sich Jesse zu dem bewußtlosen Mann hinab, und sie flüsterte: »Wird er's überleben?«

»Er atmet noch. Aber wie ich bereits sagte – so was kann ich niemandem versprechen. Ist er ein Freund von dir?«

»Ja.« Sein prüfender Blick trieb ihr das Blut in die Wangen. Rasch fügte sie hinzu: »Nur ein Freund.«

»Ich habe keinerlei Andeutungen gemacht«, erwiderte er lächelnd. Ehe sie antworten konnte, befahl er O'Malley, den Reb im Oberstock unterzubringen und den nächsten Patienten zu holen. »Bleibst du hier, Kiernan?«

Sie ertrug den Anblick des Blutes und die Schmerzensschreie nicht mehr. Aber sie blieb. Auch die verwundeten Yankees waren Menschen, die Höllenqualen litten – Männer mit Familien, Müttern und Vätern, Brüdern und Schwestern, Ehefrauen und Kindern oder Mädchen, die sich nach ihnen sehnten. Männer, die vielleicht wieder ins Kampfgeschehen eingreifen und noch mehr Rebs töten würden. Aber im Augenblick zählten nur ihre Verletzungen. Jesse hatte nicht gezögert, einem Rebellen zu helfen. Und nun stand Kiernan ihm bei, während er die Unionssoldaten verarztete. »Ich bleibe«, entgegnete sie leise.

»Gut. Ich kann dich brauchen. Sie ist wirklich tüchtig, was, Tyne?«

Der Neger grinste. »Sehr tüchtig. Letzte Woche sind hier drei Mann umgekippt, Miz Kiernan. Die könnten sich ein Beispiel an Ihnen nehmen.«

Der Tag ist noch nicht vorbei, dachte sie. Vielleicht kippe ich auch noch um... Nein, ermahnte sie sich, nicht vor Jesses Augen.

In den nächsten Stunden merkte Kiernan, daß sie instinktiv mit ihm zusammenarbeitete. Sie spürte ganz einfach, was er wann brauchte. Dabei wechselten sie nur wenige Worte, und die Zeit verging sehr schnell. Yankees kamen und gingen. Zwei weitere Rebellen mit geringfügigeren Verletzungen wurden behandelt. Nachdem der letzte Patient verarztet war, brachte Tyne die blutige Schmutzwäsche hinaus. Jesse schrubbte sich die Hände, und Kiernan sank erschöpft in den Drehsessel hinter Andrew Millers Schreibtisch.

»Wie geht's dir?« fragte Jesse.

Sie empfand nicht nur Müdigkeit, sondern eine seltsame Freude. An diesem Tag hatte sie etwas geleistet und wirklich hart gearbeitet. Aber es war eine wunderbare Arbeit gewesen. Obwohl sie mitgeholfen hatte, Yankees zu retten. Nun verstand sie, warum Jesse seinem Beruf so große Bedeutung beimaß. Das menschliche Leben ist heilig, dachte sie. Auf die Farbe der Uniform kommt es nicht an, »Es geht mir gut«, erwiderte sie.

»Bist du sicher?« Er ging zu ihr, stützte sich auf die Armlehnen des Sessels.

»Nun ja...« Lächelnd sah sie zu ihm auf. »Ich war noch nie in meinem Leben so müde.«

Er nickte. »Ein grauenhafter Tag. Eigentlich hättest du das alles gar nicht sehen dürfen.«

Nein, stimmte sie in Gedanken zu, nicht all die nackten, blutenden, schmutzigen Körper. »Ich bin wirklich in Ordnung – und ich fühle mich sogar gut.« Forschend betrachtete sie sein Gesicht. »Findest du das nicht sonderbar?«

Grinsend schüttelte er den Kopf. »Man verspürt nun mal eine gewisse Genugtuung, wenn man so vielen Leuten das Leben rettet. Und ich bin froh, daß du das auch so siehst.« Er richtete sich auf. »Heute können wir von Glück reden. Wir haben niemanden verloren.«

»Sterben viele deiner Patienten?«

»Zu viele. Man stellt Kanonen und Gewehre und Bajonette her, um zu töten. Und dieses Ziel wird oft genug erreicht.«

Kiernan nickte und atmete erleichtert, weil an diesem Tag niemand unter ihren Händen sein Leben ausgehaucht hatte.

»Ich muß jetzt noch einmal nach meinen Schützlingen sehen«, erklärte Jesse. »Iß was, gönn dir einen Drink und geh ins Bett. Sicher wirst du bald wieder zu Kräften kommen.«

Er verließ den Behandlungsraum, und sie wäre beinahe im Sessel eingeschlafen, doch da hörte sie Janeys sanfte Stimme. »Kindchen, Sie sind ja völlig erledigt. Kommen Sie mit in die Küche, ich habe ein heißes Bad für Sie hergerichtet, und auf dem Herd steht eine gute Hühnersuppe. Es war ein langer, harter Tag.«

Bereitwillig ließ sich Kiernan in die Küche führen. Als sie in der Wanne saß, fühlte sie sich wie im Himmel. Noch nie hatte Seife so süß gerochen, noch nie hatte das warme Wasser so wohltuend ihre Glieder umspült. Seufzend entspannte sie sich. Später saß sie in ihrem Morgenmantel aus Flanell am Küchentisch, aß einen Teller Suppe und trank ein Glas Cognac. »Heute hab' ich's wirklich gut gemacht, Janey.«

»O ja, Miz Kiernan, und jetzt ab ins Bett mit Ihnen. Sie brauchen Ihre Ruhe.«

Schläfrig danke Kiernan der Negerin und umarmte sie, dann ging sie in die Halle, wo die Männer in ihren Feldbetten lagen. Stille erfüllte das Haus. Es war schon spät. Rasch ging sie zwischen den Patienten zur Treppe.

»Gute Nacht, Mrs. Miller!« rief Corporal O'Malley, der bei den Verletzten Wache hielt.

Sie nickte ihm lächelnd zu und eilte die Stufen hinauf. Plötzlich erinnerte sie sich an T. J. Sie wußte nicht, wo man ihn hingebracht hatte, und so betrat sie aufs Geratewohl die große Pflegestation, Anthonys ehemaliges Zimmer. Hier brannte nur schwaches Licht. Die Soldaten schienen zu schlafen.

Kiernan hörte ein leises Stöhnen, aber als sie auf Zehenspitzen zu dem Mann schlich, der offenbar Schmerzen hatte, sah sie, daß er in einem unruhigen Schlummer lag. Vergeblich sah sie sich nach T. J. um. Sie wollte gerade wieder hinausgehen, doch da rief ein Yankee leise: »Mrs. Miller?«

»Ja?«

»Suchen Sie die Rebs?«

»O ja.«

»Die sind weiter unten am Flur, im Zimmer des Jungen. Der schläft jetzt bei seiner Schwester. Der Doc braucht den Platz, und dem Kleinen macht's nichts aus.«

»Danke.« Kiernan lief den Flur hinab, öffnete die Tür zu Jacobs Zimmer und wich zurück. Jesse beugte sich über einen der Rebs.

Sie wandte sich ab, doch er forderte sie auf: »Komm nur herein, Kiernan.«

Lautlos schloß sie die Tür hinter sich. Im trüben Lampenschein sah sie, daß Jesse neben T. J.s Bett stand, und trat zögernd näher. Der Rebell hatte die Augen geschlossen und lag so still da wie ein – Toter. »O Gott«, wisperte sie.

Jesse beruhigte sie lächelnd: »Es geht ihm gut. Er schläft tief und fest.«

»Oh...« Vor Erleichterung fühlte sie sich ganz schwach in den Knien. »Und – sein Bein?«

»Da müssen wir erst mal abwarten.«

Sie nickte und grub die Fingernägel in die Handflächen, um gegen ein Schwindelgefühl anzukämpfen. »Gute Nacht, Jesse«, sagte sie leise und schleppte sich zur Tür.

»Gute Nacht, Kiernan.«

Sie sah noch nach den Kindern, die in Patricias Bett schliefen, friedlich aneinandergeschmiegt, dann ging sie in ihr eigenes Zimmer. Eine Ewigkeit schien verstrichen zu sein, seit sie es an diesem Morgen verlassen hatte. Eine Zeitlang schaute sie durch das Fenster ins Mondlicht. Schließlich kroch sie in ihr Bett.

Trotz ihrer Erschöpfung fand sie keinen Schlaf. Ihre Gedanken drehten sich um den vergangenen Tag. Und um Jesse. Sie versuchte, sich an Anthonys Gesicht zu erinnern, und sagte sich, daß sie seine Witwe war, in seinem Haus lebte. Doch vor ihrem geistigen Auge sah sie nur Jesse.

Wie von einer fremden Macht getrieben, stand sie auf, schlich in den Flur, und ehe sie zu überlegen wagte, was sie da tat, öffnete sie Jesses Tür und drückte sie leise hinter sich zu.

Er schlief nicht, saß im Bett, an das Kopfteil aus Eichenholz gelehnt, die Finger hinter dem Nacken verschränkt. Bleiche Mondstrahlen fielen auf seine nackte, bronzebraune Brust, aber nicht auf sein Gesicht, das seine Gefühle verbarg. »Was machst du denn hier, Kiernan?«

Langsam ging sie zu ihm. »Ich – ich wollte dir danken, weil du soviel für T. J. getan hast.«

Er streckte eine Hand nach ihr aus, die sie zögernd ergriff, und im nächsten Moment lag sie neben ihm, inmitten des breiten Betts. Zärtlich ließ er die Finger durch ihr Haar gleiten. »Ich hätte so oder so versucht, ihn zu retten – auch wenn du mich nicht darum gebeten hättest.« Heiße Wellen begannen, durch ihren Körper zu jagen. Sie wußte, warum sie zu ihm gekommen war, und erwiderte sehnsüchtig den Blick seiner blauen Augen, die soviel

Klugheit und Güte ausstrahlten. »Also mußt du gar nicht so dankbar sein«, stieß er hervor.

Trotz seines rauhen Tonfalls lächelte sie und schlang die Arme um seinen Hals. »Ich bin ja auch gar nicht aus Dankbarkeit hier.«

»Sondern?«

»Weil...«

»Weil?«

»Weil ich will, daß du mich in den Armen hältst.«

Seine sinnlichen Lippen verzogen sich zu einem Grinsen. »Mit dem größten Vergnügen.«

19

Wenn der Kuß bittersüß schmeckte, so wurde das wettgemacht vom reinen Glücksgefühl, wieder in Jesses Armen zu liegen. In so vielen Nächten hatte sie keinen Schlaf gefunden, von Erinnerungen gepeinigt, und so oft an ihn gedacht, während er weit entfernt gewesen war.

Der Krieg tobte immer noch und würde auch am nächsten Morgen kein Ende finden. Aber in dieser Nacht existierte er nicht für Kiernan. Sie spürte Jesses glühende Lippen auf ihren, das Ziffern in seinem Körper, als er die rasch wachsende Leidenschaft zu bezähmen suchte. Sein Verlangen wirkte wie ein Aphrodisiakum auf Kiernan und sandte erotische Feuerzungen durch ihre Glieder. Begierig erwiderte sie den Kuß, das Spiel seiner Zunge, die langsam über ihre Lippen strich und dann an ihrem Hals hinab.

Ihr Atem stockte, als er ungeduldig ihr Nachthemd zerriß. Sie schloß die Augen, genoß die heiße, feuchte Spur, die sein Mund zwischen ihren Brüsten zog, deren Spitzen sich nach ähnlichen Zärtlichkeiten sehnten. Aber Jesse berührte sie nicht. Statt dessen wanderte seine

Zunge über ihren Bauch, und sie lag reglos und fasziniert da.

Seine Zunge flackerte in ihrem Nabel, dann flüsterte er an ihrer bebenden Haut, wie süß sie duftete, wie köstlich sie schmeckte. Das Aroma der Fliederseife vom abendlichen Bad haftete immer noch an ihr und steigerte Jesses Sinnenlust. Die Zungenspitze glitt noch tiefer hinab, und Kiernan glaubte, schreien zu müssen. Ihr ganzer Körper erwachte zu neuem Leben, vom süßen Schmerz heißer Wünsche beherrscht.

Und dann war die betörende warme Feuchtigkeit in ihr, so verzehrend, so überwältigend, daß sie zu vergehen fürchtete. Wieder stieg ein Schrei ihrer Kehle auf, kam aber nicht über ihre Lippen. Denn plötzlich lag Jesse auf ihr, umarmte sie, ein hungriger Kuß erstickte alle ekstatischen Laute, die sie vielleicht ausgestoßen hätte. Sein kraftvoller Körper verschmolz mit ihrem, immer tiefer drang er in sie ein. Sie preßte das Gesicht an seinen Hals, hob sich ihm entgegen. Nach einer Weile richtete er sich ein wenig auf, bewegte sich qualvoll langsam in ihr, während er ihre Augen beobachtete.

Aber der Rhythmus beschleunigte sich bald. Sogar im Dunkeln sah sie den herausfordernden Glanz in seinen Augen, und sein Lächeln war so aufreizend wie der leidenschaftliche Sturm, den er ihr versprach. Kühle Nachtluft drang durch das Fenster herein, ohne die Hitze zwischen ihnen zu stören. Kiernan klammerte sich an Jesse, küßt seine Lippen, seine Schultern, seinen Hals. Sie griff nach Dingen, deren Wesen sie kaum verstand, die ihr so mystisch erschienen wie der Sternenhimmel. Und dann regneten sie auf sie herab, in gewaltigen Gefühlswogen. Der süße heiße Strom seiner Erfüllung trug sie zu einem neuen Gipfel wilder Lust empor. Es dauerte lange, bis die beglückenden Erschütterungen verebbten.

Danach lag sie neben Jesse, in seinen Armen, immer noch zitternd, und er zog die Decke über ihre Körper.

Plötzlich lösten sich Gegenstände aus Schatten und Mondlicht – Andrew Millers Schreibtisch, sein Bettgestell, seine Fenster, die zum Rasen hinausgingen. Das alles hätte eines Tages Anthony gehört. Und ihr. Aber sie lag mit Jesse in diesem Bett. »O Gott«, flüsterte sie.

»Was ist los?«

»Ich muß gehen.«

Sie versuchte aufzuspringen, aber er hielt sie fest. »Warum?«

Sein Bein lag schwer über ihren Schenkeln. »Wie kannst du das sagen – nach allem, was eben erst zwischen uns geschehen ist?« fragte er unwillig.

»Wir müssen es vergessen...«

»Niemals!« unterbrach er sie und strich über ihren Körper. »Nie werde ich vergessen, wie deine Haut sich anfühlt, wie deine Zunge schmeckt, wie du duftest, wie du dich unter mir bewegst. Nie werde ich vergessen, wie du mich ansiehst auf dem Höhepunkt deiner Leidenschaft, wie es ist, zwischen deinen Schenkeln zu liegen...«

»Hör auf, Jesse!«

»Warum? Darf man's nur tun, aber nicht drüber reden?«

»Jesse, ich bin Anthonys Witwe«, erinnerte sie ihn verzweifelt.

»Sehr schön. Du bist also seine Witwe. Aber er hätte dir niemals bieten können, was ich dir gebe. Verdammt, Kiernan, sei nicht so heuchlerisch. Immerhin bist du heute nacht zu mir gekommen. Also solltest du mir in Zukunft nichts mehr verweigern.«

»Wann habe ich dir je etwas verweigert?« fauchte sie wütend.

»Du schliefst mit mir, als ich ihm gehören sollte. Du warst der erste für mich, auf *seinem* Grund und Boden. Obwohl damals alle dachten, ich würde mich mit ihm verloben. Und jetzt, wo ich seine Witwe bin – unter seinem Dach...«

Seufzend ließ er sie los. »Großer Gott, nun bin ich noch schlimmer dran, als wenn er noch am Leben wäre. Ich kämpfe gegen einen Geist.«

»Es ist sein Haus...«

»Würdest du einen Heuballen draußen im Stall vorziehen?«

»Es ist auch sein Stall.«

»Du hast ihn nie geliebt!« herrschte er sie an.

»Pst, nicht so laut!« Hastig preßte sie eine Hand auf seinen Mund. »Bitte, Jesse... Ich muß jetzt gehen.« So gut sie es vermochte, hüllte sie sich in ihr zerrissenes Nachthemd und wollte aufstehen, aber er umklammerte ihren Arm.

»Schau mich an und gib zu, daß du Anthony nie geliebt hast.«

»Jesse...«

»Gib es zu!«

»Du tust mir weh.«

»Gleich werde ich dir noch viel schlimmere Schmerzen zufügen.«

»Zum Teufel mit dir!« Tränen brannten in ihren Augen. »Also gut, du weißt, daß ich ihn nie geliebt habe. Warum muß ich es aussprechen?«

»Und warum mußt du ständig so tun, als hätte euch weiß Gott was verbunden? Hast du mit ihm in diesem Bett gelegen? Verspürst du deshalb diese plötzlichen Gewissensbisse?«

»Das geht dich nichts an.«

»Oh, doch. Du hast ihn nicht geliebt. Warum bist du dann seine Frau geworden, verdammt noch mal?«

»Weil er kein Yankee war!« fauchte sie und nutzte den Moment, wo sein Griff etwas nachließ, um aus dem Bett zu springen, das zerfetzte Nachthemd an sich gepreßt.

Sie wollte die Flucht ergreifen, doch Jesse ließ sie nicht gehen. Er rannte ihr zur Tür nach und hielt sie fest. »Nein, Anthony war nie ein Yankee – und nie ein Mann für dich.

Jetzt ist er tot. Das wollte ich nicht, aber diese Tatsache bleibt nun mal bestehen. Viele hundert Soldaten sind gefallen, vielleicht Tausende, ich weiß es nicht. Jedenfalls ist er tot!«

»Du kannst sein Haus übernehmen – aber nicht seine Witwe.« Vergeblich versuchte sie sich zu befreien, seine Finger schlossen sich nur noch fester um ihre Handgelenke.

»Das habe ich bereits getan«, entgegnete er spöttisch.

»Laß mich los!«

»Nein.« In ernstem Ton fuhr er fort. »Früher war Anthony mein Freund, und auch ich kenne gewisse Schuldgefühle. Deshalb kam ich hierher – um sein Haus und seine Familie zu retten. Das ist mir bisher gelungen. Aber der Krieg wird womöglich noch sehr lange dauern. Auch du tust deine Pflicht, Kiernan. Du sorgst liebevoll für Patricia und Jacob. Sicher wäre Anthony stolz auf dich.«

Herausfordernd warf sie den Kopf in den Nacken. »Wäre er auch stolz auf mich, wenn er mich hier mit dir im Bett fände?«

»*Du* bist zu mir gekommen«, erinnerte er sie kühl.

Das Blut stieg ihr in die Wangen. »Laß mich gehen, Jesse.«

»Erst wenn du zugibst, daß es zwischen euch nie so war wie mit uns. Dein schlechtes Gewissen kann nichts dran ändern. Und es wird mich nicht mehr von dir fernhalten.«

»Jesse...«

»Sag es mir.«

»Du widerlicher Blaubauch! Nein, mit Anthony war es nicht so wie mit dir. Da war überhaupt nichts. Er heiratete mich und ritt noch am selben Tag davon.«

»Was?« fragte Jesse ungläubig.

»Du hast es doch gehört. Und jetzt laß mich endlich los.«

Leidenschaftlich zog er sie an sich und küßte sie, trotz ihrer heftigen Gegenwehr. »Sag, daß du mich nie wieder begehren wirst, Kiernan.« Sie stemmte sich verzweifelt gegen seine Brust, trat erfolglos nach seinen Schienbeinen. »Sag es!« flüsterte er an ihrem Hals. Und während sie sich an ihren Haß klammerte, flammte das süße Feuer des Verlangens erneut in ihr auf. Mit einem Arm hielt er sie fest, mit der anderen Hand begann er ihre Brüste zu liebkosen.

»Jesse...« Mit ihrem verbissenen Widerstand erreichte sie nur, daß die Reste des Nachthemds von ihrem Körper fielen. Lachend hob er sie hoch, trug sie zum Bett und ließ sie darauf fallen. Ihre Augen verengten sich vor Zorn. »Jesse, du...«

Da warf er sich über sie und preßte seinen Mund auf ihren. Bald erlahmte ihre Kampfkraft. Der Kuß war zu verführerisch. Sie streichelte sein Haar und merkte erst jetzt, daß er ihre Handgelenke nicht länger festhielt. Sie war frei. Aber sie wollte nicht mehr gehen, wollte genießen, was nur er ihr schenken konnte. Und als sie sich voller Glut liebten, gab auch sie ihm alles, was er sich wünschte.

Später erwachte sie in seinen Armen, und neue Leidenschaft vereinte sie mit ihm, dann begann der Schlaf sie wieder zu überwältigen. Der Krieg gegen Jesse dauerte an. Aber in dieser Nacht war sie zu müde, um zu kämpfen.

Die Morgendämmerung weckte Kiernan. Sanft schob sie Jesses Arm beiseite, der ihre Taille umschlang. »Jetzt muß ich wirklich gehen.«

Das verstand sogar Jesse. »Dein Nachthemd...«, begann er zerknirscht.

»Kein Problem.« Sie wickelte sich in ein Laken, ging zur Tür und hoffte inständig, im Flur niemandem zu begegnen.

»Kiernan!«

Sie drehte sich um, sah den Kontrast zwischen den bronzebraunen Schultern und dem weißen Kissen, das dichte, zerwühlte Haar, begegnete dem Blick der strahlend blauen Augen und fragte sich, ob sie je aufhören würde, ihn zu lieben. »O Jesse, ich muß gehen.«

»Ich will dich heiraten.«

»Unmöglich.«

»Warum?« fragte er irritiert.

»Weil du ein Yankee bist! Aus diesem Grund habe ich dich schon damals nicht geheiratet. Verstehst du das? Nie werde ich dich heiraten!« bekräftigte sie, den Tränen nahe, und rannte aus dem Zimmer.

Im Flur traf sie niemanden, aber wie die Geräusche in der Pflegestation verrieten, hatte der Tag bereits begonnen. Erleichtert seufzte sie, als sie ihre Tür hinter sich schloß. Sie sank zitternd aufs Bett, das Laken fest um ihren Körper gewickelt. Draußen ging die Sonne auf.

Wie soll ich die nächsten Tage überstehen, fragte sich Kiernan. Ihn zu lieben, zu begehren, ganz in der Nähe zu wissen... Wie kann ich ihm aus dem Weg gehen?

Das Problem löste sich von selbst. An diesem Tag erhielt Jesse die Order, Montemarte zu verlassen.

Kiernan wusch sich, zog sich an und besuchte die Verwundeten. In der Pflegestation verkundete Corporal O'Malley hoch erfreut, nachts sei niemand gestorben »Natürlich sind noch nicht alle überm Berg, aber es ist doch ein verdammt gutes Zeichen – wenn Sie meine Ausdrucksweise entschuldigen wollen, Mrs. Miller.«

»Oh, ich habe gelernt, eine Menge zu entschuldigen.«

»Sogar diesem schwerverletzten Reb geht's recht gut. Aber wenn er in ein Gefangenenlager geschickt wird... Oh, Verzeihung, Mrs. Miller, ich will sie nicht beunruhigen. Immer wieder vergesse ich, wo Ihre Sympathien liegen, weil Sie so gut zu uns allen sind. Ein paar Jungs behaupten, Sie seien eine Spionin. Ich weiß echtes Mitleid von falschem zu unterscheiden, und Sie meinen's ganz gewiß ehrlich.«

Echtes Mitleid? Aber ich habe tatsächlich spioniert, hätte sie beinahe erwidert. Doch sie wollte O'Malley nicht seine Illusionen nehmen. »Danke, Corporal«, entgegnete sie lächelnd. »Trotzdem bin und bleibe ich eine Konföderierte. Und jetzt will ich nach meinen Rebs sehen.«

Sie eilte in Jacobs Zimmer, wo T. J. in seinem Bett saß. Patricia kauerte neben ihm auf einem Schemel und schrieb einen Brief, den er ihr diktierte. Glückstrahlend wandte sie sich zu ihrer Schwägerin. »O Kiernan! Gestern hörte ich, T. J. würde vielleicht sterben. Und jetzt schau mal, wie gut er sich schon erholt hat.«

Kiernan begegnete seinem Blick. Beide wußten, daß es zu früh für endgültige Prognosen war, doch sie wollten die Freude des Mädchens nicht trüben.

»Wie schön, Sie wohlauf zu sehen, T. J.!« Kiernan ging zum Bett, tränkte einen Lappen in kaltem Wasser und legte ihn auf die Stirn des Patienten, die sich nicht sonderlich erhitzt anfühlte. Auch das war ein vielversprechendes Zeichen.

Dankbar umfaßte er ihre Hand. »Sie haben mein Bein gerettet, Mrs. Miller.«

»Noch können wir nicht sicher sein.«

»Sehen Sie doch!« In seiner Begeisterung vergaß er, daß er seine männlichen Gliedmaßen nicht vor einer Dame und einem kleinen Mädchen entblößen durfte – wenn die Dame auch viel schlimmere Dinge gesehen hatte. Er hob das Laken, und sie inspizierte erstaunt die sauber genahte Wunde. Keine Schwellung zeigte sich, kaum eine Verfärbung. Kiernan erinnerte sich, wie gewissenhaft Jesse am Vortag gearbeitet hatte, und ihr wurde warm ums Herz.

»Trotzdem sind Sie nicht gegen eine Infektion gefeit«, warnte sie.

»Das weiß ich.« T. J. schlang die zitternden Finger im Schoß ineinander. »Ich wollte sterben. Als ich merkte, daß die Yankees mich aufgelesen hatten, fürchtete ich mich ganz schrecklich vor ihren Knochensägern. Aber dieser Doc ist verdammt gut – sogar brillant.«

»Das stimmt.«

»Jammerschade, daß er ein Yank ist.«

»Das sagt mein Bruder auch über Jesse«, erzählte Patricia und studierte ihre Feder. »Dabei dürfte er gar keiner sein.«

Verblüfft starrte T. J. sie an. »Du scheinst ihn schon länger zu kennen.«

Sie nickte. »Vor dem Krieg war ich oft in seinem Haus eingeladen, auf Cameron Hall, und er besuchte uns auch. Oh, ich liebe ihn...« Ihre Wangen röteten sich, und sie fügte rasch hinzu: »So, wie man einen Yankee eben lieben kann.«

»Das ist schon in Ordnung, Patricia«, erwiderte T. J. grinsend. »Man liebt weder einen Yank noch einen Reb, sondern diesen oder jenen Menschen.«

»Wäre er nicht rechtzeitig gekommen, hätten sie das Haus meines Vaters niedergebrannt. Anfangs hatte Jacob was gegen ihn, aber jetzt mag er Jesse auch. Allerdings kennen wie ihn nicht halb so gut wie meine Schwägerin.«

Er musterte Kiernan prüfend, und sie ahnte, daß er erriet, in welcher Beziehung sie zu Jesse stand. Aber er verlor kein Wort darüber. Patricia sprang von ihrem Schemel auf, als einer der Patienten mit leiser Stimme um einen Schluck Wasser bat.

Kiernan neigte sich zu T. J. hinab. »Der Krieg ist schon seltsam, was? Ich habe versucht, Sie über einen Vorstoß der Uniontruppen ins Tal zu informieren.«

Müde schloß er die Augen. »Irgend jemand bleibt immer in der Nähe der hohlen Eiche. Für mich ist der Krieg vorbei. Vermutlich werde ich ihn in einem Gefangenenlager verbringen.«

»Vielleicht auch nicht.« Die Männerstimme, die hinter Kiernan erklang, nahm ihr den Atem. Wie lange stand

Jesse schon da? Hatte er das ganze Gespräch belauscht? Aufgeregt drehte sie sich um. Aber offenbar war er nur gekommen, um nach T. J. zu sehen. Er schlug das Laken zurück, inspizierte das Bein und die Bauchwunde. Sichtlich zufrieden deckte er den Patienten wieder zu. »Ich hätte Sie gern noch länger betreut, aber ich wurde nach Washington zurückbeordert.«

Verwirrt starrte Kiernan ihn an. Erst an diesem Morgen hatte sie um einen Ausweg aus ihrem Dilemma gebetet... Allerdings nicht um diesen. Man würde die verwundeten Yankees sorgsam in die Hauptstadt transportieren. Aber was sollte aus den drei Rebs werden? Ein Gefangenenlager würde T. J. sicher umbringen.

»Um Himmels willen, Doc«, klagte er, »dann habe ich etwa genauso große Chancen wie ein Schneeball in der Hölle.«

Jesse schwieg nachdenklich, dann entgegnete er: »Mal sehen.« Er nickte Kiernan zu und verließ das Zimmer.

Im Verlauf des Tages versuchte sie mehrmals, ihn zu sprechen, ihn zu bitten, er möge T. J. helfen. Doch sie kam nicht an Jesse heran, der alle Hände voll zu tun hatte. Einige Wagen trafen ein, die seine Patienten nach Washington befördern sollten, und er mußte sie auf die Fahrt über den Fluß vorbereiten, Verbände erneuern, Morphium verabreichen.

Corporal O'Malley informierte Kiernan über den Grund des hastigen Aufbruchs. Das Gebiet befand sich derzeit weder in Unions- noch in Rebellenhand. Heckenschützenkämpfe und Scharmützel gehörten zur Tagesordnung. Ein Gerücht war nach Washington gedrungen, durch Spione, die für einen gewissen Pinkerton arbeiteten. Dieser Mann hatte eine Organisation gegründet, die sich ›Geheimdienst‹ nannte. Und nun glaubte man, Stonewall Jackson würde mit einer größeren Truppe näher rücken.

Als ausgezeichneter Arzt spielte Jesse eine wichtige

Rolle für die Union. Sobald er der neuen Order folgte, sollte er zum Colonel befördert werden.

Kiernan fand keine Gelegenheit, mit ihm zu reden. Sobald sie zu ihm eilte, gab er ihr irgendeinen Auftrag, im Zusammenhang mit den Reisevorbereitungen der Patienten. Die Arbeit machte ihr nichts aus. Bis in die Nacht hinein waren sie beschäftigt. Erst gegen Mitternacht wurden die letzten Yankees in die Wagen gebracht, die nach Washington fahren sollten. Das Haus wirkte seltsam leer.

Patricia und Jacob waren auf den Stufen der Vorderveranda eingeschlafen, Tyne und Jeremiah hatten sie in ihre Betten getragen. Nachdem der letzte Yankee hinausgebracht worden war, begab sich auch der alte Jeremiah zur Ruhe.

Tyne und O'Malley kümmerten sich um die verwundeten Rebs, Janey hatte in der Küche zu tun. Allein in der großen Halle spürte Kiernan die Stille beinahe wie etwas Greifbares. Als sie ein leises Geräusch hörte, drehte sie sich um. Jesse, in blauer Uniform, lehnte am Türrahmen seines einstigen Behandlungsraums und beobachtete sie. »Du mußt sehr glücklich sein.«

Bedrückt zuckte sie die Schultern. Sie war todunglücklich.

»Ich kann dich wohl nicht dazu bringen, dieses Gebiet zu verlassen, Kiernan?«

Sie schüttelte den Kopf. »Die Rebs werden mir nichts tun.«

»Nun, ich persönlich glaube nicht, daß sie in nächster Zeit hierherkommen werden. Die haben was anderes vor. Aber die Deserteure bereiten mir Sorgen.«

Kiernan lächelte. »Ein paar waren schon hier, und wir wurden sehr gut mit ihnen fertig – das heißt, T. J. und sein Sergeant halfen uns. Aber von jetzt an werden wir auf der Hut sein. Jacob ist ein hervorragender Schütze, und auch ich kann mit Waffen umgehen.«

»Ich habe General Banks geschrieben, ich würde Montemarte vielleicht noch einmal brauchen. Also wird er seine Soldaten von deinem Haus fernhalten.«

»Danke«, murmelte sie verlegen.

»Jetzt bleibt nur noch eins zu tun.« Er durchquerte die Halle, laut klickten seine Stiefelabsätze auf dem Boden.

Kiernan sah ihn die Treppe hinaufsteigen, zu den Rebellen, auf die draußen ein Wagen wartete. Angstvoll rannte sie Jesse nach, überholte ihn im Flur und trat ihm in den Weg. »Du darfst T. J. nicht in ein Gefangenenlager bringen lassen! Dort würde er sterben.«

Er blieb stehen, mit einem seltsamen Lächeln. »Wie schön du bist – und wie charmant du mich anzuflehen weißt... Aber dabei geht es immer nur um einen anderen Mann.«

»Jesse, bitte...«

»Oh, du kleine Närrin! Du bist es doch, die diesem Burschen Informationen über die Unionstruppen zugespielt hat. Und jetzt laß mich vorbei.«

»Jesse...«

Er packte sie um die Taille, hob sie hoch, und die Luft zwischen ihnen schien zu knistern. Sekundenlang preßte er sie leidenschaftlich an sich. In seinen Augen las sie Erinnerungen an die letzte Nacht. Dann stellte er sie ganz sanft auf die Füße. »Entschuldige mich«, flüsterte er und eilte in das Zimmer, wo T. J. lag. Er beugte sich über ihn, fühlte ihm den Puls, taxierte die Temperatur. »Wie fühlen Sie sich, Reb?«

»So gut, wie man's unter diesen Umständen erwarten kann, Yank.«

»Jesse!« rief Kiernan und stürmte zur Tür herein.

»Corporal O'Malley, halten Sie Mrs. Miller zurück«, sagte Jesse. »Das ist ein Befehl.«

O'Malley fing sie auf, ehe sie Jesse erreichte.

»Und wenn sie den Mund nicht halten kann, bringen Sie sie hinaus.«

»Ja, Sir«, antwortete O'Malley unglücklich. Seine Finger umschlossen Kiernans Arm, und sie biß sich wütend auf die Lippen.

»Sie wissen, daß dieser Krieg für Sie vorbei ist, Reb?« begann Jesse.

»Ja, Sir«, bestätigte T. J.

»Sie sind Virginier, nicht wahr?«

»Ja, Sir.«

»Ein Mann, der zu seinem Wort steht?«

»Immer, Doc.«

Jesse nickte. »Das dachte ich mir. Ich habe Papiere für Sie und diese anderen Jungs ausgestellt.«

»Ich kann kein Yank sein, Sir.«

»Das müssen Sie auch nicht. In diesem Dokument steht nur, Sie würden nie wieder an einem bewaffneten Angriff gegen die Union teilnehmen. Können Sie damit leben?«

Langsam breitete sich ein Grinsen auf T. J.s Gesicht aus. »Klar, Sir, und die anderen Jungs können das auch.«

»Noch was. Alles, was Mrs. Miller Ihnen erzählt hat, vergessen Sie jetzt in diesem Zimmer. »Jesse warf Kiernan einen kurzen Blick zu und wandte sich dann wieder zu T. J. »Geben Sie mir Ihr Wort?«

»Ja, Sir.«

Erleichtert atmete Kiernan auf. Die drei Konföderierten durften also hierbleiben, waren frei, konnten gehen, wohin sie wollten.

»Corporal, lassen Sie sich Unterschriften von diesen Rebs geben«, befahl Jesse. »Und danach brechen wir auf. Alles Gute, Gentlemen.« Er lüftete den Hut und verließ das Zimmer.

Ein paar Sekunden lang stand Kiernan wie erstarrt da, obwohl O'Malley sie nicht mehr festhielt. Dann rannte sie hinter Jesse her. Sie sah ihn weder auf der Treppe noch in der Halle und dachte schon, er wäre gegangen, ohne sich von ihr zu verabschieden. Doch aus dem einstigen Behandlungszimmer drangen Geräusche. Offenbar packte er seine chirurgischen Instrumente ein. Sie eilte hinüber und öffnete die Tür.

Er trug bereits den Mantel über seiner Uniform. Den Rücken zu Kiernan gewandt, verstaute er die Instrumente, die er vorhin gereinigt hatte, in der großen schwarzen Ledertasche mit den eingravierten schwungvollen Initialen.

All diese Geräte hatte Kiernan am Vortag kennengelernt – die Zange, mit der Jesse Geschosse aus den Wunden holte, verschiedene Knochensägen, Scheren und Feilen, Skalpelle und Aderpressen. Das alles verschwand in der Tasche.

Kiernan ging zu ihm und ordnete das Nähmaterial, die schwarzen Seidenfäden, die gebogenen und geraden Nadeln, brachte sie Jesse und beobachtete, wie er ihr jeden Gegenstand einzeln aus den Händen nahm, um ihn einzupacken. Als ihre Finger sich streiften, wandte er sich kurz ab, dann suchte er seine Medikamente zusammen – die Narkotika, Chloroform und Äther, sowie die schmerzstillenden Mittel, Opium und Morphium.

Er zögerte kurz, ehe er die kleine Spritze aus der Tasche nahm, mit der er Morphium injiziert hatte. »Die lasse ich dir für T. J. hier. Ich stelle dir auch ein Rezept aus. Sei vorsichtig mit der Dosierung. Und das ist pulverisierter Sassafras, der senkt notfalls die Körpertemperatur. Erneuere regelmäßig die Verbände und behandle die Wunden mit einfachen Wachssalben. Wirst du zurechtkommen?«

»Ja.«

Sekundenlang schloß er die Augen. »Das wär's dann...« Er strich über das schwarze Leder. »Eine hübsche Tasche, nicht wahr? Daniel hat sie mir vor ein paar Jahren zu Weihnachten geschenkt. Nie hätte ich gedacht, daß ich die Amputationsinstrumente so oft benutzen würde. Oder daß ich sie eines Tages ansehen und mich fragen würde, wo Daniel sein mag.«

»Jesse...«

Er wandte sich zu ihr. »Jetzt muß ich gehen. Als man mir erlaubte, hierherzukommen, versprach ich, den Posten sofort zu verlassen, wenn ich die Order erhalte.«

»Vielen Dank, Jesse...« Letzte Nacht waren sie einander so nahe gewesen, und jetzt fand sie kaum Worte. Wieder einmal würde er davonreiten, und sie konnte nichts dagegen tun. »Danke, daß du T. J. geretttet hast – und das Haus.«

»Und dich.«

Wie gern wäre sie zu ihm gelaufen... Da stand er, hoch aufgerichtet, den Hut tief in die Stirn gezogen. Unter dem Mantel wirkten seine Schultern noch breiter. Würde sie ihn jemals wiedersehen?

»Komm her, Kiernan. Bitte. Ich reise ohnehin ab. Wie kann ich dir da noch gefährlich werden?« Sie ging zu ihm, und er umfaßte ihr Kinn. Nach einem sanften Kuß flüsterte er dicht an ihren Lippen: »Gib gut auf dich acht.« Bedrückt sah sie zu ihm auf und hielt mühsam die Tränen zurück. Er lächelte wehmütig. »Du schaffst es wohl immer noch nicht, einem Yankee Glück zu wünschen. Aber das verstehe ich.«

Rasch wandte er sich ab, ergriff seine Tasche und verließ den Raum, ohne sich umzudrehen. Den Blick gesenkt, stand sie da und hörte, wie die Tür leise geschlossen wurde, dann die Schritte in der leeren Halle.

Da kam Leben in Kiernan. Sie eilte auf die Veranda hinaus und sah, wie Jesse auf seinen Rotschimmel stieg. Die wenigen Männer, die seine Eskorte bilden sollten, warteten im Mondschein am unteren Ende der Zufahrt.

»Jesse!« Atemlos lief sie über den Rasen zu ihm, blieb dicht neben dem Pferd stehen. Die Augen voller Zärtlichkeit, Erschöpfung und Sorge schaute er auf sie herab. »Bitte, gib auch du auf dich acht«, flüsterte sie.

Seine Lippen verzogen sich zu jenem leicht ironischen Grinsen, das sie so liebte, dann tippte er an seinen Hut. »Das werde ich tun.«

Als er nach den Zügeln griff, berührte sie seinen Stiefel, preßte das Gesicht an sein Knie. »Stirb nicht, Jesse! Du darfst nicht sterben.«

Behutsam strich er über ihre Wange. »Nein, ich werde nicht sterben. Ich liebe dich, Kiernan.«

Sie wagte nicht zu antworten. Das wußte er, und er lächelte wieder. Dann drückte er die Fersen in Pegasus' Flanken und lenkte ihn zu seinen Männern.

»Ich liebe dich, Jesse!« rief sie leise. Zu spät. Er hörte es nicht mehr.

O nein, ich habe kein Recht, einen Yankee zu lieben, sagte sie sich energisch. Doch dann entsann sie sich, was T. J. ihrer kleinen Schwägerin erklärt hatte. Man liebte keinen Yank oder Reb, nur ganz bestimmte Menschen.

Und sie liebte Jesse, der wieder einmal davonritt.

IV

Ein privater Friede

20

Dezember 1861

Nie zuvor hatte Kiernan einen so trostlosen Winter erlebt. Ein Großteil der Stadt Harpers Ferry und der ländlichen Umgebung war von beiden Armeen verwüstet worden. Die Unionssoldaten hatten Waffendepots und Lebensmittellager zerstört, die Rebs alles, was der Feind hätte benutzen können. Und noch immer ließ sich kein Ende absehen.

In der Stadtmitte sah es am schlimmsten aus. Das unaufhörliche Feuer der Unionsscharfschützen auf den Maryland Heights – von den Rebs auf den Loudoun Heights erwidert – hatte alles menschliche Leben aus den Straßen vertrieben. Harpers Ferry, einst eine aufstrebende Gemeinde mit sechstausend Einwohnern, war jetzt eine Geisterstadt. Nur ein paar hundert verzweifelte, aber beharrliche Leute waren geblieben.

Am Weihnachtstag kamen Lacey und Thomas Donahue nach Montemarte. Kiernan hatte ihr Bestes getan, um den Zwillingen ein schönes Fest zu bieten – ein schwieriges Unterfangen, denn es war das erste Weihnachtsfest, das sie ohne den Vater und den Bruder verbringen würden.

Auch Kiernan wurde von nostalgischen Gefühlen verfolgt. Am Weihnachtstag vor einem Jahr hatte sie Jesse im Pavillon auf Cameron Hall getroffen. Und damals waren alle noch von der Hoffnung erfüllt gewesen, der Süden würde den Norden besiegen und den Krieg bald beenden. Niemand hatte geahnt, welche Hartnäckigkeit Abe Lincoln beweisen, wie grausig sich Johns Prophezeiung, Blut werde das Land tränken, erfüllen würde.

Es war ein stiller Weihnachtstag. Nach dem Kirchgang hatte Jeremiah eins der letzten Hühner geschlachtet. Janey kochte dazu Preiselbeeren, Rüben und Süßkartoffel, Lacey hatte einen Apfelkuchen mitgebracht, und die Mahlzeit schmeckte köstlich.

T. J. wohnte immer noch in Montemarte. Seine Genesung machte gute Fortschritte, und er hielt sich oft im Freien auf. Manchmal beobachtete Kiernan, wie er in die Ferne blickte, als suchten seine Augen Kriegsschauplätze. Aber er versicherte, er würde nicht mehr kämpfen, denn er habe Jesse sein Wort gegeben. Und wenn das Wort eines Mannes nichts mehr gelte, wofür solle man dann überhaupt noch kämpfen?

Nach dem Essen wurden Geschenke ausgetauscht, in diesem Jahr nur handgearbeitete Kleinigkeiten – Socken für T. J. und Thomas, Taschentücher für Lacey und Kiernan, ein Unterhemd für Patricia, aus einem von Kiernans Spitzenhemden geschneidert, eine Scheide für Jacobs Jagdmesser. Später begleiteten Kiernan und die Zwillinge ihre Gäste in die Stadt, weil Dokumente durchgesehen werden mußten.

Kiernan suchte das Haus der Donahues nicht mit den anderen auf. Sie bat Thomas, sie an der High Street aussteigen zu lassen, stand fröstelnd auf der einst so belebten und jetzt menschenleeren Straße. Nur das Rascheln welker Blätter durchbrach die tiefe Stille.

Deprimiert überlegte Kiernan, daß sie vermutlich Unionsboden unter den Füßen spürte. Harpers Ferry gehörte zu den Countys, die einen eigenen Staat bilden wollten. Bei der diesbezüglichen Abstimmung waren viele Unionssoldaten hier gewesen, aber in der Stadt und der Umgebung lebten immer noch viele treue Anhänger der alten Regierung. Bald würde es einen neuen Staat geben, eine neue Verfassung.

Schaudernd verschränkte Kiernan die Arme vor der Brust. Ein neues System erwartete sie. Und es gab noch etwas Neues in ihrem Leben – Jesses Baby, das sie unter dem Herzen trug.

Vor einem Jahr hätte sie das nicht so schlimm gefunden und ihn einfach geheiratet. Aberjetzt war sie Anthonys Witwe, sollte immer noch Schwarz tragen. Und Jesse kämpfte an irgendeiner Front. Vielleicht würde sie ihn nie wiedersehen. Selbst wenn er hier wäre – ich brächte es nicht fertig, ihm von meiner Schwangerschaft zu erzählen, dachte sie. Das käme einer Kapitulation gleich.

Die Leute in dieser Gegend würden sie grausam ächten. Das interessierte sie nicht, ihr ging es nur um Patricias und Jacobs Wohl. Sie konnte die beiden nicht verlassen. Sicher würden sie gern mit ihr ins Tidewater-Gebiet ziehen. Doch dann müßte sie ihrem Vater ein uneheliches Enkelkind zumuten. Er würde kein einziges hartes Wort für sie finden und das Baby lieben, aber tief enttäuscht von ihr sein.

Ein eisiger Windstoß streifte ihre Wangen. Sie biß die Zähne zusammen und hieß die Kälte in ihrem Innern willkommen. Eine solche Betäubung brauchte sie. Noch mußte sie den Zwillingen nichts erklären. Wenn es an der Zeit war, würde sie es tun. Entschlossen ging sie die Straße hinauf, zum Donahue-Haus.

Im Februar hatte der neu gegründete Staat West Virginia seine Verfassung in Kraft gesetzt. Kiernan hörte zu, während Thomas und T. J. darüber diskutierten. Für sie bedeutete das alles nichts. Mochte die Union ihre Stellung in Harpers Ferry und Umgebung zeitweise halten – wenn die Konföderierten wieder eintrafen, würde die Gegend genauso zu den Südstaaten gehören wie Pekannußpastete.

Die Union zerstörte die Stadt immer noch. Zu Beginn des Monats waren ein paar Soldaten über den Fluß herübergerudert. Einer wurde von Rebs getötet, die zurückzukehren versuchten. Der Norden übte Vergeltung, Truppen unter Major Tynsdale verwüsteten den Stadtteil, wo sie ein Rebellenversteck vermuteten. Zuvor hatte

Tynsdale die Ehefrau John Browns aus Pennsylvania hierherbegleitet, als ihr Beschützer fungiert und ihr geholfen, die sterblichen Überreste ihres Mannes für die Bestattung nach Hause überführen zu lassen.

Nun erfüllte der Major die Prophezeiung John Browns – die Vernichtung von Harpers Ferry.

Ende Februar besetzte General Banks die Stadt. Die Anwesenheit so vieler Soldaten stimmte Kiernan unbehaglich. Aber niemand trat den Millers zu nahe, und das glaubte sie Jesse zu verdanken.

Eines Tages nahm T. J. ihr einen schweren Korb voller Schmutzwäsche ab. Er folgte ihr in die Waschküche, und nachdem er ihn abgestellt hatte, lehnte er sich an den Türrahmen und beobachtete sie. Schließlich fragte sie ihn: »Was gibt's denn?«

Er zog seine Pfeife hervor, aus dem Strunk eines Maiskolbens gefertigt, zündete sie an und ließ sich viel Zeit dabei. »Mrs. Miller, es geht mich zwar nichts an, und es steht mir auch nicht zu, was zu sagen – aber Sie arbeiten zu hart.«

»Oh, wir alle müssen arbeiten, wenn wir weiterhin essen und was zum Anziehen haben wollen.«

»Aber Sie tun zu viel...« Er zögerte kurz. »Sie sollten sich schonen, wenn Sie ein gesundes Baby zur Welt bringen möchten.«

Sie spürte, wie alle Farbe aus ihren Wangen wich. Instinktiv legte sie die Hände über ihren Bauch. »Sieht man's denn schon?« flüsterte sie besorgt.

T. J. schüttelte den Kopf. »Nicht, wenn Sie alle Ihre...« Er wurde feuerrot und schluckte. »Wenn Sie alle Ihre Unterröcke tragen. Aber ich kenne Sie. Ich habe gemerkt, wie oft Sie sich am Morgen übergeben haben und wie müde Sie immer sind. Und manchmal starren Sie aus dem Fenster, mit todtraurigen Augen. Sie haben mir geholfen, so wie der Yankee-Doc, und jetzt will ich Ihnen helfen.«

»Niemand kann mir helfen. Jetzt wird mir auch gar

nicht mehr schlecht. Ich fühle mich sehr gut. Aber ich danke Ihnen.« Kiernan biß sich auf die Unterlippe. »Glauben Sie, ich kann noch etwas warten, bis ich's den Kindern sage?«

Er nickte. »Aber Sie dürfen diese schweren Körbe nicht mehr schleppen, Mrs. Miller. Rufen Sie mich lieber.«

»Danke, das werde ich tun.«

»Wissen Sie, dieser Yank würde sicher...

»Ich will nichts davon hören, T. J.«, unterbrach sie ihn.

»Er würde Sie heiraten.«

»Aber ich muß an Patricia und Jacob denken. Niemals würden sie bei den Leuten leben, die ihren Vater und ihren Bruder getötet haben.«

»Da irren Sie sich. Ich glaube, die beiden betrachten diesen Krieg aus einem viel vernünftigeren Blickwinkel, als Sie ahnen.«

»Mag sein. Mal sehen, wie sich die Dinge entwickeln. Ich brauche noch etwas Zeit.«

Aber viel Zeit hatte sie nicht mehr. In der nächsten Woche fuhr sie mit den Kindern nach Harpers Ferry, um Lebensmittel zu kaufen, das war nicht so einfach, denn sie bezog ihr Einkommen aus den Waffenfabriken in Konföderiertenwährung, und niemand wollte dieses Geld annehmen, wenn Yankees in der Stadt waren. Trotzdem konnte sie einiges besorgen. Immerhin brachte die Anwesenheit der Unionstruppen auch gewisse Vorteile mit sich. Die massive Blockade, die den ganzen Winter gedauert hatte, war aufgehoben worden. In Hülle und Fülle gab es Waren aus dem Norden.

Als sie einen Laden verließ, prallte ein Wurfgeschoß gegen ihre Brust. Neben ihr schrie Patricia gellend auf, und in ihrer ersten Panik glaubte Kiernan, eine Kugel hätte sie getroffen, denn ein roter Fleck breitete sich auf ihrem Kleid aus. Aber es war nur eine Tomate. Aus einem Fenster drang ein gellender Ruf.

»Yankee-Liebchen! Hure!«

Sie fuhr herum – zu spät. Der Tomatenwerfer haßte zwar die Yankees, wollte aber von keinem seiner Feinde geschnappt werden.

»O Kiernan«, klagte Patricia, »warum…«

»Verschwinden wir von hier«, stieß Jacob erbost hervor. »Wir nehmen dich in die Mitte, Kiernan. Wenn er noch was auf dich wirft, wird er *mich* treffen.«

»Sollte er das noch mal wagen, werf ich's zurück.« Kiernan war wütend, aber auch den Tränen nahe.

»Gehen wir!« beharrte Jacob, und sie eilten zum Donahue-Haus.

Lacey versuchte, Kiernans Kleid zu reinigen, und vergewisserte sich, daß ihre Freundin unverletzt war. Währenddessen saß Thomas vor dem Kamin und schaute schweigend zu. Später holte er sein Gewehr und ging zur Tür.

Bestürzt erriet Kiernan, daß er den Mann zur Rechenschaft ziehen wollte, der sie beleidigt hatte. »Nein, Thomas«, flehte sie und lief ihm nach.

»Er hatte kein Recht, die Ehre einer Dame anzuzweifeln.«

»Laß ihn ungeschoren!« Wenn Thomas ihretwegen starb – wegen ihrer vorhandenen oder nicht vorhandenen Ehre –, würde sie das nicht verkraften. »Immerhin war ich *wirklich* mit einem Yankee zusammen. Bitte, leg das Gewehr weg.«

Lacey schnappte nach Luft. »Du meinst Captain Cameron?«

»Das reicht, Lacey«, sagte Thomas hastig, mit einem Blick auf die Kinder. »Trotzdem, Kiernan – der Mann hatte kein Recht, sich so zu verhalten.«

»Bitte, Thomas, unternimm nichts! Ich muß Patricia und Jacob aus der Stadt bringen, ehe die Scharfschützen wieder zu schießen anfangen. Leg doch das Gewehr weg!«

Seufzend gab er sich geschlagen. »Also gut.«

Während der Fahrt nach Montemarte schwiegen die Kinder. Jeremiah wartete vor dem Haus, um die Kutsche und die Pferde zu übernehmen.

Die Dunkelheit brach herein, als Kiernan das Büro betrat und in Andreas Schaukelstuhl sank. Wenig später kam Jacob herein. »Du erwartest ein Baby, nicht wahr?«

Sie nickte, schaukelte langsam vor und zurück, starrte dumpf ins Leere.

»Nicht von meinem Bruder...«

Da sah sie ihn an. »O Jacob, es tut mir so leid.«

In steifer Haltung stand er bei der Tür, die braunen Augen voller Schmerz, vermischt mit einer Weisheit, für die er noch zu jung war. »Was wirst du tun?«

»Das weiß ich noch nicht.«

»Wirst du – Patricia und mich verlassen?«

»Niemals, das verspreche ich. Es sei denn...«

»Was?«

»Es sei denn, du willst, daß ich gehe.«

Nach einer kleinen Pause erwiderte er: »Nein, das will ich nicht. Wahrscheinlich werde ich mich nicht mehr allzuoft in die Stadt wagen, aber du sollst bei uns bleiben.« Seine Schultern hingen herab, als läge die ganze Last der Welt darauf. »Irgendwie schaffen wir's schon, Kiernan.«

»Danke.«

Er zögerte kurz. »Du könntest den Yankee heiraten.« So gut er Jesse auch kannte, er hielt es anscheinend immer noch für nötig, Distanz zu wahren.

Kiernan zuckte die Achseln. »Ich weiß nicht einmal, wo er ist, Jacob. Außerdem habe ich ihm einmal geschworen, ich würde ihn niemals heiraten.«

»Aber du liebst ihn doch?«

»Jacob, ich...«

»Klar liebst du ihn. Mir ist's oft genug aufgefallen, wie du ihn angesehen hast, als er hier war.« Plötzlich runzelte er die Stirn. »Hat er womöglich... Ich meine, er hat dich doch zu nichts gezwungen?«

Sie schüttelte den Kopf und verbarg ein Lächeln. Was für ein lieber, guter Junge... Sicher würde er sich zu einem großartigen Mann entwickeln. »Jesse hat mich nie zu irgendwas gezwungen.«

»Nun, irgendwie werden wir die Situation schon meistern.« Zu Kiernans Verblüffung lief er zu ihr, umarmte sie, dann verließ er das Zimmer. Sie blieb allein in der Dunkelheit zurück.

Wo mochte Jesse an diesem Abend sein? Inständig hoffte sie, daß ihm keine Gefahr drohte. Und was würde sie tun, wenn er hier wäre? Er ist ein Yankee, dachte sie, und ich kann nichts an seiner Auffassung von Richtig und Falsch ändern.

Seinerseits hatte er nie von ihr verlangt, ihre Überzeugungen aufzugeben. Jetzt wußte sie selber nicht mehr so genau, was eigentlich richtig war, ob man vielleicht doch an der grandiosen Sache der Südstaaten zweifeln mußte. Sie wußte nur, daß der Krieg unendliches Leid über die Menschen brachte, Blut und Tod – unabhängig von Uniformfarben.

Könnte sie ihn jetzt heiraten? Ja – wenn er es wirklich wollte. Nicht wegen des Babys oder aus seinem Ehrgefühl heraus. Nur aus Liebe. Und natürlich würde sie nur seine Frau werden, wenn er den ersten Schritt tat. Unmöglich konnte sie ihren Stolz hinunterschlucken und einen Yankee umwerben.

Wie ruhig und gelassen ich bin, dachte sie lächelnd. In der Gesellschaftsschicht, der sie entstammte, war allein schon der Gedanke an eine uneheliche Schwangerschaft grauenvoll. Und in meinem Fall ist alles noch schlimmer, überlegte sie. Die Witwe eines feinen Südstaaten-Gentleman erwartet ein Kind von einem Yankee, und ihr Mann ist noch nicht einmal ein Jahr tot...

Aber Jacob liebte sie trotzdem und wollte ihr beistehen. Nur das zählte jetzt. Wenn sie bloß wußte, ob Jesse noch lebte, ob es ihm gutging...

Plötzlich spürte sie ein leichtes Flattern im Bauch. Zunächst glaubte sie, es wäre nur Einbildung gewesen, doch dann fühlte sie es wieder, und ein heißes Glücksgefühl stieg in ihr auf. Ihr Baby bewegte sich, es war gesund. Jesses Kind, sein und ihr Fleisch und Blut. Im Krieg gezeugt. Aber in Liebe empfangen.

»Ich werde dich sehr, sehr lieben«, gelobte sie, »genug, um dich für alles zu entschädigen, was du vielleicht erleiden mußt.« Freudentränen rollten über ihre Wangen.

Daniel Cameron war mit einem Kavalleristentrupp im Shenandoah Valley gewesen, um den Unionssoldaten nachzuspionieren und ihnen immer wieder Ärger zu bereiten. Jetzt, im März 1862, wurde er nach Osten beordert. Lincoln hatte das Kommando der Ostarmee einem General namens McClellan anvertraut, der einen Großangriff auf Richmond plante und auf der Halbinsel vorrücken wollte, im Tidewater-Gebiet.

Seit dem Erhalt der Order lebte Daniel in wachsender nervöser Anspannung. Erstens nahm er an, Jesse würde McClellans Truppen angehören, zweitens rührte dieser Feldzug das Kriegsgeschehen beängstigend nahe an sein Zuhause heran. Nun, wenn die Unionssoldaten in die Nahe von Cameron Hall gelangten, würde er sie auf der Schwelle erwarten.

Nicht nur um das Haus sorgte er sich, sondern vor allem um Christa und John Mackay. Jesse ließ nichts von sich hören, aber es ging ihm gut, wie Daniel von seiner Schwester wußte, die mit dem älteren Bruder in brieflicher Verbindung stand. Von ihr erfuhr er auch, Kiernan Miller, die Anthonys Geschwister in Harpers Ferry betreue, habe den Krieg bisher gut überstanden.

Daniel saß an seinem Schreibtisch im Feldzelt und umklammerte die Feder. Seltsam, wie gnadenlos der Krieg ihn von seinem Bruder getrennt hatte... Sein Leben lang war er Jesse gefolgt, nach Westpoint und Kansas, nur nicht auf die Universität zum Medizinstudium, da er keine Neigung zum Arztberuf verspürte. Ansonsten hatten sie sich sehr nahe gestanden.

Und jetzt hörte er schon seit über einem Jahr nichts mehr von Jesse. Sollte er dem Bruder eines Tages gegenüberstehen, wäre es seine Pflicht, auf ihn zu schießen.

Aber Jesse würde nicht an der Front kämpfen, sondern in Lazaretten Dienst tun. Andererseits war er jahrelang Kavallerist gewesen. Womöglich stieg er irgendwann doch wieder aufs Pferd und ritt in die Schlacht – vielleicht sogar im Gegensatz zu seinem Befehl.

Das fürchtete Daniel am allermeisten – weder den Tod noch Verletzungen oder die Gefangennahme, sondern eine Begegnung mit seinem Bruder auf dem Schlachtfeld.

Seufzend zerknüllte er die Order, die er gerade ausgestellt hatte, und begann sie noch einmal zu schreiben. Plötzlich drang aufgeregtes Stimmengewirr ins Zelt, dessen Stangen heftig schwankten, dann stürmte ein sichtlich erboster Junge mit hübschen blonden Locken und braunen Augen herein, der ihm bekannt vorkam.

»Captain Cameron!« rief Corporal Beal, der dem Eindringling folgte und ihn am Kragen packte. Doch der Junge war schneller und trat an den Schreibtisch, wo er hastig salutierte. »Dieser verrückte Bursche wollte einfach nicht auf mich hören, als ich ihm erklärte, Sie seien beschäftigt«, berichtete Beal. »Er rannte einfach an mir vorbei...«

»Schon gut, Corporal«, unterbrach ihn Daniel, der Jacob Miller inzwischen wiedererkannt hatte. »Das ist ein alter Freund von mir.«

»Ich sagte ihm, wir müßten schleunigst abziehen.«

»Die Union hatte es noch nie besonders eilig, Corporal, und für einen guten Freund kann ich sicher ein paar Minuten erübrigen Lassen Sie uns allein.«

»Er könnte ein Spion sein«, warnte Beal.

»Gewiß nicht. Du bist doch ein vaterlandstreuer Junge, was, Jacob?«

Zu Daniels Überraschung wurde Jacob rot, aber er antwortete: »O ja.«

»Heutzutage kann man niemandem trauen«, murmelte Beal und verließ widerstrebend das Zelt.

Daniel nahm wieder hinter seinem Schreibtisch Platz, wies einladend auf den Stuhl gegenüber, und Jacob setzte sich.

»Du hast dich doch nicht in einen Yankee verwandelt, mein Junge?«

»Nein.«

»Oder willst du Soldat werden?«

»Noch nicht.«

»Da bin ich aber froh. Weiß Kiernan, daß du hier bist?« Plötzlich stutzte Daniel. Gerüchteweise hatte er gehört, die Truppen im Tal seien von ihr mit Informationen versorgt worden. Aber sie würde doch sicher kein Kind in ihre Spionage verwickeln oder? Andererseits – der Krieg zwang die Menschen zu vielen Dingen, die ihnen vorher niemals eingefallen wären. »Hat sie dir eine Nachricht für mich gegeben?«

»Nein, nein, Daniel...« Unsicher starrte Jacob auf seinen Hut hinab, den er zwischen zitternden Fingern hin und her drehte. »Wahrscheinlich zieht sie mir das Fell über die Ohren, wenn sie erfährt, daß ich zu dir gekommen bin.«

»Und was rührt dich hierher?«

»Die Sache ist streng vertraulich...«

»Selbstverständlich«, stimmte Daniel ernsthaft zu.

»Könntest du bitte mit deinem Bruder in Verbindung treten? Ich weiß, er ist ein Yank, und du bist ein Reb. Vermutlich redet ihr nicht mehr viel miteinander. Aber du müßtest ihn wissen lassen, daß...«

»Was?«

»Daß er Vater wird.«

Daniel blinzelte verwirrt. »Oh...«, flüsterte er und lehnte sich in seinem Stuhl zurück. Eigentlich dürfte mich das nicht verwundern, dachte er. Jeder, der Kiernan und Jesse zusammen gesehen hat, mußte doch merken, was sie einander bedeuten. Und daß sie ihren leidenschaftlichen Gefühlen gefolgt sind, sogar im Krieg, ist nur zu verständlich. »Geht es Kiernan gut, Jacob.«

»Ja, aber – sie will's ihm nicht sagen. Verstehst du?«

»Das verbietet ihr der Stolz, was?«

Jacob nickte. »Und außerdem ist er...«

»Ein Yankee.«

»Genau«, bestätigte der Junge unglücklich. »Kannst du ihn verständigen?«

»Sicher.«

»Aber du mußt sehr – eh...«

»Natürlich, ich werde diskret sein. Am besten schreibe ich meiner Schwester, die regelmäßig mit ihm korrespondiert. Niemand anderer soll davon erfahren. Vertraust du mir?«

»O ja.«

»Gut. Und nun lauf nach Hause, sonst macht Kiernan sich Sorgen.«

Jacob sprang auf, salutierte und stülpte sich den Schlapphut über den Kopf. Dann eilte er zum Zeltausgang, wo er sich noch einmal umdrehte. »Vielleicht solltest du meinen Namen verschweigen... Nein, das wäre unehrenhaft. Schreib Christa ruhig, daß ich bei dir war. Und sie soll Jesse mitteilen, Patricia und ich hätten nichts gegen das Baby. Dein Bruder ist verdammt großartig, Daniel. Obwohl er für die Union kämpft.«

»Das finde ich auch, Jacob.«

Grinsend lief der Junge davon, und Daniel trommelte mit den Fingern auf den Schreibtisch. Ich werde also Onkel, überlegte er und lächelte.

Doch beim Gedanken an den Krieg erlosch sein Lächeln. Sollte er Jesse tatsächlich veranlassen, Montemarte aufzusuchen? In solchen Zeiten konnte man nie wissen, ob man richtig handelte. Aber er würde es wenigstens versuchen.

21

An einem Spätnachmittag galoppierte Thomas Donahue nach Montemarte. Das hohe Tempo mißhagte ihm. Er mochte es nicht, wenn seine alten Knochen so durcheinandergeschüttelt wurden. Das hatte er Kiernan oft genug erklärt.

Als sie ihn nun in halsbrecherischer Geschwindigkeit heranreiten sah, lief sie besorgt auf die Veranda. Waren die Yankees wieder im Anmarsch? Sollte das Haus niedergebrannt werden? Hatte der Süden den Krieg verloren?

»Kiernan...« Keuchend stieg Thomas aus dem Sattel, und sie rannte zu ihm. »Du mußt sofort nach Tidewater Virginia zurückkehren.«

»Was ist passiert?«

»Dein Vater...«

»O nein – er ist doch nicht...«

»Er ist sehr krank. Christa Cameron hat einem Bahnangestellten einen Brief mitgegeben. Sie meint, du müßtest sofort kommen. Aber sie weiß auch, wie gefährlich eine solche Reise sein kann, gerade jetzt. Und sie läßt dir ausrichten, sie würde deinen Vater betreuen und ihr Bestes für ihn tun.«

»*Ich* bin es, deren Platz an seiner Seite ist«, flüsterte Kiernan. Der Krieg hatte ihr schon so viel genommen. Sie würde nicht erlauben, daß er sie auch noch von Papa fernhielt. »Ich fahre nach Hause, Thomas.«

»Auf allen Straßen wimmelt es von Soldaten«, warnte er. »Truppen in Blau und Truppen in Grau – und ich weiß nicht, vor welchen man größere Angst haben muß.«

»Wer würde sich an einer – eh – schwangeren Frau vergreifen?«

Thomas zögerte. Er wollte ihr nicht sagen, wie schön sie immer noch war, und daß der Krieg in manchen Männern die niedrigsten Instinkte weckte. »Ich werde dich begleiten.«

»Auf keinen Fall. Du haßt es doch zu verreisen. Die Zwillinge, Janey und Tyne kommen mit mir.« T. J., Jeremiah und David sollten auf Montemarte bleiben.

»Ich kann dir das wohl nicht ausreden?«

»Nein, Thomas.« Sie stellte sich auf die Zehenspitzen und küßte ihn. Dann schickte sie ihn heim, lief ins Haus und befahl Janey, ihr beim Packen zu helfen. Auch Patricia mußte alles zusammensuchen, was sie für die Reise brauchte. Jacob ließ sich nirgends blicken.

Während Janey in die Küche eilte und Tyne beauftragte, den Wagen anzuspannen, holte Kiernan die Medikamente aus dem Büro, die Jesse ihr gegeben hatte. Hastig packte sie die Fläschchen mit den gewissenhaft beschrifteten Etiketten ein. Vielleicht würde sie ihrem Vater damit helfen können.

Ein eigenartiges Glücksgefühl erfaßte sie, trotz der Sorge um Papa. Lächelnd legte sie die Hände auf ihren Bauch. Ihr Baby würde in Tidewater Virginia geboren werden.

Plötzlich flog die Bürotür auf. Jacob stand auf der Schwelle, und Kiernan entsann sich erst jetzt, daß sie ihn den ganzen Tag nicht gesehen hatte. »Wo warst du?«

Statt zu antworten, fragte er ungläubig: »Wir verreisen?«

Sie nickte. »Mein Vater ist krank und braucht mich. Ihr werdet mich begleiten, Patricia und du.«

»Aber ich habe gerade...«

»Was?«

»Nichts. Natürlich kommen wir mit. Niemals würde

ich dich allein fahren lassen.« Als er sich abwandte, murmelte er: »Hoffentlich findet er uns.«

»Wie, bitte?«

Aber Jacob war bereits in die Halle gerannt.

Eine Stunde später saßen sie alle in der Kutsche, und Kiernan erinnerte sich nicht mehr, was sie ihn gefragt hatte. Sie konnte nur noch an ihren kranken Vater denken – und an die Heimkehr.

Der Morgen graute, und Jesse wußte, daß der neue Tag weitere Kämpfe mit sich bringen würde. Er gehörte den Einheiten an, die unter George B. McClellans Kommando auf der Halbinsel nach Richmond vorrückten. Bisher war der Feldzug ein einziges Chaos gewesen.

McClellan hatte seine Truppen zur Spitze der Halbinsel gerührt. Anfang April zogen die Konföderierten eine Linie von York bis zum Warwick River, quer über die Halbinsel. Über einen Monat lang wurden sie von der Union belagert, halbherzig und übervorsichtig, so daß die Konföderiertengeneräle Johnston und Magruder genug Zeit und Gelegenheit fanden, ihre Truppen zusammenzuziehen.

Am 4. Mai begann McClellan einen Großangriff aber da war Johnston bereits die Halbinsel hinaufgerückt. Und am 5. Mai er reichte die Vorhut der Union die Nachhut der Konföderierten. Immer neue Kämpfe fanden statt. Die Union besetzte Norfolk, das Panzerschiff *Virginia* der Konföderierten wurde zerstört, der James River für die Nordstaatentruppen geöffnet. Aber am 15. Mai gelang es den Konföderierten beim Drewry's Bluff, sieben Meilen außerhalb von Richmond, Stromsperren zu errichten.

Heftige Regenfälle ließen den Chickahominy River über die Ufer treten. Zwei Unionscorps wurden bei den Dörfern Seven Pines und Fair Oaks Station isoliert. Auf Konföderiertenseite erlitt General Johnston eine schwere

Verletzung. General Lee übernahm das Kommando, und McClellan taktierte weiterhin vorsichtig.

Wie Jesse von vertrauenswürdigen Spähern wußte, hätte die Union nicht an ihrer derzeitigen Position bleiben dürfen. Zu Beginn des Halbinselfeldzugs hatten nur siebzehntausend feindliche Soldaten die Verteidigungslinie zwischen York und dem Warwick River bemannt. Jetzt sah sich die Union einer viel größeren Zahl gegenüber.

Für Jesse verlor das alles an Bedeutung. Man brachte ihm die Verwundeten, und er flickte sie zusammen, so gut er es vermochte. Viele sah er sterben, nachdem er sein Bestes für sie getan hatte. Und jeden Tag trafen neue ein. Seine Beförderung zum Colonel hatte nichts verändert, abgesehen von der Verantwortung, die er jetzt nicht nur für die Patienten, sondern auch für die anderen Ärzte trug.

Eines frühen Morgens bandagierte er den Arm eines kriegsmüden Spähers namens Sergeant Flicker, mit seelenvollen dunklen Augen und traurig herabhängenden Schnurrbartenden. »Heute wird einiges los sein, Colonel.«

»Oh? Ich habe gehört, wir seien weit vom Zentrum der Konföderierten entfernt.«

»Keineswegs. Da draußen erwarten uns mehrere Kavallerieeinheiten. Unser Geheimdienst behauptet zwar, da seien keine Rebs. Aber meinen Jungs rannten die ganze Nacht ein paar grauuniformierte Kerle über den Weg, die verdächtig wie Rebs aussahen.«

Jesse hob die Brauen. Wie jedermann wußte, neigte der Unions-›Geheimdienst‹ zu maßlosen Übertreibungen, oder er irrte sich ganz gewaltig. Aber – Kavallerie ... Plötzlich schlug sein Herz schneller. Würde sein Bruder da draußen sein? Während er sich diese bange Frage stellte, rannte ein Soldat ins Lazarett-Zelt. »Colonel Cameron!«

»Was gibt's?«

»Ein Reb will Sie sehen, Sir.«

»Was?«

»Nun...« Der Mann zögerte.

»Um Himmels willen, spucken Sie's schon aus!«

Der Soldat schnitt eine Grimasse. »Wir haben ein oder zwei Pfund anständigen Kaffee gegen guten Virginia-Tabak eingetauscht, Sir.«

Jesse grinste. Eigentlich hätte der Mann das nicht gestehen sollen. Aber alle Offiziere wußten von solchen Geschäften. Oft saßen Soldaten in Grau und Blau ganze Nächte lang beisammen, um bei Tagesanbruch wieder aufeinander zu feuern. »Schon gut. Und jetzt will mich also ein Reb sehen?«

»Er sagt, er sei Ihr Bruder, Sir.«

»Falls sich Kavallerie in der Nähe herumtreibt, könnte er's tatsächlich sein. Wo sind die Rebs?«

»Am anderen Flußufer. Die Nachricht steckte in einem winzigen Boot, das ein Reb aus einem Ast geschnitzt hat. Wahrscheinlich fangen die Kämpfe bald an. Aber es ist noch nicht hell. Der Major sorgt sicher dafür, daß das Feuer erst eröffnet wird, bis Sie beide wieder auf den jeweils richtigen Seiten sind. Der Reb sagt, er wartet flußabwärts – falls Sie ihn sehen wollen.«

»Verdammt noch mal, natürlich will ich ihn sehen!« Jesse zog seinen Mantel über die Uniform, um sich vor der Kälte des frühen Morgens zu schützen, und folgte dem Soldaten aus dem Zelt.

Die Unionstruppen versammelten sich bereits in den Schützengräben, und Jesse rannte die Front entlang zum Fluß, dicht hinter dem Soldaten, der immer wieder schrie: »Macht Platz! Der Colonel trifft sich mit einem Verwandten!«

Sofort gingen die Soldaten aus dem Weg. Jesse entdeckte Colonel Grayson, der die Infanterie vor der Angriffslinie kommandierte, und salutierte.

Grayson erwiderte den Gruß. »Beeilen Sie sich! Ich habe die Order, im ersten Tageslicht Granaten zu werfen.«

»Danke für die Warnung!« Jesse verließ die Schützengräben, trennte sich von dem Soldaten, der ihm den Weg gewiesen hatte, und ging direkt am Wasserrand entlang.

Bald sah er eine Gestalt im grauen Mantel, mit grauem Federhut, verschwommen zwischen Nebelschleiern. »Daniel?« rief Jesse und beschleunigte seine Schritte.

»Jess!«

Und dann standen sie sich gegenüber, einander immer noch sehr ähnlich. Im Morgennebel hätte Daniel das jüngere Spiegelbild Jesses sein können, wäre seine Uniform nicht grau statt blau gewesen. Dieser Gedanke schien alle beide zu bewegen. Ernst schauten sie sich an. Ein langes, langes Jahr der Trennung lag hinter ihnen und hatte sie verändert.

Aber nicht allzusehr. Jesse trat einen Schritt vor, und sie umarmten sich. »Daniel – es ist einfach wundervoll, dich gesund und munter zu sehen.«

»Ich bin auch froh, daß du wohlauf bist.

Nachdem sie einander losgelassen hatten, meinte Jesse: »Unsere letzte Begegnung liegt schon sehr lange zurück.«

»Zu lange für Brüder.«

»Warst du in letzter Zeit daheim?«

Daniel nickte. »Christa geht es gut, aber ich war beunruhigt, weil die Unionstruppen die Halbinsel unsicher machen. Bei denen bin ich nicht sonderlich beliebt. Meine Jungs und ich haben sie ziemlich drangsaliert. Deshalb war ich in Sorge um Cameron Hall.«

»Warum sollte die Union das Haus niederbrennen? Dem Gesetz nach gehört es mir, nicht dir.«

»Nun, wir sind hier in Virginia, das zur Konföderation gehört, und ich bin ein Konföderierter. So werden sie's vermutlich sehen. Ich habe Christa gesagt, sie soll bei John Mackay bleiben, bis wir alles überstanden haben. Er ist krank und kann ihre Hilfe gut gebrauchen.«

»Was fehlt ihm denn?«

»Ich glaube, seine Lungen sind nicht in Ordnung.«

»Vielleicht bekomme ich Urlaub und kann ihn besuchen. Aber ihr macht uns hier das Leben ziemlich schwer...«

»Jess, laß das jetzt und hör mir zu. Ich muß dir noch was sagen. Kiernan...«

»Um Himmels willen, was ist geschehen?« Jesse umklammerte den Arm seines Bruders.

»Sie...«

»Wo ist sie? Wie geht es ihr?«

»Das versuche ich dir ja die ganze Zeit zu erklären. Kiernan ist nicht krank. Sie erwartet ein Kind von dir.«

Jesse stand da, als hätte ihn ein Blitzschlag getroffen. Alles hätte er an diesem Morgen erwartet, nur nicht die Mitteilung, daß er Vater wurde. »Aber – wieso...«

»Du weißt verdammt gut, wie so was passiert«, erwiderte Daniel grinsend.

»Von wem hast du's erfahren?«

»Jacob Miller kam zu mir, als wir auf dem Weg hierher waren. Er fand, du müßtest es wissen. Ebenso wie seine Schwester scheint er eine ganze Menge von dir zu halten, obwohl du ein Yank bist. Du mußt sie heiraten, Jess.«

»Das habe ich bereits versucht.«

»He, Colonel Cameron!« Ein gellender Ruf drang von der Unionslinie herüber. »Sagen Sie dem Reb, er soll den Kopf einziehen, und kommen Sie hierher zurück!«

Jesse drückte seinen Bruder fest an sich. »Geh zu deiner Einheit, Daniel.«

»Ja, ich muß mich beeilen. Und ich hoffe, bald Hochzeitsglocken zu hören.«

»Ist sie noch auf Montemarte?«

»Keine Ahnung. Vielleicht fährt sie nach Hause... Verdammt, geh jetzt!«

Jesse nickte. »Halt bloß immer den Kopf unten!« Beide rannten zu ihren Linien zurück.

Sobald Jesse die Schützengräben erreichte, wurde das Feuer eröffnet. Es dauerte vier Stunden. Mechanisch erledigte er seine Arbeit. Es gab Phasen, wo sein Gehirn völlig leer war, wie betäubt. Granaten explodierten über seinem Kopf, ringsum erklang das Geschrei der Verwundeten. Einmal sah es so aus, als sollte das Lazarett von Rebs überrannt werden, aber sie wurden zurückgeworfen, und die Union rückte Meter um Meter vor.

Immer neue Verwundete wurden in Jesses Zelt gebracht. Fünf Ärzte taten unter seiner Aufsicht Dienst. Trotz der zahlreichen schweren Verletzungen konnte er mit der Situation zufrieden sein, denn er verfügte über ausreichende Hilfskräfte, um erfolgreiche Operationen vorzunehmen. Ein Mann war zuständig für die Narkosen und sorgte dafür, daß die Patienten während der Betäubung genug Luft bekamen. Ein anderer drückte sie auf den Operationstisch, ein dritter hielt die zu amputierenden Gliedmaßen fest, und ein Chirurg durchtrennte sorgfältig Fleisch, Muskeln und Knochen.

Trotz dieser guten Arbeitsbedingungen hatte Jesse am Ende dieses Tages das Lazarett ebenso satt wie den ganzen Krieg. Er wollte Grippe und Magenbeschwerden behandeln und Babys ans Licht der Welt verhelfen. Seinem eigenen. Kiernan... Während eines ähnlichen Tages hatte sie ihm am Operationstisch zur Seite gestanden, eine perfekte Assistentin. Niemals einer Ohnmacht nahe, hatte sie in nie in Stich gelassen.

Und sie hatte gelobt, ihn nie zu heiraten.

Aber jetzt *wirst* du mich heiraten, dachte er entschlossen. Er befahl einem Sanitäter, den letzten Patienten auf eine Bahre zu legen, aus dem Lazarett und der Frontnähe zu bringen, in einen der Wagen. Angespannt lauschte Jesse. Das Feuer war verstummt. Die Abenddämmerung brach herein, und am anderen Flußufer war es ebenso still wie auf diesem.

Ein Soldat eilte vorbei, und Jesse hielt ihn am Arm fest. »Was ist passiert?«

»Wir wurden in vielen Stellungen zurückgeschlagen,

Colonel. Wir ziehen ab und kampieren weiter östlich. Jenseits des Flusses liegen immer noch Verwundete. Aber seien Sie vorsichtig, Sir, da treiben sich immer noch Rebs herum.«

»Geben Sie meinen Männern bis auf Corporal O'Malley den Befehl zum Abzug. Sie sollen auf die Wagen steigen, aber das Zelt stehen und meine Instrumente liegen lassen. Wenn ich Verletzte finde, kann O'Malley mir assistieren.«

»Ja, Sir. Aber vergessen Sie nicht – da drüben sind immer noch Rebs.«

»Danke. Und vergessen Sie nicht, daß ich jahrelang bei der Kavallerie gedient habe.«

»Klar, Sir.« Der Soldat grinste. »Ist das alles?«

Jesse nickte, lief zum Fluß und watete hindurch. Sogar durch die hohen, dicken Stiefel spürte er die Kälte des Wassers. Am anderen Ufer blieb er kurz stehen und sah sich um. Welch eine kontrastreiche Szenerie – die Wellen, die friedlich über Steine und herabgestürzte Zweige dahintanzten, und gleich daneben die Körper der Gefallenen und Verwundeten... Im blutroten Abendsonnenschein betrachtete er das zerstörte menschliche Leben, das sich vor ihm ausbreitete.

Er ging von Mann zu Mann. Da lagen Grau- und Blauuniformierte, teilweise ineinander verkeilt. Allen fühlte er den Puls.

»Jesse!« Verwirrt zuckte er zusammen, als er seinen Namen hörte. Er blickte nach allen Seiten, ein Schauer rann ihm über den Rücken. Ein Kavallerieoffizier in Grau hatte nach ihm gerufen. Daniel.

Er stürmte über das Schlachtfeld und kniete neben seinem Bruder nieder, der seine Hände auf den Bauch preßte, die Finger blutverschmiert. »Verdammt, Daniel«, fluchte Jesse, »ich habe dir doch gesagt, du sollst den Kopf unten halten!«

»Das tat ich ja auch. Aber ich wurde woanders getroffen...« Daniel versuchte zu lächeln, dann färbte sich sein

Gesicht aschfahl, und seine Augen fielen zu, als ihm die Sinne schwanden.

Jesse riß den Uniformrock und das Hemd seines Bruders auseinander. Wie eine kurze Untersuchung ergab, steckte die Kugel noch im Körper. Er mußte sie so schnell wie möglich entfernen und einige Blutgefäße nähen. Daniel war stark geschwächt, hatte viel Blut verloren. Und mit jeder Minute verlor er noch mehr.

»Ich muß dich ins Lazarett bringen...«

Plötzlich warnte eine Stimme: »Yank, wenn Sie den Captain noch mal anrühren, werden Sie selber ein Lazarett brauchen.«

Wütend über die eigene Unvorsichtigkeit, drehte Jesse sich um. Er hätte besser aufpassen sollen. In seiner Sorge um den Bruder hatte er die Schritte der beiden Rebellen nicht gehört, die jetzt ihre Gewehre auf ihn richteten. »Er braucht Hilfe«, erklärte er.

»Nicht von einem Yank! Er ist unser Captain, und wir sind gekommen, um ihn zu holen.«

»Ihr könnt ihn nicht wegtragen. Wenn er nicht sofort verarztet wird, stirbt er.«

»Zum Teufel, Sie würden ihn umbringen, wenn Sie eine Gelegenheit dazu fänden! Aber einem Yankee-Doc geben wir keine solche Chance. Fassen Sie ihn nicht an, dann bleiben Sie am Leben. Wir haben hier im Süden ein paar sehr gemütliche Gefangenenlager.«

»Ihr Narren!« schrie Jesse und hob Daniel behutsam auf die Arme. »Er ist mein Bruder, und ich bin ein verdammt guter Arzt. Mein eigenes Fleisch und Blut lasse ich nicht sterben. Ich bringe ihn jetzt weg. Erschießt mich doch, wenn ihr wollt!«

Die beiden Männer wechselten einen Blick, dann starrten sie Jesse an, und der eine sagte: »Tom, der Captain hat tatsächlich einen Yank-Bruder, und der ist Arzt.«

»Wie sollen wir wissen, ob Sie wirklich sein Bruder sind, Yank?« fragte der andere mißtrauisch.

»Schaut mich doch an!« faucht Jesse, wandte sich ab und ging zum Ufer. »Ich habe jetzt keine Zeit für so ein albernes Geplänkel.«

Hinter sich hörte er ein Gewehr klicken, zögerte aber nur kurz. Auf seinen Armen bewegte sich Daniel und blinzelte. »Hör mal, alter Junge«, stieß Jesse hervor, »würdest du deinen blinden Soldaten klarmachen, daß ich dein Bruder bin?«

Daniel schnitt eine Grimasse. »Er ist mein Bruder... Oh, verdammt, Jess, bringst du mich jetzt zur Unionslinie?«

»Ja.« Jesse hatte keine Wahl, wenn er Daniel retten wollte.

»Captain!« rief Tom.

»Geht zurück, Jungs. Jesse flickt mich zusammen, und danach komme ich sofort zu euch.«

Die Rebellen ließen Jesse noch immer nicht gehen. Hartnäckig trat Tom ihm in den Weg. »Angenommen, Sie retten den Captain, Doc. Man würde ihn in ein Yankee-Camp stecken, womöglich vor ein Kriegsgericht stellen, wegen Spionage verurteilen und erschießen. Vielleicht kriegt ihn ein anderer Yank-Knochensäger zwischen die Finger...«

»Glauben Sie, ich lasse meinen Bruder in ein Gefangenenlager abschieben?« brüllte Jesse.

»Und wie wollen Sie's verhindern?« fragte Tom.

Verzweifelt spürte Jesse, wie seine Kleidung von Daniels warmen Blut getränkt wurde. »Niemand wird ihn in ein Gefangenenlager transportieren. Ich gebe Ihnen mein Wort. Gehen Sie mir jetzt aus dem Weg, oder erschießen Sie mich. Wenn ich ihm nicht sofort helfe, verblutet er.«

Endlich durfte er passieren und trug seinen Bruder durch den Fluß. Daniels Augen waren halb geschlossen. »Werde ich's schaffen?«

»Natürlich. Ich lasse dich nicht sterben.«

»Und wenn ich nicht mehr zu retten bin – würdest du

dann versuchen, mich heimzubringen. Ich will nach Hause...«

»O Gott, ich auch.« Nie zuvor hatte sich Jesse so schmerzlich nach Cameron Hall gesehnt. Nur dort wollte er sein, mit Kiernan, sie in den Armen halten, das neue Leben in ihr fühlen, mit ihr vor dem Kamin sitzen. Deutlich sah er die Szene vor sich...

Dann hörte er Daniel stöhnen, und die Vision verschwand. Seine Kehle schnürte sich zu. Allmächtiger, betete er stumm, gib mir Kraft, damit ich ihn retten kann...

Während das Tageslicht erlosch, brachte er seinen Bruder ins Lazarett und legte ihn vorsichtig auf den Operationstisch.

22

In jenem April unternahm Kiernan die längste, grausamste Reise ihres Lebens. Heftige Regenfälle hatten die Straßen ruiniert, der Krieg verhinderte die nötigen Reparaturen. Oft stieg sie aus der Kutsche und ging daneben her, wenn Tyne und Jacob die Pferde durch tiefe Furchen führten. Mehrmals mußten sie umgestürzte Baumstämme aus dem Weg räumen und vor Erschöpfung kurze Ruhepausen einlegen. Da es in der Nähe keine Unterkünfte gab, schliefen sie im Wagen, zu fünft aneinandergekuschelt, um sich zu wärmen.

Immer wieder wurden sie von Soldaten angehalten. Auf der Fahrt von Montemarte nach Harpers Ferry war Thomas Donahue ihnen entgegengeritten, um Kiernan einen Paß zu geben, den er von einem Yankee-Colonel erhalten hatte. Er versicherte, damit würden sie ungehindert durch die Unionslinien kommen. Sie dankte ihm sehr herzlich. Daß sie ein solches Dokument brauchen würde, hatte sie gar nicht bedacht. Aber unterwegs erwies es sich als äußerst nützlich.

Die direkte Route konnten sie nicht nehmen. Als sie nach einwöchiger Fahrt Richmond erreichten, hörten sie, am Stadtrand würden erbitterte Schlachten toben. Die Yanks waren in großer Zahl über die Halbinsel heraufgekommen. Rings um die Hauptstadt der Südstaaten schlugen die Konföderierten die anrückenden Blaubäuche zurück.

»Auf nach Richmond!« schrien die Yankees. Aber die Jungs in Grau, unter dem Kommando des kampferprobten Robert E. Lee, verteidigten die Stadt erfolgreich. Jeb Stuarts Kavallerie war tatsächlich um die feindlichen Linien herumgeritten.

Knisternde Spannung lag über der Stadt. Zahllose Leute, vor allem Soldaten und Politiker, füllten die Straßen, und die Preise waren unter dem gewaltigen Andrang enorm gestiegen. Janey ging aus, um Lebensmittel zu kaufen, kam zur Kutsche zurück, und klagte, sie habe nicht einmal genug Geld für eine Kartoffel.

Kiernan stand neben dem Wagen, müde und überwältigt von all den neuen Eindrücken, die auf sie einstürmten. »Mach dir keine Sorgen, Janey, und nimm dir soviel Geld wie nötig. Wir übernachten hier und versuchen, morgen abend daheim anzukommen.«

»Miz Kiernan, rund um die Stadt wird gekämpft«, warnte Tyne. »Die Rebs haben einen Verteidigungsring gebildet und werden uns nicht durchlassen.«

»Doch«, widersprach Kiernan eigensinnig. »Ich will nach Hause. Weder Rebs noch Yankees werden mich aufhalten.«

Sie ging mit Patricia und Jacob zu einem Restaurant beim schönen Kapitolgebäude, während Janey und Tyne ein Nachtquartier suchten. Sie erinnerte sich gut an dieses Lokal. Früher war sie oft mit ihrem Vater hiergewesen. Jetzt stand eine hungrige Warteschlange davor. Nach einer Weile kam Kiernan mit den Kindern nahe genug heran, um durch ein Fenster hineinzuschauen. Wenigstens hatte sich drinnen nichts verändert. Schneeweiße Tücher lagen auf den mit Silber und Kristall gedeckten Tischen, ein Geiger spielte, während die Gäste aßen und schwatzten.

Als Kiernan mit Jacob und Patricia eintrat, wurde ihr bewußt, daß ihre Kleidung dem eleganten Rahmen, der den Krieg irgendwie überdauert hatte, keineswegs entsprach. Ein voluminöses Cape verbarg ihren Zustand. Immerhin sah sie trotz der Reisestrapazen einigermaßen präsentabel aus, ebenso wie die Kinder.

Auch drinnen warteten viele Leute auf freie Tische. Bei diesem Anblick brach Kiernan beinahe in Tränen aus. Sie fühlte sich völlig erschöpft. Die Sorge um den kranken Vater forderte ihren Tribut, und in der Kutsche hatte sie stets sehr schlecht geschlafen. Auch die Schwangerschaft machte ihr zu schaffen. Trotz allem war sie entschlossen gewesen, Haltung zu bewahren. Aber als sie jetzt den Kampf um die Restaurantplätze beobachtete, verlor sie fast die Beherrschung.

»Ah, Mrs. Miller!« Ein Mann drängte sich durch die Menge zu ihr, groß und schlank, in einem korrekten taubengrauen Jackett mit weißem Rüschenhemd. Kiernan hätte schwören können, daß er ihr noch nie begegnet war, aber er schien sie zu kennen.

»Wer ist das?« flüsterte sie Jacob nervös zu.

»Ich bin nur nicht sicher«, wisperte er zurück. »Vielleicht einer deiner Geschäftspartner.«

»Oh!« rief sie, und die ebenfalls ermattete Patricia starrte sie verwundert an. »Miller Firearms! Die werden uns den Weg nach Hause bahnen.«

Inwischen hatte der Mann sie erreicht und küßte ihr die Hand.

»Das letzte Mal haben wir uns in Charles Town gesehen, Mrs. Miller, beim Kampf gegen diesen abscheulichen

John Brown. Damals hießen Sie noch Miß Mackay. Ich habe von Ihrem Mann gehört – herzliches Beileid. Nun, hier in Richmond geht's uns immer noch recht gut. Die Millers, Ihr Vater und Thomas Donahue haben im Shenandoah Valley einen perfekten Standort für Ihr Unternehmen gewählt.«

»Ja, damit haben sie einen erstaunlichen Weitblick bewiesen, Mr...«

»Norman, Niles Norman – zu Ihren Diensten, Mrs. Miller. Wenn ich irgend etwas für Sie tun kann...«

»In der Tat, Sir, das könnten Sie. Meine Kehle ist wie ausgedörrt, und die armen Kinder stehen schon seit einer Ewigkeit hier herum. Wir sind unterwegs zu meinem Vater. Leider ist er sehr krank. Die Bahnfahrt wäre zu gefährlich gewesen, und wir haben eine überaus anstrengende Kutschenfahrt hinter uns. Jetzt sind wir halb verhungert völlig, erschöpft und...« Vage gestikulierte sie mit einer bebenden Hand, preßte eine Träne hervor und handelte sich einen erstaunten Blick von Jacob ein.

Niles Norman war ihr sofort behilflich. Er kannte den richtigen Mann am richtigen Ort, und wenig später saßen sie alle an einem der hübsch gedeckten Tische. Ein köstlicher Lammrücken mit Minzesauce, grünen Bohnen in Sahne und Süßkartoffeln wurde serviert. Noch nie hatte Kiernan eine Mahlzeit so genossen.

Beim Essen erzählte Norman vom Krieg. Die Yankees saßen den Rebs zwar im Nacken, aber die Bewohner von Richmond kannten keine Angst. General Lee würde den Feind sicher von der Stadt fernhalten. Kiernan lächelte charmant. »Dann dürften wir doch keinen Ärger bekommen, wenn wir die Halbinsel hinunterfahren?«

»Nun ja, Mrs. Miller...«, begann er und runzelte die Stirn. »Der Zeitpunkt ist wohl etwas ungünstig.«

»Aber ich muß unbedingt zu meinem Vater, Mr. Norman.« Sie betupfte ihre Augen mit einem Taschentuch, und Sekunden später versprach er ihr, einen Paß zu besorgen. Immerhin war sie Teilhaberin von Miller Firearms, und was sollten die Konföderiertenjungs denn ohne diese Waffen anfangen?

Jacob starrte Kiernan so auffällig an, daß sie ihn unter dem Tisch gegen das Schienbein trat, während sie Niles Norman ein strahlendes Lächeln schenkte.

Dem Mann gelang sogar, was Janey und Tyne nicht bewerkstelligt hatten. Obwohl in Richmond freie Unterkünfte Mangelware waren, verschaffte er ihnen zwei Räume. Beim Abschied von Kiernan räusperte er sich und erklärte, er würde sie gern wiedersehen. Der Augenblick sei wohl falsch gewählt, aber...

»Sie ahnen gar nicht, *wie* falsch dieser Augenblick ist, Mister!« fauchte ihr Schwager.

»Jacob!« protestierte sie warnend.

Der Junge lächelte unschuldig. »Tut mir leid, Mr. Norman, aber im Moment ist Kiernan außerstande, irgendwelche Kontakte zu pflegen.«

»Was bildest du dir eigentlich ein?« fuhr sie ihn an, nachdem Norman sie endlich verlassen hatte.

Herausfordernd stemmte er die Hände in die Hüften. »Du hast mit ihm geflirtet!«

»Was blieb mir anderes übrig?« rief sie verblüfft. »Wie sollte ich ihn denn sonst dazu bringen, das alles für uns zu tun?«

»Du bist im siebenten Monat. In dir wächst Jesses Kind – und du...«

»Jacob!« Vor Wut hätte sie ihn beinahe geschlagen. Heiße Tränen brannten in ihren Augen. Sie war so müde und das Baby, so sehr sie es auch liebte, eine schwere Last. »Verdammt, sogar *du* verteidigst Jesse – einen Yankee, der dein Haus requiriert hat!«

»Er ist der Vater deines Kindes. Und es würde ihn sehr stören, wenn er wußte, daß du mit einem anderen flirtest. Das weiß ich, weil ich ihn kenne. Verdammt noch mal, du hast kein Recht, dich so aufzuführen!«

Jesses wegen hatte sie kein Recht zu flirten? Oh, zum Teufel, wenn sie nicht so dumm wäre, ihn trotz allem zu lieben, befände sie sich jetzt nicht in dieser schrecklichen Lage... Nein, so durfte sie nicht denken. Sie freute sich doch auf das Baby...

»Und du hast kein Recht, mir Vorschriften zu machen, Mr. Miller junior!« herrschte sie Jacob an, todmüde und nahe daran, den letzten Rest ihrer Beherrschung zu verlieren.

»Hört doch zu streiten auf!« flehte Patricia. »Mein Bruder...« Sie zögerte, denn sie war nicht ganz so wagemutig wie Jacob. »Er setzt sich nur fiir den Mann ein, den du liebst. Und – du liebst Jesse doch wirklich?«

Kiernan schluckte mühsam, dann nickte sie. »Ich liebte ihn schon immer. Und wäre der Krieg nicht ausgebrochen, hätten wir wahrscheinlich längst geheiratet. Aber ihr müßt verstehen, wie das mit Anthony war...«

»Wir verstehen es ja«, fiel Jacob ihr würdevoll ins Wort und lächelte schief. »Du warst eine gute Witwe – und du wärst ihm eine gute Frau gewesen.« Er küßte ihre Wange, dann ging er in das Schlafzimmer, das er mit Tyne teilte.

Sie schaute ihm nach. Tränen rollten über ihre Wangen, und Patricia beobachtete sie erschrocken, dann legte sie ihr einen Arm um die Schultern. »Kiernan! Was...«

»Nichts.« Hastig wischte Kiernan ihre Tränen weg. »Ich habe euch beide sehr lieb«, beteuerte sie und führte das Mädchen in den zweiten Raum, wo Janey sich bereits hingelegt hatte.

Am nächsten Morgen brachen sie auf. Tyne saß auf dem Kutschbock und spornte die Pferde an. Kaum hatten sie die Stadt mit den schönen Ziegelhäusern verlassen, als sie auch schon von einem Wachtposten angehalten wurden. Kiernan zeigte ihm den Konföderiertenpaß, den Niles Norman ihr beschafft hatte, und der Soldat kratzte sich am Kopf. »Mrs. Miller, bei allem Respekt – aber da draußen wird gekämpft.«

»Aber weit hinter Williamsburg, nicht wahr?«

»Ja, Ma'am.«

»Dann werde ich diesen Weg nehmen«, erklärte sie mit einem sanften Lächeln.

Widerstrebend ließ er den Wagen passieren. Nach einer Viertelmeile bat sie Tyne die Pferde zu zügeln und wandte sich an die Zwillinge. »Ich möchte euch dieser Gefahr nicht aussetzen. Deshalb bringe ich euch jetzt nach Richmond zurück und reise allein weiter.«

»Da verlieren wir zuviel Zeit«, entgegnete Jacob. »Wenn dein Vater inzwischen...« Er vollendete den Satz nicht, schaute sie nur vielsagend an.

»Vielleicht ist er schon tot. Und es würde ihm nicht helfen, wenn ich euer Leben aufs Spiel setze.« Würde ich es ertragen, Papa zu verlieren, fragte sie sich bang. Das mußte sie. Was immer geschehen mochte, sie mußte es verkraften und stark bleiben – ihrem Baby und Anthonys Geschwistern zuliebe.

»Wir fahren mit dir«, verkundete Patricia. »Vor den Yankees fürchten wir uns nicht. Immerhin haben wir schon unter einem Dach mit ihnen gelebt. Weißt du's noch, Kiernan?«

»Ja, natürlich.«

»Das solltest du auch – gerade du«, meinte Jacob grinsend. Offenbar entwickelte er sich zu einem glühenden Verfechter von Jesse und genoß es, Kiernan immer wieder auf ihre außereheliche Affäre hinzuweisen.

Mit zusammengebissenen Zahnen lächelte sie. »Wie nett von dir, mich dran zu erinnern... Fahr los, Tyne!«

Weiter unten an der Straße wurden sie erneut von einem Konföderiertenwachtposten gewarnt. Und eine Stunde später kamen sie an einem Schlachtfeld vorbei, wo man offenbar erst vor kurzem zu kämpfen aufgehört hatte. Beim Anblick eines Toten am Straßenrand schrie

Patricia auf. Kiernan drückte den Kopf des Mädchens rasch an ihre Schulter.

»Heiliger Jesus!« betete Tyne, und sie schaute vom blonden Scheitel ihrer Schwägerin auf. Blauuniformierte Soldaten marschierten ihnen entgegen.

»Das schaffen wir schon«, versicherte sie den Kindern und den beiden Farbigen, obwohl ihr Herz wie rasend schlug. Sie hatte zwar schon Yankees gesehen – aus nächster Nähe, wie sie von Jacob, wenn auch nur andeutungsweise, erinnert worden war. Aber noch nie so viele auf einmal...

»Halt!« befahl eine scharfe Stimme, und Tyne zügelte die Pferde. Der junge Infanterist trat neben die Kutsche und musterte Kiernan. »Wohin wollen Sie, Lady?«

»Nach Hause. Und diese Truppe versperrt mir den Weg.«

»Ringsum wird gekämpft, Ma'am, auch weiter unten auf der Halbinsel.«

»Trotzdem müssen Sie mich passieren lassen.«

»Tut mir leid, Ma'am, das ist unmöglich.«

»Warum?«

Er wandte sich zu Tyne. »Fahr an den Straßenrand, Schwarzer. Ma'am, Sie müssen mich mit den Kindern zum General begleiten.«

Da sie keine Wahl hatte, stieg sie aus dem Wagen, gefolgt von Patricia und Jacob. Sie zog die Kapuze ihres Umhangs tiefer in die Stirn, eher um sich vor neugierigen Blicken zu schützen als vor der regnerischen Morgenkälte.

Der Soldat rührte sie an den Reihen der müden, schmutzigen, teilweise verwundeten Männern vorbei. Manche hinkten und benutzten ihre Gewehre als Krükken. »Beerdigungsabteilung halt!« schrie ein Offizier, und die Kolonne unterbrach den Marsch, um die gefallenen Kameraden in fremder Erde zu begraben. Die meisten Yankees sanken erschöpft zu Boden, öffneten ihre Taschen und begannen Zwieback zu essen, andere kauten an Grashalmen. Viele trugen Verbände, einigen fehlten Arme oder Beine.

Kiernans Magen krampfte sich zusammen. Plötzlich spürte sie heftige Bewegungen ihres Babys, als hätte es ebenfalls all das Elend gesehen und wollte sich abwenden. Mehrere Soldaten beobachteten, wie sie mit Jacob und Patricia vorbeiging. Ein paar tippten lächelnd an ihre Hüte oder gafften neugierig, aber großteils waren sie zu erschöpft, um sie zu beachten. Es gab auch so manchen, der ihnen entgegenstarrte, als wären sie so gefährliche Feinde wie die grauuniformierten Rebs an der Front.

Den Arm um Patricias Schultern gelegt, beschleunigte Kiernan ihre Schritte. Der Soldat rührte sie vor ein imposantes Zelt. »Warten Sie hier, Ma'am«, sagte er und entfernte sich.

Mit großen Augen schaute Jacob zur anderen Straßenseite, wo mehrere Verwundete auf ihren Uniformröcken saßen.

»Bitte, sei vorsichtig, Jacob!« mahnte Kiernan. »Ich weiß, du haßt die Yankees, aber irgendwie müssen wir an ihnen vorbei.«

Er zeigte auf einen Mann, der das halbe linke Bein und die rechte Hand verloren hatte. Leise erwiderte er: »Es ist schwer, jemanden zu hassen, der so aussieht.«

»Wie lange müssen wir hierbleiben?« fragte Patricia drängend.

»Das weiß ich nicht«, antwortete Kiernan wahrheitsgemäß. Sie fand es sehr unhöflich von den Yankees, sie einfach hier stehen zu lassen. Ihr Rücken schmerzte, und der Umhang wurde ihr zu warm, während die Sonne immer höher stieg. Doch sie wagte es nicht, ihn abzulegen und ihren Zustand zu offenbaren. Aber spielte es für diese Männer überhaupt eine Rolle, ob sie ein Baby erwartete, ob sie es im Ehebett empfangen hatte oder nicht?

Die Minuten verstrichen, es wurde immer heißer.

Schließlich ertrug Kiernan die Rückenschmerzen nicht mehr. »Wartet hier!« befahl sie den Kindern, und ehe Jacob sie zurückhalten konnte, stürmte sie in das Zelt. Mehrere Offiziere beugten sich über einen Tisch, der mit Landkarten bedeckt war. »Entschuldigen Sie...«, begann sie und starrte in die verdutzten Yankee-Gesichter. »Aber Sie dringen nicht nur in meine Heimat ein, Gentlemen – Sie benehmen sich auch noch unglaublich rüpelhaft!«

Grabesstille folgte diesen Worten. Ein Offizier versuchte, die Landkarten zu verstecken, dann kam ein grauhaariger Mann auf Kiernan zu. »Verzeihen Sie, wir waren in der Tat sehr unhöflich, Ma'am. Warum wurde ich nicht über die Anwesenheit dieser Lady informiert?«

Der Soldat, der Kiernan und die Kinder ins Camp geführt hatte, trat vor und salutierte zackig. »General, der Captain sagte, ich dürfe jetzt nicht stören.«

»Was kann ich für Sie tun, Ma'am? Ich bin General Jensen, zu Ihren Diensten.«

»Ich möchte nach Hause fahren, General, und Ihre Leute hindern mich daran.«

»Läßt sich diese Reise nicht verschieben?«

»Mein Vater ist sehr krank, Sir.«

Plötzlich erklang ein wütender Ausruf. Ein Offizier eilte zu Jensen, und Kiernans Atem stockte, als sie Captain Norris erkannte – den Kavalleristen, der so eifrig bestrebt gewesen war, Montemarte niederzubrennen.

»Norris, ich verlange eine Erklärung für Ihr Verhalten!« herrschte der General ihn an.

»Sie ist eine Miller, Sir.«

»Und?«

»Diese Antwort müßte genügen, General. Miller Firearms. Sie ist Teilhaberin.«

»Ich verstehe.« Jensen strich sich übers Kinn und musterte Kiernan.

»Außerdem«, fuhr Hugh Norris fort, »sind einige unserer Leute der festen Überzeugung, daß sie in Harpers

Ferry für die Rebs spioniert hat. Da drüben sind sie uns mehrmals entwischt.«

»Diese Rebs konnten Ihnen entkommen, weil sie klüger sind als Sie, Sir«, warf Kiernan honigsüß ein. Sekundenlang glaubte sie, Norris würde sie tätlich angreifen, aber Jensen stand zwischen ihnen. Jedenfalls war es offensichtlich, wie abgrundtief der Captain sie haßte. Sie wandte sich an den älteren Offizier. »General, ich schwöre Ihnen, daß ich nicht hier bin, um zu spionieren. Ich will nur zu meinem kranken Vater fahren, das ist alles.«

Jensen seufzte müde. »Ich muß Sie bitten, noch ein paar Minuten draußen zu warten, Mrs. Miller, während ich hier einige Dinge kläre. Private Riker, bringen Sie der Lady einen Stuhl und Kaffee, wenn sie Wert darauf legt.«

Das Herz wurde ihr schwer. Sicher hatte Norris dem General eine Menge zu sagen. Riker, der sie zum Zelt geführt hatte, nahm ihren Arm, um sie hinauszubegleiten. Wie sie wußte, mußte sie jetzt möglichst unschuldig und harmlos wirken, und so lächelte sie sanft, als sie über die Schulter zu Jensen zurückblickte. »Bitte, Sir, ich will nur nach Hause!« beteuerte sie.

»Und wo ist das?«

»Eine Fahrstunde von Williamsburg entfernt.«

»Gedulden Sie sich noch ein wenig, Ma'am.«

Da ihr keine Wahl blieb, senkte sie den Kopf und folgte Riker nach draußen. Jacob machte einen seltsam fröhlichen Eindruck. Sie hatte erwartet, er wäre mittlerweile längst einem Yankee an die Kehle gefahren.

Prüfend schaute sie den Jungen an, während Riker einen Klappstuhl heranzog, und wollte fragen, was los sei. Aber der Soldat ließ sie nicht mir den Kindern allein. Sie bat um einen Becher Kaffee. Doch der Kessel hing ganz in der Nähe über einer Feuerstelle. Es dauerte nur ein paar Sekunden, bis ihr Wunsch erfüllt war, und auch danach rührte sich der Yankee nicht von der Stelle.

Plötzlich kam ein Soldat angelaufen. »Eine Nachricht für den General, Private! Machen Sie Platz!«

Riker trat vom Zelteingang weg, und der Neuankömmling eilte hinein.

Nach einer Weile kam ein Offizier aus dem Generalhauptquartier. Kiernan erhob sich. »Sir...«

»Tut mir leid, Ma'am, der Colonel besteht darauf, daß Sie hierbleiben.«

»Der Colonel?« Wen mochte er damit meinen?

»Setzen Sie sich. Er wird gleich hier sein.«

Gerade hatte sie wieder Platz genommen, als sich Hufschläge näherten, in rasendem Galopp. Sie sprang auf, voller Angst, das Pferd würde sie niederrennen. Und da erkannte sie den Reiter. Ihr Atem stockte. Jesse – der Colonel, der darauf bestand, daß sie hierblieb...

Abrupt zügelte er Pegasus und schwang sich aus dem Sattel. Ohne Hut, das Haar wild zerzaust, die Stiefel mit Schlamm bespritzt, eilte er zu Kiernan. Wütend, fast brutal umklammerte er ihre Arme. Aber sein verzweifeltes Flüstern – nur für ihre Ohren bestimmt – klang erstaunlich sanft. »Hilf mir! Spiel mit!« Sofort änderte er sein Verhalten wieder. »Kiernan!«

Seine scharfe, laute Stimme drang offenbar bis ins Zelt, denn nach wenigen Sekunden kam der General heraus. Doch der erboste Jesse schien ihn nicht zu bemerken. »O ja, ich habe von deinem Zustand erfahren, Kiernan. Aber ich hätte nie gedacht, daß du mich bis ins Kriegsgebiet verfolgen würdest. Natürlich werde ich um Urlaub ansuchen und dich nach Hause bringen. Aber mehr darfst du nicht von mir erwarten. Niemals werde ich dich heiraten, nur um deine Ehre zu retten! Wer weiß, was du mit all deinen Rebellenfreunden getrieben hast, die in deinem Haus ein und aus gegangen sind!«

Spiel mit! Hatte sie sich diese Worte nur eingebildet oder tatsächlich vernommen? Was tat er ihr an? Jeder hörte seine weithin hallende Stimme, während er alles, was zwischen ihnen geschehen war, entwürdigte und grausam verhöhnte. Brennende Schamröte stieg ihr in die Wangen. »Wovon redest du?«

»Ich werde dich nicht heiraten, Kiernan!«

Verwirrt schnappte sie nach Luft. Warum führte er sich so seltsam auf? »Du bist der letzte, den ich heiraten würde!« kreischte sie in hellem Zorn. »Und ich brauche auch niemanden, der mich nach Hause bringt!« Großer Gott, war es tatsächlich Jesse, der sie so verächtlich anstarrte, ihre Arme schmerzhaft festhielt, und sie vor all den Leuten zum Gespött machte? »Laß mich los!« Mit aller Kraft versuchte sie, nach seinen Schienbeinen zu treten. »Du verdammter Narr! Ich bin in keinem ›Zustand‹, wie du behauptest...«

»Lügnerin!« Er hatte sie nahe genug an sich herangezogen, so daß er ihren vorgewölbten Bauch spürte. Nun war auch der letzte Zweifel an seiner baldigen Vaterschaft ausgeräumt. Trotzdem setzte er das Spiel fort. »Aber ich werde dich auf keinen Fall heiraten, verdammt noch mal!«

Das war nicht Jesse. Der hätte aufgrund seiner Erziehung und moralischen Wertmaßstäbe verlangt, die Mutter seines Kindes müsse ihn heiraten – ganz egal, was er für sie empfand. Was bezweckte er mit diesem Spiel? Es war einfach demütigend.

»Zum Teufel mit dir, Jesse! Laß mich endlich los!« Ehe sie wußte, wie ihr geschah, riß er ihren Umhang auseinander, und ihr Zustand wurde für alle Augen offensichtlich.

»Colonel Cameron!« donnerte der General.

»Sir!« Jesse fuhr herum und salutierte hastig, als hätte er Jensens Anwesenheit erst jetzt bemerkt.

»Was, um Himmel willen, geht hier vor?« fragte der General, neben dem Captain Norris stand und Kiernan schadenfroh angrinste.

»Es handelt sich um eine persönliche Angelegenheit, Sir.«

»Colonel Cameron, da die Lady in unverkennbar guter

Hoffnung vor uns allen steht, hört es auf, eine persönliche Angelegenheit zu sein. Sind Sie der Vater dieses Kindes?«

»Vielleicht«, erwiderte Jesse – hoch aufgerichtet, in vorbildlicher militärischer Haltung.

Verdutzt und empört schnappte Kiernan nach Luft.

»Vielleicht?« wiederholte Hugh Norris lachend. »Er beschlagnahmte ihr Haus, General. Und ich sagte doch – sie ist eine Spionin. Sie hat ihre Reize, aber ich durchschaute sie sofort während Cameron sich umgarnen ließ.«

»Keine Sekunde lang ließ ich mich umgarnen, Sir«, widersprach Jesse. »Mrs. Miller probte ihre Verführungskünste an mir aus – mit Erfolg, wie ich zugebe. Aber es gelang ihr nicht, mich hinters Licht zu führen. Sie stand unter Hausarrest.«

»Mir reicht's!« schrie Kiernan. »Ich fahre heim. Wenn Sie meinen Wagen konfiszieren, gehe ich zu Fuß, General, und ich gehe immer weiter, es sei denn, Sie erschießen mich. Sollten Sie das tun, wird es in aller Welt Schlagzeilen machen.«

Ehe sie sich abwenden konnte, packte Jesse ihren Arm. »Du gehst nirgendwohin!«

»Ma'am!« stieß der General hervor. »Meine Männer pflegen Frauen nicht in den Rücken zu schießen!«

Noch immer verstand Kiernan nicht, warum Jesse diese Szene heraufbeschworen hatte. Sie liebte ihn doch... Aber wieder ein mal standen die Uniformfarben zwischen ihnen – Blau und Grau so kraß, so schmerzlich... Sie wollte einfach nur nach Hause fahren, zu ihrem Vater, und ihr Baby zur Welt bringen. Jesses Baby. Sie straffte die Schultern und wandte sich würdevoll an den General. »Ihr verdammten Yankees! Ihr habt meinen Mann getötet und mein Leben bedroht, seid in mein Haus eingedrungen, und jetzt...«

»Diese Situation werde ich bereinigen, Mrs. Miller«,

fiel Jensen ihr ins Wort. »Die Unionssoldaten unter meinem Kommando sind Gentlemen. Stammt das Kind, das Sie erwarten, von Colonel Cameron?«

Da alle sie anstarrten, wollte Kiernan es bestreiten, hätte am liebsten in jedes einzelne neugierige Gesicht geschlagen, und so zögerte sie zu lange.

»Ja!« rief Jesse. »Also gut – ja! Ich bezweifle nicht, daß es mein Kind ist.«

»Holt Vater Darby!« befahl Jensen. »Die beiden werden sofort heiraten. Hören Sie, Colonel Cameron? Das ist eine Order! Ich lasse dieser Armee nicht vorwerfen, sie würde den Süden mit Bastarden bevölkern.«

Jesse schluckte. Wie gehetzt schaute er nach allen Seiten, als suchte er sich, aus der Affäre zu ziehen. Doch dann riß er sich zusammen, stand stramm und schaute den General an, der ungeduldig fragte: »Haben Sie verstanden, Colonel?«

»Ja – Sir.« Wie ein Ehrenmann tat Jesse seine Pflicht.

»Moment mal!« protestierte Kiernan – keinesfalls bereit, Jesse zu heiraten, ohne vorher mit ihm zu reden, ohne zu verstehen, was sich hier abspielte. »Ich will nicht...«

Plötzlich nahm Jesse sie wieder in die Arme und drückte sie so fest an sich, daß sie fürchtete, die Besinnung zu verlieren. Seine blauen Augen schauten durchdringend in ihr Gesicht, verzweifelt flüsterten seine Lippen dicht an ihren: »Du mußt zustimmen, Kiernan.«

»Laß mich los...«

»Ich brauche einen Vorwand, um abreisen zu können. Deshalb will ich dich nach Hause bringen. Daniel ist hier – verletzt. Ich muß ihn heimlich aus dem Camp schaffen. Sein Leben steht auf dem Spiel.«

Daniel! Endlich verstand sie, was Jesse zu dieser Szene bewogen hatte. Niemand sollte sich wundern, warum er Urlaub nahm, während ringsum Schlachten tobten.

In einiger Entfernung standen die Zwillinge. Jacob hatte kein Wort zu Kiernans Verteidigung gesagt – der tapfere, stolze Jacob... Weil er es wußte. Irgendwie hatte er herausgefunden, daß es um Daniel ging.

Wo mochte Daniel jetzt sein? Wie schwer war er verletzt?

»Mrs. Miller...« Besänftigend legte der General eine Hand auf ihren Arm und die andere auf Jesses Schulter. »Wir werden dieses Problem lösen. Der Colonel ist ein anständiger Mann – und normalerweise sogar ein Gentleman... Ah, da ist Vater Darby! Also, dann wollen wir die Sache unverzüglich erledigen. Ma'am, Colonel – stellen Sie sich nebeneinander. Fangen Sie an, Vater.«

Wie das kummervolle Gesicht des großen, dünnen Geistlichen verriet, hatte er in letzter Zeit wenig mehr getan, als Sterbenden Trost zu spenden. Daß er nun eine Trauung vornehmen sollte, schien ihn ziemlich zu verwirren. »Die beiden müssen einverstanden sein...«

»Das sind sie«, unterbrach Jensen ihn ungeduldig.

»Colonel?«

»Ja...« Jesse stieß einen übertrieben langen Seufzer aus. »Ich willige ein.«

»Und Sie, Miß...«

»Mrs. Kiernan Miller«, erklärte sie. »Ich...«

Jesse trat ihr so schmerzhaft auf den Fuß, daß Tränen in ihre Augen stiegen. Offenbar ging es Daniel sehr schlecht. »Ja – ich bin bereit.«

Jesse ergriff ihre Hand. Schweigend standen Patricia und Jacob im Hintergrund, und Norris kicherte spöttisch.

Knapp fünf Minuten später waren die Ehegelübde ausgetauscht. An Kiernans Finger steckte Jesses Siegelring – zu schwer und viel zu groß. Anthonys goldenen Ring hatte sie in ihrer Tasche verstaut.

Darby räusperte sich. »Nun wäre es angebracht, Ihnen zu sagen, Sie dürfen die Braut küssen, Colonel. Aber Sie scheinen die Sache bereits selber in die Hand genommen zu haben, also brauchen Sie meine Aufforderung nicht mehr.«

»Ah, Vater Darby, ich habe in der Tat vor, die Braut zu küssen.« Es war kein üblicher Hochzeitskuß. Kiernan wurde nicht ehrfürchtig in die Arme genommen, und sie spürte auch keinen sanften Druck zärtlicher Lippen.

Statt dessen wurde sie hinters Zelt gezerrt, wo sie sich verbissen gegen Jesses leidenschaftlichen Kuß zu wehren suchte – zutiefst entrüstet über die Schande, die sein Verhalten über sie beide gebracht hatte. Erbittert leistete sie Widerstand...

Aber nichts konnte jemals die Magie von Jesses Küssen zerstören, nichts der süßen Wärme entgegenwirken, die Kiernans Herz erfaßte, nachdem sie wieder einmal so lange getrennt gewesen waren. Nichts konnte den Bann lösen. Nur Jesse selbst. Viel zu früh hob er dem Kopf. »Wir brechen sofort auf«, flüsterte er. »Ich muß Daniel heimlich durch die Linien bringen – verstehst du?« Offenbar reagierte sie zu langsam, denn er schüttelte sie. »Verstehst du?«

»Ja!« zischte sie.

»Colonel!« rief Vater Darby und schien an dem Wort zu ersticken.

Hastig zog Jesse seine Frau wieder vor das Zelt und wandte sich an den General. »Sir! Ich bitte um Urlaub, um Mrs. Cameron nach Hause zu bringen.«

»Unmöglich, Colonel. Inmitten dieses großen Feldzugs kann ich Sie nicht gehen lassen.«

Kiernan war immer noch wütend auf Jesse, erkannte aber, daß sie ihm helfen mußte, Daniel zu retten. Er hatte sie einmal beschuldigt, sie sei eine großartige Schauspielerin. Nun war es an der Zeit, diese Fähigkeiten zu erproben. »Oh...«, jammerte sie, sank plötzlich zu Boden und tat ihr Bestes, um das Kind nicht zu gefährden. Sofort kniete er neben ihr und legte einen Arm um ihre Schultern. »O Jesse! Das Baby...«

»Colonel, bringen Sie Ihre Frau an einen sicheren Ort, wo sie es bequem hat«, befahl Jensen.

»Nein!« kreischte sie und gebärdete sich so hysterisch wie möglich. »Nein, ihr abscheulichen Yankees! Ihr habt mein Leben ruiniert! Und nun soll ich auch noch mein Kind auf einem Schlachtfeld gebären?«

Patricia trat vor und schrie den General an. »Sie herzloser Schurke!«

»Ooooh!« stöhnte Kiernan dramatisch, die Hände auf den runden Bauch gepreßt. »Ich will nach Hause!«

»Was Sie wollen, spielt wohl keine Rolle, Mrs. Cameron«, bemerkte Hugh Norris sarkastisch.

»Ich will nach Hause!« klagte sie wieder. Anscheinend ahnte Norris, dieser Bastard, daß hier nicht alles mit rechten Dingen zuging. »Bitte! Ich möchte mein Kind daheim zur Welt bringen.«

»Großer Gott!« Der General war sichtlich erschüttert. »Aber Ihr Mann ist doch hier, Mrs. Mil... Mrs. Cameron«, versuchte er, sie zu beruhigen. »Er mag ein gewissenloser Schuft sein, aber er ist eindeutig einer der besten Ärzte in der Unionsarmee. Bei ihm sind Sie in guten Händen...«

»Ich hasse ihn! Und ich will nach Hause. Mein Vater ist krank – und mein Baby soll auf heimischem Boden geboren werden. Wenn Sie mich zwingen, auf Ihrem Schlachtfeld niederzukommen, dann schwöre ich...«

»Ja, ja, schon gut – dann wird das in aller Welt Schlagzeilen machen«, vollendete er seufzend den Satz. »Sie haben gewonnen, Mrs. – eh – Cameron. Colonel, bringen Sie Ihre Frau nach Hause. Ma'am, Sie haben vierundzwanzig Stunden Zeit, um ihr Kind zu bekommen. Danach will ich Sie wieder im Camp sehen, Colonel.«

Jesse salutierte formvollendet. »Ja, Sir!«

Norris' Augen verengten sich, aber er konnte nichts gegen General Jensens Order unternehmen. Jesse stand auf, hob Kiernan hoch und trug sie rasch davon, dicht gefolgt von den Zwillingen.

Sobald sie außer Sicht- und Hörweite waren, stellte er Kiernan auf die Füße. »Ich hole Pegasus hierher, und ihr geht inzwischen alle zur Kutsche. Tyne soll hinter mir herfahren, wenn ich zum Lazarett reite. Kiernan, steig ein und tu so, als lägst du in den Wehen.«

Sie nickte, plötzlich von einem heftigen Schmerz durchzuckt, und biß die Zähne zusammen. Verblüfft erkannte sie, daß sie nicht mehr Theater spielen mußte.

23

Das Lazarett lag ziemlich weit vom Hauptquartier entfernt. Offenbar befand sich die Unionsarmee bereits auf einem taktischen Rückzug, während Jesse noch Patienten versorgte, ehe er sein Zelt abbrach. Als Kiernan in der Kutsche saß, spürte sie zunächst keine Wehen und glaubte schon, sie hätte sich den Schmerz nur eingebildet. Doch dann wiederholte er sich. Sie unterdrückte einen Schrei, beinahe überwältigt von panischer Angst. Die Geburt sollte erst in vier Wochen erfolgen. Hatte sie im verzweifelten Bestreben, den kranken Vater zu erreichen, ihr Baby gefährdet?

Sie biß sich auf die Fingerknöchel und schwieg. Ganz verstand sie immer noch nicht, was hier vorging. Jedenfalls schien auch Daniels Leben auf dem Spiel zu stehen. Und Lacey hatte ihr erklärt, Erstgeborene würden endlos lange brauchen, ehe sie das Licht der Welt erblickten – manchmal einen ganzen Tag und eine Nacht und auch noch den nächsten Vormittag. Also beschloß Kiernan, die Wehen klaglos zu ertragen, die bald wieder verebbten.

Beim Zelt angekommen, sprang Jesse vom Pferd und rief: »Hilf mir, Tyne! Die anderen bleiben im Wagen!«

Kiernan ignorierte den Befehl, stieg aus und eilte hinter Tyne, der ihrem Mann gefolgt war, ins Lazarett. Als Jesse sie entdeckte, wandte er sich wütend zu ihr. »Ich sagte doch, du sollst in der Kutsche warten!«

Heiße Tränen stiegen in ihre Augen – Tränen, die sie nicht vergießen wollte. »Muß ich denn ständig nach deiner Pfeife tanzen?«

Er legte ihr sanft die Hände auf die Schultern. »Daniel...«

»Ja, ich weiß, sein Leben ist in Gefahr. Wäre mir das von Anfang an klar gewesen, hätte ich mich nicht so gedemütigt gefühlt, während du diese schreckliche Szene machtest, um mich zur Heirat zu zwingen.«

»Ich habe dich gebeten, mitzuspielen. Mehr konnte ich dir vor all den Leuten nicht erklären. Und findest du es nicht zweckmäßig, meine Frau zu sein?«

»Oh, ich hatte es gewiß nicht nötig, dich zu heiraten«, protestierte sie. »Ich wäre auch ohne dich sehr gut zurechtgekommen.«

»Aber mein Kind würde es vielleicht nicht schätzen, als Bastard aufzuwachsen.«

»Dieses Gespräch ist jetzt überflüssig«, erwiderte sie kühl. »Hättest du mir sofort mitgeteilt...«

»Das war unmöglich. Ich hatte auch schon zuvor um einen Urlaub angesucht, der mir verweigert wurde. Jene Szene war der einzige Weg.«

»Nachdem ich dich Daniels wegen geheiratet habe, solltest du mir wenigstens erlauben, ihn zu sehen«, meinte sie. »Er ist doch hier?«

Diplomatisch mischte sich Tyne ein. »Miz Kiernan, bringen wir Captain Cameron in den Wagen, dann können Sie ihn ja sehen.«

»Ja«, stimmte Jesse ungeduldig zu. »Wir müssen uns beeilen. Überall laufen Soldaten herum, in Blau und in Grau. Ich will meinen Bruder so schnell wie möglich nach Hause bringen. Hilf mir jetzt, Kiernan. Sag zu mir, was du willst, verlasse mich danach – wo ich doch immer noch alles repräsentiere, was du auf dieser Welt haßt und verabscheust. Aber um Himmels willen, hilf mir!«

»Natürlich will ich dir helfen, du Narr! Ist das nicht offensichtlich?«

»Eigentlich müßte ich beleidigt sein, weil meine frisch angetraute Gemahlin mir Schimpfwörter an den Kopf wirft.« Er lächelte wehmütig. »Aber jetzt sollten wir erst mal Waffenstillstand schließen. Bist du dazu bereit?«

Sie nickte. »Wie schwer ist Daniel verletzt?«

»Gestern abend habe ich ihm eine Kugel aus dem Bauch geholt. Glücklicherweise sind keine inneren Organe beschädigt. Und er ist stark wie ein Ochse. Er muß nur irgendwo in Ruhe genesen, wo die Luft rein ist. Ich kann ihn unmöglich in ein Gefangenenlager bringen.«

»Auf keinen Fall. Da würde er sterben.«

»Kiernan, wir lassen uns da auf ein sehr gefährliches Unternehmen ein. Die Yanks werden hinter Daniel her sein, die Rebs werden auf mich feuern, wann immer sich eine Gelegenheit bietet. Machst du trotzdem mit?«

»Ich wollte so oder so durch die Linien fahren, Jesse. Mein Vater braucht mich, und ich brauche ihn. Jetzt braucht mich auch Daniel. Ich fürchte mich nicht.«

»Du hattest noch nie vor irgendwas Angst, meine Liebe, und das könnte eines Tages dein Verderben sein. Ich fürchte mich jedenfalls ganz schrecklich. Ich möchte nicht vor einem Exekutionskommando sterben.« Ohne ein weiteres Wort wandte er sich ab und eilte in den Hintergrund des Lazaretts.

Wenig später tauchte er wieder auf, und sie verließen das Zelt, gefolgt von Tyne und O'Malley, die eine Bahre zur Kutsche trugen. Ein weißes Laken verhüllte die Gestalt, die darauf lag. »Macht Platz!« rief Jesse den Zwillingen und Janey zu. Sie rückten beiseite, und die Bahre wurde auf den Boden des Wagens gestellt.

Kiernan starrte O'Malley an, der mit Sicherheit wußte, daß soeben ein Reb heimlich weggebracht wurde. Mit unschuldiger Pokermiene tippte er an seinen Hut. »Guten Morgen, Ma'am.«

»Guten Morgen, Corporal.«

»Ein schönes Reisewetter haben Sie sich ausgesucht.«

»In der Tat... Werden Sie uns begleiten?«

»Nein, das gestattet der Colonel nicht. Ich muß hier darauf achten, daß die anderen Ärzte seine Anweisungen befolgen.«

»Ich verstehe.«

O'Malley trat einen Schritt näher. »Bitte, passen Sie gut auf den Colonel auf«, sagte er leise. »Er ist so wild entschlossen, seinen Bruder zu retten, daß er sein eigenes Leben aufs Spiel setzt. Da er einen Konföderierten versteckt, könnte ihn seine eigene Armee wegen Verrat erschießen – oder wegen Spionage. Eine gefährliche Fahrt liegt vor Ihnen, Ma'am.«

»Beeil dich, Kiernan!« rief Jesse in scharfem Ton.

O Jesse, dachte sie seufzend, du bist wirklich ein Narr. Aber konnte er denn anders handeln, gegen seine Überzeugung? Genauso unbeirrbar, wie er für die Union gekämpft hatte, setzte er sich jetzt für Daniel ein. Sein Entschluß stand fest. Daran konnte sie nichts ändern. Und sie liebte ihn immer noch, obwohl die Umstände der überstürzten Heirat die Spannungen zwischen ihnen verstärkt hatten. Niemals würde sie aufhören, ihn zu lieben. »Ja, ich komme!«

O'Malley salutierte, und sie rannte zum Wagen, hinter dem Pegasus inzwischen festgebunden worden war. Während Jesse ihr einzusteigen half, las sie Erschöpfung in seinen Augen, aber auch eiserne Willenskraft. Sie wußte, warum sie ihn liebte, obwohl er ihr Feind war.

Mehrere Decken verbargen Daniel. Die Kinder und Janey saßen neben ihm, und Jesse zeigte Kiernan, wo sie Platz nehmen sollte, damit sie seinen Bruder verdeckte. Dann kletterte er neben Tyne auf den Kutschbock. »Danke, Corporal!« rief er O'Malley zu, der wieder salutierte.

»Auf bald, Colonel!« entgegnete O'Malley und ging neben dem Wagen her, nachdem Jesse die Zügel ergriffen und die Pferde in Bewegung gesetzt hatte. »Herzlichen Glückwunsch, Ma'am! Alles Gute für Sie und den Colonel!«

Sie winkte ihm, und die Reise begann. Verängstigt schaute Patricia ihre Schwägerin an, während Jacob in stoischer Ruhe dasaß – jeder Zoll ein tapferer junger Mann. Kiernan versuchte, zu lächeln und nicht an die Gefahr zu denken. Statt dessen dachte sie an ihren neuen Status. Sie war Jesses Frau.

Die Erfüllung eines langjährigen Wunsches – und völlig in Ordnung, denn sie erwartete sein Kind ... Und doch erschien ihr der Beginn ihrer Ehe wie ein Alptraum. Schwer verletzt lag Daniel neben ihr, womöglich im Sterben. Und die Umgebung wimmelte von Soldaten – von Yankees, die ihn bedrohten, von Rebs, die Jesse niederschießen könnten, ohne vorher Fragen zu stellen.

»Halt!«

Ihr Herzschlag beschleunigte sich, als sie den Befehl hörte. Sie konnte die Straße nicht sehen, aber Jacob, der ihr gegenübersaß, hatte einen guten Überblick. Reb oder Yank? Ihre Lippen formten die bange Frage. Wie sollte sie das alles ertragen? Krampfhaft schlang sie die Finger ineinander, um ihr Zittern zu verbergen. Glücklicher Daniel ... Entweder war er bewußtlos oder er schlief. Jedenfalls nahm er nicht wahr, was rings um ihn geschah.

Yank, antwortete Jacob, indem er lautlos den Mund bewegte. Jesse zeigte seinen Paß vor, und Kiernan hörte, ihn scheinbar unbefangen mit dem Wachtposten reden.

»Tut mir leid, Colonel, aber wir haben die Order, jeden anzuhalten, der hier vorbeikommt.«

»Es freut mich, daß Sie Ihren Befehl so gewissenhaft ausführen, Soldat.« Jesse rüttelte an den Zügeln.

Plötzlich begann Daniel unter seinem Kokon aus Dekken und Laken laut zu stöhnen. »Was ist das?« fragte der Wachtposten.

Erschrocken griff sich Kiernan an die Kehle. Wenn der Mann nun darauf bestand, die Kutsche zu durchsuchen... Dann würde Jesse nichts anderes übrigbleiben, als ihn niederzuschießen. Würde er mit dem Bewußtsein leben können, einen Unschuldigen getötet zu haben? Beiläufig erwiderte er: »Oh, da hinten sitzt meine Frau mit den Kindern und ihrer Negerin. Ich habe Urlaub bekommen, damit ich sie alle nach Hause bringen kann.«

»Das klang aber wie eine Männerstimme. Ich hätte schwören können...« Der Soldat ging zur Wagenseite. Im selben Moment fing Kiernan gellend zu jammern an, um Daniels Schmerzenslaute zu übertönen.

»Ooooh! Ooooh!« Der junge Wachposten starrte in die Kutsche, und Kiernan umfaßte mit gespreizten Fingern ihren gewölbten Bauch. »Bitte, Sir! Wir müssen uns beeilen! Bitte!«

»Natürlich.« Hastig trat er zurück, und sie fuhren weiter.

Nach einer halben Stunde wurden die Pferde im Schatten eines großen Baumes gezügelt. Jesse sprang vom Kutschbock. »Patricia, Jacob, Janey – unten an der Böschung findet ihr einen Bach. Holt Wasser!« Als die drei davongerannt waren, half er Kiernan aus dem Wagen und küßte ihre Hand. »Was immer du von mir hältst oder für mich empfindest – eins sollst du wissen. Ich werde dir ewig dankbar sein.«

»Daniel gehört zu meinen besten Freunden.«

»Das weiß ich. Nur deshalb warst du bereit, meine Frau zu werden. Nicht wegen unseres Kindes. Du hättest es vorgezogen, einen Bastard zu gebären. Und aus Liebe hast du mich auch nicht geheiratet«, fügte er bitter hinzu. »Wie kannst du deinen Feind lieben?«

»Was willst du denn von mir? Du bist nun mal mein Feind. Ach, ich weiß nicht mehr, was ich denke oder fühle...«

»Jetzt bist du meine Frau, Kiernan. Du hast gelobt, mich zu lieben und zu ehren, bis der Tod uns scheidet.«

»Dieser Krieg kann uns jeden Augenblick den Tod bringen.«

»Und angesichts dieser Gefahr – bist du in Wahrheit meine Frau? Wirst du jemals darüber hinwegkommen, daß ich mich für die Union entschieden habe?« Forschend blickten seine blauen Augen in ihre grauen, und sie fand keine Antwort. Ihr Stolz verbat ihr, ihm zu sagen, sie würde ihn trotz allem lieben. Seufzend winkte er ab. »Schon gut... Jedenfalls hast du eine brillante schauspielerische Leistung vollbracht, und ich bin dir unendlich dankbar.«

Plötzlich nahm ihr ein stechender Schmerz im Bauch den Atem, doch sie nahm ihre ganze Willenskraft zusammen, um sich nichts anmerken zu lassen. »Du solltest dich um Daniel kümmern.«

»Ja, natürlich.« Er kletterte in den Wagen, kauerte sich neben seinen Bruder und zog die Decken beiseite. Sanft berührte er Daniels Wange, dann fühlte er ihm den Puls. Die Lider des Verletzten hoben sich flatternd. »Geht es dir einigermaßen?« fragte Jesse leise.

Daniel nickte und bat um Wasser. Darauf war Jesse gefaßt. Er zog eine Feldflasche unter den Laken hervor und ließ ihn trinken. »Ich will mal nach dem Verband sehen.«

Entsetzt hielt Kiernan den Atem an, als sie die Bandage um Daniels Bauch sah, die sich langsam blutrot färbte. Daniel war leichenblaß, aber er grinste schwach. »Das ist ein gefährliches Gebiet für einen Mann in Blau.«

»Er hat recht«, stimmt Kiernan zu. »Jesse, du solltest irgendwas von Tynes Sachen anziehen.«

»Sobald ich diese Uniform ablege, bin ich ein Spion. Kiernan, füll bitte die Feldflasche auf.«

Sie nahm die Flasche und eilte zu den Kindern und

Janey hinab, die am Bach saßen. Als sie zurückkamen, half Jesse ihr in den Wagen, und die anderen stiegen ein. Dann setzte er sich neben Tyne auf den Kutschbock.

Während sie weiterfuhren, beobachtete Kiernan das Gesicht des Verletzten. Er hatte die Augen geschlossen, und sie dachte, er würde schlafen. Aber nach einer Weile lächelte er. »Bald werde ich Onkel.«

»Ja.«

»Hat Jesse eine ehrbare Frau aus dir gemacht?« fragte er und öffnete die Augen.

»Klar.« Sie beugte sich zu ihm hinab und fügte in gespieltem Ärger hinzu: »Aber nur dir zuliebe! Das war die einzige Möglichkeit, dich aus dem Yankee-Camp rauszukriegen. Also ist es deine verdammte Pflicht, bald gesund zu werden.«

Selbstgefällig grinste er. »Also hab' ich Jesse doch noch dazu gebracht, das Richtige zu tun. Aber ihr hättet's mir wirklich etwas leichter machen können. Ich mußte mich erst in den Bauch schießen lassen, um eure Hochzeit in die Wege zu leiten.«

Sie hatte eine passende Antwort parat, aber in diesem Moment holperte die Kutsche über ein Schlagloch, und er stöhnte gequält. Mitfühlend ergriff Kiernan seine Hand. Mühsam begann er wieder zu sprechen. »Dein Vater...«

»Hast du etwas von ihm gehört?«

»Nein. Aber Jesse soll dich heimbringen, ehe er nach Cameron Hall fährt. Ich schaff's schon. Die Kugel hat er rausgeschnitten, und mein Zustand bessert sich allmählich.«

»Aber – du blutest, Daniel...«

»Und ich werde zweifellos noch öfter bluten, bis es überstanden ist. Jedenfalls fahren wir erst zu dir nach Hause und sehen, wie es John geht.«

Wer schwebte in größerer Gefahr? Ihr Vater oder Daniel? Unschlüssig schaute sie Jacob an, der bedrückt die Achseln zuckte, um anzudeuten, diese Entscheidung könne er ihr nicht abnehmen. Um die Situation noch zu komplizieren, setzten neue Wehen ein. Entschlossen wappnete sie sich gegen den Schmerz. Sie wollte die anderen nicht alarmieren. Janey öffnete den Mund, um etwas zu sagen. Sie ahnte, was ihre Herrin durchmachte. Aber Kiernan schüttelte warnend den Kopf, und die Negerin preßte mißbilligend die Lippen zusammen.

Um ihre Oualen zu erleichtern, lehnte Kiernan sich zurück. Sekunden später blieb der Wagen stehen, und sie hörte Jesse leise fluchen. »Rebs!« stieß Jacob hervor.

»O Gott«, flüsterte sie angstvoll.

»Oh, da ist ja ein Yank!« rief eine Stimme mit schleppendem Südstaatenakzent. »Runter vom Wagen! Was haben Sie denn da drin?«

Bestürzt richtete Kiernan sich auf und sah, daß sie von Rebs umzingelt wurden. Ohne lange zu überlegen, schrie sie: »Nichts ist da drin! Nur eine hochschwangere Ehefrau und ein Verwundeter. Bitte, Sir, lassen Sie uns vorbei...«

»Halt den Mund, Kiernan!« fiel Jesse ihr ins Wort. Er stand jetzt auf dem Kutschbock, eine Hand über dem Colt in dem Hüfthalfter.

»Aber Jesse! Wenn sie wüßten, wer...«

»Wenn sie's wüßten, wären sie immer noch Deserteure. Sei jetzt still!«

»Deserteure?« wiederholte der Anführer des kleinen Rebellentrupps irritiert. »Und was machen Sie ganz allein hier draußen, Yank?« Schaudernd musterte Kiernan den unrasierten Mann in der schmutzigen grauen Uniform und ahnte, daß Jesses Behauptung stimmte. Grinsend erwiderte der Soldat ihren Blick. »Was für eine reizvolle Begleiterin Sie haben, Yank – wenn sie auch in anderen Umständen ist... Mit der werden wir uns prächtig amüsieren, wenn Sie tot sind.«

»Hurensohn!« zischte Daniel an Kiernans Seite.

Der Reb richtete sein Enfield-Gewehr auf Jesse, hatte aber keine Chance. Blitzschnell zog Jesse den Colt, schoß den Angreifer nieder, wirbelte herum und traf den zweiten Mann in den Arm. Aber dem dritten gelang es, ihm die Waffe aus der Hand zu feuern.

Kiernan schrie auf, wurde jedoch von Jesse ignoriert, der mit gezücktem Schwert vom Wagen sprang. Der dritte Reb fand keine Gelegenheit, noch einen Schuß aus seinem Vorderlader abzugeben. Er drehte die Waffe herum, benutzte sie als Bajonett. Geschickt parierte Jesse den ersten Fechthieb, den zweiten und dritten.

Der vierte Mann zielte zitternd mit einem Gewehr auf Jesses Rücken, Kiernan stieß wieder einen Schrei aus. Doch da krachte es hinter ihr. Daniel hatte sich aufgerichtet und dem Reb eine Gewehrkugel ins Herz gejagt.

Nun sah Kiernan einen weiteren Mann zwischen den Bäumen auftauchen. Rasch stieg sie vom Wagen, um die Pistole vom Boden aufzuheben. Aber kaum hatten sich ihre Finger um den Griff geschlossen, als ein gestiefelter Fuß auf ihrer Hand landete. Sie warf den Kopf in den Nakken, starrte in ein lachendes Männergesicht. »Kommt raus, Jungs, bevor sie uns abknallen!« befahl er.

Zu Kiernans Entsetzen stürmten drei weitere unrasierte, schmutzige Soldaten aus der Deckung. Jesse nahm es mit zweien auf, Daniel feuerte vom Wagen herunter.

»Hoch mit Ihnen!« befahl der Deserteur und wollte Kiernans Arm packen. Mit aller Kraft trat sie ihn zwischen die Beine, brüllend krümmte er sich zusammen. Dann riß er einen Colt aus der Halfter und zielte auf sie. Aber er drückte nicht ab. Er schnappte nach Luft, blickte über seine Schulter, und da sah sie Jesse hinter ihm stehen, dessen Säbelspitze den Rücken des Mannes berührte.

»Werfen Sie die Waffe weg!« befahl Jesse. Statt zu gehorchen, drehte sich der Reb grinsend um und richtete seine Pistole auf ihn. Wie ein Silberblitz zuckte der Säbel durch die Luft. Der Mann wirbelte wieder herum, und Kiernan beobachtete, wie sich ein roter Fleck auf seiner Brust ausbreitete.

Gellend schrie sie, als der Tote schwer auf sie herabfiel. Jesse schob ihn sofort beiseite und half ihr auf die Beine.

»Runter mit dir, Jess!« rief Daniel. Sie wandten sich um und sahen einen weiteren Reb tot zusammenbrechen. Jacob hatte ihn mit Daniels Dienstpistole erschossen. Nun sprang er vom Wagen, rannte zu Kiernan und führte sie von Jesse weg, der zwischen die Bäume spähte.

»War das der letzte?« fragte er seinen Bruder.

Der wachsbleiche Daniel nickte. »Leider war ich dir keine große Hilfe.«

»Für einen halb Bewußtlosen hast du's ganz gut gemacht«, erwiderte Jesse, und Daniel grinste gequält.

Auf Jacob gestützt, ging Kiernan zur Kutsche. Als ein stechender Schmerz durch ihren Bauch jagte, konnte sie einen Schrei nicht unterdrücken.

Sofort lief Jesse zu ihr. »Kiernan...«

Im selben Augenblick knallte ein Schuß inmitten der Bäume. Fluchend fiel Jesse auf die Straße, Daniel erwiderte das Feuer, und ein Mann stürzte aus dem Schatten. Noch ehe er den Boden berührte, war er tot.

Kiernan nahm ihn gar nicht wahr, denn sie hatte nur Augen für Jesse, der reglos im Staub lag, die Lider geschlossen. Sie rannte zu ihm, warf sich auf die Knie, starrte das Blut an, das seine Brust unter dem quer darüberliegenden Arm befleckte. »Jesse!«

Schluchzend bettete sie einen Kopf in ihren Schoß. »Oh, mein Liebster, bist du schwer verletzt? Schau mich doch an! Verdammt, Jesse, du mußt am Leben bleiben! Ich werde dir eine gute Frau sein, das schwöre ich, und dich lieben und ehren, bis der Tod uns scheidet... O Jesse, ich liebe dich so sehr...«

Verwirrt blinzelte sie, als er die Augen öffnete und sie anlächelte. »Liebst du mich wirklich? Für immer?«

»O ja, für immer!«

»Und du schwörst es?«

»Ja! Ja! Ich schwöre es!«

Zu ihrer Verblüffung setzte er sich auf, umarmte sie und preßte seine Lippen auf ihre. Das war nicht der Kuß eines Sterbenden, sondern von einer solchen Leidenschaft erfüllt, daß sie fast vergaß, wo sie waren. Dann riß sie sich abrupt los und starrte ihn mißtrauisch an. Leicht verlegen grinste er. »Es war nur ein ganz leichter Streifschuß. Hier, siehst du? An meinem Arm, und da tropfte ein bißchen Blut auf die Brust.«

»Oh, du verfluchter Yankee-Schurke!«

»Beschimpf mich nur! Darüber rege ich mich nicht mehr auf, seit ich weiß, daß du mich für immer liebst.«

»Jesse...«

»Da kommen Reiter!« warnte Tyne.

Jesse sprang auf, zog Kiernan mit sich hoch und schob sie hinter seinen Rücken. Der Neger kletterte hastig vom Wagen und warf sich auf den Colt.

»Gib mir die Waffe, Tyne!« befahl Jesse. »Wenn es Rebs sind, erschießen sie dich, sobald sie den Colt in deiner Hand sehen.«

»Ich kämpfe gern für Sie, Master Jesse.«

»Nein, verdammt, meinetwegen wirst du nicht hängen.« Jesse entriß ihm die Pistole. Das Schwert in der anderen Hand, rief er seinem Bruder zu: »Runter mit dir, Daniel.«

»Nein, zum Teufel, ich stehe dir bei...«

»Es sind Rebs!« schrie Jacob. »Seht doch!«

Ein Kavallerietrupp von etwa zwanzig Mann näherte sich auf der Straße, angeführt von einem bärtigen Captain. Er zügelte sein Pferd und hob eine Hand, um seinen Trupp anzuhalten. Als er die graugekleideten Gestalten am Boden entdeckt hatte, musterte er Jesse mit schmalen Augen, die Waffen, die Sanitätsabzeichen an der Uniform.

Er stieg ab, und Kiernan spürte, wie sich Jesses Rücken versteifte. »Offensichtlich habe ich einen Gefangenen, der bald vor einem Exekutionskommando stehen wird«, bemerkte der Reb. »Verdammt, wer sind Sie, Sir? Was treibt ein Yank in diesen Wäldern? Ich nehme Sie fest, Colonel!«

»Leider kann ich Ihnen das nicht gestatten, Captain.«

Der Reb hob die Brauen. »Und wie wollen Sie mich dran hindern? Ich habe eine relativ große Kompanie bei mir, Sie werden nur von einem Mädchen, einem Jungen, zwei Schwarzen und einer schwangeren Frau begleitet. Ma'am, gehen Sie bitte zur Seite.«

Entschlossen schüttelte sie den Kopf und versuchte, sich schützend vor Jesse zu stellen. »Kiernan!« donnerte er, schob sie wieder hinter sich und zückte sein Schwert. »Sir, ich wiederhole, ich kann mich nicht festnehmen lassen. Und ich bitte Sie, zu berücksichtigen, daß ich ein ausgezeichneter Fechter bin. Der Junge im Wagen zählt zu den besten Schützen der Welt. Und die Lady«, fügte er grinsend hinzu, »die dürfte am gefährlichsten von uns allen sein.«

Trotz ihrer Angst mußte Kiernan ihn bewundern. Niemals würde er einen Kampf aufgeben – nicht einmal, wenn sich der Gegner in eklatanter Überzahl befand.

Plötzlich erklang Daniels Stimme. »Das ist ja Greenbriar!« Die Hände auf den Bauchverband gepreßt, schaffte er es, fast aufrecht im Wagen zu stehen.

Erstaunt drehte sich der Captain um. »Cameron!«

»In Fleisch und Blut. Wäre ich in besserer Verfassung, würde ich Sie etwas zeremonieller begrüßen. Dieser Yank – in der Tat ein hervorragender Fechter – ist mein Bruder Jesse, der beste Arzt von Virginia und Umgebung, Colonel Cameron. Jesse, das ist Captain Nathaniel Greenbriar, Virginia-Miliz.«

Greenbriar starrte von Daniel zu Jesse und wieder zurück. »Was geht hier eigentlich vor, Captain?«

»Ich wurde angeschossen, als ich die Yanks von Richmond fernhielt, und verlor die Besinnung. Als ich zu mir kam, waren unsere Soldaten verschwunden, und Jesse trug mich durch den Fluß. Zur gleichen Zeit traf meine

Schwägerin ein, und nun versucht mein Bruder, uns alle nach Hause zu bringen. Das ist keine Spionage-Operation, darauf gebe ich Ihnen mein Wort.«

Immer noch argwöhnisch, runzelte Greenbriar die Stirn. Da rief ein Mann hinter ihm: »Sir!«

»Ja, Potter, was gibt's?«

»Da liegt Shelley am Boden. Letzten Monat desertierte er, und vergangene Woche überfiel er die Halpren-Plantage. Und man wirft ihm noch viel mehr vor. Bis jetzt versuchten wir vergeblich, ihn zu erwischen. Als ihn einer unserer Trupps verhaften wollte, erschoß er kaltblütig drei Mann. Offenbar hat uns dieser Yank einen Gefallen getan.«

»Tatsächlich?« Greenbriar kratzte sich am Kinn. Niemand rührte sich, sogar das Laub schien nicht mehr im Wind zu rascheln, die Stille eine Ewigkeit zu dauern. Endlich begann der Captain wieder zu sprechen. »Wir reiten weiter«, erklärte er seinen Männern.

»Und der Yank?« fragte Potter.

»Welcher Yank?« Greenbriar drückte die Fersen in die Flanken seines Pferdes und lenkte es am Wagen vorbei. Die anderen folgten ihm und blickten starr gerade aus.

Potter hielt kurz bei Daniel an. »Der Yank, der gar nicht vorhanden ist, sollte schleunigst verschwinden. Bald müssen wir zurückkommen und diesen Abschaum begraben. Wenn wir den Yank noch mal auf der Straße treffen, könnte es ihm schlecht ergehen.«

»Er wird verschwinden«, versprach Daniel, und Potter galoppierte grinsend hinter seinen Kameraden her.

Maßlos erleichtert atmete Kiernan auf.

»Wir haben's geschafft!« rief Daniel.

»Gott sei Dank!« flüsterte Janey.

Kiernan wollte lachen, Jesse umarmen und alle anderen und ebenfalls dem Allmächtigen danken, aber plötzlich war alles zuviel für sie. Das Licht ringsum drohte zu erlöschen, und sie glaubte, in einem Abgrund zu versinken.

»Jesse...«, wisperte sie, während sie zusammenbrach.

Bestürzt hob er sie auf die Arme und trug sie zum Wagen. »Warum, zum Teufel, hast du nichts gesagt?«

»Wovon?« hauchte sie kraftlos.

»Du bekommst dein Baby!«

»Nicht jetzt... Du hast schon mit Daniel alle Hände voll zu tun...«

»Mag sein. Trotzdem bekommst du dein Baby, und zwar hier auf der Straße, wenn wir uns nicht beeilen.«

»Nein! Es soll auf Cameron Hall geboren werden...« Ihre großen Smaragdaugen starrten ihn an, dann fiel sie in endlose Schwärze hinab. Ausnahmsweise konnte sie nicht mehr mit ihm streiten.

24

Ein höllischer Schmerz und ihr eigener Schrei weckten Kiernan. Eisenfesseln schienen ihren Unterleib zu umspannen.

»Alles ist gut, Kiernan. Halt meine Hand. Es geht gleich vorbei.« Jesses tiefe Stimme drang in ihr Bewußtsein, und sie schaute ihm blinzelnd in die Augen. Lächelnd erwiderte er ihren Blick und kühlte ihre Stirn mit einem feuchten Lappen.

Sie hatten es geschafft und Cameron Hall erreicht. In seinem und ihrem Zuhause würde sie das Kind gebären. Sie lag in Jesses großem Vierpfostenbett, und durch das Fenster sah sie den Park, den Weg zum Fluß. Während der Schmerz verebbte, flüsterte sie: »Ich muß sehr lange ohnmächtig gewesen sein...«

Ihr Mund war schrecklich trocken. Sie trug nicht mehr die beschwerliche Reisekleidung, sondern ein dünnes Baumwollnachthemd mit bestickten Ärmeln – ein Hemd, das sich nicht bei ihrem Gepäck befunden hatte. Es stammte aus ihrem eigenen Heim in Tidewater-Virginia. Atemlos richtete sie sich auf und griff nach Jesses Hand. »Mein Vater! Hast du ihn gesehen? Geht es ihm gut?«

Mit sanfter Gewalt drückte er sie ins Kissen. »Du mußt dich entspannen. Bald kommt dein Baby zur Welt...«

»Jesse, bitte...«

Da gab er sich geschlagen, lief zur Tür und riß sie auf. »John!«

»Er ist hier?« rief Kiernan. »Er kann gehen?«

»Warum soll ich nicht gehen können?« John Mackay schob sich an Jesse vorbei und eilte zum Bett. »Wie schön, daß du wach bist, mein Mädchen! Als du so still dalagst, war ich außer mir vor Sorge.« Er setzte sich auf den Bettrand, und sie betrachtete forschend sein Gesicht. Es war schmaler und bleicher geworden, aber die Augen strahlten so lebhaft wie eh und je.

»O Papa! Christa hat geschrieben, du seist krank.«

»Das stimmt. Und daß ich mich jetzt wieder so gut fühle, verdanke ich nur ihr. Sie hat mich aufopfernd gepflegt. Diese Camerons müssen über besondere Heilkräfte verfügen. Tagelang hatte ich hohes Fieber, und als es endlich gesunken war, kam Jacob auf Jesses Pferd angeritten, um sich nach meinem Befinden zu erkundigen. Da erfuhr ich, was mit dir los ist, junge Frau.«

Beschämt senkte sie die Wimpern. Nachdem sie monatelang auf eigenen Füßen gestanden hatte, war ihr jetzt zumute wie einem getadelten Kind.

»Beinahe hätte ich meine alte Schrotflinte geholt, Kiernan. Aber da erfuhr ich, daß der Bursche seine Pflicht erfüllt und dich geheiratet hat.«

»Dazu war ich von Anfang an bereit, John«, beteuerte Jesse, »aber sie gab mir keine Chance.«

»Das weiß ich. Du hättest mir schreiben sollen, Kiernan.«

»Ich wollte dich nicht beunruhigen, Papa. Und ich fuhr doch ohnehin zu dir.«

»Das hättest du schon früher tun – und mehr Vertrauen zu deinem alten Vater haben sollen. Niemals wäre ich dir böse gewesen.«

»O Papa, ich habe dich sehr lieb.«

»Ich dich auch. Jetzt bist du also wieder verheiratet – allerdings mit einem Yankee, und mein Enkel wird einen ehrbaren Namen tragen.«

»Papa...« Kiernan verstummte, von neuen heftigen Wehen erfaßt. Um einen Schrei zurückzuhalten, biß sie die Zähne zusammen. Aber ein Stöhnen ließ sich nicht unterdrücken.

Erschrocken sprang ihr Vater auf. »Jesse! Tu doch etwas!«

Jesse setzte sich aufs Bett und ergriff Kiernans Hände. Besänftigend lächelte er. »Entspann dich, Liebes. Versuch ganz ruhig zu atmen.«

Doch der Schmerz wollte nicht aufhören und trieb ihr Tränen in die Augen. Mackay musterte sie besorgt. »Jesse...«

»Du gehst jetzt am besten hinaus, John. Bald ist das Baby da. Schick Christa und Janey zu mir, ja?«

»Sofort!« Mackay eilte aus dem Zimmer.

Der Schmerz ließ nach, aber gleich darauf setzte die nächste Wehe ein. Jetzt konnte sich Kiernan nicht mehr beherrschen. Schreiend bäumte sie sich auf. Jesse warf die Decke beiseite. »Laß mich sehen... Du darfst nicht zu früh pressen, sonst verletzt du dich.«

Das Blut stieg ihr in die Wangen, als er ihre Beine auseinanderschob, und es bedrückte sie, daß Jesse sie in einer so intimen Position sah. Sobald er sie zu untersuchen begann, bemühte sie sich, die Knie zusammenzudrücken. »Kiernan, ich bin dein Mann und Arzt«, redete er ihr zu.

»Es tut so weh...«

»Natürlich. Du bekommst ja auch ein Baby.«

»Du hast keine Ahnung, wie das ist!« fauchte sie. »Oder hast du schon mal ein Kind zur Welt gebracht?«

»Nein, aber ich habe schon vielen werdenden Müttern geholfen, und ich weiß, wie sie sich fühlen. Jetzt hole ich unser eigenes Baby ans Licht der Welt – ein kostbares neues Leben, aus unserer Liebe entstanden, trotz des Grauens, das dieser Krieg über uns gebracht hat – und obwohl wir Feinde waren. Vertraue mir, Kiernan. Ich liebe dich von ganzem Herzen und werde das Beste für unser Baby tun.«

Tränen rollten über ihre Wangen, aber sie entspannte sich in Jesses Armen. Er veranlaßte sie, vorsichtig zu pressen. Und nachdem eine weitere Wehe verebbt war, grinste er anzüglich. »Ich verstehe gar nicht, wieso du dich so aufgeregt hast. Wo ich doch schon oft genug zwischen deinen Schenkeln war...«

»Jesse!«

Er lachte, und ihre Empörung gab ihr neue Kraft, während sie preßte. Bei der nächsten Untersuchung ertastete er bereits den Kopf des Babys. Und wenig später rief er: »Rabenschwarzes Haar! Gut so, Kiernan! Mach weiter!«

Inzwischen war Christa herbeigeeilt und hielt sie an den Schultern fest. Janey stand am Fußende des Betts, um das Baby entgegenzunehmen.

Nach einer letzten gewaltigen Kraftanstrengung spürte Kiernan, wie das Kind aus ihrem Körper glitt. Die ungeheure Erleichterung glich beinahe einer Ekstase. »Jesse!« Tiefe Stille umgab sie.

Kein schrilles Geschrei. »Jesse – das Baby...«

Endlich erklang ein leises Wimmern, und er zeigte ihr das Kind. Tatsächlich – kohlschwarze Haare... Und plötzlich brüllte es wie am Spieß. »Oh!« flüsterte Kiernan aufatmend.

»Ein Junge«, verkündete Jesse. »Mrs. Cameron, du hast mir einen Sohn geschenkt, und ich danke dir sehr herzlich.« Rasch durchschnitt er die Nabelschnur, legte das winzige schreiende Geschöpf in Kiernans Arme und küßte sie.

Sie blickte in das verzerrte Gesichtchen, von heißer Liebe durchströmt. »Wir haben einen Sohn«, wisperte sie, dann protestierte sie, als Janey nach ihm griff.

»Er muß gebadet werden, Miz Kiernan.«

»Und inzwischen haben wir auch einiges zu erledigen«, bemerkte Jesse. Wenig später befreite er seine Frau behutsam von der Nachgeburt. Christa hielt den gebadeten, in Decken gewikkelten Säugling im Arm, und Janey wusch die junge Mutter, dann zog sie ihr ein frisches Nachthemd an.

»Gebt mir meinen Sohn«, verlangte Kiernan, aber Jesse schüttelte den Kopf.

»Du mußt jetzt schlafen.«

»Wie kann ich schlafen, wenn ich einen so wunderbaren Sohn habe? Ich will ihn sehen...« Noch während sie sprach, fielen ihr vor Erschöpfung die Augen zu.

Jesse zog ihr die Decke bis ans Kinn. »Wunderbar, Liebste! Endlich fehlt dir die Kraft, dich gegen mich zu wehren.«

Mit einem glücklichen Lächeln schlummerte sie ein.

In der Nacht brachte Janey ihr das brüllende Baby, das gestillt werden mußte. Während es an Kiernans Brust saugte, stieg ein eigenartiges Gefühl in ihr auf. Sie hatte ihren Feind geheiratet und sein Kind geboren – und nie zuvor einen so tiefen Seelenfrieden verspürt.

Als sie das nächste Mal erwachte, fiel Sonnenlicht durchs Fenster herein, und die Vögel zwitscherten im Garten. Patricia saß in einem Schaukelstuhl am Fußende des Betts und wiegte das Baby in den Armen. »O Kiernan, wie schön er ist!«

»Meinst du? Für mich ist er natürlich das schönste Kind der Welt, aber ob die anderen Leute das auch finden...«

»Er ist wirklich wunderschön.« Das Mädchen legte den Säugling aufs Bett, und Kiernan wickelte ihn vorsichtig aus der weichen Decke, zog ihm das Baumwollhöschen mit den Windeln aus und begutachtete ihn. »Siehst du? Er hat alle Finger und Zehen«, verkundete Patricia. »Er ist nur so klein, weil er zu früh auf die Welt kam. Aber Jesse sagt, er sei sehr gut entwickelt.«

Lächelnd schaute Kiernan in die blauen Augen ihres Sohnes und strich über die runden Bäckchen. »Ein echter Cameron ...«

»Ja, er ist Jesse sehr ähnlich.«

In diesem Moment stieß das Baby einen gellenden Schrei aus, und Kiernan mußte lachen. »Offenbar hat er auch das Temperament seines Vaters geerbt.«

»Verunglimpfst du schon wieder meinen Bruder?« fragte eine Männerstimme von der Tür.

Verwundert hob Kiernan den Kopf. Daniel stand auf der Schwelle, immer noch etwas blaß um die Nase, aber sichtlich zu Kräften gekommen. Impulsiv stand sie auf und stöhnte leise, als sie ihre weichen, zitternden Knie spürte. »Du hättest im Bett bleiben sollen, Daniel«, tadelte sie.

»Ich nicht – aber du.« Lachend umarmten sie sich, und er küßte ihre Stirn.

»Wie fühlst du dich?« fragte sie besorgt.

»Noch ein bißchen wackelig«, gab er zu. »Und ich lege mich auch gleich wieder hin. Ich wollte dir nur sagen, wie wundervoll ich meinen Neffen finde.«

»Wenn er auch ein halber Yankee ist«, seufzte sie, »ich liebe ihn trotzdem.«

»Ja, sein Dad ist ein Yank – und den liebe ich ja auch.«

»Ich ebenfalls«, gestand sie.

»Dann ist ja alles in bester Ordnung. So, jetzt geh' ich wieder ins Bett, und das solltest du auch tun.«

Kiernan befolgte den Rat. Sie sah zu, wie Patricia mit dem Baby spielte, und nach einer Weile stillte sie es wieder. Janey brachte ihr ein Frühstück, das sie heißhungrig verzehrte. Später erschien ihr Vater, um seinen Enkel zu besichtigen. Auch Jacob begutachtete das Baby und meinte, für so ein kleines Ding sei es wirklich ein netter Junge.

Alle waren da – nur Jesse nicht. Kiernan fragte Christa: »Wo steckt er denn?«

»Oh, ich glaube, er ist im Büro eingeschlafen. Ich schau mal nach.«

»Nein, ich gehe selbst hinunter.

»Moment mal!« protestierte Christa. »Er wird dir schreckliche Vorwürfe machen, wenn du aufstehst.«

»Ich fühle mich gut. Außerdem verspreche ich, nachher wieder ins Bett zu gehen, so brav und fügsam wie Daniel. Aber jetzt will ich Jesse sehen.«

Resignierend half Christa ihr in einen Morgenmantel. Kiernan bürstete ihr Haar, dann verließ sie das Schlafzimmer und durchquerte die Ahnengalerie der Camerons. »Jetzt bin ich endgültig nach Hause gekommen«, flüsterte sie den markanten Männer- und schönen Frauengesichtern zu. Beinahe gewann sie den Eindruck, sie würden das Lächeln erwidern.

Auf das Geländer gestützt, stieg sie vorsichtig die Treppe hinab. Dabei merkte sie, wie schwach sie war. Sie würde sich doch eine Zeitlang schonen müssen. Aber erst, nachdem sie Jesse gesehen hatte. Sie kam am Salon vorbei, blickte ins Büro, und da saß er tatsächlich – die Füße auf den Schreibtisch gelegt, den Kopf an der Stuhllehne, die Augen geschlossen. Zu einer Zivilistenhose trug er ein weißes Baumwollhemd, das am Kragen offenstand.

Er schlief tief und fest. Auf der Schwelle zögerte Kiernan und überlegte, ob sie ihn stören sollte. Bald mußte er wieder in den Krieg ziehen. Er brauchte Ruhe und Erholung. Aber wie sollte sie die lange Trennung verkraften, wenn sie vorher nicht mit ihm zusammen war? Wenigstens für eine kleine Weile. Sie betrat das Zimmer, schloß die Tür hinter sich. Da öffnete er die Augen und runzelte die Stirn. »Kiernan! Wieso bist du auf?«

Lächelnd ging sie zu ihm. »Ich mußte dich ganz einfach sehen.

Er zog sie auf seinen Schoß und nahm sie in die Arme. »Habe ich dir eigentlich schon gebührend für meinen Sohn gedankt.«

»Habe ich *dir* für den kleinen Prachtkerl gedankt?«

»Oh, es war mir ein reines Vergnügen.«

»Ach, Jesse...« Sie schmiegte sich an ihn. »Alles hat sich zum Guten gewendet. Daniel sieht großartig aus. Sicher ist er bald wieder der Alte.« Und dann muß er an die Front zurückkehren, dachte sie, so wie du, Jesse. Doch das erwähnte sie nicht. »Mein Vater ist genesen – und wir haben einen wundervollen Sohn...«

Zärtlich strich er ihr das Haar aus dem Gesicht. »Darüber bin ich sehr glücklich. Wir haben immer noch Krieg. Ich kämpfe auf meiner Seite, Daniel auf seiner. Deshalb würde sich auch mein Vater sehr über seinen Enkel freuen – weil...« Er verstummte, und Kiernan vollendete den Satz.

»Weil der Name Cameron fortbestehen wird, wenn ihr beide auf dem Schlachtfeld sterben müßt?« Ihre Stimme brach.

Jesse drückte sie fest an sich. »In dieser Nacht habe ich gründlich nachgedacht. Ich glaubte, ich müßte für das kämpfen, was ich guten Gewissens als richtig betrachte. Aber ich liebe dich so sehr, Kiernan. Ich werde den Dienst quittieren. Für den Süden kann ich mich nicht einsetzen. Aber wir übersiedeln nach England, wenn du willst – oder in den Westen...«

Sie legte einen Finger auf seine Lippen. In ihren Augen glänzten Tränen. »Das würdest du für mich tun?«

Mit einem schiefen Grinsen versicherte er: »Ich lege dir mein Leben zu Füßen – meine Seele und meine Herz, wenn es auch das Herz eines Yankees ist. Kannst du mich trotzdem lieben?«

»Früher war ich oft verzweifelt, weil ich einen Yankee

liebte – so rückhaltlos, so unerschütterlich. Aber ein Freund sagte mir einmal, man würde weder einen Reb noch einen Yank lieben, sondern den Menschen, der dahintersteht. Also liebe ich keinen Yank, sondern dich, Jesse. Die Farbe deiner Uniform kann den Mann, der du bist, nicht ändern. Und genau diesen Mann liebe ich.«

Ihre Lippen fanden sich. Es war ein langer Kuß, entflammt von Leidenschaft aber beherrscht von einer tiefen Zärtlichkeit, die alles andere überwältigte.

Als sie einander wieder in die Augen schauten, flüsterte Kiernan: »Ich will nicht in den Westen, Jesse. Und nach England auch nicht. Du bist Arzt – einer der besten. So viele Menschenleben hast du schon gerettet. Wenn du nicht an die Front zurückkehrst, würdest du das Gefühl haben, Verrat an deinem Beruf zu üben.«

»Kiernan...«

»Ich wechsle nicht die Seiten. Niemand kann seine Überzeugung ändern. Dieser Krieg wird weitergehen, bis die eine oder die andere Seite siegt. Ich bleibe hier auf Cameron Hall – und wenn du wieder nach Washington versetzt wirst, komme ich dorthin. Nie wieder werde ich spionieren. Das verspreche ich. Du hast einen Waffenstillstand vorgeschlagen, aber ich will noch mehr, Jesse – einen privaten Frieden, nur zwischen uns beiden.«

Lächelnd küßte er sie wieder, bis ihr vor Glück ganz schwindlig wurde. »Einverstanden, Mrs. Cameron – ein privater Friede, nur zwischen uns beiden.« Er stand auf und trug sie aus dem Büro. »Wollen wir jetzt nach dem jungen Master John Daniel Cameron sehen?«

»John Daniel Cameron?«

»Gefällt dir der Name?«

»O ja – sehr.«

Seine Frau auf den Armen, stieg Jesse die Treppe empor, ging in der Galerie an den wachsamen Gesichtern seiner Ahnen vorbei und betrat das Herrschaftsschlafzimmer.

Jesse stellte Kiernan auf die Füße, und sie beugten sich über das Bettchen des jüngsten Cameron. Mochten auch die Kanonen des Kriegs donnern – sie hatten ihren privaten Frieden gefunden.

HEYNE BÜCHER

Johanna Lindsey

Fesselnde Liebesromane voller Abenteuer und Zärtlichkeit

»Sie kennt die geheimsten Träume der Frauen . . .«

ROMANTIC TIMES

Zorn und Zärtlichkeit
01/6641

Wild wie der Wind
01/6750

Die gefangene Braut
01/6831

Zärtlicher Sturm
01/6883

Das Geheimnis ihrer Liebe
01/6976

Wenn die Liebe erwacht
01/7672

Herzen in Flammen
01/7746

Stürmisches Herz
01/7843

Geheime Leidenschaft
01/7928

Lodernde Leidenschaft
01/8081

Wildes Herz
01/8165

Sklavin des Herzens
01/8289

Fesseln der Leidenschaft
01/8347

Sturmwind der Zärtlichkeit
01/8465

Geheimnis des Verlangens
01/8660

Gefangene der Leidenschaft
01/8851

Wilhelm Heyne Verlag
München